U0026605

飛狐外傳

金庸

THE YOUNG FLYING FOX

2

恩仇情誼

陳豫鍾「素情自處」
清乾隆五十八年刻。程靈素的一生澹泊而有節制。
胡斐是「熱腸人」，程靈素則能「素情自處」。

居廉「迎春、櫻桃、望春圖」：黃色的是迎春花，沒有香氣，不算是名貴花卉，但在春天開得早，當時沒有其他花卉，人們折來作瓶供，聊作點綴；花枝柔軟，可讓園藝家任意蟠纏。淡藍的是望春花，也享不到春光的真正燦爛。淡紅的是櫻桃花，美麗而迅速凋謝。借用圖中的花卉以象徵書中馬春

乾隆年間淑女圖：英國畫家所繪的油畫，畫家名失傳。該畫注明繪於一七五〇年（乾隆十五年）前後。原畫現藏香港美術博物館。

鑲寶石金壺：壺上雕有龍形，是明朝皇宮中的物品。福康安的母親用鑲寶石的金壺裝了有毒參湯害死馬春花，她的壺上不會有龍形花紋，但說不定她情人乾隆皇帝送了她一把皇宮內院的金壺。

乾隆閱兵圖：乾隆所檢閱的，可能就是福康安的部隊，那面「帥」字旗也許是福大帥的軍旗。從圖中可見到清朝全盛時代的軍容以及車駕儀仗的情況。

右圖／郎世寧「大宛貢馬圖」（部分）：圖中騎馬的四人是乾隆時的官員或清宮侍衛。原圖為鄭德坤教授所藏。

下圖／清代北京正陽門外、正陽橋一帶的情景。日本「唐土名勝圖會」中所繪。

乾隆元年八月吉日

右頁圖／郎世寧繪「乾隆帝像」：乾隆時年二十六歲，剛登基不久。圖上題「心寫治平」四字，現藏美國克里夫蘭美術館。

上圖／郎世寧繪「乾隆帝后像」：皇后是傅恆的親姊姊，傅恆即福康安的父親。

右圖／郎世寧繪「乾隆貴妃」：「心寫治平」圖中除乾隆、皇后外，另有十一名妃嬪，相貌都差不多，大概乾隆喜歡這一類容貌的女子。

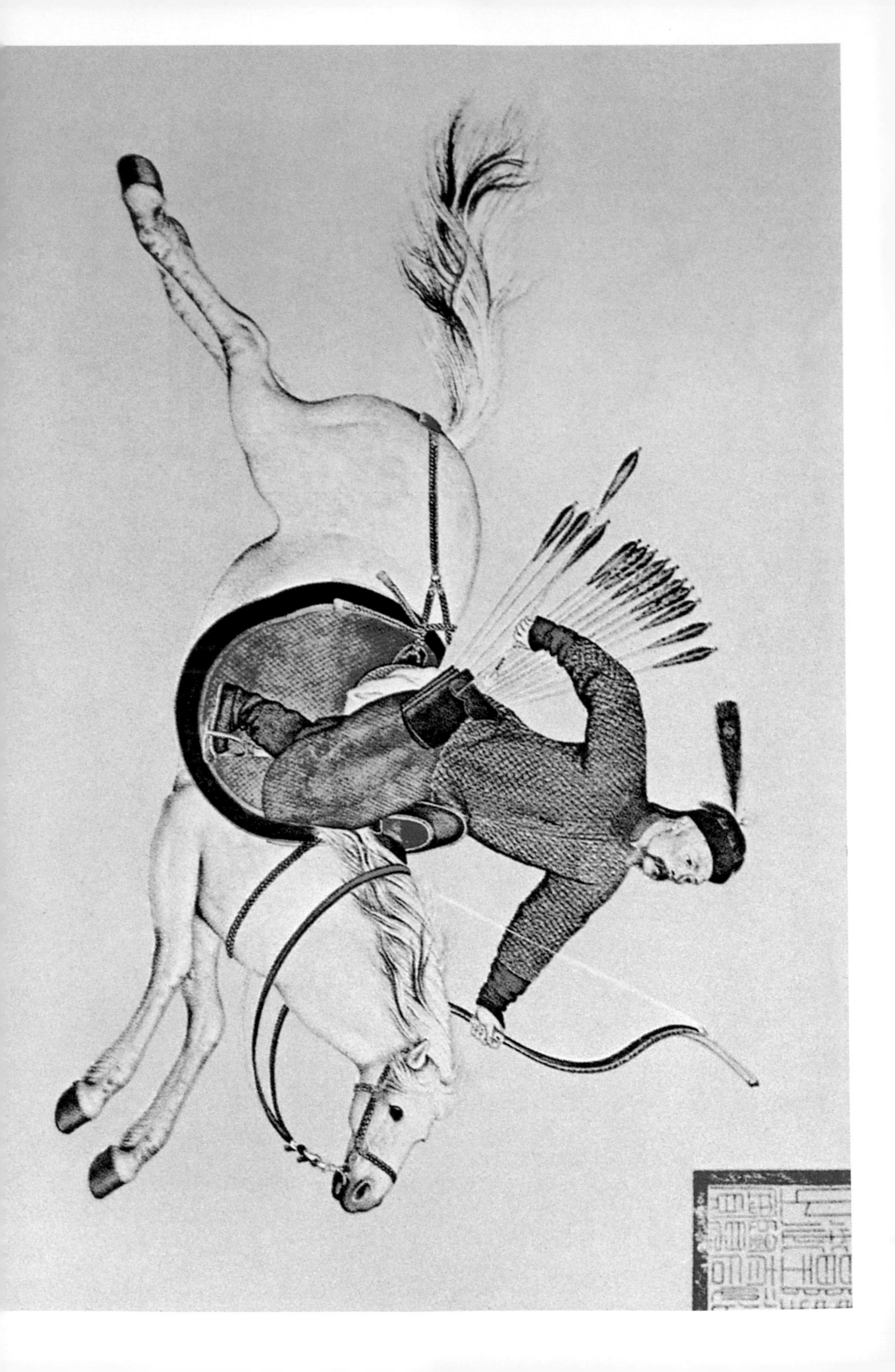

右頁圖／郎世寧「瑪瑺斫陣圖」：瑪瑺是乾隆時的勇將，在伊犁立功。

左圖／郎世寧「阿玉錫持矛盪寇圖」：阿玉錫是乾隆時的勇將，據稱率勇士二十五名破敵兵一萬人。由以上兩圖可見到當時清兵一般軍官的形貌。

俞致貞「鐵幹海棠」：俞致貞，當代畫家，鐵幹海棠的花蕊不止七顆，所以不是「七心海棠」。程靈素一死，世上再也沒有「七心海棠」了。然而由此圖可以見到海棠花的模樣。鐵幹海棠即木桃。「詩經」：「投我以木桃，報之以瓊瑤，匪報也，永以為好也。」送情人一枝鐵幹海棠，包含著綿綿情意。

飛狐外傳

2

恩仇情誼

金庸 著

目錄

第十一章

恩仇之際

胡斐見苗人鳳臉色平和，
這一刀說甚麼也砍不下去，
大叫一聲，轉身便走。
一口氣狂奔了十來里路，這才停住。
恩仇之際，實所難處，可不知如何是好。

次日一早，三人上馬又行，來時兩人馬快，只奔馳了一日，回去時卻到次日天黑，方到苗人鳳所住的小屋之外。

鍾兆文見屋外的樹上繫著七匹高頭大馬，心中一動，低聲道：「你們在這裏稍等，我先去瞧瞧。」繞到屋後，聽得屋中有好幾人在大聲說話，悄悄到窗下向內一張，只見苗人鳳用布蒙住了眼，昂然而立，廳門口站著幾條漢子，手中各執兵刃，神色甚是兇猛。鍾兆文環顧室內，不見兄長兆英、兄弟兆能的影蹤，心想他二人責在保護苗大俠，卻不知何以竟會離去，心中不禁憂疑。

只聽得那五個漢子中一人說道：「苗人鳳，你眼睛也瞎了，活在世上只不過是多受些兒活罪。依我說啊，還不如早點自己尋個了斷，也免得大爺們多費手腳。」苗人鳳哼了一聲，並不說話。又有一名漢子說道：「你號稱打遍天下無敵手，在江湖上也狂了幾十年啦。今日乖乖兒爬在地下給大爺們磕幾個響頭，爺們一發善心，說不定還能讓你多吃幾年窩囊飯。」

苗人鳳低啞著嗓子道：「田歸農呢？他怎麼沒膽子親自來跟我說話？」首先說話的漢子笑道：「料理你這瞎子，還用得著田大爺自己出馬麼？」苗人鳳澀然說道：「田歸農沒來？他連殺我也沒膽麼？」

便在此時，鍾兆文忽覺得肩頭有人輕輕一拍，他吃了一驚，向前縱出半丈，回過頭來，見是胡斐和程靈素兩人，這才放心。胡斐走到他身前，向西首一指，低聲道：「鍾大哥和三哥在那邊給賊子圍上啦，你快去相幫。我在這兒照料苗大俠。」鍾兆文知他武功了得，又掛念著兄弟，當下從腰間抽出判官筆，向西疾馳而去。

他這麼一縱一奔，屋中已然知覺。一人喝道：「外邊是誰？」胡斐笑道：「一位是醫生，一個是屠夫。」那人怒喝：「甚麼醫生屠夫？」胡斐笑道：「醫生給苗大俠治眼，屠夫殺豬宰狗！」那人怒罵一聲，便要搶出。另一名漢子一把拉住他臂膀，低聲說道：「別中了調虎離山之計。田大爺只叫咱們殺這姓苗的，旁的事不用多管。」那人喉頭咕嚕幾聲，站定腳不動了。胡斐原怕苗人鳳眼睛不便吃虧，要想誘敵出屋，逐一對付，那知他們卻不上這當。

苗人鳳道：「小兄弟，你回來了？」胡斐朗聲道：「在下已請到了毒手藥王他老人家來，苗大俠的眼準能治好。」

他說「毒手藥王」，原是虛張聲勢，恫嚇敵人，果然屋中五人盡皆變色，一齊回頭，卻見門口站著一個粗壯少年，另有一個瘦怯怯的姑娘，那裏有甚麼「毒手藥王」？

苗人鳳道：「這裏五個狗崽子不用小兄弟操心，你快去相助鍾氏三雄。賊子來的人不少，他們要倚多為勝。」

胡斐還未回答，只聽得背後腳步聲響，一個清朗的聲音說道：「苗兄料事如神，我們果然是倚多為勝啦！」

胡斐回頭一望，吃了一驚，只見高高矮矮十幾條漢子，手中各持兵刃，慢慢走近。此外尚有十餘名莊客僮僕，高舉火把。鍾氏三雄雙手反縛，已被擒住。一個中年相公腰懸長劍，走在各人前頭。胡斐見這人長眉俊目，氣宇軒昂，正是數年前在商家堡中見過的田歸農。當年胡斐只是個黃皮精瘦的童子，眼下身形相貌俱已大變，田歸農自然不認得他。

苗人鳳仰頭哈哈一笑，說道：「田歸農，你不殺了我，總是睡不安穩。今天帶來的人可不少啊！」田歸農道：「我們是安份守己的良民，怎敢說要人性命？只不過前來恭請苗大俠到舍下盤桓幾日。誰叫咱們有故人之情呢。」這幾句話說得輕描淡寫，可是洋洋自得之情溢於言表，今日連威震湘鄂的鍾氏三雄都已被擒，苗人鳳雙目已瞎，此外更無強援，那裏更有逃生的機會？至於站在門口的胡斐和程靈素，他自然沒放在眼角之下，便似沒這兩個人一般。

胡斐見敵眾我寡，鍾氏三雄一齊失手，看來對方好手不少，如何退敵救人，實是不易。他遊目察看敵情，田歸農身後站著兩個女子。此外有一個枯瘦老者手持點穴橛，另一個中年漢子拿著一對鐵牌，雙目精光四射，看來這兩人都是勁敵。此外有七八名漢子拉著兩條極長極細的鐵鍊，不知有甚麼用途。

胡斐微一沉吟，便即省悟：「是了，他們怕苗大俠眼瞎後仍是十分厲害，這兩條鐵鍊明明是絆腳之用，欺他眼睛不便，七八人拉著鐵鍊遠遠一絆一圍，他武功再強，也非摔倒不可。」他向田歸農望了一眼，胸口忍不住怒火上升，心想：「你誘拐人家妻子，苗大俠已饒了你，竟要一個毒計接著一個，非將人置之死地不可。如此凶狠，當真禽獸不如。」

其實田歸農固然陰毒，卻也有不得已的苦衷，自從與苗人鳳的妻子南蘭私奔之後，想起她是當世第一高手的妻子，每日裏食不甘味，寢不安枕，一有甚麼風吹草動，便疑心是苗人鳳前來尋仇。

南蘭初時對他是死心塌地的熱情癡戀，但見他整日提心吊膽，日日夜夜害怕自己的丈夫，不免生了鄙薄之意。因為這個丈夫苗人鳳，她實在不覺得有甚麼可怕。在她心中，只要兩心真誠的相愛，便是給苗人鳳一劍殺了，那又有甚麼？她看到田歸農對他自己性命的顧念，遠勝於珍重她的情愛。她是拋棄了丈夫，拋棄了女兒，拋棄了名節來跟隨他的，而他卻並不以為這是世界上最寶貴的。

因為害怕，於是田歸農的風流瀟灑便減色了，於是對琴棋書畫便不大有興致了，便很少有時候伴著她在妝台前調脂弄粉了。他大部分時候在練劍打坐。

這位官家小姐，卻一直是討厭人家打拳動刀的。就算武功練得跟苗人鳳一般高強，又值得甚麼？何況，她雖然不會武功，卻也知道田歸農永遠練不到苗人鳳的地步。

田歸農卻知道，只要苗人鳳不死，自己一切圖謀終歸是一場春夢，甚麼富可敵國的財寶，甚麼氣蓋江湖的權勢，終究不過是鏡中花、水中月罷了！

因此雖然是自己對不起苗人鳳，但他非殺了這人不可。現在，苗人鳳的眼睛已弄瞎了，他武功高強的三個助手都已擒住了，室內有五名好手在等待自己下手的號令，屋外有十多名好手預備截攔，此外，還有兩條苗人鳳看不見的長長的鐵鍊……

程靈素靠在胡斐的身邊，一直默不作聲，但一切情勢全瞧在眼裏。她緩緩伸手入懷，摸出了半截蠟燭，又取出火摺。只要蠟燭一點著，片刻之間，周圍的人全非中毒暈倒不可。她向身後眾人一眼也不望，晃亮了火摺，便往燭芯上湊去，在夜晚點一枝蠟燭，那是誰也不會在意的事。

那知背後突然颼的一聲，打來了一枚暗器。這暗器自近處發來，既快且準，程靈素猝不及防，蠟燭竟被暗器打成兩截，跌在地下。她吃了一驚，回過頭來，只見一個十六歲左右的小姑娘厲聲道：「你給我規規矩矩的站著，別搗鬼！」

眾人目光一時都射到了程靈素身上，均有訝異之色。程靈素見那暗器是一枚鐵錐，淡淡的道：「搗甚麼鬼啊？」心中卻暗自著急：「怎麼這個小姑娘居然識破了我的機關？這可有點難辦了。」

田歸農只斜晃一眼，並不在意，說道：「苗兄，跟我們走吧！」他手下一名漢子伸手在胡斐肩頭猛力一推，喝道：「你是甚麼人？站開些。這裏沒熱鬧瞧。」他見胡程二人貌不驚人，還道是苗人鳳的鄰居。胡斐也不還手，索性裝傻，便站開一步。

苗人鳳道：「小兄弟，你快走，別再顧我！只要設法救出鍾氏三雄，苗某永感大德。」胡斐和鍾氏三雄均是大為感動：「苗大俠仁義過人，雖然身處絕境，仍是只顧旁人，不顧自己。」

田歸農心中一動，向胡斐橫了一眼，心想：「難道這小子還會有甚麼門道？」喝道：「請苗大俠上路。」

這六個字一出口，屋中五人刀槍並舉，同時向苗人鳳身上五處要害殺去。

小屋的廳堂本就不大，六個人擠在裏面，眼見苗人鳳無可閃避，豈知他雙掌一錯，竟是硬生生從兩人之間擠了過去。五人兵刃盡數落空，喀喇喇幾聲響，一張椅子被兩柄刀同時劈成數塊。

苗人鳳回轉身來，神威凜凜的站在門口，他赤手空拳，眼上包布，卻堵住門不讓五個敵人逃走。胡斐本待衝入相援，但見他回身這麼一站，已知他有恃無恐，縱然不勝，一時也不致落敗。

那五名漢子心中均道：「我們五個人聯手，今日若還對付不了一個瞎子，此後還有甚麼臉面再在江湖行走？」

苗人鳳叫道：「小兄弟，你再不走，更待何時？」胡斐道：「苗大俠放心，憑這些狗崽子，還擋不了我的路！」苗人鳳說道：「好，英雄年少，後生可畏！」說了這幾個字，突然搶入人叢，鐵掌飛舞，肘撞足踢，威不可當。

室中這五人均非尋常之輩，一見苗人鳳掌力沉雄，便各退開，靠著牆壁，俟隙進擊。混亂中桌子傾倒，室中燈火熄滅。屋外兩人高舉火把，走到門口，因苗人鳳雙目既瞎，有無火光全是一樣，那五人卻可大佔便宜。

突聽一人大吼一聲，挺槍向苗人鳳刺去，這一槍對準他的小腹，去勢極是狠辣。苗人鳳右腿橫跨，伸掌欲抓槍頭，那知西南角上一人悄沒聲的伏著，倏地揮刀砍出，噗的一聲，正中他右腿。原來這人頗有智計，知道苗人鳳全仗耳朵聽敵，聞風辨器。他屏住呼吸，一動不動的蹲著，苗人鳳激鬥方酣，自不知他的所在，直候到苗人鳳的右腿伸到自己跟前，這才一刀砍落。

屋內屋外眾人見苗人鳳受傷，一齊歡呼。

鍾兆英喝道：「小兄弟，快去救苗大俠，再待一會可來不及了。」

便在此時，苗人鳳左肩又中了一鞭。他心中想：「今日之勢，若無兵刃，空手殺不出重圍。」

胡斐也早已看清楚局面，須得將手中單刀抛給苗人鳳，他方能制勝，但門外勁敵不少，自己沒了兵刃，卻也難以抵擋，如何兩全，一時徬徨無計，眼見情勢緊急，不暇細思，叫道：「苗大俠接刀！」揮起內力，呼的一聲，將單刀擲了進去。這一擲力道奇猛，室中五個敵人便要伸手來接，手腕非折斷不可，只有苗人鳳一人，才接得了這一擲。

那知此時苗人鳳的左膀正伸到西南角處誘敵，待那人又是一刀砍出，手腕一翻，夾手已將單刀搶過，聽著胡斐單刀擲來的風勢，刀背對刀背一碰，噹的一響，火花四濺，竟將擲進來的單刀砸出門去，叫道：「你自己留著，且瞧我瞎子殺賊。」

他身上雖受了兩處傷，但手中有了兵刃，情勢登時大不同，呼呼兩刀，將五名敵人逼得又貼住了牆壁。

屋中五人素知「苗家劍」的威名，但精於劍術之人極少會使單刀，均想你縱然奪得一把刀，未必比空手更強，各人吆喝一聲，挺著兵刃又上。只見門外亮光一閃，又擲進一把刀來，這一次卻是擲給那單刀被奪的漢子。那人伸手接住，他適才兵刃脫手，頗覺臉上無光，非立功難以挽回顏面，當下舞刀搶攻，向苗人鳳迎面砍去。

苗人鳳凝立不動，聽得正面刀來，左側鞭至，仍是不閃不架，待得刀鞭離身不過半尺，猛地轉身，刷的一刀，正中持鞭者右臂，手臂立斷，鋼鞭落地。那人長聲慘呼。持刀者嚇了一跳，伏身向旁滾開。

胡斐心中一動：「這一招『鷂子翻身刀』明明是我胡家刀法，苗大俠如何會使？而他使得居然比我更是精妙！」

屋中其餘四人一楞之下，有人開口叫了起來：「苗瞎子也會使刀！」

田歸農猛地記起：當年胡一刀和苗人鳳曾互傳刀法劍法，又曾交換刀劍比武，心中一凜，叫道：「他使的是胡家刀法，與苗家劍全然不同。大夥兒小心些！」

苗人鳳哼了一聲，說道：「不錯，今日叫鼠輩見識胡家刀法的厲害！」踏上兩步，一招「懷中抱月」，迴刀一削，乃是虛招，跟著「閉門鐵扇」，單刀一推一橫，又有一人腰間中刀，倒在地下。

胡斐又驚又喜：「他使的果然是我胡家刀法！原來這兩招虛虛實實，竟可以如此變化！」要知苗人鳳得胡一刀親口指點刀法的妙詣要旨，他武功根底又好，比之胡斐單從刀譜上自行琢磨，所知自然更為精深。

但見苗人鳳單刀展開，寒光閃閃，如風似電，吆喝聲中，一招「沙僧拜佛」，一人花槍折斷，斜肩被劈，跟著「上步摘星刀」，又有一人斷腿跌倒。

田歸農叫道：「錢四弟，出來，出來！」他見苗人鳳大展神威，這時屋中只賸下了一個使單刀的「錢四弟」，即令有人衝入相援，也未必能操勝算，決意誘他出屋用鐵鍊擒拿。但苗人鳳攔住屋門，那姓錢的如何能夠出來？

苗人鳳知道此人便是使陰毒手法砍傷自己右腿之人，決不容他如此輕易逃脫，鋼刀晃動，將他逼在屋角之中，猛的一刀「穿手藏刀」砍將出去，嗆啷一響，那人單刀脫手。這人極是狡猾，乘勢在地下一滾，穿過桌底，想欺苗人鳳眼不見物，便此逃出屋去。苗人鳳順手抓起一張板凳，用力擲出。那人正好從桌底滾出，砰的一聲，板凳撞正他的胸口。這一擲力道何等剛猛，登時肋骨與凳腳齊斷，那人立時昏死過去。

苗人鳳片刻間連傷五人，總算他知道這些人全是受田歸農指使，與自己無冤無仇，因此未下殺手，每人均使其身受重傷而止。但霎時之間五名好手一齊倒地，屋外眾人無不駭然，均想：「這人號稱打遍天下無敵手，果然了得！若他眼睛不瞎，我輩今日都死無葬身之地了。」

田歸農朗聲笑道：「苗兄，你武功越來越高，小弟佩服得緊。來來來，小弟用天龍劍領教領教你的胡家刀法！」接著使個眼色，那些手握鐵鍊的漢子上前幾步，餘人卻退了開去。

苗人鳳道：「好！」他也料到田歸農必有陰險的後著，但形格勢禁，非得出屋動手不可。

胡斐突然說道：「且慢！姓田的，你要領教胡家刀法，何必苗大俠親自動手，在下指點你幾路，也就是了！」

田歸農見他適才擲刀接刀的手法勁力，已知他不是平常少年，但究也沒怎麼放在心上，向他橫了一眼，冷笑道：「你是何人？膽敢在田大爺面前口出狂言？」

胡斐道：「我是苗大俠的朋友，適才見苗大俠施展胡家刀法，心下好生欽佩，記住了他幾下招數，就想試演一番。閣下手中既然有劍，只好勞你大駕，給我餵餵招了！」

田歸農氣得臉皮焦黃，還沒開口，胡斐喝道：「看刀！」一招「穿手藏刀」，當胸猛劈過去，正是適才苗人鳳用以打落姓錢的手中兵刃這一招。田歸農舉劍封架，噹的一響，刀劍相交。田歸農身子一晃，胡斐卻退了一步。

要知田歸農是天龍門北宗的掌門人，一手天龍劍法自幼練起，已有四十年的造詣，功力自比胡斐深厚得多。兩人這一較內力，胡斐竟自輸了一籌。但田歸農見對方小小年紀，膂力竟如此沉雄，滿以為這一劍要將他單刀震飛，內傷嘔血，那知他只退了一步，臉上若無其事，倒也不禁暗自驚詫。

苗人鳳站在門口，聽得胡斐上前，聽得刀削的風勢，又聽得兩人刀劍相交，胡斐倒退，說道：「小兄弟，你這招『穿手藏刀』使得一點不錯。可是胡家刀法的要旨端在招數精奇，不在以力碰力。請你退開，讓我瞎子來收拾他！」

胡斐聽到「胡家刀法的要旨端在招數精奇，不在以力碰力」這兩句話，心念一動，暗道：「苗大俠這兩句話令我茅塞頓開，跟敵人硬拚，那是以己之短，攻敵之長。」又想起當年趙半山在商家堡講解武學精義，正與苗人鳳的說法不謀而合，心中一喜之下，大聲道：「且慢！苗大俠適才所使刀法我只試了一招，還有十幾招未試。」轉過頭來，向田歸農道：「這一招『穿手藏刀』，你知道厲害了麼？」

田歸農喝道：「渾小子，還不給我滾開！」

胡斐說道：「好，你不服氣，待我把胡家刀法一一施展，若是我使得不對，打你不過，我跟你磕頭。倘若你輸了呢？」田歸農滿肚子沒好氣，喝道：「我也跟你磕頭！」

胡斐笑道：「那倒不用！你若不敵胡家刀法，那就須立時將鍾氏三雄放了。這三位武功修為，可比你高明得太多。若說單打獨鬥，你決非三位鍾兄敵手。單憑人多，那算甚麼英雄？」他這番話一則激怒對方，二則也是替鍾氏三雄出氣。

三鍾雙手被縛，聽了這幾句話，心中甚是感激。

田歸農行事本來瀟灑，但給胡斐這麼一激，竟是大大的沉不住氣，心想：「你想輸了給我磕頭？有這麼便宜事！今日叫你的小命難逃我的劍底。」當下左袖一拂，左手揑個劍訣，斜走三步，他心中雖怒，卻不莽進，使的竟是正規的天龍門一字劍法。

眾人見首領出手，一齊退開，手執火把的高高舉起，圍成一個明晃晃的火圈。

胡斐叫道：「『懷中抱月』，本是虛招，下一招『閉門鐵扇』！」口中吆喝，單刀一推一橫，正與苗人鳳適才所使的一模一樣。田歸農身子一閃，橫劍急刺。胡斐叫道：「苗大俠，下一招怎麼？我對付不了啦！」

苗人鳳聽他叫出「懷中抱月」與「閉門鐵扇」兩招的名字，也不怎麼驚異，因胡家刀法的招數外表上看去，和武林中一般大路刀法並無多大不同，只是變化奇妙，攻則去勢凌厲，守則門戶嚴謹，攻中有守，守中有攻，令人莫測高深，這時聽胡斐急叫，眉頭一皺，叫道：「沙僧拜佛。」

胡斐依言一刀劈去。田歸農長劍斜刺，來點胡斐手腕。

苗人鳳叫道：「鷂子翻身！」他話未說完，胡斐已使「鷂子翻身」砍去。田歸農吃了一驚，急忙退開一步，嗤的一聲，長袍袍角已被刀鋒割去一塊。他臉上微微一紅，刷刷刷連刺三劍，迅捷無倫，心想：「難道你苗人鳳還來得及指點？」

苗人鳳一驚，暗叫要糟。卻聽胡斐笑道：「苗大俠我已避了他三劍，怎地反擊？」苗人鳳順口道：「關平獻印！」胡斐道：「好！」果然是一刀「關平獻印」！

這一刀劈去，勢挾勁風，威力不小，但苗人鳳先已叫出，田歸農是武林一大宗派的掌門，所學既精，人又機靈，早已搶先避開。胡斐跟著一刀削去，這一招是「夜叉探海」。他刀到中途，苗人鳳也已叫了出來：「夜叉探海！」

十餘招一過，田歸農竟被迫得手忙腳亂，全處下風，一瞥眼見旁觀眾人均有驚異之色，當下劍法一變，快擊快刺。胡斐展開生平所學，以快打快。苗人鳳口中還在呼喝：「上步搶刀，亮刀勢，觀音坐蓮，浪子回頭……」眾人只見胡斐刀鋒所向，竟與苗人鳳叫的若合符節，無不駭然。

其實這事也不希奇。明末清初之時，胡苗范田四家武功均有聲於世。苗人鳳為一代大俠，專精劍術，對天龍門劍術熟知於胸，這時田胡兩人相鬥，他眼睛雖然不見，一聽風聲即能辨知二人所使的大致是何招數。胡斐出招進刀，其實是依據自己生平所學全力施為，若是聽到苗人鳳指點再行出刀，在這生死繫於一髮的拚鬥之際，那裏還來得及？只是他和苗人鳳所學的胡家刀法系出同源，全無二致。苗人鳳口中呼喝和他手上施為，剛好配得天衣無縫，倒似是預先排演純熟、在眾人之前試演一般。

田歸農暗想：「莫非這人是苗人鳳的弟子？要不然苗人鳳眼睛未瞎，裝模作樣的包上一塊白布，實則瞧得清清楚楚？」想到此處，不禁生了怯意。胡斐的單刀卻越使越快。

這時苗人鳳再也無法聽出兩人的招數，已然住口不叫，心中卻在琢磨：「這少年刀法如此精奇，不知是那一位高手的門下？」

若是他雙目得見，看到胡斐的胡家刀法使得如此精純，自早料到他是胡一刀的傳人了！

眾人圍著的圈子越離越開，都怕被刀鋒劍刃碰及。

胡斐一個轉身，卻見程靈素站在圈子之內，滿臉都是關注之情，不知怎的，竟在這酣鬥之際，腦海中飄過了王鐵匠向他所唱的四句情歌，不禁向她微微一笑，突然轉頭喝道：「『懷中抱月』，本是虛招！」

話聲未畢，噹的一聲，田歸農長劍落地，手臂上滿是鮮血，踉蹌倒退，身子晃了兩晃，噴出一口血來。

原來「懷中抱月」，本是虛招，下一招是「閉門鐵扇」。這兩招一虛一實，當晚苗人鳳和胡斐各已使了一次，田歸農自是瞧得明白，激鬥中猛聽得「懷中抱月，本是虛招」這八字，自然而然的防他下一招「閉門鐵扇」。那知胡家刀法妙在虛實互用，忽虛忽實，這一招「懷中抱月」卻突然變為實招，胡斐單刀迴抱，一刀砍在他的腕上，跟著刀中夾掌，在他胸口結結實實的猛擊一掌。

胡斐笑道：「你怎地如此性急，不聽我說完？我說『懷中抱月，本是虛招，變為實招，又有何妨？』你聽了上半截，沒聽下半截！」

田歸農胸口翻騰，似乎又要有大口鮮血噴出，知道今日已一敗塗地，又怕苗人鳳眼睛其實未瞎，強行運氣忍住，一指鍾氏三雄，命手下人解縛，隨即將手一揮，轉過身去，忍不住又是一口血吐出。

那放錐的小姑娘田青文是田歸農之女，是他前妻所生，她見父親身受重傷，急忙搶上扶住，低聲道：「爹，咱們走吧？」田歸農點點頭，

眾人羣龍無首，人數雖眾，卻已全無鬥志。苗人鳳抓起屋中受傷五人，一一擲出。眾人伸手接住，轉身便走。

程靈素叫道：「小姑娘，暗器帶回家去！」右手一揚，鐵錐向田青文飛去。田青文竟不回頭，左手向後一抄接住，手法極是伶俐。那知錐甫入手，她全身一跳，立即將鐵錐拋在地下，左手連連揮動，似乎那鐵錐極其燙手一般。

胡斐哈哈一笑，說道：「赤蠍粉！」程靈素回以一笑，她果然是在鐵錐上放了赤蠍粉。片刻之間，田歸農一行人去得乾乾淨淨，小屋之前又是漆黑一團。

鍾兆英朗聲道：「苗大俠，賊子今日敗去，不會再來。我三兄弟維護無力，大是慚愧，望你雙目早日痊可。」又向胡斐道：「小兄弟，我三鍾交了你這位朋友，他日若有差遣，願盡死力！」三人一抱拳，逕自快步去了。

胡斐知他三人失手被擒，臉上無光，當下不便再說甚麼。苗人鳳心中恩怨分明，口頭卻不喜多言，只是拱手還禮，耳聽得田歸農一行人北去，鍾氏三雄卻是南行。

程靈素道：「你兩位武功驚人，可讓我大開眼界了。苗大俠，請你回進屋去，我瞧瞧你的眼睛。」

當下三人回進屋中。胡斐搬起倒翻了的桌椅，點亮油燈。程靈素輕輕解開苗人鳳眼上的

包布，手持燭台，細細察看。

胡斐不去看苗人鳳的傷目，只是望著程靈素的神色，要從她臉色之中，看出苗人鳳的傷目是否有救。但見程靈素的眼珠晶瑩清澈，猶似一泓清水，臉上只露出凝思之意，既無難色，亦無喜容，直是教人猜度不透。

苗人鳳和胡斐都是極有膽識之人，但在這一刻間，心中的惴惴不安，尤甚於身處強敵環伺之中。

過了半晌，程靈素仍是凝視不語。苗人鳳微微一笑，說道：「這毒藥藥性厲害，又隔了這許多時刻，若是難治，姑娘但說不妨。」程靈素道：「要治到與常人一般，並不為難，只是苗大俠並非常人。」胡斐奇道：「怎麼？」程靈素道：「苗大俠人稱『打遍天下無敵手』，武功如此精強，目力自亦異乎尋常，再者內力既深，雙目必當炯炯有神，凜然生威。倘若給我這庸醫治得失了神采，豈不可惜？」

苗人鳳哈哈大笑，說道：「這位姑娘吐屬不凡，手段自是極高的了。但不知跟一嗔大師怎生稱呼？」程靈素道：「原來苗大俠還是先師的故人……」苗人鳳一怔，道：「一嗔大師亡故了麼？」程靈素道：「是。」

苗人鳳霍地站起，說道：「在下有言要跟姑娘說知。」

胡斐見他神色有異，心中奇怪，又想：「程姑娘的師父毒手藥王法名叫做『無嗔』，怎麼苗大俠稱他為『一嗔』？」

只聽苗人鳳道：「當年尊師與在下曾有小小過節，在下無禮，曾損傷過尊師。」程靈素道：「啊，先師左手少了兩根手指，那是給苗大俠用劍削去的？」苗人鳳道：「不錯。雖然這番過節尊師後來立即便報復了，算是扯了個直，兩不吃虧，但前晚這位兄弟要去向尊師求救之時，在下卻知是自討沒趣，枉費心機。今日姑娘來此，在下還道是奉了尊師之命，以德報怨，實所感激。可是尊師既已逝世，姑娘是不知這段舊事的了？」程靈素搖頭道：「不知。」

苗人鳳轉身走進內室，捧出一隻鐵盒，交給程靈素，道：「這是尊師遺物，姑娘一看便知。」

那鐵盒約莫八寸見方，生滿鐵鏽，已是多年舊物。程靈素打開盒蓋，只見盒中有一條小蛇的骨骼，另有一個小小磁瓶，瓶上刻著「蛇藥」兩字，她認得這種藥瓶是師父常用之物，但不知那小蛇的骨骼是何用意。

苗人鳳淡淡一笑，說道：「尊師和我言語失和，兩人動起手來。第二天尊師命人送了這隻鐵盒給我，傳言道：『若有膽子，便打開盒子瞧瞧，否則投入江河之中算了。』我自是不受他激，一開盒蓋，裏面躍出這條小蛇，在我手背上咬了一口，這條小蛇劇毒無比，我半條手臂登時發黑。但尊師在鐵盒中附有蛇藥，我服用之後，性命是無礙的，這一番痛苦卻也難當之至。」說著哈哈大笑。

胡斐和程靈素相對而嘻，均想這番舉動原是毒手藥王的拿手好戲。

苗人鳳道：「咱們話已說明，姓苗的不能暗中佔人便宜。姑娘好心醫我，料想起來決非一嗔大師本意，煩勞姑娘一番跋涉，在下就此謝過。」說著一揖，站起身來走到門邊，便是送客之意。

胡斐暗暗佩服，心想苗人鳳行事大有古人遺風，豪邁慷慨，不愧「大俠」兩字。

程靈素卻不站起，說道：「苗大俠，我師父早就不叫『一嗔』了啊。」苗人鳳道：「甚麼？」

程靈素道：「我師父出家之前，脾氣很是暴躁。他出家後法名『大嗔』，後來修性養心，頗有進益，於是更名『一嗔』。倘若苗大俠與先師動手之時，先師不叫一嗔，仍是叫作大嗔，這鐵盒中便只有毒蛇而無解藥了。」苗人鳳「啊」的一聲，點了點頭。

程靈素道：「他老人家收我做徒兒的時候，法名叫作『微嗔』。三年之前，他老人家改作了『無嗔』。苗大俠，你可把我師父太小看了。」苗人鳳又是「啊」的一聲。程靈素道：「他老人家撒手西歸之時，早已大徹大悟，無嗔無喜，那裏還會把你這番小小舊怨記在心上？」

苗人鳳伸手在大腿上一拍，說道：「照啊！我確是把這位故人瞧得小了。一別十餘年，人家豈能如你苗人鳳一般絲毫沒有長進？姑娘你貴姓？」

程靈素抿嘴一笑，道：「我姓程。」從包袱中取出一隻木盒，打開盒蓋，拿出一柄小刀，一枚金針，說道：「苗大俠，請你放鬆全身穴道。」苗人鳳道：「是了！」

胡斐見程靈素拿了刀針走到苗人鳳身前，心中突起一念：「苗大俠和那毒手藥王有仇。江湖上人心難測，倘若他們正是安排惡計，由程姑娘借治傷為名，卻下毒手，豈不是我胡斐第二次又給人借作了殺人之刀？這時苗大俠全身穴道放鬆，只須在要穴中輕輕一針，即能制他死命。」正自躊躇，程靈素回過頭來，將小刀交了給他，道：「你給我拿著。」忽見他臉色有異，當即會意，笑道：「苗大俠放心，你卻不放心嗎？」胡斐道：「倘若是給我治傷，我放一百二十個心。」程靈素道：「你說我是好人呢，還是壞人？」

這句話單刀直入的問了出來，胡斐絕無思索，隨口答道：「你自然是好人。」程靈素很是喜歡，向他一笑。她肌膚黃瘦，本來算不得美麗，但一笑之下，神采煥發，猶如春花初綻。胡斐心中更無半點疑慮，報以一笑。程靈素道：「你真的相信我了吧？」說著臉上微微一紅，轉過臉去，不敢再和他眼光相對。

胡斐曲起手指，在自己額角上輕輕打了個爆栗，笑道：「打你這胡塗小子！」心中忽然一動：「她問：『你真的相信我了吧？』為甚麼要臉紅？」王鐵匠所唱的那幾句情歌，斗然間在心底響起：「小妹子待情郎——恩情深，你莫負了小妹子——一段情……」

程靈素提起金針，在苗人鳳眼上「陽白穴」、眼旁「睛明穴」、眼下「承泣穴」三處穴道逐一刺過，用小刀在「承泣穴」下割開少些皮肉，又換過一枚金針，刺在破孔之中，她大拇指在針尾一控一放，針尾中便流出黑血來。原來這一枚金針中間是空的。眼見血流不止，黑血變紫，紫血變紅。胡斐雖是外行，也知毒液已然去盡，歡呼道：「好啦！」

程靈素在七心海棠上採下四片葉子，搗得爛了，敷在苗人鳳眼上。苗人鳳臉上肌肉微微一動，接著身下椅子格的一響。

程靈素道：「苗大俠，我聽胡大哥說，你有一位千金，長得挺是可愛，她在那裏啊？」苗人鳳道：「這裏不太平，送到鄰舍家去了。」程靈素用布條給他縛在眼上，說道：「好啦！

三天之後，待得疼痛過去，麻癢難當之時，揭開布帶，那便沒事了。現下請進去躺著歇歇。胡大哥，咱們做飯去。」

苗人鳳站起身來，說道：「小兄弟，我問你一句話。遼東大俠胡一刀，是你的伯父呢還是叔父？」要知胡斐以胡家刀法擊敗田歸農，苗人鳳雖未親睹，但聽得出他刀法上的造詣大非尋常，若不是胡一刀的嫡傳，決不能有此功夫。他知胡一刀只生一子，而那兒子早已給人殺死，拋入河中，因此猜想胡斐必是胡一刀的姪子。

胡斐澀然一笑，道：「這位遼東大俠不是我的伯父，也不是我叔父。」苗人鳳甚是奇怪，心想胡家刀法素來不傳外人，何況這少年確又姓胡，又問道：「那位胡一刀胡大俠，你叫他作甚麼？」

胡斐心中難過，只因不知苗人鳳和自己父親究竟有甚關連，不願便此自承身分，道：「胡大俠？他早逝世多年了，我那有福份來叫他甚麼？」心中在想：「我這一生若有福份叫一聲爹爹媽媽，能得他們親口答應一聲，這世上我還希求些甚麼？」

苗人鳳心中納罕，呆立片刻，微微搖頭，回進臥室。

程靈素見胡斐臉有黯然之色，要逗他高興，說道：「胡大哥，你累了半天，坐一忽兒吧！」胡斐搖頭道：「我不累。」程靈素道：「你坐下，我有話跟你說。」胡斐依言坐下，突覺臀下一虛，喀的一響，椅子碎得四分五裂。程靈素拍手笑道：「五百斤的大牯牛也沒你重。」

胡斐下盤功夫極穩，雖然坐了個空，但雙腿立時拿樁，並沒摔倒，心中覺得奇怪。程靈素笑道：「那七心海棠的葉子敷在肉上，痛於刀割十倍，若是你啊，只怕叫出我的媽來啦。」胡斐一笑，這才會意，原來適才苗人鳳忍痛，雖是不動聲色，但一股內勁，早把椅子坐得脆爛了。

兩人煮了一大鑊飯，炒了三盤菜，請苗人鳳出來同吃。苗人鳳道：「能喝酒麼？」程靈素道：「能喝，甚麼都不用忌。」苗人鳳拿出三瓶白乾來，每人面前放了一瓶，道：「大家自己倒酒喝，不用客氣。」說著在碗中倒了半碗，仰脖子一飲而盡。胡斐是個好酒之人，陪他喝了半碗。

程靈素不喝，卻把半瓶白乾倒在種七心海棠的陶盆中，說道：「這花得用酒澆，一澆水便死。我在種醍醐香時悟到了這個道理。師兄師姊他們不懂，一直忙了十多年，始終種不活。」一賸下的半瓶分給苗胡二人倒在碗中，自己吃飯相陪。

苗人鳳又喝了半碗酒，意興甚豪，問道：「胡兄弟，你的刀法是誰教的？」胡斐答道：「沒人教，是照著一本刀譜上的圖樣和解說學的。」苗人鳳「嗯」了一聲。胡斐道：「後來遇到紅花會的趙三當家，傳了我幾條太極拳的要訣。」苗人鳳一拍大腿，叫道：「是千臂如來趙半山趙三當家了？」胡斐道：「正是。」苗人鳳道：「怪不得，怪不得。」胡斐道：「怎麼？」苗人鳳道：「久慕紅花會陳總舵主豪傑仗義，諸位當家英雄了得，只可惜豹隱回疆，苗某無緣得見，實是生平憾事。」胡斐聽他語意之中對趙半山極是推重，心下也感喜歡。

苗人鳳將一瓶酒倒乾，舉碗飲了，霍地站起，摸到放在茶几上的單刀，說道：「胡兄弟，昔年我遇到胡一刀大俠，他傳了我一手胡家刀法。今日我用以殺退強敵，你用以打敗田歸農，便是這路刀法了。嘿嘿，真是好刀法啊，好刀法！」驀地裏仰天長嘯，躍出戶外，提刀一立，將那一路胡家刀法施展開來。

只見他步法凝穩，刀鋒迴舞，或閒雅舒徐，或剛猛迅捷，一招一式，俱是勢挾勁風。胡斐凝神觀看，見他所使招數，果與刀譜上所記一般無異，只是刀勢較為收斂，而比自己所使，也緩慢得多。胡斐只道他是為了讓自己看得清楚，故意放慢。

苗人鳳一路刀法使完，橫刀而立，說道：「小兄弟，以你刀法上的造詣，勝那田歸農是綽綽有餘，但等我眼睛好了，你要和我打成平手，卻尚有不及。」

胡斐道：「這個自然。晚輩怎是苗大俠的敵手？」苗人鳳搖頭道：「這話錯了。當年胡大俠以這路刀法，和我整整鬥了五天，始終不分上下。他使刀之時，可比你緩慢得多，收斂得多。」胡斐一怔，道：「原來如此？」苗人鳳道：「是啊，與其以主欺客，不如以客犯主。嫩勝於老，遲勝於急。纏、滑、絞、擦、抽、截，強於展、抹、鉤、剁、砍、劈。」

原來以主欺客，以客犯主，均是使刀之勢，以刀尖開砸敵器為「嫩」，以近柄處刀刃開砸敵器為「老」；磕托稍慢為「遲」，以刀先迎為「急」，至於纏、滑、絞、擦等等，也都是使刀的諸般法門。

苗人鳳收刀還入，拿起筷子，扒了兩口飯，說道：「你慢慢悟到此理，他日必可稱雄武林，縱橫江湖。」

胡斐「嗯」了一聲，舉著筷子欲挾不挾，心中思量著他那幾句話，筷子停在半空。程靈素用筷子在他筷子上輕輕一敲，笑道：「飯也不吃了嗎？」胡斐正自琢磨刀訣，全身的勁力不知不覺都貫注右臂之上。程靈素的筷子敲了過來，他筷子上自然而然的生出一股反震之力，嗒的一聲輕響，程靈素的一雙筷子竟爾震為四截。她「啊」的一聲輕呼，笑道：「顯本事麼？」

胡斐忙陪笑道：「對不起，我想著苗大俠那番話，不禁出了神。」隨手將手中筷子遞了給她。程靈素接過來便吃，胡斐卻喃喃唸著：「嫩勝於老，遲勝於急，與其以主欺客……」一抬頭，見她正用自己使過的筷子吃飯，竟是絲毫不以為忤，不由得臉上一紅，欲待拿來代她拭抹乾淨，為時已遲，要道歉幾句吧，卻又太著形跡，於是到廚房去另行取了一雙筷子。

他扒了幾口飯，伸筷到那盤炒白菜中去挾菜，苗人鳳的筷子也剛好伸出，輕輕一撥，將他的筷子擋了開去，說道：「這是『截』字訣。」胡斐道：「不錯！」舉筷又上，但苗人鳳的一雙筷子守得嚴密異常，不論他如何高搶低撥，始終伸不進盤子之中。

胡斐心想：「動刀子拚鬥之時，他眼睛雖然不能視物，但可聽風辨器，從兵刃劈風的聲音之中，辨明了敵招的來路。這時我一雙小小的筷子，伸出去又無風聲，他如何能夠察覺？」

兩人進退邀擊，又拆了數招，胡斐突然領悟，原來苗人鳳這時所使招數，全是用的「後發制人」之術，要待雙方筷子相交，他才隨機應變，這正是所謂「以客犯主」、「遲勝於急」等等的道理。

胡斐一明此理，不再伸筷搶菜，卻將筷子高舉半空，遲遲不落，雙眼凝視著苗人鳳的筷子，自己的筷子一寸一寸的慢慢移落，終於碰到了白菜。那時的手法可就快捷無倫，一挾縮回，送到了嘴裏。苗人鳳瞧不見他筷子的起落，自是不能攔截，將雙筷往桌上一擲，哈哈大笑。

胡斐自這口白菜一吃，才真正踏入了第一流高手的境界，回想適才花了這許多力氣才勝得田歸農，霎時之間又是喜歡，又是慚愧。

程靈素見他終於搶到白菜，笑吟吟的望著他，心下也十分代他高興。

苗人鳳道：「胡家刀法今日終於有了傳人，唉，胡大哥啊胡大哥！」說到這裏，語音甚是蒼涼。

程靈素瞧出他與胡斐之間，似有甚麼難解的糾葛，不願他多提此事，於是問道：「苗大俠，你和先師當年為了甚麼事情結仇，能說給我們聽聽嗎？」

苗人鳳嘆了口氣道：「這一件事我到今日還是不能明白。十八年前，我誤傷了一位好朋友，只因兵刃上餵有劇毒，見血封喉，竟爾無法挽救。我想這毒藥如此厲害，多半與尊師有關，因此去向尊師詢問。尊師一口否認，說道毫不知情，想是我一來不會說話，二來心情甚惡，不免得罪了尊師，兩人這才動手。」

胡斐一言不發，聽他說完，隔了半晌，才問道：「如此說來，這位好朋友是你親手殺死的了？」苗人鳳道：「正是。」胡斐道：「那人的夫人呢？你斬草除根，一起殺了？」

程靈素見他手按刀柄，臉色鐵青，眼見一個杯酒言歡的局面，轉眼間便要轉為一場腥風血雨。她全不知誰是誰非，但心中絕無半點疑問：「如果他二人動手砍殺，我得立時助他。」這個「他」到底是誰，她心中自是清清楚楚的。

苗人鳳語音甚是苦澀，緩緩的道：「他夫人當場自刎殉夫。」胡斐道：「那條命也是你害的了？」苗人鳳淒然道：「正是！」

胡斐站起身來，森然道：「這位好朋友姓甚名誰？」苗人鳳道：「你真要知道？」胡斐道：「我要知道。」苗人鳳道：「好，你跟我來！」大踏步走進後堂。胡斐隨後跟去。程靈素緊跟在胡斐之後。

只見苗人鳳推開廂房房門，房內居中一張白木桌子，桌上放著兩塊靈牌，一塊寫著「義兄遼東大俠胡公一刀之靈位」，另一塊寫著「義嫂胡夫人之靈位」。

胡斐望著這兩位靈牌，手足冰冷，全身發顫。他早就疑心父母之喪，必與苗人鳳有重大關連，但見他為人慷慨豪俠，一直盼望自己是疑心錯了。但此刻他直認不諱，可是他既說「我誤傷了一位好朋友」，神色語氣之間，又是含著無限隱痛，一霎時間，不知該當如何才好。

苗人鳳轉過身來，雙手負在背後，說道：「你既不肯說和胡大俠有何干連，我也不必追問。小兄弟，你答應過照顧我女兒的，這話可要記得。好吧，你要替胡大俠報仇，便可動手！」

胡斐舉起單刀，停在半空，心想：「我只要用他適才教我『以客犯主』之訣，緩緩落刀，他決計躲閃不了，那便報了殺父殺母的大仇！」

然見他臉色平和，既無傷心之色，亦無懼怕之意，這一刀如何砍得下去？突然間大叫一聲，轉身便走。程靈素追了出來，捧起那盆七心海棠，取了隨身包袱，隨後趕去。

胡斐一口氣狂奔了十來里路，突然撲翻在地，痛哭起來。程靈素落後甚遠，隔了良久，這才奔到，見到他悲傷之情，知道此時無可勸慰，於是默默坐在他的身旁，且讓他縱聲一哭，發洩心頭的悲傷。

胡斐直哭到眼淚乾了，這才止聲，說道：「靈姑娘，他殺死的便是我的爹爹媽媽，此仇不共戴天。」

程靈素呆了半晌，道：「那咱們給他治眼，這事可錯了。」胡斐道：「治他眼睛，一點也不錯。待他雙眼好了，我再去找他報仇。」他頓了一頓，道：「只是他武功遠勝於我，非得先把武藝練好了不可。」程靈素道：「他既用餵毒的兵刃傷你爹爹，咱們也可一報還一報。」

胡斐覺得她全心全意的護著自己，心中好生感激，但想到她要以厲害毒藥去對付苗人鳳，說也奇怪，反而不自禁的凜然感到懼意。

他心中又想：「這位靈姑娘聰明才智，勝我十倍，武功也自不弱，但整日和毒物為伍，總是……」他自己也不知「總是……」甚麼，心底只隱隱的覺得不妥。

第十二章 古怪的盜黨

盜黨中一個老者縱身下馬，手持雷震擋奇形兵器，一語不發，便向徐錚臉上砸去。馬春花眼見丈夫抵敵不過，手抱著一對雙生子，心中十分焦急。

他大哭一場之後，胸間鬱悶發洩了不少，眼見天已黎明，正可趕路，剛要站起身來，突然叫了聲「啊喲！」

原來他心神激盪，從苗人鳳家中急衝而出，竟將隨身的包袱留下了，倘再回頭去取，此時實不願和苗人鳳會面。

程靈素幽幽的道：「別的都沒甚麼，就是那隻玉鳳凰丟不得。」胡斐給她說中心事，臉上一紅，說道：「你在這兒稍等，我趕回去拿包袱，否則連今晚吃飯住店的銀子也沒有了。」程靈素道：「我有銀子，連金子也有。」說著從懷中取出兩小錠黃金來。胡斐道：「最要緊的是我家傳的拳經刀譜，決計丟不得。」程靈素伸手入懷，取出他那本拳經刀譜來，淡淡的道：「可是這本？」

胡斐又驚又喜，道：「你真細心，甚麼都幫我照料著了。」程靈素道：「就可惜那隻玉鳳給我在路上丟了，當真過意不去。」胡斐見她臉色鄭重，不像是說笑，心中一急，道：「我回頭找找去，說不定還能找到。」說著轉頭便走。程靈素忽道：「咦，這裏亮晃晃的是甚麼東西？」伸手到青草之中，拾起一件飾物，瑩然生光，正是那隻玉鳳。

胡斐大喜，笑道：「你是女諸葛，小張良，小可甘拜下風。」程靈素道：「見了這玉鳳，瞧你喜歡得甚麼似的。還給你吧！」於是將刀譜和玉鳳都還了給他，說道：「胡大哥，咱們後會有期。」

胡斐一怔，道：「你生氣了麼？」程靈素道：「我生甚麼氣？」但眼眶一紅，珠淚欲滴，轉過了頭去。胡斐道：「你……你要到那裏去？」程靈素道：「我不知道。」胡斐道：「怎麼不知道？」程靈素道：「我沒爹沒娘，師父又死了，又沒人送甚麼玉鳳凰、玉麒麟給我，我……我怎知道到那裏去。」說到這裏，淚水終於流了下來。

胡斐自和她相識以來，見她心思細密，處處佔人上風，任何難事到了手上，無不迎刃而解，但這時見她悄立曉風之中，殘月斜照，怯生生的背影微微聳動，心中不由得大生憐惜之心，說道：「靈姑娘，我送你一程。」

程靈素背著身子，拉衣角拭了拭眼淚，說道：「我又不到那裏去，你送我做甚麼？你要我醫治苗人鳳的眼睛，我已經給治好啦。」

胡斐要逗她高興，說道：「可是還有一件事沒做。」程靈素轉過身來，問道：「甚麼？」胡斐道：「我求你醫治苗人鳳，你說也要求我一件事的。甚麼事啊，你還沒說呢。」

程靈素究是個年輕姑娘，突然破涕為笑，道：「你不提起，我倒忘了，這叫做自作孽，不可活。好，我要你幹甚麼，你都得答應，是不是？」胡斐確是心甘情願的為她無論做甚麼事，昂然道：「只要我力所能及，無不從命。」

程靈素伸出手來，道：「好，那隻玉鳳凰給了我。」胡斐一呆，心中大是為難，但他終究是個言出必踐之人，當即將玉鳳遞了過去。程靈素不接，道：「我要來幹甚麼？我要你把它砸得稀爛。」

這一件事胡斐可萬萬下不了手，呆呆的怔在當地，瞧瞧程靈素，又瞧瞧手中玉鳳，不知如何是好，袁紫衣那俏麗嬌美的身形面龐，剎那間在心頭連轉了幾轉。

程靈素緩步走近，從他手裏接過玉鳳，給他放入懷中，微笑道：「從今以後，可別太輕易答應人家。世上有許多事情，口中雖然答應了，卻是無法辦到的呢。好吧，咱們可以走啦！」胡斐心頭悵惘，感到一股說不出的滋味，給她捧著那盆七心海棠，跟在後面。

行到午間，來到一座大鎮。胡斐道：「咱們找家飯店吃飯，然後去買兩頭牲口。」話猶未了，只見一個身穿緞子長袍、商人模樣的中年漢子走上前來，抱拳說道：「這位是胡爺麼？」胡斐從未見過此人，還禮道：「不敢，正是小可。請問貴姓，不知如何識得小可？」那人微笑道：「小人奉主人之命，在此恭候多時，請往這邊用些粗點。」說著恭恭敬敬的引著二人到了一座酒樓之中。

酒樓中店伴也不待那人吩咐，立即擺上酒饌。說是粗點，卻是十分豐盛精緻的酒席。胡斐和程靈素都感奇怪。但見那商人坐在下首相陪，一句不提何人相請，二人也就不問，隨意吃了些。

酒飯已罷，那商人道：「請兩位到這邊休息。」下了酒樓，早有從人牽了三匹大馬過來。三人上了馬，那商人在前引路，馳出市鎮，行了五六里，到了一座大莊院前。但見垂楊繞宅，白牆烏門，氣派甚是不小。

莊院門前站著六七名家丁，見那商人到來，一齊垂手肅立。那商人請胡斐和程靈素到大廳用茶，桌上擺滿了果品細點。胡斐心想：「我若問他何以如此接待，他不到時候，定不肯說，且讓他弄足玄虛，我只隨機應變便了。」當下和程靈素隨意談論沿途風物景色，沒去理睬那人。那商人只是恭敬相陪，對兩人的談論竟不插口半句。

用罷點心，那商人說道：「胡爺和這位姑娘旅途勞頓，請內室洗澡更衣。」胡斐心想：「聽他口氣，似不知程姑娘的來歷，如此更妙。他如果敢向毒手藥王的弟子下毒，正好自討苦吃。」當下隨著家丁走進內堂。另有僕婦前來侍候程靈素往後樓洗沐。

兩人稍加休息，又到大廳，你看我，我看你，但見對方身上衣履都是煥然一新。程靈素低聲笑道：「胡大哥，過新年嗎？打扮得這麼齊整。」胡斐見她臉上薄施脂粉，清秀之中微增嬌艷之色，笑道：「你卻像新娘子一般呢。」程靈素臉上一紅，轉過了頭不理。胡斐暗悔失言，但偷眼相瞧，她臉上卻不見有何怒色，目光中只是露出又頑皮又羞怯的光芒。

這時廳上又已豐陳酒饌，那商人向胡斐敬了三杯酒，轉身入內，回出時手捧托盤，盤中放著一個紅布包袱，打開包袱，裏面是一本泥金箋訂成的簿子，封皮上寫著「恭呈胡大爺印斐哂納」九個字。他雙手捧著簿子，呈到胡斐面前，說道：「小人奉主人之命，將這份薄禮呈交胡大爺。」

胡斐並不接簿，問道：「貴主人是誰？何以贈禮小可？」那商人道：「敝上吩咐，不得提他名字，將來胡大爺自然知曉。」胡斐好生奇怪，接過錦簿，翻開一看，只見第一頁寫道：「上等水田四百一十五畝七分」，下面詳細註明田畝的四至和坐落，又註明佃戶為誰，每年繳租穀若干等等。

胡斐大奇，心想：「我要這四百多畝水田幹甚麼？」再翻過第二頁，見寫道：「莊子一座，五進，計樓房十二間，平房七十三間。」下面也以小字詳註莊子東南西北的四至，以及每間房子的名稱，花園、廳堂、廂房，以至灶披、柴房、馬廄等等，無不書寫明白。再翻下去，則是莊子中婢僕的名字，日用金銀、糧食、牲口、車轎、家具、衣著等等，無不具備。

胡斐翻閱一遍，大是迷惘，將簿子交給程靈素，道：「你看。」程靈素看了一遍，也猜不透是甚麼用意，笑道：「恭喜發財，恭喜發財！」

那商人道：「敝上說倉卒之間，措備不周，實是不成敬意。」頓了一頓，說道：「待會小人陪胡大爺，到房舍各處去瞧瞧。」胡斐問道：「你貴姓？」那商人道：「小人姓張。這裏的田地房產，暫時由小人替胡大爺經管。胡大爺瞧著有甚麼不妥，只須吩咐便是。田地房屋的契據，都在這裏，請胡大爺收管。」說著又呈上許多文據。胡斐道：「你且收著。常言道：無功不受祿。如此厚禮，我未必能受呢。」那商人道：「胡大爺太謙了。敝上只說禮數太薄，心中著實過意不去。」

胡斐自幼闖蕩江湖，奇詭怪異之事，見聞頗不在少，但突然收到這樣一份厚禮，而送禮之人又避不見面，這種事卻從沒聽見過。看這姓張的步履舉止，決計不會武功，談吐中也毫無武林人物的氣息，瞧來他只是奉人之囑，不見得便知內情。

酒飯已罷，胡斐和程靈素到書房休息。但見書房中四壁圖書，列几楸枰，架陳瑤琴，甚是雅致。一名書僮送上清茶後退了出去，房中只留下胡程二人。

程靈素笑道：「胡員外，想不到你在這兒做起老爺來啦。」胡斐想想，也是不禁失笑，但隨即皺眉說道：「我瞧送禮之人定有歹意，只是實在猜不出這人是誰？如此作法有甚麼用意？」程靈素道：「會不會是苗人鳳？」胡斐搖頭道：「這人雖和我有不共戴天的深仇，但我瞧他光明磊落，實是一條好漢，不致幹這等鬼鬼祟祟的勾當。」程靈素道：「你助他退敵，他便送你一份厚禮，一來道謝，二來盼望化解仇怨，恐怕倒是一番美意。」胡斐道：「姓胡的豈能瞧在這金銀田產份上，忘了父母大仇？不，不！苗人鳳不會如此小覷了我。」程靈素伸了伸舌頭，道：「那倒是我小覷了你啦。」

兩人商量了半日，瞧不出端倪，決意便在此住宿一宵，好歹也要探尋出一點線索。到了晚間，胡斐在後堂大房中安睡，程靈素的閨房卻設在花園旁的樓上。胡斐一生之中從未住過如此富麗堂皇的屋宇，而這屋宇居然屬於自己，更是匪夷所思。

他睡到二更時分，輕輕推窗躍出，竄到屋面，伏低身子一望，見西面後院中燈火未熄，於是展開輕身功夫，奔了過去。足鉤屋簷，一個「倒捲珠簾」，從窗縫中向內張望，只見那姓張的滴滴篤篤的打著算盤，正自算帳，另一個老家人在旁相陪。那姓張的寫幾筆帳，便跟那家人說幾句話，說的都是工薪柴米等等瑣事。

胡斐聽了半天，全無頭緒，正要回身，忽聽得東邊屋面上一聲輕響。他翻身站直，手握刀柄，只見來的卻是程靈素。她做個手勢，胡斐縱身過去。程靈素悄聲道：「我前前後後都瞧過了，沒半點蹺蹊。你看到甚麼沒有？」胡斐搖了搖頭。兩人分別回房，這一晚各自提防，反覆思量，都沒睡得安穩。

次晨起身，早有僮僕送上參湯燕窩，跟著便是麵餃點心，胡斐卻另有一壺狀元紅美酒。胡斐心想：「有靈姑娘為伴，談談講講，倒也頗不寂寞。在這裏住著，說得上無憂無慮，快樂逍遙。」

驀地轉念：「那姓鳳的惡霸殺了鍾阿四全家，我不伸此冤，有何面目立於天地之間？」

想到此處，胸間熱血沸騰，便向程靈素說道：「咱們這就動身了吧？」程靈素也不問他要到何處，答道：「好，是該動身了。」

兩人回進臥室，換了舊時衣服。胡斐對那姓張的商人道：「我們走了！」說了這一句，拔步便走。那姓張的大是錯愕，道：「這……這……怎麼走得這般快？胡大……胡大爺，小人去備路上使費，您請等一會。」待他進去端了一大盤金錠銀錠出來，胡程二人早已遠去。

二人跨開大步，向北而行，中午時分到了一處市集，一打聽，才知昨晚住宿之處叫作義堂鎮。胡斐取出銀子買了兩匹馬，兩人並騎，談論昨日的奇事。

程靈素道：「咱們白吃白喝，白住白宿，半點也沒有損到甚麼。這樣說來，那主人似乎並沒安著歹心。」胡斐道：「我總覺這件事陰陽怪氣，很有點兒邪門。」程靈素笑道：「我倒盼這種邪門的事兒多遇上些，一路上陰陽怪氣個不停。喂，胡大爺，你到底是去那裏啊？」胡斐道：「我要上北京。你也同去玩玩，好不好？」程靈素笑道：「好是沒甚麼不好，就只怕有些兒不便。」胡斐奇道：「甚麼不便？」程靈素笑道：「胡大爺去探訪那位贈玉鳳的姑娘，還得隨身帶個使喚的丫鬟麼？」

胡斐正色說道：「不，我是去追殺一個仇人。此人武功雖不甚高，可是耳目眾多，狡獪多智，盼望靈姑娘助我一臂之力。」於是將佛山鎮上鳳天南如何殺害鍾阿四全家，如何廟中避雨相遇，如何給他再度逃走等情一一說了。

程靈素聽他說到古廟邂逅、鳳天南黑夜兔脫的經過時，言語中有些不盡不實，說道：

「那位贈玉鳳的姑娘也在古廟之中，是不是啊？」胡斐一怔，心想她聰明之極，反正我也沒做虧心之事，不用瞞她，於是索性連如何識得袁紫衣、她如何連奪三派掌門人之位、她如何救助鳳天南等情，也從頭至尾說了。

程靈素問道：「這位袁姑娘是個美人兒，是不是？」胡斐微微一怔，臉都紅了，說道：「算是很美吧。」程靈素道：「比我這醜丫頭好看得多，是不是？」

胡斐沒防到她竟會如此單刀直入的詢問，不由得頗是尷尬，道：「誰說你是醜丫頭了？袁姑娘比你大了幾歲，自然生得高大些。」程靈素一笑，說道：「我八歲的時候，拿媽媽的鏡子來玩。我姊姊說：『醜八怪，不用照啦！照來照去還是個醜八怪。』哼！我也不理她，你猜後來怎樣？」

胡斐心中一寒，暗想：「你別把姊姊毒死了才好。」說道：「我不知道。」

程靈素聽他語音微顫，臉有異色，猜中了他的心思，道：「你怕我毒死姊姊嗎？那時我還只八歲呢。嗯，第二天，家中的鏡子通統不見啦。」胡斐道：「這倒奇了。」程靈素道：「一點也不奇，都給我丟到了井裏。」她頓了一頓，說道：「但我丟完了鏡子，隨即就懂了。生來是個醜丫頭，就算沒了鏡子，還是醜的。那井裏的水面，便是一面圓圓的鏡子，把我的模樣給照得清清楚楚。那時候啊，我真想跳到井裏去死了。」她說到這裏，突然舉起鞭子狂抽馬臀，向前急奔。

胡斐縱馬跟隨，兩人一口氣馳出十餘里路，程靈素才勒住馬頭。胡斐見她眼圈紅紅的，顯是適才哭過來著，不敢朝她多看，心想：「你雖沒袁姑娘美貌，但決不是醜丫頭。何況一個人品德第一，才智方是第二，相貌好不好乃是天生，何必因而傷心？你事事聰明，怎麼對此便這地看不開？」瞧著她瘦削的側影，心中大起憐意，說道：「我有一事相求，不知你肯不肯答允，不知我是否高攀得上？」

程靈素身子一震，顫聲道：「你……你說甚麼？」胡斐從她側後望去，見她耳根子和半邊臉頰全都紅了，說道：「你我都無父母親人，我想和你結拜為兄妹，你說好麼？」

程靈素的臉頰刹時間變為蒼白，大聲笑道：「好啊，那有甚麼不好？我有這麼一位兄長，當真是求之不得呢？」

胡斐聽她語氣中含有譏諷之意，不禁頗為狼狽，道：「我是一片真心。」程靈素道：「我難道是假意？」說著跳下馬來，在路旁撮土為香，雙膝一曲，便跪在地上。胡斐見她如此爽快，也跪在地上，向天拜了幾拜，相對磕頭行禮。

程靈素道：「人人都說八拜之交，咱們得磕足八個頭……一、二、三、四、……七、八……嗯，我做妹妹，多磕兩個。」果然多磕了兩個頭，這才站起。

胡斐見她言語行動之中，突然間微帶狂態，自己也有些不自然起來，說道：「從今而後，我叫你二妹了。」程靈素道：「對，你是大哥。咱們怎麼不立下盟誓，說甚麼有福共享、有難同當？」胡斐道：「結義貴在心盟，說不說都是一樣。」程靈素道：「啊，原來如此。」說著躍上了馬背，這日直到黃昏，始終沒再跟胡斐說話。

傍晚二人到了安陸，剛馳馬進入市口，便有一名店小二走上來牽住馬頭，說道：「這位是胡大爺吧？請來小店歇馬。」胡斐奇道：「你怎知道？」店小二笑道：「小人在這兒等了半天啦。」於是在前引路，讓著二人進了一家房舍高敞的客店。上房卻只留了一間，於是又開了一間，茶水酒飯也不用吩咐，便流水價送將上來。胡斐問那店小二，是誰叫他這般侍候。那店小二笑道：「義堂鎮的胡大爺，誰還能不知道麼？」次晨結帳，掌櫃的連連打躬，說道早已付過了，只肯收胡斐給店伴的幾錢銀子賞錢。

一連幾日，都是如此。胡斐和程靈素雖都是極有智計之人，但限於年紀閱歷，竟是瞧不透這一門江湖伎倆。

到第四日動身後，程靈素道：「大哥，我連日留心，咱們前後無人跟隨，那必是有人在前途說了你的容貌服色，命人守候。咱們來個喬裝改扮，然後從旁察看，說不定便能得悉真相。」胡斐喜道：「此計大妙。」

兩人在市上買了兩套衣衫鞋帽，行到郊外，在一處無人荒林之中改扮。程靈素用頭髮剪成假鬚，黏在胡斐唇上，將他扮成個四十來歲的中年漢子，自己卻穿上長衫，頭戴小帽，變成個瘦瘦小小的少年男子。兩人一看，相對大笑。到了前面市集，兩人更將坐騎換了驢子。胡斐將單刀包入包袱，再買了一根旱煙管，吸了幾口，呑煙吐霧，這一副神色，旁人便眼力再好，也決計認他不出。

這日傍晚到了廣水，只見大道旁站著兩名店伴，伸長了脖子東張西望，胡斐知他們正在等候自己，不禁暗笑，逕去投店，掌櫃的見這二人模樣寒酸，招呼便懶洋洋地，給了他們兩間偏院。那兩名店伴直等到天黑，這才沒精打采的回店。胡斐叫了一人進來，跟他有搭沒一搭的瞎扯，想從他口中探聽些消息。剛說得幾句閒話，忽然大道上馬蹄聲響，聽聲音不止一乘。那店伴喜道：「胡大爺來啦。」飛奔出店。

胡斐心道：「胡大爺早到啦，跟你說了這會子話，你還不知道。」當下走到大堂上去瞧熱鬧。只聽得人聲喧譁，那店伴大聲道：「不是胡大爺，是鏢局子的達官爺。」跟著走進一個趟子手來，手捧鏢旗，在客店外的竹筒中一插。

胡斐看那鏢旗時，心中一愕，只見那鏢旗黃底黑線，繡著一匹背生雙翼的駿馬，當年在商家堡中，曾見過這鏢旗一面，認得是飛馬鏢局的旗號，心想這鏢局主人百勝神拳馬行空已在商家堡燒死，不知眼下何人充任鏢頭。看那鏢旗殘破褪色，已是多年未換，那趟子手也是年老衰邁，沒甚麼精神，似乎飛馬鏢局的近況未見得怎生興旺。

跟著鏢頭進來，卻是雄赳赳氣昂昂的一條漢子，但見他臉上無數小疤，胡斐認得他是馬行空的弟子徐錚。在他之後是一個穿著勁裝的少婦，雙手各攜一個男孩，正是馬行空的女兒馬春花。

胡斐和她相別數年，這時見她雖然仍是容色秀麗，但已掩不住臉上的風霜憔悴。兩個男孩不過四歲左右，卻是雪白可愛，尤其兩人相貌一模一樣，顯是一對孿生兄弟。只聽一個孩子道：「媽，我餓啦，要吃麵麵。」馬春花低頭道：「好，等爹洗了臉，大夥兒一起吃。」

胡斐心道：「原來他師兄妹已成了親，還生下兩個孩子。」那年他在商家堡為商老太所擒，被商寶震用鞭子抽打，馬春花曾出力求情，此事常在心頭。今日他鄉邂逅，若不是他不願給人認出真面目，早已上去相認道故了。

開客店的對於鏢局子向來不敢得罪，雖見飛馬鏢局這單鏢只是一輛鏢車，各人衣飾敝舊，料想沒多大油水，但掌櫃的還是上前殷勤接待。

徐錚聽說沒了上房，眉頭一皺，正要發話，趟子手已從裏面打了個轉出來，說道：「朝南那兩間上房不明明空著嗎？怎地沒了？」

掌櫃的陪笑說道：「達官爺見諒。這兩間房前天就有人定下了，已付了銀子，說好今晚要用。」徐錚近年來時運不濟，走鏢常有失閃，因此一肚皮的委屈，聽了此言，伸手在帳台上用力一拍，便要發作。馬春花忙拉拉他衣袖，說道：「算啦，胡亂住這麼一宵，也就是了。」

徐錚還真聽妻子的話，向掌櫃的狠狠瞪了一眼，走進了朝西的小房。馬春花拉著兩個孩子，低聲道：「這單鏢酬金這麼微薄，若不對付著使，還得虧本。不住上房，省幾錢銀子也是好的。」徐錚道：「話是不錯，但我就瞧著這些狗眼看人低的傢伙生氣。」

原來馬行空死後，徐錚和馬春花不久成婚，兩人接掌了飛馬鏢局。徐錚的武功威名固然不及師父，而他生就一副直肚直腸，江湖上的場面結交更是施展不開，三四年中連碰了幾次釘子，每次均虧馬春花多方設法，才賠補彌縫了過去。但這麼一來，飛馬鏢局的生意便一落千丈，大買賣是永不上門的了。這一次有個鹽商要送一筆銀子上北直隸保定府去，為數只有九千兩，託大鏢局帶嫌酬金貴，這才交了給飛馬鏢局。徐錚夫婦向來一同走鏢，馬春花以家中沒可靠的親人，放心不下孩子，便帶同了出門，諒來這區區九千兩銀子，在路上也不會有甚麼風險。

胡斐向鏢車望了一眼，走到程靈素房中，說道：「二妹，這對鏢頭夫婦是我的老相識。」於是將商家堡中如何跟他們相遇的事簡略說了。

程靈素道：「你認不認他們？」胡斐道：「待明兒上了道，到荒僻無人之處，這才上前相認。」程靈素笑道：「荒僻無人之處？啊，那可了不得！他們不當你這小鬍子是劫鏢的強人才怪。」胡斐一笑，道：「這枝鏢不值得胡大寨主動手。程二寨主，你瞧如何？」程靈素笑道：「瞧那鏢客身上無錢，甚是寒傖。你我兄弟盜亦有道，不免拍馬上前，送他幾錠金子便了。」胡斐哈哈一笑。他確是有贈金之心，只是要盤算個妥善法兒，贈金之時須得不失了敬意。

兩人用過晚膳，胡斐回房就寢，睡到中夜，忽聽得屋面上喀的一聲輕響。他雖在睡夢之中，仍是立即驚覺，翻身坐起，跨步下炕，聽得屋上共有二人。那二人輕輕一擊掌，逕從屋面躍落。胡斐站到窗口，心想：「這兩個人是甚麼來頭，竟是如此大膽，旁若無人？」伸手指戳破窗紙，往外張望，見兩人都是身穿長衫，手中不執兵刃，推開朝南一間上房的門，便走了進去，跟著火光一閃，點起燈來。

胡斐心想：「原來這兩人識得店主東，不是歹人。」回到炕上，忽聽得踢躂踢躂拖鞋皮響，店小二走到上房門口，大聲喝道：「是誰啊？怎地三更半夜的，也不走大門，就這麼竄了下來？」他口中呼喝，走進上房，一腳剛踏進，便「啊喲」一聲大叫，跟著砰的一響，又是「我的媽啊，打死人啦」叫了起來，原來給人摔了出來，結結實實的跌在院子之中。

這麼一吵鬧，滿店的人全醒了。兩個長衫客中一人站在上房門口，大聲說道：「我們奉雞公山王大寨主之命，今晚踩盤子、劫鏢銀來著，找的是飛馬鏢局徐鏢頭。閒雜人等，事不干己，快快回房安睡，免得誤傷人命。」

徐錚和馬春花早就醒了，聽他如此叫陣，不由得又驚又怒，心想恁他多厲害的大盜，也決不能欺到客店中來，這廣水又不是小地方，這等無法無天，可就從未見過。徐錚接口大聲道：「姓徐的便在這裏，兩位相好的留下萬兒。」那人大笑道：「你把九千兩紋銀，一桿鏢旗，雙手奉送給大爺，也就是了，問大爺甚麼萬兒？咱們前頭見。」說著拍拍兩聲擊掌，兩人飛身上屋。

徐錚右手一揚，兩枝鋼鏢激射而上。後面那人回手一抄，一手接住，跟著向下擲出，噹的一聲響，火星四濺，一齊落在徐錚身前一尺之處，兩枝鏢都釘入了院子中的青石板裏，這一手勁力，徐錚就萬萬不能。只聽兩人在屋上哈哈大笑，跟著馬蹄聲響，向北而去。

店中店夥和住客待那兩個暴客遠去，這才七張八嘴的紛紛議論，有的說快些報官，有的勸徐錚不如繞道而行。

徐錚默不作聲，拔起兩枚鋼鏢，回到房中，見鏢上也無記號。夫妻倆低聲商量，瞧這兩人武功頗為不凡，該是武林中的成名人物，怎會瞧中這一枝小鏢？雖然明知前途不吉，但一枝鏢出了門，規矩是有進無退，決不能打回頭，否則鏢局子就算是自己砸了招牌。徐錚氣憤憤的道：「黑道上朋友越來越是欺人啦，往後去咱們這口飯還能吃麼？我拚著性命不要，也得給他們幹上了。這兩個孩子……」馬春花道：「咱們跟黑道上的無冤無仇，最多不過是銀子的事，還不致有人命干係，帶著孩子也不妨。」但在她心底，早已在深深後悔，實不該讓這兩個幼兒陪著父母干冒江湖上的風險。

胡斐和程靈素隔著窗子，一切瞧得清清楚楚，心下也是暗暗奇怪，覺得這一路而來，不可解之事甚多，滿以為喬裝改扮之後，便可避過追蹤，豈知第一天便遇到飛馬鏢局這件奇事。

次日清晨，飛馬鏢局的鏢車一起行，胡斐和程靈素便不即不離的跟隨在後。徐錚見他二人跟蹤不捨，越看路道越是不對，料他二人定是賊黨，不時回頭怒目而視。胡程二人卻裝作不見。

中午打尖，胡程二人也和飛馬鏢局一處吃牛肉麵餅。行到傍晚，離武勝關約有四十來里，只聽得馬蹄聲響，兩騎馬迎面飛馳而來。馬上乘客身穿灰布長袍，從鏢車旁一掠而過，直奔過胡程二人身旁，這才靠攏並馳，縱聲長笑，聽聲音正是昨晚的兩個暴客。

胡斐道：「待得他們再從後面追上，不出幾里路，便要動手了。」話猶未畢，忽聽前面馬蹄聲響，又有兩乘馬從身旁掠過，馬上乘客身手矯健，顯是江湖人物。胡斐道：「奇怪，奇怪！」行不到一里路，又有兩乘馬迎面奔來，跟著又有兩乘馬。

徐錚見了這等大勢派，早已把心橫了，不怒反笑，說道：「師妹，師父曾說，綠林中一等一的大寨，興師動眾劫那一等一的大鏢，那才派到六個好手探盤子，今日居然連派到八位高人，後面又有兩位陰魂不散的跟著，只怕咱們這路鏢保的不是紋銀九千兩，而是九百萬、九千萬兩！」

馬春花猜不透敵人何以如此大張旗鼓，來對付這枝微不足道的小鏢，但越是不懂，越是戚然有憂，對徐錚和趟子手道：「待會情勢不對，咱們帶了孩子逃命要緊。這九千兩銀子嘛，數目不大，總還能張羅著賠得起。」徐錚昂然道：「師父一世英名，便這麼送在咱這個不成材的弟子手中嗎？」馬春花淒然道：「總得瞧孩子份上。今後咱兩口子耕田務農，吃一口苦飯，也不做這動刀子拚命的勾當啦。」

說到這裏，忽聽得身後蹄聲奔騰，回頭一望，塵土飛揚，那八乘馬一齊自後趕了上來。嗚的一聲長鳴，一枝響箭從頭頂飛過，跟著迎面也有八乘馬奔來。

胡斐道：「瞧這聲勢，這幫子人只怕是衝著咱們而來。」程靈素點頭道：「田歸農！」胡斐道：「咱們的改扮終究不成，還是給認出了。」

這時前面八乘馬，後面八乘馬一齊勒韁不動，已將鏢局子一行人和胡程二人夾住在中間。徐錚翻身下馬，亮出單刀，抱拳道：「在下徐……」只說了三個字，前面八乘馬中一個老者突然飛躍下馬，縱身而前，手中持著一件奇形兵刃，一語不發，便向徐錚臉上砸去。

胡斐和程靈素勒馬在旁，見那老者手中兵刃甚是奇怪，前面一個橫條，彎曲如蛇，橫條後生著丁字形的握手，那橫條兩端尖利，便似一柄變形的鶴嘴鋤模樣。胡斐不識此物，問程靈素道：「那是甚麼？」

程靈素還未回答，身後一名大盜笑道：「老小子，教你一個乖，這叫做雷震擋。」程靈素接口道：「雷震擋不和閃電錐同使，武功也是平常。」

那大盜一呆，不再作聲，斜眼打量程靈素，心想這瘦小子居然也知道閃電錐。原來老者是他師兄，這大盜自己所使的便是閃電錐。他二人的師父右手使閃電錐，左手使雷震擋，一攻一守，變化極盡奇妙。但這兩件兵刃一短一長，雙手共使時相輔相成，威力固然甚大，但也十分艱難，他師兄弟二人各得師父一隻手的技藝，始終學不會兩件兵刃同使。他二人自幼便在塞外，初來中原未久，而他的閃電錐又是藏在袖中，並未取出，不意給程靈素一語道破來歷，不禁驚詫無已。他那知程靈素的師父毒手藥王無嗔大師見聞廣博，平時常和這個最鍾愛的小弟子講述各家各派武功，因此她雖然從未見過雷震擋，但一聽其名，便知尚有一把閃電錐。

但見那老者將兵刃使得轟轟發發，果然有雷震之威。徐錚單刀上的功夫雖也不弱，但被那雷震擋裹住了，漸漸施展不開。

只聽得前後十五名大盜你一言，我一語，出言譏嘲：「甚麼飛馬鏢局？當年馬老鏢頭走鏢，才稱得上『飛馬』二字，到了姓徐的手裏，早該改稱狗爬鏢局啦！」「這小子學了兩手三腳毛，不在家裏抱娃娃，卻到外面來丟人現世。」「喂，姓徐的，快跪下來磕三個響頭，我們大哥便饒了你的狗命。」「走鏢走得這麼寒蠢，連九千兩銀子也保，不如買塊豆腐來自己撞死了罷！」「神拳無敵馬老鏢頭當年赫赫威名，武林中無人不服，這膿包小子真是對不住師父。」「我瞧他夫人比他強上十倍，當真是一枝鮮花插在牛糞裏！好教人瞧著生氣。」

胡斐聽了各人言語，心想這羣大盜對徐錚的底細摸得甚是清楚，不但知道他的師承來歷，還知他一共保了多少鏢銀，說話之中對他固是極盡尖酸刻薄，但對馬春花和她過世的父親卻毫無得罪之處，甚至還顯得頗為尊敬。胡斐雖然不識雷震擋，但那老者功力不弱，出手既狠且準，卻是一眼便知，不由得暗自奇怪：「這老頭兒雖不能說是江湖上的第一流好手，但如此武功，必是個頗有身分的成名人物。瞧各人的作為，決非衝著這區區九千兩銀子而來。但若是田歸農派來跟我為難，卻又何必費這麼大的勁兒去對付徐錚？」

馬春花在旁瞧得焦急萬分，她早知丈夫不是人家對手，然而自己上前相助，只不過多引一個敵人下場，於事絲毫無補，兩個兒子無人照料，卻勢必落入盜眾手中。眼睜睜的瞧著丈夫越來越是不濟，突見那老者將蛇形兵器往前疾送，圈轉回拉，徐錚單刀脫手，飛上半天，她「啊」的一聲叫了出來。

那老者左足橫掃，徐錚急躍避過。那單刀從半空落將下來，盜眾中一人舉起長劍，往上一撩，一柄鋼刀登時斷為兩截。那盜夥身手好快，長劍跟著一劈一削，又將尚未落地的兩截斷刀斬成四截。他手中所持的固是極鋒利的寶劍，而出手之迅捷，更是使人目為之眩。羣盜齊聲喝采。

瞧這情勢，那裏是攔路劫鏢，實是對徐錚存心戲弄！單是這手持長劍的大盜一人，打敗徐錚夫婦便已綽綽有餘，何況同夥共有一十六人，看來個個都是好手，個個笑傲自若，便如十六頭靈貓圍住了一隻小鼠，要戲耍個夠，才分而吞噬。

徐錚紅了雙眼，雙臂揮舞，招招都是拚命的拳式，但那老者雷震擋的鐵柄長逾四尺，徐錚如何欺得近身去？數招之間，只聽得嗤的一聲響，雷震擋的尖端劃破了徐錚褲腳，大腿上鮮血長流，接著又是一響，徐錚左臀中擋。那老者抬起一腿，將他踢翻在地，一腳踏住，冷笑道：「我也不要你性命，只要廢了你的一對招子，罰你不生眼睛，太也胡塗。」徐錚又是害怕，又是憤怒，胸口氣為之塞，說不出話來。

馬春花叫道：「眾位朋友，你們要鏢銀，拿去便是。我們跟各位往日無冤，近日無仇，何必趕盡殺絕？」那使劍的大盜笑道：「馬姑娘，你是好人，不用多管閒事。」

馬春花道：「甚麼多管閒事？他是我丈夫啊。」使雷震擋的老者道：「我們就是瞧著他太也不配，委曲了才貌雙全的馬姑娘，這才千里迢迢的趕來。這個抱不平非打不可！」

胡斐和程靈素越聽越是奇怪，均想：「這批大盜居然來管人家夫妻的家務事，還說甚麼打抱不平，當真好笑。」兩人對望一眼，目光中均含笑意。

便在此時，那老者舉起雷震擋，擋尖對準徐錚右眼，戳了下去。馬春花大叫一聲，搶上相救，呼的一響，馬上一個盜夥手中花槍從空刺下，將她攔住。兩個小孩齊叫：「爸爸！」向徐錚身邊奔去。

突然間一個灰影一晃，那老者手腕上一麻，急忙翻擋迎敵，手裏驀然間輕了，原來手中兵刃竟已不知去向，驚怒中抬起頭來，只見那灰影躍上馬背，自己的獨門兵刃雷震擋卻已給他拿在手中舞弄，白光閃閃，轉成一個圓圈。

如此倏來倏去，一瞬之間下馬上馬，空手奪了他雷震擋的，正是胡斐！

眾盜相顧駭然，頃刻間寂靜無聲，竟無一人說話，人人均為眼前之事驚得呆了。過了半晌，各人才紛紛呼喝，舉刀挺杖，奔向胡斐。

胡斐大叫道：「是線上的合字兒嗎？風緊，扯呼，老窯裏來了花門的，三刀兔兒爺換著走，咱們鬍子上開洞，財神菩薩上山！」羣盜又是一怔，聽他說的黑話不像黑話，不知瞎扯些甚麼。

那雷震擋被奪的老者怒道：「朋友，你是那一路的，來攪這淌渾水幹麼？」

胡斐道：「兄弟專做沒本錢買賣，好容易跟上了飛馬鏢局的九千兩銀子，沒想到半路裏殺出來十六個程咬金。各位要分一份，這不叫人心疼麼？」那老者冷笑道：「哼，朋友別裝蒜啦，乘早留下個萬兒來是正經。」

徐錚於千鈞一髮之際逃得了性命，摟住了兩個兒子。馬春花站在他的身旁，睜著一雙大眼望住胡斐，一時之間還不明白眼前到底發生了何事。她只道胡斐和程靈素也必都是盜夥一路，那知他卻和那老者爭了起來。

只見胡斐伸手一抹上唇的小鬍子，咬著煙袋，說道：「好，我跟你實說了罷。神拳無敵馬行空是我師弟，師姪的事兒，老人家不能不管。」

胡斐此語一出，馬春花吃了一驚，心想：「那裏出來了這樣一個師伯？我從沒聽爹爹說過，而且這人年紀比爹爹輕得多，那能是師伯？」

程靈素在一旁見他裝腔作勢，忍不住要笑出聲來，但見他大敵當前，身在重圍，仍能漫不在意的言笑自若，卻也不禁佩服他的膽色。

那老者將信將疑，哼的一聲，說道：「尊駕是馬老鏢頭的師兄？年歲不像啊，我們也沒聽說馬老鏢頭有甚麼師兄。」胡斐道：「我門中只管入門先後，不管年紀大小。馬行空是甚麼大人物了，還用得著冒充他師兄麼？」

先入師門為尊的規矩，武林中許多門派原都是有的。那老者向馬春花望了一眼，察看她的臉色，轉頭又問胡斐道：「沒請教尊駕的萬兒。」胡斐抬頭向天，說道：「我師弟叫神拳無敵馬行空，區區在下便叫歪拳有敵牛耕田。」羣盜一聽，盡皆大笑。

這一句話明顯是欺人的假話，那老者只因他空手奪了自己的兵刃，才跟他對答了這一陣子話，否則早就出了手。他性子本便躁急，聽到「牛耕田」這三字，再也忍耐不住，虎吼一聲，便向胡斐撲來。

胡斐勒馬一閃，雷震擋一晃，那老者手中倏地多了一物，舉手一看，卻不是雷震擋是甚麼？物歸原主，他本該喜歡，然而這兵刃並非自己奪回，卻是對方塞入自己手中，瞧也沒瞧清，莫名其妙的便得回了兵刃。

眾盜齊聲喝采，叫道：「褚大哥好本事！」都道是他以空手入白刃的功夫搶回。這姓褚的老者卻自知滿不是那回事，當真是啞子吃黃蓮，說不出的苦。他微微一怔，說道：「尊駕插手管這檔子事，到底為了甚麼？」

胡斐道：「老兄倒請先說說，我這兩個師姪好好一對夫妻，何以要各位來打抱不平？」那老者說道：「多管閒事，於尊駕無益。我好言相勸，還是各行各路罷！」眾盜均感詫異：「褚大哥平日多麼霹靂火爆的性兒，今日居然這般沉得住氣。」

胡斐笑道：「你這話再對也沒有了，多管閒事無益，咱們大夥兒各行各路。請啊，請啊！」那老者退後三步，喝道：「你既不聽良言，在下迫得要領教高招。」說著雷震擋一舉，護住了胸口。

胡斐道：「單打獨鬥，有甚麼味道？可是人太多了，亂糟糟的也不大方便。這樣吧，我牛耕田一人，鬥鬥你們三位。」說著提旱煙管向那使長劍的一指，又向那老者的師弟一指。

那使劍的相貌英挺，神情傲慢，仰天笑道：「好狂妄的老小子！」那姓褚的老者卻早知胡斐決非易與之輩，一對一的跟他動手，也真沒把握，他既自願向三人挑戰，正是求之不得，說道：「聶賢弟，上官師弟，他是自取其死，怨不得旁人，咱三個便一齊陪他玩玩。」

那姓聶的兀自不願，說道：「諒這老小子怎是褚大哥的對手？要不，你師兄弟一齊出馬，讓大夥兒瞻仰瞻仰塞外『雷電交作』的絕技！」羣盜轟然叫好。

胡斐搖頭道：「年紀輕輕，便這般膽小，見不得大陣仗，可惜啊可惜。」

那姓聶的長眉一挑，躍下馬來，低聲道：「褚大哥請讓一步，小弟獨自來教訓教訓這狂徒。」胡斐道：「你要教訓我歪拳有敵牛耕田，那也成。可是咱哥兒倆話說在先，倘若我牛耕田輸了，你要宰要殺，任憑處置。不過要是小兄弟你有一個失閃，那便如何？」那姓聶的冷笑道：「那是你癡心妄想。」胡斐笑道：「說不定老天爺保佑，小兄弟你竟有個三長兩短，七葷八素，那便如何？」那姓聶的喝道：「誰跟你胡說八道？若我輸了，也任憑你老小子處置便是。」

胡斐道：「任憑我老小子處置，那可不敢當，只是請各位寬洪大量，別再來管我師姪小夫妻倆的家務，這個抱不平，咱們就別打了吧！」那姓聶的好不耐煩，長劍一擺，閃起一道寒光，喝道：「便是這樣！」

胡斐目光橫掃眾盜，說道：「這位聶家小兄弟的話，作不作準？倘若他輸了，你們各位大爺還打不打抱不平？」

程靈素聽到這裏，再也忍耐不住，終於嗤的一聲，笑了出來，心想他自己小小年紀，居然口口聲聲叫人家「小兄弟」，別人為了「鮮花插在牛糞上」，因而興師動眾的來打抱不平，此事已十分好笑，而他橫加插手，又不許人家打抱不平，更是匪夷所思。

盜眾素知那姓聶的劍術精奇，手中那口寶劍更是削鐵如泥的利刃，出手鬥這鄉下土老兒小鬍子，定是有勝無敗。眾人此行原本嘻嘻哈哈，當作一件極有趣的玩鬧，途中多生事端，正是求之不得，於是紛紛說道：「你小鬍子若是贏了一招半式，咱們大夥兒拍屁股便走，這個抱不平是準定不打的了！」胡斐道：「諸位說的是人話，就是這麼辦，這抱不平打不打得成，得瞧我小鬍子的玩藝兒行不行。看招！」猛地舉起旱煙管，往自己衣領中一插，躍下馬來，一個踉蹌，險些摔倒。

眾人聽他一聲喝：「看招！」又見他舉起煙管，都道他要以煙管當作兵器，那知他竟將煙管插在衣領之中，又見他下馬的身法如此笨拙狼狽，旁觀的十五個大盜之中，倒有十二三人笑了出來。

那姓聶的喝道：「你用甚麼兵刃，亮出來吧！」胡斐道：「黃牛耕田，得用犁耙！褚大寨主，你手裏這件傢伙倒像個犁耙，借來使使！」說著伸手出去，向那姓褚的老者借那雷震擋。

那老者見了他也真有些忌憚，倒退兩步，怒道：「不借！諒你也不會使！」胡斐右手手掌朝天，始終擺著個乞討的姿勢，又道：「借一借何妨？」突然手臂一長一搭，那老者舉擋欲架，不知怎的，手中忽空，那雷震擋竟又已到了胡斐手中。

那老者一驚非小，倒竄出一丈開外，臉上肌肉抽搐，如見鬼魅。

要知胡斐這路空手奪人兵刃的功夫，乃是他遠祖飛天狐狸潛心鑽研出來的絕技。當年飛天狐狸輔佐闖王李自成起兵打天下，憑著這手本領，不知奪過多少英雄好漢手中的兵器，當真是來無影，去無蹤，神出鬼沒，詭秘無比，「飛天狐狸」那四字外號，一半也是由此而來。

那姓聶壯漢見胡斐手中有了兵器，提劍便往他後心刺來。胡斐斜身閃開，回了一擋，跟著自左側搶上，雷震擋迴掠橫刺。

姓褚的老者只瞧得張大了口，合不攏來，原來胡斐所使的招數，竟是他師父親授的「六十四路轟天雷震擋法」，一模一樣，全無二致。他那姓上官的師弟更是詫異，明明聽得胡斐連雷震擋的名字也不識，使出來的擋法，卻和師哥全然相同。他二人那想得到胡斐武功根底既好，人又聰明無比，瞧了那姓褚老者與徐錚打鬥，早將招數記在心中。何況他所使招數雖然形似，其中用勁和變化的諸般法門，卻絕不相干。

那姓聶的這時再也不敢輕慢，劍走輕靈，身手甚是便捷。胡斐所用兵刃全不順手，兼之有意眩人耳目，招招依著那姓褚老者的武功法門而使，更加多了一層拘束，但見敵人長劍施展開來，寒光閃閃，劍法實非凡俗。他一面招架，心下尋思：「這十六人看來都是硬手，倘若一擁而上，我和二妹縱能脫身，徐錚一家四口一定糟糕，只有打敗了這人，擠兌得他們不能動手，方是上策。」突見對手長劍一沉，知道不妙，待想如何變招，噹的一聲，雷震擋的一端已被利劍削去。

盜眾眼見胡斐舉止邪門，本來心中均自嘀咕，忽見那姓聶的得利，齊聲歡呼。姓聶的精神一振，步步進逼。胡斐從褚姓老者那裏學得的幾招擋法，堪堪已經用完，心想再打下去馬腳便露，眼見雷震擋被削去一端，心念一動，迴擋斜砸，敵人長劍圈轉，噹的一聲響，另一端也削去了。

胡斐叫道：「好，你這般不給褚大爺面子，毀了他成名的兵刃，未免太也不夠朋友！」姓聶的一怔，心想這話倒也有理。突然噹的又是一響，胡斐竟將半截擋柄砸到他劍鋒上去，手中只餘下尺來長的一小截，又聽他叫道：「會使雷震擋，不使閃電錐，武功也是稀鬆平常。」說著將一小截擋柄遞出，便如破甲錐般使了出來。

姓上官的大盜先聽他說閃電錐，不由得一驚，但瞧了他幾路錐法，橫戳直刺，全不是那一會事，這才放心，大聲笑道：「這算那一門子的閃電錐？」胡斐道：「你學的不對，我的才對。」說著連刺急戳。其實他除單刀之外，甚麼兵器都不會使，這閃電錐只是裝模作樣，所厲害者全在一隻左手，近身而搏，左手勾打鎖拿，當真是「一寸短，一寸險」。

那姓聶的手中雖有利劍，竟是阻擋不住，被他攻得連連倒退，猛地裏「啊」的一聲大叫，兩人同時向後躍開。只見胡斐身前晶光閃耀，那口寶劍已到了他的手裏。

胡斐左膝一跪，從大道旁抓起一塊二十來斤的大石，右手持劍，劍尖抵地，劍身橫斜，左手高舉大石，笑道：「這口寶劍鋒利得緊，我來砸它幾下，瞧是砸得斷，砸不斷？」說著作勢便要將大石往劍身上砸去。

縱是天下最鋒利的利劍，用大石砸在它平板的劍身上，也非一砸即斷不可。那姓聶的對這口寶劍愛如性命，見了這般慘狀，登時嚇得臉色蒼白，叫道：「在下認輸便是。」

胡斐道：「我瞧這口劍好，未必一砸便斷。」說著又將大石一舉。

那姓聶的叫道：「尊駕若是喜歡，拿去便是，別損傷了寶物。」

胡斐心想此人倒是個情種，寧可劍入敵手也不願劍毀，於是不再嬉笑，雙手橫捧寶劍，送到他身前，說道：「小弟無禮，多有得罪。」

那人大出意外，只道胡斐縱不毀劍，也必取去，要知如此利刃，當世罕見，有此一劍，平添了一倍功夫，武林中人有誰不愛？當下也伸雙手接過，說道：「多謝，多謝！」惶恐之中，掩不住滿臉的喜出望外之情。

胡斐知道夜長夢多，不能再耽，翻身上馬，向羣盜拱手道：「承蒙高抬貴手，兄弟這裏謝過。」這句話卻說得甚是誠懇。向徐錚和馬春花叫道：「走吧！」徐錚夫婦驚魂未定，趕著鏢車，縱馬便走。胡斐和程靈素在後押隊，沒再向後多望一眼，以免又生事端，耳聽得羣盜低聲議論，卻不縱馬來追。

四人一口氣馳出十餘里，始終不見有盜夥追來。

徐錚勒住馬頭，說道：「尊駕出手相救，在下甚是感激，卻何以要冒充在下的師伯？」

胡斐聽他語氣中甚有怪責之意，微笑道：「順口說說而已，兄弟不要見怪。」徐錚道：「尊駕貼上這兩撇鬍子，逢人便叫兄弟，也未免把天下人都瞧小了。」胡斐一愕，沒想到這個莽撞之人，竟會瞧得出來。程靈素低聲道：「定是他妻子瞧出了破綻。」

胡斐略一點頭，凝視馬春花，心想她瞧出我鬍子是假裝，卻不知是否認出了我是誰。

徐錚見了他這副神情，只道自己妻子生得美麗，胡斐途中緊緊跟隨，早便不懷好意。他被盜黨戲弄侮辱了個夠，已存必死之意，心神失常，放眼但覺人人是敵，大聲喝道：「閣下武藝高強，你要殺我，這便上吧！」說著一彎腰，就從趟子手的腰間拔出單刀，立馬橫刀，向著胡斐凜然傲視。

胡斐不明他的心情，欲待解釋，忽覺背後馬蹄聲急，一騎快馬狂奔而至。這匹馬雖無袁紫衣那白馬的神駿，卻也是少有的名駒，片刻間便從鏢隊旁掠過。胡斐一瞥之下，認得馬上乘客便是十六盜夥之一。

程靈素道：「咱們走吧，犯不著多管閒事，打抱不平。」豈知「多管閒事，打抱不平」這八個字，正觸動徐錚的忌諱，他眼中如要噴出火來，便要縱馬上前相拚。馬春花急叫：「師哥，你又犯胡塗啦！」徐錚一呆。

程靈素一提馬韁，跟著伸馬鞭在胡斐的坐騎臀上抽了一鞭，兩匹馬向北急馳而去。胡斐回頭叫道：「馬姑娘，可記得商家堡麼？」

馬春花斗然間滿臉通紅，喃喃道：「商家堡，商家堡！我怎能不記得？」她心搖神馳，思念往事，但腦海中半分也沒出現胡斐的影子。她是在想著另外一個人，那個華貴溫雅的公子爺……

胡程二人縱馬奔出三四里，程靈素道：「大哥，打抱不平的又追上來啦。」胡斐也早已聽到來路上馬蹄雜沓，共有十餘騎之多，說道：「當真動手，咱們寡不敵眾，又不知這批人是甚麼來頭。」程靈素道：「我瞧這些人未必便真是強盜。」胡斐點頭道：「這中間古怪很多，一時可想不明白。」

這時一陣西風吹來，來路上傳來一陣金刃相交之聲。胡斐驚道：「給追上了。」程靈素道：「我瞧那些人的心意，那位馬姑娘決計無礙，他們也不會傷那徐爺的性命，不過苦頭是免不了要吃的了。」胡斐竭力思索，皺眉道：「我可真是不明白。」

忽聽得馬蹄聲響，斜刺往西北角馳去，走的卻不是大道，同時隱隱又傳來一個女子的呼喝之聲。

胡斐馳馬上了道旁一座小丘，縱目遙望，只見兩名盜夥各乘快馬，手臂中都抱著一個孩子。馬春花徒步追趕，頭髮散亂，似乎在喊：「還我孩子，還我孩子！」隔得遠了，聽不清楚。那兩個盜黨兵刃一舉，忽地分向左右馳開。馬春花一呆，兩個孩子都是一般的心頭之肉，不知該向那一個追趕才是。

胡斐瞧得大怒，心想：「這些盜賊當真是無惡不作。」叫道：「二妹，快來！」明知寡不敵眾，若是插手，此事實極凶險，但眼見這種不平之事，總不能置之不理，於是縱馬追了上去。但相隔既遠，坐騎又沒盜夥的馬快，待追到馬春花身旁，兩個大盜早已抱著孩子不知去向。只見馬春花呆呆站著，卻不哭泣。

胡斐叫道：「馬姑娘別著急，我定當助你奪回孩子。」其實這時「馬姑娘」早已成了「徐夫人」，但在胡斐心中，一直便是「馬姑娘」，脫口而出，全沒想到改口。

馬春花聽了此言，精神一振，便要跪將下去。胡斐忙道：「請勿多禮，徐兄呢？」馬春花道：「我追趕孩子，他卻給人纏住了。」

程靈素馳馬奔到胡斐身邊，說道：「北面又有敵人。」胡斐向北望去，果見塵土飛揚，又有八九騎奔來。胡斐道：「敵人騎的都是好馬，咱們逃不遠，得找個地方躲一躲。」遊目四顧，一片空曠，並無藏身之處，只西北角上有一叢小樹林。

程靈素馬鞭一指，道：「去那邊。」向馬春花道：「上馬吧！」馬春花道：「多謝姑娘！」躍上馬背，坐在她的身後。程靈素笑道：「你眼光真好，危急中還能瞧出我是女扮男裝。」三人兩騎，向樹林奔去。

只奔出里許，盜黨便已發覺，只聽得聲聲呼哨，南邊十餘騎，北邊八九騎，兩頭圍了上來。

胡斐一馬當先，搶入樹林，見林後共有六七間小屋，心想再向前逃，非給追上不可，只有在屋中暫避。奔到屋前，見中間是座較大的石屋，兩側的都是茅舍。他伸手推開石屋的板門，裏面一個老婦人臥病在床，見到胡斐時驚得說不出話來，只是「啊，啊」的低叫。

程靈素見那些茅舍一間間都是柴扉緊閉，四壁又無窗孔，看來不是人居之所，踢開板門一望，見屋中堆滿了柴草，另一間卻堆了許多石頭。原來這些屋子是石灰窯貯積石灰石和柴草之處。

程靈素取出火摺，打著了火，往兩側茅舍上一點，拉著馬春花進了石屋，關上了門，又上了門閂。

這幾間茅舍離石屋約有三四丈遠，柴草著火之後，人在石屋中雖然熾熱，但可將敵人擋得一時，同時石屋旁的茅舍盡數燒光，敵人無藏身之處，要進攻便較不易。

馬春花見她小小年紀，卻是當機立斷，一見茅舍，毫不思索的便放上了火，自己卻要待進了石屋之後，想了一會，方始明白她的用意，讚道：「姑娘！你好聰明！」

茅舍火頭方起，盜眾已紛紛馳入樹林，馬匹見了火光，不敢奔近，四周團團站定。

馬春花進了石屋，驚魂略定，卻懸念兒子落入盜手，不知此刻是死是活。她雖是著名拳師之女，自幼便隨父闖蕩江湖，不知經歷過多少風險，但愛兒遭擄，不由得珠淚盈眶。她伸袖拭了拭眼淚，向程靈素道：「妹子，你和我素不相識，何以犯險相救？」

這一句也真該問，要知這批大盜個個武藝高強，人數又眾，便是她父親神拳無敵馬行空親自遇上了，也決計抵敵不住。這兩人無親無故，竟然將這樁事拉在自己身上，豈不是白白賠了性命？至於胡斐自稱「歪拳有敵牛耕田」，她自然知道是戲弄羣盜之言。她父親的武功是祖父所傳，並無同門兄弟。

程靈素微微一笑，指著胡斐的背，說道：「你不認得他麼？他卻認得你呢。」

胡斐正從石屋窗孔中向外張望，聽得程靈素的話，回頭一笑，隨即轉身伸手，從窗孔中接了一枝鋼鏢、一枝甩手箭進來，拋在地下，說道：「咱們沒帶暗器，只好借用人家的了。一、二、三、四……五、六……這裏南邊共是六人。」轉到另一邊窗孔中張望，說道：「一、

二、三……北邊七人，可惜東西兩面瞧不見。」

回頭向屋中一望，見屋角砌著一隻石灶，心念一動，拿起灶上鐵鍋，右手握住鍋耳，左手拿了鍋蓋，突然從窗孔中探身出去，向東瞧了一會，又向西瞧了一會。這麼一來，他上半身盡已露在敵人暗器的襲擊之下，但那鐵鍋和鍋蓋便似兩面盾牌，護住了左右。只聽得叮叮噹噹、的的篤篤一陣響亮，他縮身進窗，哈哈大笑。只見鍋蓋上釘著四五件暗器，鐵鍋中卻又抄著五六件，甚麼鐵蓮子、袖箭、飛錐、喪門釘等都有。那鍋口已缺了一大塊，卻是給一塊飛蝗石打缺了的。

胡斐說道：「前後左右，一共是二十一人。我沒瞧見徐兄和兩個孩子，推想起來，尚有二人分身對付徐兄，有兩人抱著孩子，對方共是二十五人了。」程靈素道：「二十五人若是平庸之輩，自然不足為患，可是這一批……」胡斐道：「二妹，你可知那使雷震擋的是甚麼來頭？」

程靈素道：「我聽師父說起過有這麼一路外門兵器，說道擅使雷震擋、閃電錐的，都是塞北白家堡一派。可是那使寶劍的這人，劍術明明是浙東的祁家劍。一個是塞北，一個是浙東，嗯，大哥，你聽出了他們的口音麼？」

馬春花接口道：「是啊，有的是廣東口音，還有湖南湖北的，也有山東山西的。」程靈素道：「天下決沒這麼一羣盜夥，會合了四面八方的這許多好手，卻來搶劫區區九千兩銀子。」

馬春花聽到「區區九千兩銀子」一句話，臉上微微一紅。飛馬鏢局開設以來，的確從沒承保過這樣一枝小鏢。

胡斐道：「為今之計，須得先查明敵人的來意，到底是衝著咱兄妹而來呢，還是衝著馬姑娘而來。」他初時見了敵人這般聲勢，只道定是田歸農一路，但盜夥的所作所為，卻處處針對著徐錚、馬春花夫婦，顯然又與苗人鳳、田歸農一事無關。

馬春花道：「那自然是衝著飛馬鏢局。這位大哥貴姓？請恕小妹眼拙。」胡斐伸手撕下唇上黏著的鬍子，笑道：「馬姑娘，你不認得我了麼？」

馬春花望著他那張壯健之中微帶稚氣的臉，看來年紀甚輕，卻想不起曾在那裏見過。

胡斐笑道：「商少爺，請你去放了阿斐，別再難為他了。」馬春花一怔，櫻口微張，卻無話說。胡斐又道：「阿斐給你吊著，多可憐的，你先去放了他，我再給你握一回，好不好？」

當年胡斐在商家堡給商寶震吊打，極是慘酷，馬春花瞧得不忍，懇求釋放。商寶震對她鍾情，雖然惱恨胡斐，卻也允其所請，但要握一握她的手為酬，馬春花也就答應。雖然其時胡斐已經自脫綑縛，但馬春花為他求情之言卻句句聽得明白，當時小小的心靈之中，便存著一份深深的感激，直到此刻，這份感激仍是沒消減半分。

為了報答當年那兩句求情之言，他便是要送了自己性命，也所甘願。今日身處險地，心中反而高興，因為當年受苦最深之時，曾有一位姑娘出言為他求情，到這時候，自己竟能在這位姑娘危難之際來盡心報答。

馬春花聽了那兩句話，飛霞撲面，叫道：「啊，你是阿斐，商家堡中的阿斐！」頓了一頓，又道：「你是胡大俠胡一刀之子，胡斐胡兄弟。」

胡斐微笑著點了點頭，但聽她提到自己父親的名字，又想起了幼年之事，心中不禁一酸。

馬春花道：「胡兄弟你……你……須得救我那兩個孩子。」胡斐道：「小弟自當竭力。」略一側身，道：「這是小弟的結義妹子，程靈素姑娘。」

馬春花剛叫了一聲「程姑娘」，突然砰的一聲大響，石屋的板門被甚麼巨物一撞，屋頂泥灰撲簌簌直落。好在板門堅厚，門閂粗大，沒給撞開。

胡斐在窗孔中向外張去，見四個大盜騎在馬上，用繩索拖了一段樹幹，遠遠馳來，奔到離門丈許之處，四人同時放手一送，樹幹便砰的一聲，又撞在門上。

胡斐心想：「大門若是給撞開了，盜眾一擁而入，那可抵擋不住。」當下手中暗扣一枚喪門釘，一枝甩手箭，待那四名大盜縱馬遠去後回頭又來，大聲喝道：「老小子手下留情，射馬不射人。」

眼看四騎馬奔到三四丈開外，他右手連揚，兩枚暗器電射而出，呼呼兩響，分別釘入當先兩匹馬的頂門正中。兩匹馬叫也沒叫一聲，立時倒斃。馬背上的兩名大盜翻滾下鞍。後面兩乘馬給樹幹一絆，跟著摔倒。馬上乘客縱身躍起，沒給壓著。

旁觀的盜眾齊聲驚呼，奔上察看，只見兩枚暗器深入馬腦，射入處只餘一孔，連箭尾也沒留在外面，這一下手勁，當真是罕見罕聞。羣盜個個都是好手，如何不知那小鬍子確是手下留情，這兩件暗器只要打中頭胸腹任何一處，那裏還有命在？羣盜一愣之下，呼哨連連，退到了十餘丈外，直至對方暗器決計打不到的處所，這才聚在一起，低聲商議。

胡斐適才出其不意的忽發暗器，如果對準了人身，羣盜中至少也得死傷三四人，局勢自可和緩，但胡斐不明對方來歷，不願貿然殺傷人命，以至結下了不可解的深仇，何況馬春花二子落入敵手，徐錚下落不明，雙方若能善罷，自是上策。

羣盜一退，胡斐回過身來，見板門已給撞出了一條大裂縫，心想再撞得兩下，便無法阻敵攻入了。

馬春花道：「胡兄弟，程家妹子，你們說怎麼辦？」胡斐皺眉道：「這些盜夥你一個也不認識麼？」馬春花搖頭道：「不識。」胡斐道：「若說是令尊當年結下的仇家，他們言語之中，對令尊卻甚是敬重。如果有意和你為難，因而擄去兩個孩子，一來你一個人也不識，二來他們對你並無半句不敬的言語。對徐大哥嘛，他們確是十分無禮，但要和徐大哥過不去，可不用這般興師動眾啊。」

馬春花道：「不錯。盜眾之中，不論那一個，武功都勝過我師哥。只要有一兩人出馬，便已足夠了。」胡斐點頭道：「事情的確古怪，但馬姑娘也不用太過擔心，瞧他們的作為，並無傷人之意，倒似在跟徐大哥開玩笑似的。」馬春花想到「一朵鮮花插在牛糞上」這些話，臉上又是一紅。

兩人在這邊商議，程靈素已慰撫了石屋中的老婦，在鐵鍋中煮起飯來。

三人飽餐了一頓，從窗孔中望將出去，但見羣盜來去忙碌，不知在幹些甚麼，因被樹木擋住了，瞧不清行動。

胡斐和程靈素低聲談論了一陣，都覺難以索解。程靈素道：「這事跟義堂鎮上的胡大財主可有干連麼？」胡斐道：「我是一點也不知道。」他頓了一頓，說道：「與其老是悶在葫蘆裏，我們還不如現出真面目來，倘若兩事有甚干連，我們也好打定主意應付，免得馬姑娘的丈夫兒子受這無妄之災。」程靈素點了點頭。胡斐黏上了小鬍子，與程靈素兩人走到門邊，打開了大門。

羣盜見有人出來，怕他們突圍，十餘乘馬四下散開，逼近屋前。

胡斐叫道：「各位倘是衝著我姓胡的而來，我胡斐和義妹程靈素便在此處，不須牽連旁人！」說著拍的一聲，把煙管一折兩段，扯下唇上的小鬍子，將臉上化裝盡數抹去。程靈素也摘下了小帽，散開青絲，露出女孩兒家的面目。

羣盜臉上均現驚異之色，萬沒想到此人武功如此了得，竟是個二十歲未滿的少年。羣盜你望我，我望你，一時打不定主意。

突有一人越眾而出，面白身高，正是那使劍的姓聶大盜。他向胡斐一抱拳，說道：「尊駕還劍之德，在下沒齒不忘。我們的事跟兩位絕無關連，兩位儘管請便，在下在這兒恭送。」說著翻身下馬，在馬臀上輕輕一拍，那馬走到胡斐跟前停住，看來這大盜是連坐騎也奉送了。

胡斐抱拳還禮，說道：「馬姑娘呢？你們答應了不打這抱不平的。」那姓聶的答道：「抱不平是不敢打了。我兄弟們只邀請馬姑娘北上一行，決不敢損傷馬姑娘分毫。」

胡斐笑道：「若是好意邀客，何必如此大驚小怪。」轉頭叫道：「馬姑娘，人家邀你去作客，你去是不去？」馬春花走出門來，說道：「我和各位素不相識，邀我作甚？」

盜眾中有人笑道：「我兄弟們自然不識馬姑娘，可是有人識得你啊。」馬春花大聲道：「我的孩子呢？快還我孩子來。」那姓聶的道：「兩位令郎安好無恙，馬姑娘儘可放心。我們出全力保護，尚恐有甚失閃，怎敢驚嚇了兩位萬金之體的小公子？」

程靈素向胡斐瞧了一眼，心想：「這強盜說話越來越客氣了。這徐錚左右不過是個鏢頭，他生的兒子是甚麼萬金之體了？」只見馬春花突然紅暈滿臉，說道：「我不去！快還我孩子來！」也不等羣盜回答，逕自回進了石屋。

胡斐見馬春花行動奇特，疑竇更增，說道：「馬姑娘和在下交情非淺，不論為了何事，在下決不能袖手旁觀。」

那姓聶的道：「尊駕武功雖強，但雙拳難敵四手。我們弟兄一共有二十五人，待到晚間，另有強援到來。」

胡斐心想：「這人所說的人數，和我所猜的一點不錯，總算沒有騙我。管他強援是誰，我豈能捨馬姑娘而去？但二妹卻不能平白無端的讓她在此送了性命。」於是低聲道：「二妹，你先騎這馬，突圍出去，我一人照料馬姑娘，那便容易得多。」

程靈素知他顧念自己，說道：「咱們結拜之時，說的是『有難共當』呢，還是『有難先逃』？」胡斐道：「你和馬姑娘從不相識，何必為她犯險？至於我，那可不同。」程靈素的眼光始終沒望他一眼，道：「不錯，我何必為她犯險？可是我和你難道也是從不相識麼？」

胡斐心中大是感激，自忖一生之中，甘願和自己同死的，平四叔是會的，趙半山也會的（奇怪得很，一瞬之間，心中忽地掠過一個古怪的念頭：苗人鳳也會的），今日又有一位年輕姑娘安安靜靜的站在自己身旁，一點也不躊躇，只是這麼說：「活著，咱們一起活，要死，便一起死！」

那姓聶的大盜等了片刻，又說道：「弟兄們決不敢有傷馬姑娘半分，對兩位卻不存顧忌。兩位又何必沒來由的自處險地？尊駕行事光明磊落，在下佩服得緊。咱們後會有期，今日便此別過如何？」胡斐道：「你們放不放馬姑娘走？」

那姓聶的搖了搖頭，還待相勸，羣盜中已有許多人呼喝起來：「這小子不識好歹，聶大哥不必再跟他多費唇舌！」「這叫做天堂有路你不走，地獄無門自進來。」「傻小子，憑你一人，當真有天大的本事麼？」

突見白光一閃，一件暗器向胡斐疾射過來。那姓聶的大盜躍起身來一把抓住，卻是一柄飛刀。

胡斐道：「尊駕好意，兄弟心領，從此刻起，咱們誰也不欠誰的情。」說著拉著程靈素的手，翻身進了石屋。

但聽得背後風聲呼呼，好幾件暗器射來，他用力一推大門，托托托幾聲，幾件暗器都釘上了門板。羣盜大聲呼哨，衝近門前。

胡斐搶到窗孔，拾起桌上的鋼鏢，對準攻得最近的大盜擲了出去。他仍不願就此而下殺手，這一鏢對準了那大盜肩頭。

那大盜「啊」的一聲，肩頭中鏢。這人極是兇悍，竟自不退，叫道：「眾兄弟，今日連這一個小子也收拾不下，咱們還有臉回去嗎？」羣盜連聲吆喝，四面衝上。只聽得東邊和西邊的石牆上同時發出撞擊之聲，顯然這兩面因無窗孔，盜眾不怕胡斐發射暗器，正用重物撞擊，要破壁而入。

胡斐連發暗器，南北兩面的盜夥向後退卻，東西面的撞擊聲卻絲毫不停。

程靈素取出七心海棠所製蠟燭，又將解藥分給胡斐、馬春花和病倒在床的婦人，叫他們含在嘴裏，一待敵人攻入，便點起蠟燭，熏倒敵人。

但程靈素的毒藥對付少數敵人固然應驗如神，敵人大舉來攻，對之不免無濟於事。預備這枝蠟燭，也只是盡力而為，能多傷得一人便減弱一分敵勢，至於是否能衝出重圍，實在毫無把握。

便在此時，禿的一響，西首的石壁已被攻破一洞，只見羣盜害怕胡斐厲害，卻無人膽敢孤身鑽進，但破洞勢將愈鑿愈大，總能一擁而入。胡斐見情勢緊迫，暗器又已使完，在石屋中四下打量，要找些甚麼重物來投擲傷敵。

程靈素叫道：「大哥，這東西再妙不過。」說著俯身到那病婦的床邊，伸手在地下一按，雙手舉起，兩手掌上白白的都是石灰。原來鄉人在此燒石灰，石屋中積有不少。

胡斐叫道：「妙極！」嗤的一聲，扯下長袍的一塊衣襟，包了一大包石灰，猛地縮身一衝，竟從破孔中鑽了出去，閉住眼睛，右手一揚，一包石灰撒出，立即鑽回石屋。

羣盜正自計議如何攻入石屋，如何從破孔中衝進而不致為胡斐所傷，那料得到他反客為主，竟從破洞中攻將出來？這一大包石灰四散飛揚，白霧茫茫，站得最近的三名大盜眼中登時沾上，劇痛難當，一齊失聲大叫。

胡斐突襲成功，一轉身，程靈素又遞了兩個石灰包給他。胡斐道：「好！」從石灶上扳下一塊大石，伸左手高高舉起，飛身一躍，忽喇喇一聲響，屋頂撞破了一個大洞。

他二次躍起時從屋頂中鑽出，兩個石灰包揚處，羣盜中又有人失聲驚呼。程靈素連包幾個石灰包，放在鐵鍋中遞上屋頂，胡斐東南西北一陣拋打，羣盜又叫又罵，退入了林中。

這一役羣盜七八人眼目受傷，一時不敢再逼近石屋。

如此相持了一個多時辰，羣盜不敢過來，胡斐等卻也不敢衝殺出去，一失石屋的憑藉，那便無法以少抗眾。

胡斐和程靈素有說有笑，兩人同處患難，比往日更增親密。馬春花卻有點兒神不守舍，只是低頭默默沉思，既不外望敵人，對胡程兩人的說話也似聽而不聞。

胡斐道：「咱們守到晚間，或能乘黑逃走。今夜倘若走不脫，二妹，那要累得你送一條小命了，至於我歪拳有敵牛耕田這老小子的老命，嘿，嘿！」說著伸手指在上唇一摸，笑道：「早知跟姓牛的無關，這撇鬍子倒有點捨不得了。」

程靈素微微一笑，低聲道：「大哥，待會如果走不脫，你救我呢，還是救馬姑娘？」

胡斐道：「兩個都救。」程靈素道：「我是問你，倘若只能救出一個，另一個非死不可，你便救誰？」

胡斐微一沉吟，說道：「我救馬姑娘！我跟你同死。」

程靈素轉過頭來，低低叫了聲：「大哥！」伸手握住了他手。

胡斐心中一震，忽聽得屋外腳步聲響，往窗孔中一望，叫道：「啊喲，不好！」只見羣盜紛紛從林中躍出，手上都拖著樹枝柴草，不住往石屋周圍擲來，瞧這情勢，顯是要行火攻。胡斐和程靈素手握著手，相互看了一眼，從對方的眼色之中，兩人都瞧出處境已是無望。

馬春花忽然站到窗口，叫道：「喂，你們領頭的人是誰？我有話跟他說。」羣盜中站出一個瘦瘦小小的老者，說道：「馬姑娘有話，請吩咐小人吧！」馬春花道：「我過來跟你說，你可不得攔著我不放。」那老者道：「誰有這麼大膽，敢攔住馬姑娘了？」馬春花臉上一紅，低聲道：「胡兄弟，程家妹子，我出去跟他們說幾句話再回來。」胡斐忙道：「啊，使不得，強盜賊骨頭，怎講信義？馬姑娘你這可不是自投虎口？」

馬春花道：「困在此處，事情總是不了。兩位高義，我終生不忘。」

胡斐心想：「她是要將事情一個兒承當，好讓我兩人不受牽累。她孤身前往，自是凶多吉少，救人不救徹，豈是大丈夫所為？」眼看馬春花甚是堅決，已伸手去拔門閂，說道：「那麼我陪你去。」馬春花臉上又是微微一紅，道：「不用了。」

程靈素實在猜測不透，馬春花何以會幾次三番的臉紅？難道她對胡大哥竟也有情？想到此處，不由得自己也臉紅了。

胡斐道：「好，既是如此，我去擒一個人來，作為人質。」馬春花道：「胡兄弟，不必……」話未說完，胡斐已右手提起單刀，左手一推大門，猛地衝了出去。羣盜齊聲大呼。

胡斐展開輕功，往斜刺裏疾奔。羣盜齊聲呼叫：「小子要逃命啦！」「石屋裏還有人，四下裏兜住。」「小心，提防那小子使詭。」呼喝聲中，胡斐的人影便如一溜灰煙般撲到了羣盜之中。

兩名盜夥握刀來攔，胡斐頭一低，從兩柄大刀下鑽了過去，左手一勾，想拿左首那人手腕。豈知那人手腳甚是滑溜，單刀橫掃，胡斐迫得舉刀一封，竟沒拿到。這麼稍一耽擱，又有三名大盜撲了上來，兩條鋼鞭，一條鏈子槍，登時將胡斐圍在垓心。

胡斐大喝一聲，提刀猛劈，噹噹噹三響過去，兩條鋼鞭落地，鏈子槍斷為兩截，這三刀使的是極剛極猛之力，雖打落了敵人三般兵刃，但他的單刀也是刃口捲邊，難以再用。

盜眾見他如此神勇，不自禁的向兩旁讓開。

那老者喝道：「讓我來會會英雄好漢！」赤手空拳，猱身便上。胡斐一驚：「此人身手沉穩，大是勁敵。」左手一揚，叫道：「照鏢！」

那老者住足凝神，待他鋼鏢擲來。那知胡斐這一下卻是虛招，左足一點，身子忽地飛起，越過兩名大盜的頭頂，右臂一長，已將一名大盜揪下馬來。他抓住了這大盜的脈門，跟著翻身上馬，從人叢中硬闖出來。

那馬被胡斐一腳踢在肚腹，吃痛不過，向前急竄。盜眾呼喝叫罵，有的乘馬，有的步行，隨後追趕。那馬奔出數丈，胡斐只聽得腦後風生，一低頭，兩枚鐵錐從頭頂飛過，去勢奇勁，發錐的實是高手。

胡斐在馬上轉過身來，倒騎鞍上，將那大盜舉在胸前，叫道：「發暗器啊，越多越好！」那大盜給扣住脈門，全身酸軟，動彈不得。胡斐哈哈大笑，伸腳反踢馬腹，只踢了一腳，那馬撲地倒了，原來當他轉身之前，馬臀上先已中了一枚鐵錐，穿腹而入。胡斐一縱落地，橫持大盜，一步步的退入石屋。

羣盜怕他加害同伴，竟是不敢一擁而上。羣盜枉自有二十餘名好手，卻給他一人倏來倏去，橫衝直撞，不但沒傷到他絲毫，反給他擒去一人。羣盜相顧氣沮，心下固自惱怒，卻也不禁暗暗佩服。

馬春花喝采道：「好身手，好本事！」緩步出屋，向羣盜中走去，竟是空手不持兵刃。羣盜見她走近，紛紛下馬，讓出一條路來。馬春花不停步的向前，直到離石屋二十餘丈之處的樹林邊，這才立定。

胡斐和程靈素在窗中遙遙相望，見馬春花背向石屋，那老者站在她面前說話。程靈素道：「大哥，你說她為甚麼走得這麼遠？若有不測，豈不是相救不及？」胡斐「嗯」了一聲，他知程靈素如此相問，其實心中早已有了答案。

果然，程靈素接著就把答案說了出來：「因為她和羣盜說話，不願給咱兩個聽見！」胡斐又是「嗯」的一聲。他知道程靈素的猜測不錯，可是，那又為甚麼？

胡斐和程靈素聽不到馬春花和羣盜的說話，但自窗遙望，各人的神情隱約可見。

程靈素道：「大哥，這盜魁對馬姑娘說話的模樣，可恭敬得很哪，竟沒半點飛揚跋扈張。」胡斐道：「不錯，這盜魁很有涵養，確是個勁敵。」程靈素說道：「我瞧不是有涵養，倒像是僕人跟主婦稟報甚麼似的。」胡斐也已看出了這一節，心中隱隱覺得不對，但想這事甚為尷尬，不願親口說出。

程靈素瞧了一會，又道：「馬姑娘在搖頭，她定是不肯跟那盜魁去。可是她為甚麼……」突然側過頭來，瞧著胡斐的臉，心中若有所感，又回頭望向窗外。

胡斐道：「你要說甚麼？你說她為甚麼……怎地不說了？」程靈素道：「我不知道該不該問你。問了出來，怕你生氣。」胡斐道：「二妹，你跟我在這兒同生共死，咱們之間還有甚麼不能說的？我甚麼都不會瞞你。」程靈素道：「好！馬姑娘跟那盜魁說話，為甚麼不是發惱，卻要臉紅？這還不奇，為甚麼連你也要臉紅？」

胡斐道：「我在疑心一件事，只是尚無佐證，現下還不便明言。二妹，你大哥光明磊落，決無不可對人言之事。你信得過我麼？」程靈素見他神色懇切，心中很是高興，微笑道：「那你是在代她臉紅了。旁人的事，我管不著。只要你很好，那就好了。」胡斐道：「我初識馬姑娘之時，是個十三四歲的拖鼻涕小廝。她見我可憐，這才給我求情……」說到這裏，抬頭出了會神，只見天邊晚霞如火燒般紅，輕輕說道：「該不該這樣，我不知道。但我相信她是好人……她良心是挺好的。」

這時他身後那大盜突然一聲低哼，顯是穴道被點後酸痛難當。胡斐轉身在他「章門穴」上一拍，又在他「天池穴」上推拿了幾下，解開了他的穴道，說道：「事出無奈，多有得罪，請勿見怪。尊駕高姓大名。」

那大盜濃眉巨眼，身材魁梧，對胡斐怒目而視，大聲道：「我學藝不精，給你擒來，要殺要剮，便可動手，多說些甚麼？」

胡斐見他硬氣，倒欽服他是條漢子，笑道：「我跟尊駕從沒會過，無冤無仇，豈有相害之意？只是今日之事處處透著奇怪，在下心中不明，老兄能不能略加點明？」那大盜厲聲道：「你當我汪鐵鶚是卑鄙小人麼？憑你花言巧語，休想套問得出我半句口供。」

程靈素伸了伸舌頭，笑道：「你不肯說姓名，這不是說了麼？原來是汪鐵鶚汪爺，久仰久仰。」汪鐵鶚呸的一聲，罵道：「黃毛小丫頭，你懂得甚麼？」

程靈素不去理他，向胡斐道：「大哥，這是個渾人。不過他鷹爪雁行門的前輩武師，跟小妹頗有點交情。周鐵鷦、曾鐵鷗他們見了我都很恭敬。你就不用難為他。」說著向胡斐眨了眨眼睛。

汪鐵鶚大是奇怪，道：「你識得我大師兄、二師兄麼？」語氣登時變了。程靈素道：「怎麼不識？我瞧你的鷹爪功和雁行刀都沒學得到家。」汪鐵鶚道：「是！」低了頭頗為慚愧。

原來鷹爪雁行門是北方武學中的一個大門派。門中大弟子周鐵鷦、二弟子曾鐵鷗在江湖上成名已久。程靈素曾聽師父說起過，知道他門中這一代的弟子，取名第三字多用「鳥」旁，這時聽汪鐵鶚一報名，又見他使的是雁翎刀，自然一猜便中。至於汪鐵鶚的武功沒學到家，更是不用多說，他武功倘若學得好了，又怎會給胡斐擒來？但汪鐵鶚腦筋不怎麼靈，聽程靈素說得頭頭是道，居然便深信不疑。

程靈素道：「你兩位師哥怎麼沒跟你一起來？我沒見他們啊。」其實她並不識得周鐵鷦、曾鐵鷗，但想這兩人威名不小，若在盜羣之中，必是領頭居首的人物，但那瘦老人和其餘幾個盜首都不使刀，想來周曾二人必不在內。這一下果然又猜中了。汪鐵鶚道：「周師哥和曾師哥都留在北京。幹這些小事，怎能勞動他兩位的大駕？」言下甚有得意之色。

程靈素心道：「他二人留在北京，難道這伙盜黨竟是從北京來的？我再誆他一誆。」於是輕描淡寫的道：「天下掌門人大會不久便要開啦。你們鷹爪雁行門定要在會裏大大露一露臉。你總要回北京趕這個熱鬧吧？」汪鐵鶚道：「那還用說？差使一辦妥，大夥全得回去。」

胡斐和程靈素心中都是一怔：「甚麼差使？」程靈素道：「貴寨眾位當家的受了招安，給皇上出力，那是光祖耀宗的事哪。」不料這一猜測可出了岔兒，程靈素只道他們都是盜夥，卻在辦差，那不是受了招安是甚麼？那知汪鐵鶚一對細細的眼睛一翻，說道：「甚麼招安？你當我們真是盜賊麼？」程靈素暗叫：「不好！」微微一笑，說道：「你們裝作是黑道上的朋友，大家心照不宣，又何必點穿？」

她雖然掩飾得似乎絲毫沒露痕跡，但汪鐵鶚終於起了疑心，程靈素再用言語相逗，他只是瞪著眼睛，一言不發。

胡斐忽道：「二妹，你既識得這位汪兄的師哥，咱們不便再行留難。汪兄，你請回吧！」汪鐵鶚愕然站起。

胡斐打開石室的木門，說道：「得罪莫怪，後會有期。」汪鐵鶚不知他要使甚麼詭計，不敢跨步。程靈素拉拉胡斐的衣角，連使眼色。胡斐一笑道：「小弟胡斐，我義妹程靈素，多多拜上周曾兩位武師。」說著輕輕往汪鐵鶚身後一推，將他推出門外。汪鐵鶚大惑不解，仍是遲疑著並不舉步，回頭一望，卻見木門已然關上，這才向前走了幾步，跟著又倒退幾步，生怕胡斐在自己背後發射暗器，待退到五六丈外，見石室中始終沒有動靜，這才轉身，飛也似的奔入樹林。

程靈素道：「大哥，我是信口開河啊，誰識得他的周鐵鷂、曾鐵鴨了，你怎地信以為真，放了他去？」胡斐道：「我瞧這些人決不敢傷害馬姑娘。再說，汪鐵鶚是個渾人，這些盜夥未必看重他。他們真要對馬姑娘有甚麼留難，也不會顧惜這個渾人。」程靈素讚道：「你想得極是……」話猶未了，窗孔中望見馬春花緩步而回，羣盜恭恭敬敬的送到林邊，不再前行，任她獨自回進石屋。

胡程二人眼中露出詢問之色，但均不開口。馬春花道：「他們都稱讚胡兄弟武功既高，人又仁義，實是位少年英雄。」胡斐謙遜了幾句，見她呆呆出神，沒再接說下文，也不便再問。

隔了半晌，馬春花道：「胡兄弟，程家妹子，你們走吧。我的事……你們兩位幫不了忙。」胡斐道：「你未脫險境，我怎能捨你而去？」馬春花道：「我在這裏沒有危險，他們不敢對我怎樣。」胡斐心想：「這兩句話只怕確是實情，但讓她孤身留在這裏，怎能安心？」但見她臉上一陣紅，一陣白，忽而泫然欲泣，忽而嘴角邊露出微笑，胡斐和程靈素相顧發怔。石室內外，一片寂靜。

胡斐拉拉程靈素的衣角，兩人走到窗邊，向外觀望。胡斐低聲道：「二妹，你說怎麼辦？」程靈素低聲道：「大仁大義的少年英雄說怎麼辦，黃毛丫頭便也怎麼辦。」胡斐悄聲道：「我疑心著一件事，可是無論如何不便親口問她，這般僵持下去，終也不是了局。」程靈素道：「我猜上一猜。你說有個姓商的，當年對她頗有情意，是不是？」胡斐道：「是啊，你真聰明。我疑心這夥人都是受商寶震之託而來，因此對馬姑娘甚是客氣，對他丈夫卻不斷的訕笑羞辱。」程靈素道：「看來馬姑娘對那姓商的還是未免有情。」胡斐道：「因此我就不知道怎麼辦了。」

兩人說話之時，沒瞧著對方，只是口唇輕輕而動，馬春花坐在屋角，不會聽到。

眼見得晚霞漸淡，天色慢慢黑了下來，突然間西首連聲胡哨，有幾乘馬奔來。程靈素道：「又來了幫手。」胡斐側耳一聽，道：「怎地有一人步行？」果然過不多時，一個人飛步奔近，後面四騎馬成扇形散開著追趕。但馬上四人似乎存心戲弄，並沒催馬，口中吆喝呼哨，始終離前面奔逃之人兩三丈遠。那人頭髮散亂，腳步踉蹌，顯已筋疲力盡。

胡斐看清了那人面目，叫道：「徐大哥，到這裏來！」說著打開木門，待要趕出去接應，但為時已然不及，四騎馬從旁繞了上來，攔住徐錚的去路。林中盜眾也一湧而出。

胡斐若是衝出，只怕羣盜乘機搶入屋來，程靈素和馬春花便要吃虧，只好眼睜睜瞧著徐錚給羣盜圍住。胡斐縱聲叫道：「倚多為勝，算甚麼英雄好漢？」縱馬追來的四個漢子中一人叫道：「不錯，我正要單打獨鬥，會一會神拳無敵的高徒，鬥一鬥飛馬鏢局的徐大鏢頭。」

胡斐聽這聲音好熟，凝目一望，失聲叫道：「是商寶震！」

程靈素道：「這姓商的果真來了！」但見他身形挺拔，白淨面皮，確是比滿臉疤痕的徐錚俊雅十倍，又見他從馬背上翻鞍而下，身法瀟灑利落，心想：「他和馬姑娘才算是一對兒，無怪那些人要打甚麼抱不平，說甚麼鮮花插在牛糞上。」她究竟是年輕姑娘，忍不住叫道：「馬家姊姊，那姓商的來啦！」馬春花「嗯」的一聲，似乎沒懂得程靈素在說些甚麼。

這時羣盜已圍成了老大一個圈子，遮住了從石室窗中望出去的目光。程靈素道：「大哥，這裏瞧不見，咱們上屋頂去。」胡斐道：「好！」

兩人躍上屋頂，望見徐錚和商寶震怒目相向。商寶震手提一柄厚背薄刃的單刀，徐錚卻是空手。程靈素道：「這可不公平。」胡斐尚未答話，只聽商寶震大聲道：「徐爺，商某跟你動手，用不著倚多為勝，也不能欺你空手。你用刀，我空手，這麼著你總不吃虧了吧？」說著提刀一擲，竟把手中單刀柄前刃後的向徐錚擲去。

徐錚伸手接住，呼呼喘氣，說道：「在商家堡中，你對我師妹這般模樣，你當我沒生眼睛麼？你今日空羣而來，為的是甚麼，姓徐的不必多說。商寶震，你拿刀子吧！」商寶震高聲說道：「我便憑一雙肉掌，鬥你的單刀。眾位大哥，如我傷在他的刀下，只怨我狂妄自大，任誰不得相助。」

程靈素道：「他為甚麼這般大聲？顯是要說給馬姑娘聽了。他空手鬥人家單刀，不但是在心上人面前逞能，還要打動她的心。」胡斐嘆了一口氣。程靈素道：「大哥，你說馬姑娘盼望誰勝？」胡斐搖頭道：「我不知道。」程靈素道：「一個是丈夫，一個是外人，眼下正在為了她拚命，她卻躲在屋裏理也不理。我說馬姑娘私心之中，只怕還在盼望這位商少爺得勝呢。」胡斐心中的想法也是如此，但仍是搖頭道：「我不知道。」

徐錚見商寶震定然不肯用兵刃，單刀一橫，說道：「反正姓徐的陷入重圍，今日也不想活著回去了。」刷的一刀，往商寶震頭頂砍落。商寶震武功本就高出他甚多，當年在商家堡向他討教拳腳，只是裝腔作勢，這數年中跟著八卦門中的師伯師叔王氏兄弟痛下苦功，八卦刀和八卦掌的功夫更是精進。徐錚奔逃了半日，氣力衰竭，手中雖然多了一口刀，但在商寶震八卦掌擊、打、劈、拿之下，不數招便落下風。

胡斐皺眉道：「這姓商的甚是狡猾……」程靈素道：「你要不要出手？」胡斐道：「我是為助馬姑娘而來，但是……但是……我可真不知她心意如何？」程靈素對馬春花甚是不滿，說道：「馬姑娘決無危險，你好心相助，她可未必領你這個情。咱們不如走吧！」胡斐見徐錚的單刀給商寶震掌力逼住了，砍出去時東倒西歪，已是全然不成章法，瞧著甚是淒慘，說道：「二妹，你說的是，這件事咱們管不了。」

他躍下屋頂，回入石室，說道：「馬姑娘，徐大哥快支持不住了，那姓商的只怕要下毒手。」馬春花呆呆出神，「嗯」了一聲。胡斐怒火上衝，便不再說，向程靈素道：「二妹，咱們走吧！」馬春花似乎突然從夢中醒覺，問道：「你們要走？上那裏去？」胡斐昂然道：「馬姑娘，你從前為我求情，我一直感激，但你對徐大哥這般……」

他話未說完，猛聽得遠處一聲慘叫，正是徐錚的聲音，跟著商寶震縱聲長笑，笑聲中充滿了得意之情。羣盜轟然喝采：「好八卦掌！」

馬春花一驚，叫道：「師哥！」向外衝出。胡斐恨恨的道：「情人打死了丈夫，正合心意！」程靈素見他憤恨難當，柔聲安慰道：「這種事你便有天大的本事，也沒法子管。」胡斐道：「她若是不愛她師哥，又何必和他成親？」程靈素道：「那定是迫於父親之命了。」

胡斐搖頭道：「不，她父親早燒死在商家堡中了。便算曾有婚約，也可毀了，總勝過落得這般下場。」

忽聽得人叢中又傳出徐錚的一聲呻吟，胡斐喜道：「徐大哥沒死，瞧瞧去。」說著拉著程靈素的手走出石屋，急步擠入盜羣之中。

說也奇怪，沒多久之前，羣盜和胡斐一攻一守，列陣對壘，但這時羣盜只注視馬春花、商寶震、徐錚三人，對胡程二人奔近竟都不以為意。

胡斐低頭看徐錚時，只見他胸口一大灘鮮血，氣息微弱，顯是給商寶震掌力震傷了內臟，轉眼便要斷氣。馬春花呆呆站在他的身前，默不作聲。

胡斐彎下腰去，俯身在徐錚耳邊，低聲道：「徐大哥，你有甚麼未了之事，兄弟給你辦去。」徐錚望望妻子，望望商寶震，苦笑了一下，低聲道：「沒有。」胡斐道：「我去找到你的兩個孩子，撫養他們成人。」他和徐錚全無交情，只是眼見他落得這般下場，激於義憤，忍不住要挺身而出。

徐錚又苦笑了一下，低聲說了一句話，只因氣息太微，胡斐聽不明白，於是把右耳湊到他的口邊，只聽他低聲道：「孩子……孩子……嫁過來之前……早就有了……不是我的……」一口氣呼出，不再吸進，便此氣絕。

胡斐恍然大悟：「怪不得馬姑娘要和他成親，原來火燒商家堡後，這姓商的不知去向，而她有了身孕，卻不能不嫁。怪不得兩個孩子玉雪可愛，與徐大哥的相貌半分也不像。」他伸腰站起，無話可說，耳聽得馬蹄聲響，又有兩乘馬馳近。每匹馬上坐著一個漢子，每人懷裏安安穩穩的各抱一個馬春花的孩子。

馬春花瞧瞧徐錚，又瞧瞧商寶震，說道：「商少爺，我當家的是你打死的？」商寶震道：「刀子還在他手裏，我可沒佔他的便宜。」馬春花點點頭，從徐錚右手中取下單刀，說道：「這是你家傳的八卦刀，我在商家堡中見過的。」商寶震微笑道：「你好記心，多虧你還記得。」馬春花道：「我怎麼不記得？商家堡的事，好像便都在眼前一般。」

程靈素側目瞧著胡斐，只見他滿臉通紅，胸口不住起伏，強忍怒氣，卻不發作。

馬春花提著八卦刀，讚道：「好刀！」慢慢走到商寶震身前。商寶震嘴邊含笑，目光中蘊著情意，伸手來接。馬春花倒過刀鋒，便似要將刀柄遞給他，突然間白光一閃，刀頭猛地轉過，波的一聲輕響，刺入了商寶震腰間。

商寶震一聲大叫，一掌拍出，將馬春花擊得倒退數步，說道：「你……你……你……為甚麼……」一句話沒說完，向前一撲，便已斃命。

這一下人人出其不意，本來商寶震擊死徐錚，馬春花為夫報仇，誰都應該料想得到，但馬春花對徐錚之死沒顯示半分傷心，和商寶震一問一答，又似乎歡然敘舊，突然間刀光一閃，已是白刃刺敵。

羣盜一愕之間，尚未叫出聲來，胡斐在程靈素背後輕輕一推，拉著馬春花的手臂，急速退入了石屋。羣盜一陣喧譁，待欲攔阻，已然慢了一步。適才之事實在太過突兀，羣盜顯然要計議一番，並不立時便向石屋進攻，反而退了開去。

胡斐向馬春花嘆道：「先前我錯怪你了，你原不是這樣的人。」馬春花不答，獨自呆坐在屋角之中。程靈素對她自也全然改觀，柔聲安慰她幾句。馬春花雙目向前直視，嗯也不嗯一聲。

胡斐向程靈素使個眼色，兩人又並肩站在窗前。胡斐道：「馬姑娘為夫報仇，殺了敵人個措手不及，可是這麼一來，我更加不懂了。」程靈素也是大惑不解，本來商寶震一到，一切都已真相大白，但現下許多事情立時又變得十分古怪。馬春花竟會親手將商寶震殺死，是不是她眼見丈夫慘死，突然天良發現？如果羣盜確是商寶震邀來，那麼他一死之後，盜眾定要羣相憤激，叫囂攻來，但羣盜除了驚奇之外，何以並無異舉？

胡斐凝神思索了一會，說道：「二妹，這中間有很多難解之處，咱兩人貿然插手，說不定反而害了好人。馬姑娘是一定不肯說的了，我去問那盜魁去。」程靈素道：「他怎肯說？」胡斐道：「我去試試！」程靈素道：「千萬得小心了！」胡斐道：「理會得。」開了屋門，緩步而出，向盜眾走去。

羣盜見他孤身出來，手中不攜兵刃，臉上均有驚異之色。

胡斐走到離羣盜六七丈遠處，站定說道：「在下有一句機密之言，要和貴首領說。」說著在身上拍了拍，示意不帶利器。

羣盜中一條粗壯漢子喝道：「大夥兒都是好兄弟，有話儘說不妨，何必鬼鬼祟祟？」胡斐笑道：「各位都是英雄好漢，領頭的自然更是一位了不起的人物，難道跟我說句話都不敢麼？」

那瘦削老人右手擺了擺，說道：「『了不起的人物』這六個字，那可不敢當。我瞧你小兄弟倒是位少年英雄，後生可畏，後生可畏！」他話中稱讚胡斐，但滿臉是老氣橫秋之色。胡斐拱手道：「老爺子，請借一步說話。」說著向林中空曠之處走去。

那瘦老人斜眼微睨，適才馬春花手刃商寶震之事，太也令人震驚，他心神兀自未寧，生怕胡斐也暗藏毒計，不敢便此跟隨過去，但若不去，又未免過於示弱，當下全神戒備，一步步的走近。

胡斐抱拳道：「晚輩姓胡名斐，老爺子你尊姓大名？」那老者不答，道：「尊駕有何說話？」胡斐笑道：「沒甚麼。我要跟老爺子討教幾路拳腳。」

那老者沒想到他竟會說出這句話來，勃然變色，道：「好小子，你騙我過來，便要說這一句話嗎？」胡斐笑道：「老爺子且勿動怒，我是想跟你賭一個玩意兒。」

那老者哼的一聲，轉身便走。胡斐道：「我早料你不敢！我便是站在原地不動，你也打我不過。」那老者怒道：「你說甚麼？」胡斐道：「我雙腳釘在地下，半寸不得移動，你卻可任意走動，咱們這般比比拳腳，你說誰贏誰輸？」

那老者見他迭獻身手，奪雷震擋，擒汪鐵鶚，搶劍還劍，接發暗器，事事眩人耳目，若說單打獨鬥，還當真有點膽怯，但聽他竟敢大言不慚，說雙足不動而和自己相鬥，這樣的事江湖上可從未聽見過。他是河南開封府八極拳的掌門人，人既穩練，武功又高，因此這次同來的三十餘人之中以他為首，心想對方答允雙足不動，自己已立於不敗之地，這份便宜是穩穩佔了，當下並不惱怒，反而高興，笑道：「小兄弟出了這個新花樣來考較老頭子，好，這幾根老骨頭便跟著你熬熬。咱們許不許用暗器哪？」胡斐微笑道：「以武會友，用甚麼暗器？」那老者心想：「我便打他不過，只須退開三步，他腳步不能移動，諒他手臂能有多長？最不濟也是個平手。」說了聲：「好！」

胡斐道：「晚輩與老爺子素不相識，這次多管閒事，實是胡鬧。晚輩只要輸了一招半式，我和義妹二人立刻便走。」那老者心想：「他若一味護著馬姑娘，此事終是不了。我們倘若恃眾強攻，勢必多傷人命，如傷著馬姑娘，更是大大不妥，還是善罷為妙。」於是說道：「是啊！這事原本跟旁人絕不相干。馬姑娘此後富貴榮華，直上青雲，你既跟她有交情，只有代她喜歡。」

胡斐搔了搔後腦，道：「我便是不明白。老爺子倘若任讓一招，晚輩要請老爺子說明其中的原委。」

那老者微一沉吟，說道：「好，便是這樣。」見胡斐雙足一站，相距一尺八寸，嶽峙淵渟，沉穩無比，不禁心中一動：「說不定還真輸與他了。」說道：「咱們話說明在先，我若輸了，只好對你說，但你決不能跟第二人說起。」胡斐道：「我義妹可須跟她明言。」那老者心想：「乾柴烈火好煮飯，乾兄乾妹好做親。你們乾兄乾妹，何等親密？就算口中答應了不說，也豈有不說之理？」便道：「第三人可決計不能說了。」胡斐道：「好！便是這樣。我又怎知準能贏得你老人家？」

那老者身形一起，微笑道：「有僭了！」左手揮掌劈出，右拳成鉤，正是八極拳中的「推山式」。胡斐順手一帶，覺他這一掌力道甚厚，說道：「老爺子好掌力！」

羣盜見兩人拉開架子動手，紛紛趕了過來，但見兩人臉上各帶微笑，當下站定了觀鬥。那八極拳的八極乃是「翻手、揲腕、寸懇、抖展」，共分「摟、打、騰、封、踢、蹬、掃、掛」八式，講究的是狠捷敏活。那老者施展開來，但見他翻手之靈、揲腕之巧、寸懇之精、抖展之速，的是名家高手的風範。羣盜看得暗暗佩服，心想他以八極拳揚威大河南北，成名三十餘載，果有真才實學，絕非浪得虛聲。

只見那老者一步三環、三步九轉、十二連環、大式變小式，小式變中盤，「騎馬式」、「魚鱗式」、「弓步式」、「磨膝式」，在胡斐身旁騰挪跳躍，拳腳越來越快。

胡斐卻只是一味穩守，見式化式，果然雙足沒移動分毫。鬥到分際，那老者只感拳掌出去之時漸趨滯澀，似有一股黏力阻在他拳掌之間，心中暗叫：「不好！」待要後躍退開，對方不能追擊，便算是沒有輸贏，那知他左掌回抽，胡斐右手已抓住他的右掌，同時左手成拳，在他右肘底一下輕揉。

那老者大驚，運勁一掙沒能掙脫，便知自己右臂非斷不可，心中正自冰涼，胡斐突然鬆手躍開，腳步一個踉蹌，說道：「老爺子掌力沉雄，佩服，佩服。」

那老者心中雪亮，好生感激，對方非但饒他一臂不斷，還故意腳步踉蹌，裝得打成平手，使自己不致在眾兄弟前失了面子，保全自己一生令名，實是恩德非淺，於是過去攜了胡斐之手，笑道：「小兄弟英雄了得，咱們到這邊說話。」

第十三章

北京眾武官

一

隔房一羣武官在大賭牌九，聽聲音都是熟人。

汪鐵鶚笑道：「胡大哥，咱們過去瞧瞧。」引著胡斐和程靈素走向隔房。

兩人走到樹林深處，胡斐眼見四下無人，只道他要說了，那知那老者一躍上樹，向他招手。胡斐跟著上去，坐在枝幹之上。那老者道：「在這裏說清靜些。」胡斐應道：「是。」

那老者臉露微笑，說道：「先前聽得閣下自報尊姓大名，姓胡名斐。不知這個斐字，是斐然成章之『斐』呢，是一飛衝天之『飛』呢，還是是非分明之『非』？」胡斐聽他吐屬斯文，道：「草字之斐，是一個『文』字上面加一個『非』字。」那老者道：「在下姓秦，草字耐之，一生寄跡江湖，大英雄大豪傑會過不少，但如閣下這般年紀，武功造詣竟已到了這等地步，實是生平未見。」他頓了一頓，又道：「閣下宅心忠厚，識見不凡，更是武林中極為希有。小兄弟，老漢算是服了你啦！」

胡斐道：「秦爺，晚輩有一事請教。」秦耐之道：「你不用太謙啦，這麼著，我叨長你幾歲，稱你一聲兄弟，你便叫我一聲秦大哥。你既手下容情，顧全了我這老面子，那你問甚麼，我答甚麼便是。」

胡斐忙道：「不敢不敢，兄弟見秦大哥有一招是身子向後微仰，上盤故示不穩，左臂置於右臂上交叉輪打，翻成陽拳，然後兩手成陰拳打出。這一招變化極是精妙，做兄弟的險些便招架不住，心中甚是仰慕。」

秦耐之心中一喜，他拳腳上輸了，依約便得將此行真情和盤托出，只道胡斐便要詰問此事，那知他竟是請教自己的得意武功，對方所問，正是他賴以成名的八極拳中八大絕招之一，於是微微一笑，說道：「那是敝派武功中比較有用的一招，叫作『雙打奇門』。」於是跟著解釋這一招中的精微奧妙。胡斐本性好武，聽得津津有味，接著又請教了幾個不明的疑點。

武林中不論那一門那一派，既能授徒傳技，卓然成家，總有其獨到成就，那八極拳當有清雍乾年間，武林中名頭甚響，聲勢也只稍遜於太極、八卦諸門。胡斐和秦耐之過招之時，留心他的拳招掌法，這時所問的全是八極拳中的高妙之作。秦耐之起初還恐本門秘奧洩露於人，解釋時十分中只說七分，然聽對方所問，每一句都搔著癢處，神態又極恭謹，教他忍不住要傾囊吐露，又想，反正他武功強勝於我，學了我的拳法，也仍不過是強勝於我，又有甚麼大不了？而胡斐有時稍抒己見，又對八極拳的長處更有錦上添花之妙。

兩人這麼一談論，竟說了足足半個時辰，羣盜遠遠望著，但見秦耐之雙手比劃，使著他得意的拳招，胡斐有時也出手進招，兩人有說有笑，甚是親熱，顯是在鑽研拳術武功。眾人瞧了半天，聽不見兩人的說話，雖覺詫異，卻也就不再瞧了。

又說了一陣，秦耐之道：「胡兄弟，八極拳的拳招是很了不起的，只可惜我沒學得到家，折在你的手下。」胡斐道：「秦大哥說那裏話來？咱們當真再鬥下去，也不知誰勝誰敗。兄弟對貴派武功佩服得緊。今日天色已晚，一時之間也請教不了許多，日後兄弟到北京來，定當專誠拜訪，長談幾日。此刻暫且別過。」說著雙手一拱，便要下樹。

秦耐之一怔，心道：「咱們有約在先，我須得說明此行的原委，但他只和我講論一番武功，即便告辭，天下寧有是理？是了，這少年是給我面子，他既講交情，我豈可說過的話不算？」當即說道：「兄弟且慢。咱哥兒倆不打不成相識，這會子的事，乘這時說個明白，也好有個了斷啊。」

胡斐道：「不錯，兄弟和那商寶震商大哥原也相識的，想不到馬姑娘竟會突然出手，給丈夫報仇。」於是把在商家堡中如何結識馬春花和商寶震之事，詳詳細細的說了一遍。

秦耐之心道：「好啊，我還沒說，你倒先說了。這少年行事，處處教人心服。」說道：「古人一飯之恩，千金以報。馬姑娘於胡兄弟有代為求情之德，你不忘舊恩，正是大丈夫本色。你不明馬姑娘何以毫不留情的殺了商寶震，難道那兩個孩子，是商寶震生的麼？」胡斐搔頭道：「我聽徐錚臨死之時，說這兩個孩兒不是他的親生兒子。」秦耐之一拍膝頭，道：「原來他倒也不是傻子。」

胡斐一時便如墮入五里霧中。秦耐之道：「小兄弟，你在商家堡之時，可曾見到有一位貴公子麼？」

胡斐一聽，登時如夢初醒。只因那日晚間，他親眼見到商寶震和馬春花在樹下手拉手的說話，一心以為兩人互有情意，而馬春花和那貴公子一見鍾情、互纏癡戀這一場孽緣，他卻全然不知。那日火燒商家堡後，他見到馬春花和那貴公子在郊外偎倚說話，眉梢眼角之間互蘊深情，他雖瞧在眼裏，卻是絲毫不明其中含意，因此始終沒想到那貴公子身上，這時經秦耐之一點明，才恍然大悟，說道：「那八卦門的王氏兄弟……」秦耐之道：「不錯，那次是八卦門王氏兄弟跟隨福公子去商家堡的。」

在胡斐心坎兒中，福公子是何等樣人，早已甚為淡漠，但王氏兄弟的八卦刀和八卦掌，一招一式，卻記得清清楚楚，說道：「福公子，福公子……嗯，這位福公子相貌清雅，倒和那兩個小孩兒有點相像。」

秦耐之嘆了一口氣，道：「福公子榮華富貴，說權勢，除了皇上便是他；說豪富，他要多少皇上便給多少。可是他人到中年，卻有一件事大大不足，那便是膝下無兒。」

胡斐聽他說得那福公子如此威勢，心中一震，道：「那福公子，便是福康安麼？」秦耐之道：「不是他是誰？那正是平金川大帥，做過正白旗滿洲都統，盛京將軍，雲貴總督，四川總督，現任太子太保，兵部尚書，總管內務府大臣的福公子，福大帥！」

胡斐道：「嗯，那兩個小孩兒，便是這位福公子的親生骨肉。他是差你們來接回去的了？」秦耐之道：「福大帥此時還不知他有了這兩個孩子。便是我們，也是適才聽馬姑娘說了才知。」

胡斐點了點頭，心想：「原來馬姑娘跟他說話之時臉紅，便是為此，她所以吐露真情，是要他們不得傷了孩子。她為了愛惜兒子，這件事雖不光采，卻也不得不說。」只聽秦耐之又道：「福大帥只是差我們來瞧瞧馬姑娘的情形，但我們揣摩大帥之意，最好是迎接馬姑娘赴京。馬姑娘這時丈夫已經故世，無依無靠，何不就赴京去和福大帥相聚？她兩個兒子父子相逢，從此青雲直上，大富大貴，豈不強於在鏢局子中低三下四的廝混？胡兄弟，你便勸勸馬姑娘？」

胡斐心中混亂，聽他之言，倒也有理，只是其中總覺有甚不妥，至於甚麼不妥，一時卻又說不上來。

他沉吟半晌，問道：「那商寶震呢？怎麼跟你們在一起了？」秦耐之道：「商寶震得王氏兄弟的舉薦，也在福大帥府中當差。因他識得馬姑娘，是以一同南下。」胡斐臉色一沉，道：「如此說來，他打死徐錚徐大哥，是出於福大帥的授意？」秦耐之忙道：「那倒不是，福大帥貴人事忙，怎知馬姑娘已和那姓徐的成婚？他只是心血來潮，想起了舊情，派幾個當差的南來打探一下消息。此刻已有兩個兄弟飛馬赴京趕報喜訊，福大帥一知他竟有兩位公子，這番高興自是不用說的了。」

這麼一說，胡斐心頭許多疑團，一時盡解。只覺此事怨不得馬春花，也怨不得福康安，商寶震殺徐錚固然不該，可是他已一命相償，自也已無話可說，只是想到徐錚一生忠厚老實，明知二子非己親生，始終隱忍不言，到最後卻又落得如此下場，深為惻然，長長嘆了口氣，說道：「秦大哥，此事已分剖明白，算是小弟多管閒事。」輕輕一縱，落在地下。

秦耐之見他落樹之時，自己絲毫不覺樹幹搖動，竟是全沒在樹上借力，若不細想，那也罷了，略一尋思，只覺得這門輕功實是深邃難測，自己再練十年，也是決計不能達此境界，不知他小小年紀，何以竟能到此地步？他又是驚異，又感沮喪，待得躍落地下，見胡斐早已回進石屋去了。

程靈素在窗前久待胡斐不歸，早已心焦萬分，好容易盼得他歸來，見他神色黯然，似乎十分難過，當下也不相詢，只是和他說些閒話。

過不多時，汪鐵鶚提了一大鍋飯、一大鍋紅燒肉送來石屋，還有三瓶燒酒。胡斐將酒倒在碗裏便喝。程靈素取出銀針，要試酒菜中是否有毒。胡斐道：「有馬姑娘在此，他們怎敢下毒？」馬春花臉上一紅，竟不過來吃飯。胡斐也不相勸，悶聲不響的將三瓶燒酒喝了個點滴不剩，吃了一大碗肉，卻不吃飯，醉醺醺靠在桌上，納頭便睡。

胡斐次晨轉醒，見自己背上披了一件長袍，想是程靈素在晚間所蓋。她站在窗口，秀髮被晨風一吹，微微飛揚。

胡斐望著她苗條背影，心中混和著感激和憐惜之意，叫了聲：「二妹！」程靈素「嗯」的一聲，轉過身來。胡斐見她睡眼惺忪，大有倦色，道：「你一晚沒睡嗎？啊，我忘了跟你說，有馬姑娘在此，他們不敢對咱們怎樣。」程靈素道：「馬姑娘半夜裏悄悄出屋，至今未回。她出去時輕手輕腳，怕驚醒了你，我也便假裝睡著。」胡斐微微一驚，轉過身來，果見馬春花所坐之處只剩下一張空凳。

兩人打開屋門，走了出去，樹林中竟是寂然無人，數十乘人馬，在黑夜中退得乾乾淨淨。樹上縛著兩匹坐騎，自是留給胡程二人的。

再走出數丈，只見林中堆著兩個新墳，墳前並無標誌，也不知那一個是徐錚的，那一個是商寶震的。胡斐心想：「雖然一個是丈夫，一個是殺丈夫的仇人，但在馬姑娘心中，恐怕兩人也無多大差別，都是愛著她而她並不愛的人，都是為了她而送命的不幸之人。」想到此處，不由得喟然長嘆，於是將秦耐之的說話都轉述給程靈素聽。

程靈素聽了，也是黯然嘆息，過了一會，說道：「原來那瘦老頭兒是八極拳的掌門人秦耐之。他有個外號，叫作八臂哪吒。這種人在權貴門下作走狗，品格兒很低，咱們今後不用理他。」胡斐道：「是啊。」

程靈素道：「馬姑娘心中喜歡福公子，徐錚便是活著，也只有徒增苦惱。他小小一個倒霉的鏢師，怎能跟人家兵部尚書、統兵大元帥相爭？」胡斐道：「不錯，倒還是死了乾淨。」於是在兩座墳前拜了幾拜，說道：「徐大哥、商公子，你們生前不論和我有恩有怨，死後一筆勾銷。馬姑娘從此富貴不盡，你們兩位死而有知，也不用再記著她了。」

二人牽了馬匹，緩步出林。程靈素道：「大哥，咱們到那兒去？」胡斐道：「先找到客店，讓你安睡半日，再說別的，可別累壞了我的妹子！」程靈素聽他說「我的妹子」，心中說不出的喜歡，轉頭向他甜甜一笑。

在前途鎮上客店之中，程靈素大睡半日，醒轉時已是午後未刻。她獨自出店，說要去買些物事，回來時手上捧了兩個大紙包，笑道：「大哥，你猜我買了些甚麼？」胡斐見紙上印著「老九福衣莊」的店號，道：「咱們又來黏鬍子喬裝改扮麼？」

程靈素打開紙包，每一包中都是一件嶄新的衣衫，一男一女，男裝淡青，女裝嫩黃，均甚雅致。晚飯後程靈素叫胡斐試穿，衣袖長了兩寸，腋底也顯得太肥，於是取出剪刀針線，便在燈下給他修剪。

胡斐道：「二妹，我說咱們得上北京瞧瞧。」程靈素抿嘴一笑，道：「我早知道你要上北京啊，所以買兩件好一點兒的衣衫，否則鄉下大姑娘進京，不給人笑話麼？」胡斐笑道：「你真想得周到。咱兩個鄉下人便要進京去會會天子腳底下的人物，瞧瞧福大帥的掌門人大會之中，到底有些甚麼英雄豪傑。」這兩句話說得輕描淡寫，語意之中，卻自有一股豪氣。

程靈素手中做著針線，說道：「你想福大帥開這個天下掌門人大會，安著甚麼心眼兒？」胡斐道：「那自是網羅人才之意了，他要天下英雄，都投到他的麾下。可是真正的大英雄大豪傑，卻未必會去。」程靈素微笑道：「像你這等少年英雄，便不會去了。」胡斐道：「我算是那一門子的英雄？我說的是苗人鳳這一流的成名人物。」他忽地嘆了口氣，道：「倘若我爹爹在世，到這掌門人大會中去攪他個天翻地覆，那才叫人痛快呢。」

程靈素道：「你去跟這福大帥搗搗蛋，不也好嗎？我瞧還有一個人是必定要去的。」胡斐道：「誰啊？」程靈素微笑道：「這叫作明知故問了。你還是給我爽爽快快的說出來的好。」

胡斐早已明白她的心意，也不再假裝，說道：「她也未必一定去。」頓了一頓，又道：「這位袁姑娘是友是敵，我還弄不明白呢。」程靈素道：「如果每個敵人都送我一隻玉鳳兒，我倒盼望遍天下都是敵人才好……」

忽聽得窗外一個女子聲音說道：「好，我也送你一隻！」聲音甫畢，嗤的一響，一物射穿窗紙，向程靈素飛來。

胡斐拿起桌上程靈素裁衣的竹尺，向那物一敲，擊落在桌，隨手一掌撥去，燭光應風而滅。接著聽得窗外那人說道：「挑燈夜談，美得緊哪！」

胡斐聽話聲依稀便是袁紫衣的口音，胸口一熱，衝口而出：「是袁姑娘麼？」卻聽步聲細碎，頃刻間已然遠去。

胡斐打火重點蠟燭，只見程靈素臉色蒼白，默不作聲。胡斐道：「咱們出去瞧瞧。」程靈素道：「你去瞧吧！」胡斐「嗯」了一聲，卻不出去，拿起桌上那物看時，卻是一粒小小石子，心想：「此人行事神出鬼沒，不知何時躡上了我們，我竟是毫不知覺。」明知程靈素要心中不快，但忍不住推開窗子，躍出窗外一看，四下裏自是早無人影。

他回進房來，搭訕著想說甚麼話。程靈素道：「天色不早，大哥你回房安睡去吧！」胡斐道：「我倒還不倦。」程靈素道：「我卻倦了，明日一早便得趕路呢。」胡斐道：「是。」自行回房。

這一晚他翻來覆去，總是睡不安枕，一時想到袁紫衣，一時想到程靈素，一時卻又想到馬春花、徐錚和商寶震。直到四更時分，這才矇矇矓矓的睡去。

第二天還未起床，程靈素敲門進來，手中拿著那件新袍子，笑嘻嘻的道：「快起來，外面有好東西等著你。」將袍子放在桌上，翩然出房。

胡斐翻身坐起，披上身子一試，大小長短，無不合式，心想昨晚我回房安睡之時，她一隻袖子也沒縫好，看來等我走後，她又縫了多時，於是穿了新衫，走出房來，向程靈素一揖，說道：「多謝二妹。」程靈素道：「多謝甚麼？人家還給你送了駿馬來呢。」

胡斐一驚，道：「甚麼駿馬？」走到院子中一看，只見一匹遍身光潔如雪的白馬繫在馬椿之上，正是昔年在商家堡見到趙半山所騎、後來袁紫衣乘坐的那匹白馬。

程靈素道：「今兒一早我剛起身，店小二便大呼小叫，說大門給小偷兒半夜裏打開了，不知給偷了甚麼東西。但前後一查，非但一物不少，院子裏反而多了一匹馬。這是縛在馬鞍子上的。」說著遞過一個小小絹包，上面寫著：「胡相公程姑娘同拆。」字跡甚是娟秀。

胡斐打開絹包，不由得呆了，原來包裹又是一隻玉鳳，竟和先前留贈自己的一模一樣，心中立想：「難道我那隻竟是失落了，還是給她盜了去？」伸手到懷中一摸，觸手生溫，那玉鳳好端端的便在懷中，取出來一看，兩隻玉鳳果然雕琢得全然相同，只是一隻鳳頭向左，一隻向右。

絹包中另有一張小小白紙，紙上寫道：「馬歸原主，鳳贈俠女。」胡斐又是一呆：「這馬又不是我的，怎說得上『馬歸原主』？難道要我轉還給趙三哥麼？」於是將簡帖和玉鳳遞給程靈素道：「袁姑娘也送了一隻玉鳳給你。」

程靈素一看簡帖上的八字，說道：「我又是甚麼俠女了？不是給我的。」胡斐道：「包上不是明明寫著『程姑娘』？她昨晚又說：『好，我也送你一隻！』」程靈素淡然道：「既是如此，我便收下。這位袁姑娘如此厚愛，我可無以為報了。」

兩人一路北行，途中再沒遇上何等異事，袁紫衣也沒再現身，但在胡斐和程靈素心中，何時何刻均有個袁紫衣在。窗下閒談，窗外便似有袁紫衣在竊聽；山道馳騎，山背後便似有袁紫衣躲著。兩人都絕口不提她的名字，但口裏越是迴避，心中越是不自禁的要想到她。

兩人均想：「到了北京，總要遇見她了。」有時，盼望快些和她相見；有時，卻又盼望跟她越遲相見越好。

到北京的路程本來很遠，兩人又是遲遲而行，長途跋涉，風霜交侵，程靈素顯得更加憔悴了。

但是，北京終於到了，胡斐和程靈素並騎進了都門。

進城門時胡斐向程靈素望了一眼，隱隱約約間似乎看到一滴淚珠落在地下的塵土之中，只是她將頭偏著，沒能見到她的容色。

胡斐心頭一震：「這次到北京來，可來對了嗎？」

其時正當乾隆中葉，四海昇平。京都積儲殷富，天下精華，盡匯於斯。

胡斐和程靈素自正陽門入城，在南城一家客店之中要了兩間客房，午間用過麵點，相偕到街道各處閒逛，但見熙熙攘攘，瞧不盡的滿眼繁華。兩人不認得道路，只在街上隨意亂走。

逛了個把時辰，胡斐買了幾串冰糖葫蘆，與程靈素各自拿在手中，邊走邊吃。忽聽得路邊小鑼噹噹聲響，有人大聲吆喝，卻是空地上有一夥人在演武賣藝。胡斐喜道：「二妹，瞧瞧去。」

兩人擠入人叢，只見一名粗壯漢子手持一柄單刀，抱拳說道：「兄弟使一路四門刀法，要請各位大爺指教。有一首『刀訣』言道：『禦侮摧鋒決勝強，淺開深入敵人傷。膽欲大兮心欲細，筋須舒兮臂須長。彼高我矮堪常用，敵偶低時我即揚。敵鋒未見休先進，虛刺偽扎引誘誆。引彼不來須賣破，眼明手快始為良。淺深老嫩皆磕打，進退飛騰即躲藏。功夫久練方云熟，熟能生巧大名揚。』」

胡斐聽了，心想：「這幾句刀訣倒是不錯，想來功夫也必是強的。」只見那個漢子擺個門戶，單刀一起，展抹鉤剁，劈打磕扎，使了起來，自「大鵬展翅」、「金鷄獨立」，以至「獨劈華山」、「分花拂柳」，一招一式，使得倒是有條不紊，但腳步虛浮，刀勢斜晃，功夫實是不足一哂。

胡斐暗暗好笑，心道：「早便聽人說，京師之人大言浮誇的居多，這漢子吹得嘴響，使出來可全不是那會子事。」正要和程靈素離去，人羣中突然一人哈哈大笑，喝道：「兀那漢子，你使的是甚麼狗屁刀法？」

使刀的漢子大怒，收刀回視，說道：「我這路是正宗四門刀，難道不對了麼？倒要請教。」

人羣中走出一條大漢，笑道：「好，我來教你。」這人身穿武官服色，軀高聲雄，甚是威武。他走上前去，接過那賣解漢子手中單刀，一瞥眼突然見到胡斐，呆了一呆，喜道：「胡大哥，你也到了北京？哈哈，你是當今使刀的好手，就請你來露一露，讓這小子開開眼界，教他知道甚麼才是刀法。」當他從人圈中出來之時，胡斐和程靈素早已認出，此人正是鷹爪雁行門的汪鐵鶚。他在圍困馬春花時假扮盜夥，原來卻是現任有功名的武官。

胡斐知他心直口快，倒非奸滑之輩，微微一笑，道：「小弟的玩意兒算得甚麼？汪大哥，還是你顯一手。」

汪鐵鶚知道自己的武功和胡斐可差得太遠，有他在這裏，那裏還有自己賣弄的份兒？將單刀往地下一擲，笑道：「來來來，胡大哥，這位姑娘是姓……姓……姓程，對了，程姑娘，咱們同去痛飲三杯。兩位到京師來，在下這個東道是非做不可的了。」說著拉了胡斐的手，便闖出人叢。

那賣武的漢子怎敢和做官的頂撞？訕訕的拾起單刀，待三人走遠，又吹了起來。

汪鐵鶚一面走，一面大聲說道：「胡大哥，咱們這叫做不打不成相識，你老哥的武藝，在下實在是佩服得緊。趕明兒我給你去跟福大帥說說，他老人家一見了你這等人才，必定歡喜重用，那時候啊，兄弟還得仰仗你照顧呢……」說到這裏，忽然放低聲音，道：「那位馬姑娘啊，我們接了她母子三人進京之後，現下住在福大帥府中，當真是享不盡的榮華富貴。福大帥甚麼都有了，就是沒有兒子，這一下，那馬姑娘說不定便扶正做了大帥夫人，哈哈，哈哈！你老哥早知今日，跟我們那一場架也不會打的了吧？」他越說越響，在大街上旁若無人的哈哈大笑。

胡斐聽著心中卻滿不是味兒，暗想馬春花在婚前和福康安早有私情，那兩個孩子也確是福康安的親骨肉，眼下她丈夫已故，再去和福康安相聚，也沒甚麼不對，但一想到徐錚在樹林中慘死的情狀，總是不免黯然。

說話之間，三人來到一座大酒樓前。酒樓上懸著一塊金字招牌，寫著「聚英樓」三個大字。

酒保一見汪鐵鶚，忙含笑上來招呼，說道：「汪大人，今兒來得早，先在雅座喝幾杯吧？」汪鐵鶚道：「好！今兒我請兩位體面朋友，酒菜可得特別豐盛。」酒保笑道：「那還用吩咐？」引著三人在雅座中安了個座兒，斟酒送菜，十分殷勤，顯然汪鐵鶚是這裏常客。

胡斐瞧酒樓中的客人，十之六七都是穿武官服色，便不是軍官打扮，也大都是雄赳赳的武林豪客模樣，看來這酒樓是以做武人生意為大宗的了。

京師烹調，果然大勝別處，此時正當炎暑，酒保送上來的酒菜精美可口，卻不肥膩。胡斐連聲稱好。汪鐵鶚要掙面子，竟是叫了滿桌的菜肴。

兩人對飲了十幾杯，忽聽得隔房湧進一批人來，過不多時，便呼盧喝雉，大賭起來。一人大聲喝道：「九點天槓！通吃！」胡斐聽那口音甚熟，微微一怔。汪鐵鶚笑道：「是熟朋友！」大聲道：「秦大哥，你猜是誰來了？」胡斐立時想起，那人正是八極拳的掌門人秦耐之，只聽他隔著板壁叫道：「誰知你帶的是甚麼豬朋狗友？一塊兒滾過來賭幾手吧？」汪鐵鶚笑道：「你罵我不打緊，得罪了好朋友，可叫你吃不住兜著走呢！」站起身來，拉著胡斐的手說道：「胡大哥，咱們過去瞧瞧。」

兩人走到隔房，一掀門帘，只聽秦耐之吆喝道：「三點，梅花一對，吃天，賠上門！」他一抬頭，猛然見到胡斐，呆了一呆，喜道：「啊，是你，想不到，想不到！」將牌一推，站起身來，伸手在自己額角上打了幾個爆栗，笑道：「該死，該死！我胡說八道，怎知是胡大哥駕到，來來來，你來推莊。」

胡斐眼光一掃，只見房中聚著十來個武官，圍了一桌在賭牌九，秦耐之正在做莊。這十來個人，倒有一大半是扮過攔劫飛馬鏢局的大盜而和自己交過手的，使雷震擋姓褚的，使閃電錐姓上官的，使劍姓聶的，都在其內。

眾人見他突然到來，嘈成一片的房中剎時間寂靜無聲。

胡斐抱拳作個四方揖，笑道：「多謝各位相贈坐騎。」眾人謙遜幾句。那姓聶的便道：「胡大哥，你來推莊，你有沒帶銀子來？小弟今兒手氣好，你先使著。」說著將三封銀子推到他面前。

胡斐生性極愛結交朋友，對做官的雖無好感，但見這一干人對自己極是尊重，而他本來又喜歡賭錢，笑道：「還是秦大哥推莊，小弟來下注碰碰運氣。聶大哥，你先收著，待會輸乾了再問你借。」轉頭問程靈素道：「二妹，你賭不賭？」程靈素抿嘴笑道：「我不賭，我幫你捧銀子回家。」

秦耐之坐回莊家，洗牌擲骰。胡斐和汪鐵鶚便跟著下注。眾武官初時見到胡斐，均不免頗為尷尬，但幾副牌九一推，見他談笑風生，絕口不提舊事，大夥也便各自凝神賭博，不再介意。

胡斐有輸有贏，進出不大，心下盤算：「今日是八月初九，再過六天就是中秋，那天下掌門人大會是福大帥所召，定於中秋節大宴。鳳天南這奸賊身為五虎門掌門人，他便是不來，在會中總也可探聽到些這奸賊的訊息端倪。眼前這班人都是福大帥的得力下屬，不妨跟他們結納結納。我不是甚麼掌門人，但只要他們帶攜，在會上陪那些掌門人喝一杯總是行的。」當下不計輸贏，隨意下注，牌風竟是甚順，沒多久已贏了三四百兩銀子。

賭了一個多時辰，天色已晚，各人下注也漸漸大了起來。忽聽得靴聲橐橐，門帘掀開，走進三個人來。汪鐵鶚一見，立時站直身子，恭恭敬敬的叫道：「大師哥，二師哥，你兩位都來啦。」圍在桌前賭博的人也都紛紛招呼，有的叫「周大爺，曾二爺」，有的叫「周大人，曾大人」，神色之間都頗為恭謹。

胡斐和程靈素一聽，心道：「原來是鷹爪雁行門的周鐵鷦、曾鐵鷗到了，這兩人威風不小啊。」打量二人時，見那周鐵鷦短小精悍，身長不過五尺，五十來歲年紀，卻已滿頭白髮。曾鐵鷗年近五十，身子高瘦，手中拿著一個鼻煙壺，馬褂上懸著一條金鍊，頗有些旗人貴族的氣派。胡斐一看那第三個人，心中微微一怔，原來是當年在商家堡中會過面的天龍門殷仲翔，只見他兩鬢斑白，已老了不少。殷仲翔的眼光在胡斐臉上掠過，見他只是個鄉下人，毫沒在意。要知當年兩人相見之時，胡斐只是個十三四歲的孩子，這時身量一高，臉容也變了，那裏還認得出來？

秦耐之站起身來，說道：「周大哥，曾二哥，我給你引見一位朋友，這位是胡大哥，挺俊的身手。為人又極夠朋友，今兒剛上北京來。你們三位多親近親近。」周鐵鷦向胡斐點了點頭，曾鐵鷗笑了笑，說聲：「久仰！」兩人武功卓絕，在京師享盛名已久，自不將這樣一個鄉下少年瞧在眼裏。

汪鐵鶚瞧著程靈素，心中大是奇怪：「你說跟我大師哥、二師哥相識，怎地不招呼啊？」他那想到程靈素當日乃是信口胡吹。程靈素猜到他的心思，微微一笑，點了點頭，眨眨眼睛。汪鐵鶚只道其中必有緣故，當下也不敢多問。

秦耐之又推了兩副莊，便將莊讓給了周鐵鷦。這時曾鐵鷗、殷仲翔等一下場，落注更加大了。胡斐手氣極旺，連買連中，不到半個時辰，已贏了近千兩銀子。周鐵鷦這個莊卻是極霉，將帶來的銀子和莊票輸了十之七八，這時一把骰子擲下來，拿到四張牌竟是二三關，賠了一副通莊，將牌一推，說道：「我不成，二弟，你來推。」

曾鐵鷗的莊輸輸贏贏，不旺也不霉，胡斐卻又多贏了七八百兩，只見他面前堆了好大一堆銀子。曾鐵鷗笑道：「鄉下老弟，賭神菩薩跟你接風，你來做莊。」

胡斐道：「好！」洗了洗牌，擲過骰子，拿起牌來一配，頭道八點，二道一對板凳，竟吃了兩家。

周鐵鷦輸得不動聲色，曾鐵鷗更是瀟灑自若，抽空便說幾句俏皮話。殷仲翔發起毛來，不住的喃喃咒罵，後來輸得急了，將剩下的二百來兩銀子孤注一擲，押在下門，一開牌出來，三點吃三點，九點吃九點，竟又輸了。殷仲翔臉色鐵青，伸掌在桌上一拍，砰的一聲，滿桌的骨牌、銀兩、骰子都跳了起來，破口罵道：「這鄉下小子骰子裏有鬼，那裏便有這等巧法，三點吃三點，九點吃九點？便是牌旺，也不能旺得這樣！」

秦耐之忙道：「殷大哥，你可別胡言亂語，這位胡大哥是好朋友！」

眾人望望殷仲翔，望望胡斐，見過胡斐身手之人心中都想：殷仲翔說他賭牌欺詐，他決計不肯干休，這場架一打，殷仲翔準要倒大霉。

不料胡斐只笑了笑，道：「賭錢總有輸贏，殷大哥推莊罷。」殷仲翔霍地站起，從腰間解下佩劍，眾人只道他要動手，卻不勸阻。

要知武官們賭錢打架，實是稀鬆平常。那知殷仲翔將佩劍往桌上一放，說道：「我這口劍少說也值七八百兩銀子，便跟你賭五百兩！」那佩劍的劍鞘金鑲玉嵌，甚是華麗，單是瞧這劍鞘，便已價值不菲。

胡斐笑道：「好！該賭八百兩才公平。」殷仲翔拿過骨牌骰子，道：「我祇跟你這鄉下小子賭，不受旁人落注，咱們一副牌決輸贏！」胡斐從身前的銀子堆中取過八百兩，推了出去，道：「你擲骰吧！」

殷仲翔雙掌合住兩粒骰子，搖了幾搖，吹一口氣，擲了出來，一粒五，一粒四，共是九點。他拿起第一手的四張牌，一看之下，臉有喜色，喝道：「鄉下小子，這一次你弄不了鬼吧！」左手一翻，是副九點，右手砰的一翻，竟是一對天牌。

胡斐卻不翻牌，用手指摸了摸牌底，配好了前後道，合撲著排在桌上。殷仲翔喝道：「鄉下小子，翻牌！」他只道已經贏定，一伸臂便將八百兩銀子攏到了身前。汪鐵鶚叫道：「別性急，瞧過牌再說。」胡斐伸出三根手指，在自己前兩張牌上輕輕一拍，又在後兩張牌上一拍，手掌一掃，便將四張合著的牌推入了亂牌之中，笑道：「你贏啦！」殷仲翔大是得意，正要誇口，突然「咦」的一聲驚叫，望著桌子，登時呆住了。

眾人順著他目光瞧去，只見朱紅漆的桌面之上，清清楚楚的印著四張牌的陽紋，前兩張是一對長三，後兩張一張三點，一張六點，合起來竟是一對「至尊寶」，四張牌紋路分明，彫在桌上點子一粒粒的凸起，顯是胡斐三根指頭這麼一拍，便以內力在紅木桌上印了下來。聚賭之人個個都是會家，一見如此內力，不約而同的齊聲喝采。

殷仲翔滿臉通紅，連銀子帶劍，一齊推到胡斐身前，站起身來，轉頭便走。胡斐拿起佩劍，說道：「殷大哥，我又不會使劍，要你的劍何用？」雙手遞了過去。

殷仲翔卻不接劍，說道：「請教尊駕的萬兒。」胡斐還未回答，汪鐵鶚搶著道：「這位朋友姓胡名斐。」殷仲翔喃喃的道：「胡斐，胡斐？」突然一驚，說道：「啊，在山東商家堡中……」胡斐笑道：「不錯，在下曾和殷爺有過一面之緣，殷爺卻不記得了。」殷仲翔臉如死灰，接過佩劍往桌上一擲，說道：「怪不得，怪不得！」掀開門帘，大踏步走了出去。

一時房中眾武官紛紛議論，稱讚胡斐的內力了得，又說殷仲翔輸錢輸得寒蠢，太沒風度。

周鐵鷦緩緩站起身來，指著胡斐身前那一大堆銀子道：「胡兄弟，你這裏一共有多少銀子？」胡斐道：「四五千兩吧！」周鐵鷦搓著骨牌，在桌上慢慢推動，慢慢砌成四條，然後從懷中摸出一個大封袋來，放在身前，道：「來，我跟你賭一副牌。若是我贏，贏了你這四五千兩銀子和佩劍。若是你牌好，把這個拿去。」

眾人見那封袋上甚麼字也沒寫，不知裏面放著些甚麼，都想，他好容易贏了這許多銀子，怎肯一副牌便輸給你？又不知你這封袋裏是甚麼東西，要是祗有一張白紙，豈不是做了冤大頭？那知胡斐想也不想，將面前大堆銀子盡數推了出去，也不問他封袋中放著甚麼，說道：「賭了！」

周鐵鷦和曾鐵鷗對望一眼，各有嘉許之色，似乎說這少年瀟灑豪爽，氣派不凡。

周鐵鷦拿起骰子，隨手一擲，擲了個七點，讓胡斐拿第一手牌，自己拿了第三手，輕描淡寫的一看，翻過骨牌，拍拍兩聲，在桌上連擊兩下。眾人呆了一呆，跟著歡呼叫好，原來四張牌分成一前一後的兩道，平平整整的嵌在桌中，牌面與桌面相齊，便是請木匠來在桌面上挖了洞，將骨牌鑲嵌進去，也未必有這般平滑。但這一手牌點子卻是平平，前五後六。

胡斐站起身來，笑道：「周大爺，對不起，我可贏了你啦！」右手一揮，拍的一聲響，四張牌同時從空中擲了下來，這四張牌竟然也是分成前後兩道，平平整整的嵌入桌中，牌面與桌面相齊。周鐵鷦以手勁直擊，使的是他本門絕技鷹爪力，那是他數十年苦練的外門硬功，原已非同小可，豈知胡斐舉牌凌空一擲，也能嵌牌入桌，這一手功夫更是遠勝了，何況周鐵鷦連擊兩下，胡斐卻祇憑一擲。

眾人驚得呆了，連喝采也都忘記。周鐵鷦神色自若，將封袋推到胡斐面前，說道：「你今兒牌風真旺。」眾人這時才瞧清楚了胡斐這一手牌，原來是八八關，前一道八點，後一道也是八點。

胡斐笑道：「一時鬧玩，豈能作真！」隨手將封袋推了回去。周鐵鷦皺眉道：「胡兄弟，你倘若不收，那是損我姓周的賭錢沒品啦！這一手牌如是我贏，我豈能跟你客氣？這是我今兒在宣武門內買的一所宅子，也不算大，不過四畝來地。」說著從封袋中抽出一張黃澄澄的紙來，原來是一張屋契。旁觀眾人都吃了一驚，心想這一場賭博當真豪闊得可以，宣武門內一所大宅子，少說也值得六七千兩銀子。

周鐵鷦將屋契推到胡斐身前，說道：「今兒賭神菩薩跟定了你，沒得說的。牌局不如散了吧。這座宅子你要推辭，便是瞧我姓周的不起！」胡斐笑道：「既是如此，做兄弟的卻之不恭。待收拾好了，請各位大哥過去大賭一場。」眾人轟然答應。周鐵鷦拱了拱手，逕自與曾鐵鷗走了。汪鐵鶚見大師哥片刻之間將一座大宅輸去，竟是面不改色，他一顆心反而撲通撲通的跳個不定。

當下胡斐向秦耐之、汪鐵鶚等人作別，和程靈素回到客店。程靈素笑道：「你命中註定要作大財主，便推也推不掉，在義堂鎮置下了良田美地，那知道第一天到北京，又贏了一所大宅子。」胡斐道：「這姓周的倒也豪氣，瞧他瘦瘦小小，貌不驚人，那一手鷹爪力可著實不含糊，想不到官場之中還有這等人物。」程靈素道：「你贏的這所宅子拿來幹麼呀？自己住呢，還是賣了它？」胡斐道：「說不定明天一場大賭，又輸了出去，難道賭神菩薩當真是隨身帶嗎？」

次晨兩人起身，剛用完早點，店夥帶了一個中年漢子過來，道：「胡大爺，這位大爺有事找你。」胡斐見這人帶了一副墨鏡，長袍馬褂，衣服光鮮，指甲留得長長的，卻不相識。

這人右腿半曲，請了個安，道：「胡大爺，周大人吩咐，問胡大爺甚麼時候有空，請過宣武門內瞧瞧那座宅子。小人姓全，是那宅子的管家。」胡斐好奇心起，向程靈素道：「二妹，咱們這便瞧瞧去。」

那姓全的恭恭敬敬引著二人來到宣武門內。胡斐和程靈素見那宅子朱漆大門，黃銅大門釘，石庫門牆，青石踏階，著實齊整。一進大門，自前廳、後廳、偏廳，以至廂房、花園，無不陳設考究，用具畢備。那姓全的道：「胡大爺倘若合意，便請搬過來。曾大人叫了一桌筵席，說今晚來向胡大爺恭賀喬遷。周大人、汪大人他們都要來討一杯酒喝。」

胡斐哈哈大笑，道：「他們倒想得周到，那便一齊請吧！」全管家道：「小人理會得。」躬身退了出去。

程靈素待他走遠，道：「大哥，這座宅子祇怕二萬兩銀子也不止。這件事大不尋常。」胡斐點頭道：「不錯，你瞧這中間有甚麼蹊蹺？」程靈素微笑道：「我想總是有個人在暗暗喜歡你，所以故意接二連三，一份一份的送你大禮。」

胡斐知她在說袁紫衣，臉上一紅，搖了搖頭。程靈素笑道：「我是跟你說笑呢。我大哥慷慨豪俠，也不會把這些田地房產放在心上。這送禮之人，決不是你的知己，否則的話，還不如送一隻玉鳳凰。這送禮的若不是怕你，便在想籠絡你。嗯，誰能有這麼大手筆啊？」胡斐凜然道：「是福大帥？」

程靈素道：「我瞧是有點兒像。他手下用了這許多人物，有那一個及得上你？再說，馬姑娘既然得他寵幸，也總得送你一份厚禮。他們知你性情耿直，不能輕易收受豪門的財物，於是派人在賭台上送給你。」

胡斐道：「嗯。他們消息也真靈。我們第一天到北京，就立刻讓我大贏一場。」程靈素道：「我們又沒喬裝改扮，多半一切早就安排好了，只等我們到來。跟汪鐵鶚相遇是碰巧，在聚英樓中一賭，訊息報了出去，周鐵鷦拿了屋契就來了。」胡斐點頭道：「你猜得有理。昨晚周鐵鷦只要有意輸給我，那一注便算是我輸了，他再賭下去，總有法子教我贏了這座宅子。」

程靈素道：「那你怎生處置？」胡斐道：「今晚我再跟他們賭一場，想法子把宅子輸出去，瞧我有沒有這個手段。」程靈素笑道：「兩家都要故意賭輸，這一場交手，卻也熱鬧得緊呢。」

當日午後申牌時分，曾鐵鷗著人送了一席極豐盛的魚翅燕窩席來。那姓全的管家率領僕役，在大廳上佈置得燈燭輝煌，喜氣洋洋。

汪鐵鶚第一個到來。他在宅子前後左右走了一遭，不住口的稱讚這宅子堂皇華美，又大讚胡斐昨晚賭運亨通，手氣奇佳。胡斐心道：「這汪鐵鶚性直，瞧來不明其中的過節，待會我將這宅子輸了給他，瞧他的兩個師兄如何處置，那倒有一場好戲瞧呢。」

不久周鐵鷦、曾鐵鷗師兄弟倆到了，姓褚、姓上官、姓聶的三人到了。過不多時，秦耐之哈哈大笑的進來，說道：「胡兄弟，我給你帶了兩位老朋友來，你猜猜是誰？」

只見他身後走進三個人來。最後一人是昨天見過的殷仲翔，經了昨晚之事，他居然仍來，倒是頗出胡斐意料之外。其餘兩人容貌相似，都是精神矍鑠的老者，看來甚是面善，胡斐微微一怔，待看到兩人腳步落地時腳尖稍斜向裏，正是八卦門功夫極其深厚之象，當即省悟，搶上行禮，說道：「王大爺、王二爺兩位前輩駕到，真是想不到。商家堡一別，兩位精神更加健旺了。」原來這兩人正是八卦門王劍英、王劍傑兄弟。

十二人歡呼暢飲，席上說的都是江湖上英雄豪傑之事。殷仲翔提到當年在商家堡中，眾人如何被困鐵廳，身遭火灼之危，如何虧得胡斐智勇雙全，奮身解圍。秦耐之、周鐵鷦等聽了，更是大讚不已。程靈素目澄如水，脈脈的望著胡斐，心想這些英雄事蹟，你自己從來不說。

筵席散後，眼見一輪明月湧將上來，這天是八月初十，雖已立秋，仍頗炎熱，那是叫作「桂花蒸」。全管家在花園亭中擺設了瓜果，請眾人乘涼消暑。胡斐道：「各位先喝杯清茶，咱們再來大賭一場。」眾人轟然叫好，來到花園的涼亭中坐下。

沒講論得幾句，忽聽得廊上傳來一陣喧譁，卻是有人在與全管家大聲吵嚷，接著全管家

「啊喲」一聲大叫，砰的一響，似乎被人踢了個觔斗。

只見一條鐵塔似的大漢飛步闖進亭來，伸手在桌上一拍，嗆啷啷一陣響亮，茶杯果盤等物，摔得一地。那大漢指著周鐵鷦，粗聲道：「周大哥，這卻是你的不是了。這座宅子我賣給你一萬二千兩銀子，那可是半賣半送，衝著你周大哥的面子，做兄弟的還能計較麼？不料一轉眼間，你卻拿去轉送了別人，我這個虧可吃不起！大家來評評這個理，我姓德的能做這冤大頭麼？」

周鐵鷦冷冷的道：「你錢不夠使，好好的說便了。這裏是好朋友家裏，你來胡鬧甚麼？」那黑大漢一張臉脹得黑中泛紅，伸手又往桌上拍去。周鐵鷦左手一勾一帶，將他兩隻手腕都牢牢抓住了，別瞧周鐵鷦身材矮小，站起來不過剛及那大漢的肩膀，但那大漢雙手被他一抓，猶似給一個鐵箍箍住了，竟是掙扎不脫。

周鐵鷦拉著他走到亭外，低聲跟他說了幾句話。那大漢兀自不肯依從，呶呶不休。周鐵鷦惱了起來，雙臂運力往前一推。那大漢站立不定，向後跌出幾步，撞在一株梅樹之上，喀喇一聲，撞斷了老大兩根椏枝。周鐵鷦喝道：「姓德的莽夫，給我在外邊侍候著，不怕死的便來囉嗦！」那大漢撫著背上的痛處，低頭趨出。

曾鐵鷗哈哈大笑，說道：「這莽夫慣常掃人清興，大師哥早就該好好揍他一頓。」周鐵鷦微笑道：「我就瞧著他心眼兒還好，也不跟他一般見識。胡大哥，倒教你見笑了。」胡斐道：「好說，好說。既是這宅子他賣便宜了，兄弟再補他些銀子便是。」周鐵鷦忙道：「胡大哥說那裏話來？這件事兄弟自會料理，不用你操心。倒是那個莽撞之徒，無意中得罪了胡大哥，他原不知胡大哥如此英雄了得，既做下了事來，此刻實是後悔莫及。兄弟便叫他來向胡大哥敬酒賠禮，衝著兄弟和這裏各位的面子，胡大哥便不計較這一遭如何？」

胡斐笑道：「賠禮兩字，休要提起。既是周大哥的朋友，請他一同來喝一杯吧！」周鐵鷦站起身來，說道：「胡大哥是少年英雄，我們全都誠心結交你這位朋友。那莽夫做錯了事，我們大夥兒全派他的不是。胡大哥大人大量，務請不要介懷。」胡斐道：「些些小事何必掛齒？周大哥說得太客氣了。」周鐵鷦一躬到地，說道：「兄弟先行謝過。」曾鐵鷗和秦耐之也同時起身作揖，說道：「我們一齊多謝了。」胡斐忙站起還禮。周鐵鷦道：「我去叫那莽夫來，跟胡大哥賠罪。」說著轉身出外。

胡斐和程靈素對望了一眼，均想：「這莽夫雖然行為粗魯了些，但周鐵鷦這番賠禮的言語，卻未免過於鄭重。不知這黑大漢是何門道？」

過了片刻，只聽得腳步聲響，園中走進兩個人來。周鐵鷦攜著一人之手，哈哈笑道：「莽夫啊莽夫，快敬胡大哥三杯酒！你們這叫不打不成相識，胡大哥答應原諒你啦。他大丈夫一言既出，駟馬難追。今日便宜了你這莽夫！」

胡斐霍地站起，飄身出亭，左足一點，先搶過去擋住了那人的退路，鐵青著臉，厲聲說道：「姓周的，你鬧甚麼玄虛？我若不手刃此人，我胡斐枉稱頂天立地的男子漢！」

進園來這人，正是廣東佛山鎮上殺害鍾阿四全家的五虎門掌門人鳳天南！

胡斐此時已然心中雪亮，原來周鐵鷦安排下圈套，命一個莽夫來胡鬧一番，然後套得他的言語，要自己答應原諒一個莽夫。他想起鍾阿四全家慘死的情狀，熱血上湧，目光中似要迸出火來。

周鐵鷦道：「胡大哥，我跟你直說了罷。義堂鎮上的田地房產，全是這莽夫送的。這一座宅子和傢俬，也全是這莽夫買的。他跟你賠不是之心，說得上是誠懇之極了。大丈夫拿得起放得下，過去的小小怨仇，何必放在心上？鳳老大，快給胡大哥賠禮吧！」

胡斐見鳳天南雙手抱拳，意欲行禮，雙臂一張，說道：「且慢！」向程靈素道：「二妹，你過來！」程靈素快步走到他的身邊，並肩站著。胡斐朗聲說道：「各位請了！姓胡的結交朋友，憑的是意氣相投，是非分明。咱們吃喝賭博，那算不了甚麼，便是市井小人，也豈不相聚喝酒賭錢？大丈夫義氣為先，以金銀來討好胡某，可把胡某人的人品瞧得一錢不值了！」

曾鐵鷗笑道：「胡大哥可誤會了。鳳老大贈送一點薄禮，也只是略表敬意，那裏敢看輕老兄了？」

胡斐右手一擺，說道：「這姓鳳的在廣東作威作福，為了謀取鄰舍一塊地皮，將人家一家老小害得個個死於非命。我胡斐和鍾家非親非故，但既伸手管上了這件事，便跟這姓鳳的惡棍誓不並存於天地之間。倘若要得罪朋友，那也是勢非得已，要請各位見諒。周大哥，這張屋契請收下了。」從懷中摸出套著屋契的信封，輕輕一揮，那信封直飄到周鐵鷦面前。

周鐵鷦只得接住，待要交還給他，卻想憑著自己手指上的功夫，難以這般平平穩穩的將信封送到他面前。

只聽胡斐朗聲道：「這裏是京師重地，天子腳底下的地方，這姓鳳的又不知有多少好朋友，但我胡斐今晚豁出了性命，定要動一動他。是姓胡的好朋友便不要攔阻，是姓鳳的好朋友，大夥兒一齊上吧！」說罷雙手叉腰一站。他明知北京城中高手如雲，這鳳天南既敢露面，自然是有備而來，別說另有幫手，單是王氏兄弟、周曾二人，那便極不好鬥，但他心中憤慨已極，早將生死置之度外。

周鐵鷦哈哈一笑，說道：「胡大哥既然不給面子，我們這和事老是做不成啦。鳳老大你這便請罷，咱們還要喝酒賭錢呢。」

胡斐好容易見到鳳天南，那裏還容他脫身？雙掌一錯，便向鳳天南撲去。

周鐵鷦眉頭一皺，道：「這也未免太過份了吧！」左臂橫伸攔阻，右手卻翻成陰掌，暗伏了一招「倒曳九牛尾」的擒拿手，意欲抓住胡斐手腕，就勢迴拖。

胡斐既然出手，早把旁人的助拳打算在內，但心想：「你們面子上對我禮貌周到，我對你們也就決不先行出手。」眼見周鐵鷦伸手抓來，更不還手，讓他一把抓住腕骨，扣住了自己的脈門。

周鐵鷦大喜，暗想：「秦耐之、鳳老大他們把這小子的本事誇上了天去，早知不過如此，何必跟他這般低聲下氣？」口中仍是說道：「不要動手！」運勁急拖，斗然間只覺胡斐的腕骨堅硬如鐵，猛地裏湧到一股反拖之力，以硬對硬，周鐵鷦立足不定，立即鬆手，一個踉蹌，向前跌出三步。

這擒拿手拖打，是鷹爪雁行門中最拿手得意的功夫，胡斐偏偏就在這功夫上，挫敗了這一門的掌門大師兄。

兩人交換這一招，只是瞬息間的事。鳳天南已扭過身軀，向外便奔。胡斐撲過去疾劈一掌，鳳天南迴手抵住。

曾鐵鷗道：「好好兒的喝酒賭錢，何必傷了和氣？」右手五根手指成鷹爪之勢，抓向胡斐背心。他似乎是好意勸架，其實卻是施了殺手。但見胡斐一意向鳳天南進攻，對身後的襲擊竟似不知，那姓聶的忍不住叫道：「胡大哥，小心！」擦的一響，曾鐵鷗五指已落在胡斐背上，但著指之處，似是抓到了一塊又韌又厚的牛筋。胡斐背上肌肉一彈，便將他五根手指彈開。

眼見周曾兩人攔阻不住，殷仲翔從斜刺裏竄到，更不假作勸架，揮拳向胡斐面門打去。胡斐頭一低，左掌搭上了他的背心，吐氣揚聲，「嘿」的一聲，殷仲翔的身子直飛出去，撞向鳳天南背心。這一下胡斐原沒想能撞到鳳天南，但他只要閃身避開，殷仲翔的腦袋便撞上一座假山，勢在非伸手相救不可，這麼緩得一緩，便逃不脫了。豈知這鳳天南實在老奸巨猾，眼見殷仲翔出力救援自己，卻不顧他的死活，反而左足在他肩頭一借力，躍向圍牆。只聽得砰的一響，殷仲翔撞上假山，滿頭鮮血，立時暈死過去。

旁觀眾人個個都是好手，鳳天南這一下太過卑鄙，如何瞧不出來？王氏兄弟本欲出手，只是忌憚胡斐了得，未必討得了好，正自遲疑，眼見鳳天南只顧逃命，反害朋友，兄弟倆對望一眼，臉上各現鄙夷之色，便不肯再出手了。

胡斐心想：「讓這奸賊逃出了圍牆之外，那便多了一番手腳。何況圍牆外他定有援兵。」

見他雙足剛要站上牆頭，立即縱身躍起，搶上攔截。

鳳天南剛在牆頭立定，突見身前多了一人，月光下看得明白，正是死對頭胡斐，這一驚當真是非同小可，右腕翻處，一柄明晃晃的匕首自下撩上，向他小腹疾刺過去。

胡斐急起左腿，足尖踢中他的手腕，那匕首直飛起來，落到了牆外。鳳天南出手也是狠辣異常，在這圍牆頂上尺許之地近身肉搏，招數更是凌厲，一匕首沒刺中，左拳跟著擊出。胡斐更不回手，前胸一挺，運起內勁，硬擋了他這一拳，砰的一聲，鳳天南被自己的拳力震了回來，立足不定，摔下圍牆。

胡斐跟著躍下，舉足踏落。鳳天南一個打滾避過，雙足使勁，再度躍向牆頭。胡斐這一次不容他再在牆頭立足，雙手一揮，「一鶴沖天」，跟著竄高，卻比鳳天南高了數尺，落下時正好騎正他的肩頭，雙腿挾住了他的頭頸。鳳天南呼吸閉塞，自知無倖，閉目待死。

胡斐叫道：「奸賊！今日教你惡貫滿盈！」提起手掌，便往他天靈蓋拍落。

第十四章

紫羅衫動紅燭移

三人默默無言，各懷心事，但聽得窗外雨點打在殘荷竹葉之上，淅瀝有聲，燭淚緩緩垂下。程靈素拿起燭台旁的小銀筷，挾下燭心。室中一片寂靜。

突覺背後金刃掠風，一人嬌聲喝道：「手下留人！」喝聲未歇，刀鋒已及後頸。這一下來得好快，胡斐手掌不及拍下，急忙側頭，避開了背後刺來的一刀，迴臂反手，去勾背後敵人的手腕。那人身手矯捷，一刺不中，立時變招，刷刷兩匕首，分刺胡斐雙脅。胡斐轉不過身來，只得縱身離了鳳天南肩頭，向前一撲。那人如影隨形，著著進逼。

胡斐怒道：「袁姑娘，幹麼總是跟我為難？」回過頭來，只見手持匕首那人紫衫雪膚，頭包青巾，正是袁紫衣。

月光下但見她似嗔似笑，說道：「我要領教胡大哥空手入白刃的功夫！」胡斐道：「來日方長，不忙在此刻。」縱身撲向鳳天南時，袁紫衣猱身而上，匕首直指他咽喉。

這一招攻其不得不救，胡斐只得沉肘反打，斜掌劈她肩頭。霎那之間，兩人以快打快，交換了十來招，但見刀光閃動，掌影飛舞，招招都瞧得人驚心動魄。

周鐵鷦、周鐵鷗、王氏兄弟等都不識得袁紫衣，突然見她在鳳天南命在頃刻之際現身相救，武功又如此高強，無不驚詫。

但見這兩人出手奇快，眾人瞧得眼都花了，猛聽得胡斐一聲呼叱，兩人同時翻上圍牆，跟著又同時躍到了牆外。

袁紫衣的匕首翻飛擊刺，招招不離胡斐的要害，出手之狠辣凌厲，直如性命相搏一般。胡斐那敢怠慢，凝神接戰，耳聽得鳳天南縱聲長笑，叫道：「胡家小兄弟，老哥哥失陪了，咱們後會有期。」笑聲愈去愈遠，黑夜中遙遙聽來，便似梟鳴。

胡斐大怒，急欲搶步去追，卻給袁紫衣纏住了，脫身不得。他心中越發恚怒，喝道：

「袁姑娘，在下跟你無怨無仇……」一言未畢，白光閃動，匕首已然及身。

高手過招，生死決於俄頃，萬萬急躁不得，胡斐的武功只比袁紫衣稍勝半籌，但一個空手，一個有刀，形勢已然扯平，他眼睜睜的見仇人再次逃走，一分心，竟給刺中了左肩。嗤的一聲，匕首劃破肩衣，這時袁紫衣右手只須乘勢一沉，胡斐肩頭勢須重傷筋骨，那知她手腕斜翻，反向上挑。胡斐肩上只感微微一涼，絲毫未損，心中一怔：「你又何必手下容情？」

袁紫衣格格嬌笑，倒轉匕首，向他擲了過去，跟著自腰間撤出軟鞭，笑道：「胡大哥，咱們真刀真槍的較量一場。」

胡斐正要伸手去接匕首，忽聽牆頭程靈素叫道：「用單刀吧！」將他單刀擲下。原來程靈素見他赤手空拳，生怕失利，已奔進房去將他的兵刃拿了出來。

袁紫衣叫道：「好體貼的妹子！」突然軟鞭揮起，掠向高牆。程靈素縱身躍入，袁紫衣的軟鞭在牆頭搭住，一借力，便如一隻大鳥般飛了進去，月光下衣袂飄飄，宛若仙子凌空。她身子尚未落地，呼的一鞭，向程靈素背心擊了過去，叫道：「程家妹子，接我三招。」

程靈素側身低頭，讓過了一鞭，但袁紫衣變招奇快，左迴右旋，登時將她裹在鞭影之中。

胡斐知道程靈素決不是她敵手，此刻若去追殺鳳天南，生怕袁紫衣竟下殺手，縱然失去機緣，也只索罷了，當下躍進園中，挺刀叫道：「你要較量，便較量！」袁紫衣道：「好體貼的大哥！」迴過軟鞭，來捲胡斐的刀頭。

兩人各使稱手的兵刃，這一搭上手，情勢與適才又自不同。胡斐使的是家傳胡家刀法，剛中有柔，柔中有剛，迅捷時似閃電奔雷，沉穩處如淵渟嶽峙。袁紫衣的鞭法也是縱橫靈動，大是名手風範。頃刻之間，兩人已拆了三十餘招，當真是鞭揮去如靈蛇矯夭，刀砍來若猛虎翻撲。

秦耐之、周鐵鷦、王氏兄弟等瞧著無不駭然：「這兩人小小年紀，武功上竟有這等造詣！」其實兩人這時比拚兵刃，都還只使出六七成功夫，胡斐見袁紫衣每每在要緊關頭故意不下殺著，自己刀下也就容讓幾分，一面打，一面思量：「她如此對我，到底是何用意？」

適才周鐵鷦、曾鐵鷗、殷仲翔三人出手對付胡斐，均沒討得了好去，眾武官心知單打獨鬥，不是他對手，眼見袁紫衣纏住了他，正是下手的良機，各人使個眼色，裝作凝目觀戰，卻散在兩人身周，慢慢逼近，便要合擊胡斐。

凡是武學高手，出手時無不眼觀六路，耳聽八方，周鐵鷦等這般神態，胡斐自都瞧在眼裏，不禁暗暗焦急：「這批人便要一擁而上，我脫身雖然不難，卻分不出手來照顧二妹了。」一瞥之間，見程靈素站在一旁，倒是神色自若，心想：「只有先將袁姑娘打退，再來對付旁人。」言念及此，刷刷連砍三刀，均是胡家刀法中的厲害家數。

袁紫衣一避二擋，喝采道：「好刀法！」突然迴過長鞭，竟不抵擋胡斐刺向自己腰間的刀尖，一招「凰鳳三點頭」，向曾鐵鷗、周鐵鷦、秦耐之三人的面門各點一點。

這一招來得好不突兀，三人急忙後躍，曾鐵鷗終於慢了一步，鞭端在額頭擦過，帶出了一條血痕。便在此時，胡斐的刀尖距她腰間也已不過尺許，眼見她忽然出鞭為自己退敵，當即右臂一穩，單刀不進不退，停住不動。在如此急遽之間，將兵刃穩得猶似在半空中釘住了一般，可比逕刺敵人難上十倍。

袁紫衣一雙妙目望定胡斐，說道：「你怎麼不刺？」忽聽得曾鐵鷗叫道：「好體貼的哥哥妹妹啊！」學的是旗人惡少的貧嘴聲調。

袁紫衣俏臉一沉，收鞭圍腰，向胡斐道：「胡大哥，這幾位英雄好漢，你給我引見引見。」胡斐道：「好！這位是八極拳的掌門人秦耐之秦大爺，這位是鷹爪雁行門的掌門人周鐵鷦周大爺……」跟著將王劍英、王劍傑兄弟、曾鐵鷗、汪鐵鶚等一一引見了。這時王劍傑已將殷仲翔救醒，只聽他不住口的咒罵鳳天南，說甚麼「如此無恥卑鄙之徒，咱哥兒倆不能算完。」胡斐最後道：「這位是袁姑娘。」心念一動，又道：「袁姑娘是少林韋陀門、廣西八仙劍、湖南易家灣九龍鞭三派的總掌門。」

眾人一聽，都是聳然動容，雖想胡斐不會打誑，但臉上均有不信之色。

袁紫衣微笑道：「你沒說得明白。邯鄲府崑崙刀、彰德府天罡劍、保定府哪吒拳這三門，也請區區做了掌門人。」胡斐道：「哦，原來姑娘又榮任了三家掌門，恭喜恭喜。」

袁紫衣笑道：「多謝！這一次我上北京來，原是想做十家總掌門，但湖北武當山的無青子道長我打他不過，河南少林寺的大智禪師我不敢去招惹。剛好這裏有三位掌門人在此。喂，褚老師，你塞北雷電門的掌門老師麻老夫子到了北京麼？」

那使雷震擋的姓褚武師單名一個轟字，聽她問到師父，說道：「家師向來不來內地走動，有甚麼事，都交給弟子們辦。」袁紫衣道：「好，你是大師兄，可算得上是半個掌門人。

這麼著，今晚我就奪三個半掌門人。十家總掌門做不成，九家半也將就著對付了。」

此言一出，周鐵鷦等無不變色。秦耐之抱拳一拱，哈哈一笑，說道：「少林韋陀門的掌門萬鶴聲萬大哥，跟在下有數十年的交情，卻不知如何將掌門之位傳給姑娘了？」袁紫衣道：「萬大爺死啦，他師弟劉鶴真打不過我，三個徒弟更是膿包。咱們拳腳刀槍上分高下，這掌門之位不讓也得讓。秦老師，我先領教你的八極拳功夫，再跟周老師、王老師、褚老師他們三位過過招。我當上了九家半總掌門，也好到那天下掌門人大會中去風光風光。」

這幾句話，竟是毫沒將周、秦、王、褚眾高手瞧在眼裏。她這麼一叫陣，周鐵鷦、王劍英等都是天下聞名的武學好手，縱然命喪當場，也決不能退縮。

周鐵鷦道：「我們鷹爪雁行門自先師謝世，徒弟們個個不成器，先師的功夫十成中學不到一成。姑娘肯賜教誨，敝派上下那一個不感光寵？只是師兄弟們都是蠢材，只練了些先師傳下的功夫，別派的功夫卻不會練。」袁紫衣笑道：「這個自然。我若不會鷹爪雁行門的功夫，怎能當得鷹爪雁行門的掌門？周老師大可放心。」

周鐵鷦和曾鐵鷗都是氣黃了臉，師兄弟對望一眼，均想：「便是再強的高手，也從沒敢輕視鷹爪雁行門了。你仗著誰的勢頭，到北京城來撒野？」

他們收了鳳天南的重禮，為他出頭排解，沒能辦成，也不過掃興而已，畢竟事不干己，並不怎麼放在心上。可是這姑娘竟敢來硬搶掌門之位，如此欺上頭來，豈可不認真對付？

秦耐之知道今晚已非動手不可，適才見袁紫衣的功夫和胡斐是在伯仲之間，自己卻曾敗在胡斐手下，要想討一個巧，讓她先鬥周王諸人，耗盡了力氣，自己再來撿便宜，當下說道：「周老師、王老師的功夫比兄弟深得多，兄弟躲在後面吧！」

袁紫衣笑道：「你不說我也知道，你的功夫不如他們，我要挑弱的先打，好留下力氣，對付強的。外邊草地上滑腳，咱們到亭中過招。上來吧！」身形一晃，進了亭子，雙足並立，沉肩塌胯，五指併攏，手心向上，在小腹前虛虛托住，正是「八極拳」的起手式「懷中抱月」。

秦耐之吃了一驚：「本派武功向來流傳不廣，但這一招『懷中抱月』，左肩低，右肩高，左手斜，右手正，顯是已得本派的心傳，她卻從何學來？」向胡斐斜睨一眼，又想：「那日我跟他動手，當然不使起手式，後來和他講論本門拳法，這一招也未提到。自不是他傳給這女子了。」心中驚疑，臉上卻不動聲色，說道：「既是如此，待小老兒搬開桌子凳子，免得礙手礙腳。」

袁紫衣道：「秦老師這話差了。本門拳法『翻手、揲腕、寸懇、抖展』八極，『摟、打、騰、封、踢、蹬、掃、卦』八式，變化為『閃、長、躍、躲、拗、切、閉、撥』八法，四十九路八極拳，講究的是小巧騰挪，若是嫌這桌子凳子礙事，當真與敵人性命相搏之時，難道也叫敵人先搬開桌椅麼？」她這番話宛然是掌門人教訓本門小輩的口吻，而八極拳的諸種法訣，卻又說得一字不錯。

秦耐之臉上一紅，更不答話，彎腰躍進亭中，一招「推山式」，左掌推了出去。

袁紫衣搖了搖頭，說道：「這招不好！」更不招架，只是向左踏了一步，秦耐之身前便是桌子擋住，這一掌推不到她身上。他變招卻也迅速，「抽步翻面錘」、「鷂子翻身」、

「劈卦掌」，連使三記絕招。袁紫衣右足微提，左臂置於右臂上交叉輪打，翻成陽拳，跟著便快如電閃般以陰拳打出，正是八極拳中的第四十四式「雙打奇門」，這原是秦耐之的得意招數，可是袁紫衣這一招出得快極，秦耐之猝不及防，急忙斜身閃避，砰的一下，撞到了桌上，桌上茶碗登時打翻了三隻。袁紫衣笑道：「小心！」左纏身、右纏身、左雙撞、右雙撞、一步三環、三步九轉，那八極拳的招數便如雨點般打了過去。

秦耐之奮力招架，眼看她使的招數固是本門拳法，但忽快忽慢、偏左偏右，卻又與本門功夫大不相同。袁紫衣道：「你怎地只招架，不還手？你使的是八極拳，可不是挨揍拳！」秦耐之罵道：「小賤人！」一招「青龍出水」，左拳成鉤，右拳呼的一聲打了出去。袁紫衣應以一招「鎖手攢拳」，突然右肘一擺，翻手抓住了他的右腕，向他背上扭轉，左手同時上前，四指前、拇指後，已拿住了他的「肩貞穴」，順勢向前一送，將他按到了桌上，正好將他嘴巴按到了茶碗上，喝道：「吃茶！」

她使這一手「分筋錯骨手」本來平平無奇，幾乎不論那一門那一派都會練到，只是出手奇速，秦耐之手腕剛一碰到她的手指，全身已被制住，不禁又驚又怒，又罵道：「小賤人！」

袁紫衣雙手使個冷勁，喀喇一聲，秦耐之右肩關節立時脫臼。袁紫衣放開他手腕，坐在圓凳上微微冷笑，說道：「這掌門人之位你讓是不讓？」秦耐之只疼得滿額都是冷汗，一言不發，快步出亭。

王劍英上前左手托住他右臂，右手抓住他頭頸，一推一送，將他肩頭關節還入臼窩，轉頭說道：「袁姑娘的八極拳功夫果然神妙，我領教領教你的八卦掌。」說著踏步進亭。

袁紫衣見他步履凝穩，心知是個勁敵。本來凡是練「遊身八卦掌」之人，必定步法飄逸，行路猶如足不點地一般，但他腳步落地極重，塵土飛揚，那是「自重至輕、至輕返重」，根基堅實無比，他數十年的功力，決非自己所能望其項背。

胡斐快步走到亭中，拿起茶杯喝了一口，低聲道：「此人厲害，不可輕敵。」袁紫衣眼皮低垂，細聲道：「我多次壞你大事，你不怪我麼？」這一句話胡斐卻答不上來，說是不怪，是她接連三次將鳳天南從自己手底下救出；說是怪她罷，瞧著她若有情、若無情的眼波，卻又怎能怪得？

袁紫衣見胡斐走入亭來教自己提防，早是芳心大慰，她本心存驚疑，生怕鬥不過這位八卦門的高手，這時精神一振，勇氣倍增，低聲道：「你放心！」足尖一登，躍上一張圓凳，說道：「王老師，八卦門的武功，講究足踏八卦方位，乾、坤、巽、坎、震、兌、離、艮，咱們便在這些凳上過過招。」王劍英道：「好！」慢慢踏上圓凳，雙手互圈，一掌領前，一掌居後。胡斐又向袁紫衣瞧了一眼，退出亭子。

袁紫衣道：「素聞八卦門中王氏兄弟英傑齊名，待會王老師敗了之後，令弟還打不打呢？」

王劍英生性凝重，聽了這話卻也忍不住氣往上衝，依她說來，似乎還沒動手，自己已然敗定。他本就不善言辭，盛怒之下，更是結結巴巴的說不出話。王劍傑怒道：「小丫頭胡說八道，你只須在我大哥手下接得一百招，咱兄弟倆從此不使八卦掌。」須知王氏兄弟望重武林，尋常武師連他們的十招八招也接不住。王劍傑一出口竟說到一百招，卻也是絲毫沒小覷了她。

袁紫衣斜眼相睨，冷冷的道：「我擊敗令兄之後，算不算八卦門的掌門？你還打不打？」王劍傑道：「你先吹甚麼？打得贏我哥哥再說不遲。」袁紫衣道：「我便是要問一個明白。」

王劍傑尚未答話，王劍英問道：「尊師是誰？」袁紫衣道：「你問我師承幹麼？」她烏溜溜的眼珠骨碌一轉，已明其意，說道：「嗯，王老師是動了真怒，要下殺手，所以先問一問我師父。我師父名頭太響，說出來嚇壞了你。我不抬師父出來。你儘管使你八卦門的絕招。常言道不知者不罪，你便打死了我，我師父也不怪你。」

這幾句話正說中了王劍英的心事，他見袁紫衣先和胡斐相鬥，跟著制住秦耐之，出手著實不俗，定是大有來頭，若是下重手傷了她，她師父日後找場，多半極難應付，聽她這般說，便道：「這裏各位都是見證。」呼的一掌，迎面擊出，掌力未施，身隨掌起，踏坤奔離，足下已移動了方位。別瞧他身軀肥大，八卦門輕功一使出，竟如飛燕掠波一般。

袁紫衣斜掌卸力，自艮追震，手上使的固是八卦掌，腳下踏的也是八卦方位。王劍英連劈數掌，都給她一一卸開。兩人繞著圓桌，在十二隻石凳上奔馳旋轉，倒似小兒捉迷藏一般，但越轉越快，衣襟生風。

王劍英心想：「這丫頭心思靈巧，誘得我在石凳上跟她隔桌換掌。她掌力原本不能跟我相比，但中間擋著一張圓桌，便不怕我沉猛的掌力。」又想：「這丫頭武功甚雜，居然將我門中的八卦掌使得頭頭是道，我何必用尋常掌法跟她糾纏？」猛地裏一聲長嘯，腳步錯亂，手掌歪斜，竟使出了他父親威震河朔王維揚的家傳絕技「八陣八卦掌」來。

這一路掌法王維揚只傳兩個兒子，連外姓的弟子如商劍鳴等也均不傳，那是在八卦掌中夾了八陣圖之法：天陣居乾為天門，地陣居坤為地門，風陣居巽為風門，雲陣居震為雲門，飛龍居坎為飛龍門，武翼居兌為武翼門，鳥翔居離為鳥翔門，蜿盤居艮為蜿盤門；天地風雲為四正門，龍虎鳥蜿為四奇門；乾坤艮巽為闔門，坎離震兌為開門。這四正四奇，四開四闔，用到武學之上，霎時之間變化奇幻，雖是在小小一個涼亭之中，隱隱有佈陣而戰之意。

這八陣八卦掌袁紫衣別說沒有學過，連聽也沒有聽過，只因這是王維揚的不傳之秘，以她師父武學之淵博當世無雙，卻也是有所未知。袁紫衣只接得數掌，登時眼花繚亂，暗暗叫苦。胡斐站在亭外掠陣，也知情勢不妙，只是袁紫衣大言在先，說要奪八卦門掌門，自己決不能插手相助，眼見王劍英越打越佔上風，正沒做理會處，忽見袁紫衣左足一登，躍上桌面，說道：「凳子上施展不開，咱們在桌上鬥鬥。王老師，可不許踏碎了茶碗果碟。」

王劍英一言不發，跟著上了桌面，這時兩人相距近了，袁紫衣無可取巧，對方拍擊過來的掌拳，勢須硬接硬架，但腳下卻佔了便宜。原來桌上放著十二隻茶碗，四盤果子，全是散落亂置，這可不同梅花樁、青竹陣每一處落足點均有規律，王劍英的八陣八卦掌在平地上施展威力最強，一上梅花樁，變化既受限制，威力便已相應減弱。這時在這桌面之上，更生怕不小心踏碎了茶碗果盤，為這刁鑽的丫頭所笑，當下儘量不移腳步，一味催動掌力，自忖不憑腳步掌法之妙，單靠深厚的內功，就能將她毀在一雙肉掌之下。

但聽得掌風呼呼，亭畔的花朵為他掌力所激，片片落英，飛舞而下。

當袁紫衣躍上桌面之時，早已計及利害，眼見對方一掌掌如疾風驟雨般擊到，她只是足不停步的前竄後躍，並不和他對掌拆解，知道只要和對方雄渾的掌力一黏住，那便脫不了身，只見王劍英右掌虛晃，左掌斜引，右掌正要劈出，她左足尖輕輕一挑，一隻茶碗向他撲面飛去。王劍英吃了一驚，閃身避開，袁紫衣料到他趨避的方位，雙足連挑，七八隻茶碗接二連三的飛將過去。王劍英避開了三隻，終於避不開第四、五隻，拍拍兩聲，打中了他肩頭。他出掌劈開第七、八隻，碗中的茶水茶葉卻淋了他滿頭滿臉，跟著第九、十隻茶碗又擊中胸口。

王劍英、王劍傑齊聲怒吼，旁觀的汪鐵鶚、褚轟、殷仲翔等也忍不住驚呼，只見最後兩隻茶碗直奔王劍英雙眼。他憤怒已極，猛力一掌擊出。袁紫衣踢茶碗擾敵，原本是等他這一掌，這良機如何肯予錯過？當下身軀一閃，已伸手抓住他的右腕，左手在他的臂彎裏「曲池穴」一拿，一扭一推，喀的一響，王劍傑大叫「啊喲」一聲中，王劍英臂骱已脫。

這一手仍只是尋常「分筋錯骨手」，說不上甚麼奇妙的家數，只是她出手如電，王劍英竟是閃避不了，至貽終身之羞。

王劍傑雙手一拍，和身向袁紫衣背後撲去。胡斐推出一掌，將他震退三步，說道：「王兄且慢！說好是一個鬥一個。」

王劍英面色慘白，僵在桌上。袁紫衣心想：「若是輕易放了他，他兄弟回頭找場，我可鬥他們不過！」竟是下手不容情，乘著他無力抗禦之時，喀喇一聲，將他左臂的關節也卸脫了，一指點在他太陽穴上，喝道：「你這八卦門的掌門讓是不讓？」

王劍英閉目待死，更不說話。王劍傑喝道：「快放我兄長，你要做掌門，做你的便是。」袁紫衣道：「說話可要算數？」王劍傑道：「算數，算數。」袁紫衣這才微微一笑，躍下桌子。王劍傑負起兄長，頭也不回的快步走出。

周鐵鷦道：「姑娘連奪兩家掌門，果然是聰明伶俐，卻不知留下甚麼妙計，要施在我姓周的身上？」這話明明說她不過是使詭計取勝，說不上是真實本領。袁紫衣道：「對付你鷹爪雁行門，還用得著智計？你師兄弟三個是一齊上呢，還是周老師一人跟我過招？」周鐵鷦淡淡一笑，說道：「袁姑娘此言，真是門縫裏看人，把北京城裏的武師們全都瞧得扁了。周某打從十三歲上起，從來便是單打獨鬥。」袁紫衣道：「嗯，那你十三歲前，便不是英雄好漢，專愛兩個打一個。」周鐵鷦道：「嘿，我自十三歲起始學藝。」袁紫衣道：「是英雄好漢，生來便是英雄好漢，有的人武藝再高，始終不過是窩囊廢。周老師，我可不是說你。」不知怎的，她對於王劍英、王劍傑兄弟，心中還存著三分佩服，見了周鐵鷦大剌剌地自視極高的神氣，卻是說不出的討厭。

周鐵鷦幾時受過旁人這等羞辱？心中狂怒，嘴裏卻只哼了一聲。汪鐵鶚叫了起來：「小丫頭，跟我大師哥說話，可得客氣些。」

袁紫衣知他是個渾人，也不理睬，對周鐵鷦道：「拿出來，放在桌上。」周鐵鷦愕然道：

「甚麼？」袁紫衣道：「銅鷹鐵雁牌。」

一聽到「銅鷹鐵雁牌」五字，周鐵鷦涵養功夫再高，也已不能裝作神色自若，大聲道：「啊哈！我門中的事，你倒真知道得不少。」伸手從腰帶上解下一個錦囊，放在桌上，喝道：「銅鷹鐵雁牌便在這裏，你今日先取我姓周的性命，再取此牌。」袁紫衣道：「拿出來瞧瞧，誰知道是真是假。」

周鐵鷦雙手微微發顫，解開錦囊，取出一塊四寸長、兩寸寬的金牌來，牌上鑲著一隻探爪銅鷹，一隻斜飛鐵雁，正是鷹爪雁行門中世代相傳的掌門信牌，凡是本門弟子，見此牌如見掌門人。

原來鷹爪雁行門在明末天啟、崇禎年間，原是武林中一大門派，幾代掌門人都是武功卓絕，門規也極嚴謹。但傳到周鐵鷦、曾鐵鷗等人手裏時，諸弟子為滿清權貴所用，染上了京中豪奢的習氣，武功已遠不如前人。後來直到嘉慶年間，鷹爪雁行門中出了幾個了不起的人物，該門方始中興。

袁紫衣道：「看來像是真的，不過也說不定。」原來她適才和王劍英一番劇鬥，雖然僥倖反敗為勝，內力卻已大耗，這時故意扯淡，一來要激怒對手，二來也是歇力養氣。

周鐵鷦見多識廣，如何不知她的心意？當下更不多言，雙手一振一壓，突然躍上涼亭之頂，說道：「咱們越打越高，我便在這亭子頂上領教高招。」須知他的門派以鷹爪雁行為名，自是一擅鷹爪擒拿，二擅雁行輕功。他躍上亭頂，存心故居險地，便於施展輕功，與對手作一番生死搏擊，同時令她無法取巧行詭，更有一著是要使胡斐不能在危急中出手相助。在周鐵鷂心中，袁紫衣武功雖高，終不過是女流之輩，真正的勁敵卻是胡斐。

他那知擒拿和輕功這兩門，也正是袁紫衣的專長絕技，他若是見過她和易吉在高桅頂上鬥鞭時那一路驚世駭俗的輕功，也不會躍上這涼亭之頂了。

胡斐見了他這一縱一躍，雖然輕捷，卻決不能和袁紫衣的身手相比，登時便寬了心，轉過頭來，兩人相視一笑。

袁紫衣故意並不炫示，老老實實的躍上亭頂，說道：「看招！」雙手十指拿成鷹爪之式，斜身撲擊。

拳術的爪法，大路分為龍爪、虎爪、鷹爪三種。龍爪是四指併攏，拇指伸展，腕節屈向手心；虎爪是五指各自分開，第二、第三指骨向手心彎曲；鷹爪是四指併攏，拇指張開，五指的第二、第三指骨向手心彎曲。三種爪法各有所長，以龍爪功最為深奧難練。

周鐵鷦見她所使果然是本門家數，心想：「你若用古怪武功，我尚有所忌，你真的使鷹爪雁行功，那可是自尋死路了。」當下雙手也成鷹爪，反手鉤打。

眾人仰首而觀，只見兩人輕身縱躍，接近時擒拿拆打數招，立即退開。這一晚四場激鬥，以這一場最為好看，但也以這一場最為凶險。月光之下，亭簷亭角，兩個人真如一雙大鳥一般，翻飛搏擊。

驀地裏兩人欺近身處，喀喀數響，袁紫衣一聲呼叱，周鐵鷦長聲大叫，跌下亭來。

周鐵鷦如何跌下，只因兩人手腳太快，旁觀眾人之中，只有胡斐和曾鐵鷗看清楚了。周鐵鷦激鬥中使出絕招「四雁南飛」，以連環腿連踢對手四腳，踢到第二腿時被袁紫衣以「分筋錯骨手」搶過去卸脫了左腿關節。他這一招雙腿此起彼落，中途無法收勢，左腿雖已受傷，右腿仍然踢出，袁紫衣對準他膝蓋踹了一腳，右腿受傷更重。旁人卻只見他摔下時肩背著地，落下後竟不再站起。這涼亭並不甚高，以周鐵鷦的輕身功夫，縱然失手，躍下後決不致便不能起身，難道竟是已受致命重傷？

汪鐵鶚素來敬愛大師兄，大叫：「師哥！」奔近前去，語聲中已帶著哭音。他俯身扶起周鐵鷦，讓他站穩。但周鐵鷦兩腿脫臼，那裏還能站立？汪鐵鶚扶起他後雙手放開。周鐵鷦呻吟一聲，又要摔倒。曾鐵鷗低聲罵道：「蠢材！」搶前扶起。他武功在鷹爪雁行門中也算是頂尖兒的好手，只是不會推拿接骨之術，抱起周鐵鷦，便要奔出。

周鐵鷦喝道：「取了鷹雁牌。」曾鐵鷗登時省悟，搶進涼亭，伸手往圓桌上去取金牌，突然頭頂風聲颯然，掌力已然及首。曾鐵鷗右手抱著師兄，左手不及取牌，只得反掌上迎，那知這一架卻架了個空。眼前黑影一晃，一人從涼亭頂上翻身而下，已將桌上金牌抓在手中，喝道：「打輸了想賴麼？」正是袁紫衣。

曾鐵鷗又驚又怒，抱著周鐵鷦，僵在亭中，不知該當和袁紫衣拚命，還是先請人去治大師兄再說？

胡斐上前一步，說道：「周兄雙腿脫了臼，若不立刻推上，只怕傷了筋骨。」也不等周曾兩人答話，伸手拉住周鐵鷦的左腿，一推一送，喀的一聲，接上了臼，跟著又接上了右腿關節，再在他腰側穴道中推拿數下。周鐵鷦登時疼痛大減。

胡斐向袁紫衣伸出手掌，笑道：「這銅鷹鐵雁牌也沒甚麼好玩，你還了周大哥吧！」袁紫衣聽他說到「也沒甚麼好玩」六字，嫣然一笑，將金牌放在他掌心。

胡斐雙手捧牌，恭恭敬敬的遞到周鐵鷦面前。周鐵鷦伸手抓起，說道：「兩位的好處，姓周的但教有一口氣在，終有報答之時。」說著向袁紫衣和胡斐各望一眼，扶著曾鐵鷗轉身便走。向袁紫衣所望的那一眼，目光中充滿了怨毒，瞧向胡斐的那一眼，卻顯示了感激之情。

袁紫衣毫沒在意，小嘴一扁，秀眉微揚，向著使雷震擋的褚轟說道：「褚大爺，你這半個掌門人，咱們還比不比劃？」

到了此時，褚轟再笨也該有三分自知之明，領會得憑著自己這幾手功夫，決不能是她敵手，抱拳說道：「敝派雷電門由家師執掌，區區何敢自居掌門？姑娘但肯賜教，便請駕臨塞北，家師定是歡迎得緊。」他這幾話不亢不卑，卻把擔子都推到了師父肩上。

袁紫衣「嘿嘿」一笑，左手擺了幾擺，道：「還有那一位要賜教？」

殷仲翔等一齊抱拳，說道：「胡大爺，再見了。」轉身出外，各存滿腹疑團，不知這武功如此高強的少女到底是甚麼路道。

胡斐親自送到大門口，回到花園來時，忽聽得半空中打了個霹靂，抬頭一看，只見烏雲滿天，早將明月掩沒。

袁紫衣道：「當真是天有不測風雲，人有旦夕禍福。想不到胡大哥遊俠風塵，一到京師，卻面團團做起富家翁來。」

聽她一提起此事，不由得胡斐氣往上衝，說道：「袁姑娘，這宅第是那姓鳳奸人的產業，我便是在這屋中多待一刻，也是玷辱了，告辭！」回頭向程靈素道：「二妹，咱們走！」

袁紫衣道：「這三更半夜，你們卻到那裏去？你不見變了天，轉眼便是一場大雨麼？」她剛說了這句話，黃豆般的雨點便已灑將下來。

胡斐怒道：「便是露宿街頭，也勝於在奸賊的屋簷下躲雨。」說著頭也不回的往外便走。程靈素跟著走了出去。

忽聽袁紫衣在背後恨恨的道：「鳳天南這奸人，原本是死有餘辜。我恨不得親手割他幾刀！」

胡斐站定身子，回頭怒道：「你這時卻又來說風涼話？」袁紫衣道：「我心中對這鳳天南的怨毒，勝你百倍！」頓了一頓，咬牙切齒的道：「你只不過恨了他幾個月，我卻已恨了他一輩子！」說到最後這幾個字時，語音竟是有些哽咽。

胡斐聽她說得悲切，絲毫不似作偽，不禁大奇，問道：「既是如此，我幾回要殺他，何以你又三番四次的相救？」袁紫衣道：「是三次！決不能有第四次。」胡斐道：「不錯，是三次，那又怎地？」

兩人說話之際，大雨已是傾盆而下，將三人身上衣服都淋得濕了。

袁紫衣道：「你難道要我在大雨中細細解釋？你便是不怕雨，你妹子嬌怯怯的身子，難道也不怕麼？」胡斐道：「好，二妹，咱們進去說話。」

當下三人走到書房之中，書僮點了蠟燭，送上香茗細點，退了出去。這書房陳設甚是精雅。東壁兩列書架，放滿了圖書。西邊一排長窗，茜紗窗間綠竹掩映，隱隱送來桂花香氣。

南邊牆上掛著一幅董其昌的仕女圖；一副對聯，是祝枝山的行書，寫著白樂天的兩句詩：「紅蠟燭移桃葉起，紫羅衫動柘枝來。」

胡斐心中琢磨著袁紫衣那幾句奇怪的言語，那裏去留心甚麼書畫？何況他讀書甚少，就算看了也是不懂。程靈素卻在心中默默唸了兩遍，瞧了一眼桌上的紅燭，又望了一眼袁紫衣身上的紫羅衫，暗想：「對聯上這兩句話，倒似為此情此景而設。可是我混在這中間，卻又算甚麼？」

三人默默無言，各懷心事，但聽得窗外雨點打在殘荷竹葉之上，淅瀝有聲，燭淚緩緩垂下。程靈素拿起燭台旁的小銀筷，挾下燭心。室中一片寂靜。

胡斐自幼飄泊江湖，如此伴著兩個紅妝嬌女，靜坐書齋，卻是生平第一次。

過了良久，袁紫衣望著窗外雨點，緩緩說道：

「十九年前，也是這麼一個下雨天的晚上，在廣東省佛山鎮，一個少婦抱著一個女娃娃，冒雨在路上奔跑。她不知道到甚麼地方去好，因為她已給人逼得走投無路。她的親人，都給人害死了，她自己又受了難當的羞辱。如果不是為了懷中這個小女兒，她早就跳在河裏自盡了。

「這少婦姓袁，名叫銀姑。這名字很鄉下氣，因為她本來是個鄉下姑娘。她長得很美，雖然有點黑，然而眉清目秀，又俏又麗，佛山鎮上的青年子弟給她取了個外號，叫作『黑牡丹』。她家裏是打魚人家，每天清早，她便挑了魚從鄉下送到佛山的魚行裏來。有一天，佛山鎮的鳳大財主鳳天南擺酒請客，銀姑挑了一擔魚送到鳳府裏去。這真叫作天有不測風雲，人有旦夕禍福，這個鮮花一般的大姑娘偏生給鳳天南瞧見了。

「姓鳳的妻妾滿堂，但心猶未足，強逼著玷汚了她。銀姑心慌意亂，魚錢也沒收，便逃回了家裏。誰知便是這麼一回孽緣，她就此懷了孕，她父親問明情由，趕到鳳府去理論。鳳老爺反而大發脾氣，叫人打了他一頓，說他胡言亂語，撒賴訛詐。銀姑的爹嚮了一肚氣回得家來，就此一病不起，拖了幾個月，終於死了。銀姑的伯伯叔叔說她害死了親生父親，不許她戴孝，不許她向棺材磕頭，還說要將她裝在豬籠裏，浸在河裏淹死。

「銀姑連夜逃到了佛山鎮上，挨了幾個月，生下了一個小女孩。母女倆過不了日子，只好在鎮上乞討。鎮上的人可憐她，有的就施捨些銀米周濟，背後自不免說鳳老爺的閒話，說他作孽害人。只是他勢力大，誰也不敢當著他面提起此事。

「鎮上魚行中有一個夥計向來和銀姑很說得來，心中一直在偷偷的喜歡她，於是他托人去跟銀姑說要娶她為妻，還願意認她女兒當作自己女兒。銀姑自然很高興，兩人便拜堂成親。那知有人討好鳳老爺，去稟告了他。

「鳳老爺大怒，說道：『甚麼魚行的夥計這麼大膽，連我要過的女人他也敢要？』當下派了十多個徒弟到那魚行夥計家裏，將正在喝喜酒的客人趕個清光，把枱椅床灶搗得稀爛，還把那魚行夥計趕出佛山鎮，說從此不許他回來。」

砰的一響，胡斐伸手在桌上用力一拍，只震得燭火亂晃，喝道：「這奸賊恁地作惡多端！」

袁紫衣一眼也沒望他，淚光瑩瑩，向著窗外，沉浸在自己所說的故事之中，輕輕嘆了口氣，說道：

「銀姑換下了新娘衣服，抱了女兒，當即追出佛山鎮去。那晚天下大雨，把母女倆全身都打濕了。她在雨中又跌又奔的走出十來里地，忽見大路上有一個人俯伏在地。她只道是個醉漢，好心要扶他起來，那知低頭一看，這人滿臉血污，早已死了，竟便是那個跟她拜了堂的魚行夥計。原來鳳老爺命人候在鎮外，下手害死了他。

「銀姑傷心苦楚，真的不想再活了。她用手挖了個坑，埋了丈夫，當時便想往河裏跳去，但懷中的女娃子卻一聲聲哭得可憐。帶著她一起跳吧，怎忍心害死親生女兒？撇下她吧，這樣一個嬰兒留在大雨之中，也是死路一條。她思前想後，咬了咬牙，終於抱了女兒向前走去，說甚麼也得把女兒養大。」

程靈素聽到這裏，淚水一滴滴的流了下來，聽袁紫衣住口不說了，問道：「袁姊姊，後來怎樣了？」

袁紫衣取手帕抹了抹眼角，微微一笑，道：「你叫我姊姊，該當把解藥給我服了吧？」程靈素蒼白的臉一紅，低聲道：「原來你早知道了。」斟過一杯清茶，隨手從指甲中彈了一些淡黃色的粉末在茶裏。

袁紫衣道：「妹子的心地倒好，早便在指甲中預備了解藥，想神不知鬼不覺的便給我服下。」說著端過茶來，一飲而盡。程靈素道：「你中的也不是甚麼致命的毒藥，只是要大病一場，委頓幾個月，使得胡大哥去殺那鳳天南時，你不能再出手相救。」袁紫衣淡淡一笑，道：「我早知中了你的毒手，只是你如何下的毒，我始終想不起來。進這屋子之後，我可沒喝過一口茶，吃過半片點心。」

胡斐心頭暗驚：「原來袁姑娘雖然極意提防，終究還是著了二妹的道兒。」

程靈素道：「你和胡大哥在牆外相鬥，我擲刀給大哥。那口刀的刀刃上有一層薄薄毒粉，你的軟鞭上便沾著了，你手上也沾著了。待會得把單刀軟鞭都在清水中沖洗乾淨。」袁紫衣和胡斐對望一眼，均想：「如此下毒，真是教人防不勝防。」

程靈素站起身來，斂衽行禮，說道：「袁姊姊，妹子跟你賠不是啦。我實不知中間有這許多原委曲折。」袁紫衣起身還禮，道：「不用客氣，多蒙你手下留情，下的不是致命毒藥。」兩人相對一笑，各自就坐。

胡斐道：「如此說來，那鳳天南便是你……你的……」

袁紫衣道：「不錯，那銀姑是我媽媽，鳳天南便是我的親生之父。他雖害得我娘兒倆如此慘法，但我師父言道：『人無父母，何有此身？』我拜別師父、東來中原之時，師父吩咐我說：『你父親作惡多端，此生必遭橫禍。你可救他三次性命，以了父女之情。自此你是你，他是他，不再相干。』胡大哥，在佛山鎮北帝廟中我救了他一次，那晚湘妃廟中救了他一次，今晚又救了他一次。下回若再撞在我手裏，我先要殺了他，給我死了的苦命媽媽報仇雪恨。」說著神色凜然，眼光中滿是恨意。

程靈素道：「令堂過世了麼？」袁紫衣道：「我媽媽逃出佛山鎮後，一路乞食向北。她只想離開佛山越遠越好，永不要再見鳳老爺的面，永不再聽到他的名字。在道上流落了幾個月，後來到了江西省南昌府，投入了一家姓湯的府中去做女傭……」胡斐「哦」了一聲，道：「江西南昌府湯家，不知和那甘霖惠七省湯大俠有干係沒有？」

袁紫衣聽到「甘霖惠七省湯大俠」八字，嘴邊肌肉微微一動，道：「我媽便是死在湯……湯大俠府上的。我媽死後第三天，我師父便接了我去，帶我到回疆，隔了一十八年，這才回來中原。」

胡斐道：「不知尊師的上下怎生稱呼？袁姑娘各家各派的武功無所不會，無所不精，尊師必是一位曠世難逢的奇人。那苗大俠號稱『打遍天下無敵手』，也不見得有這等本事！」

袁紫衣道：「家師的名諱因未得她老人家允可，暫且不能告知，還請原諒。再說，我自己的名字也不是真的，不久胡大哥和程家妹子自會知道。至於那位苗大俠，我們在回疆也曾聽到過他的名頭。當時紅花會的無塵道長很不服氣，定要到中原來跟他較量較量，但趙半山趙三叔……」她說到「趙三叔」三字時，向胡斐抿嘴一笑，意思說：「又給你討了便宜去啦！」續道：「趙半山知道其中原委，說苗大俠所以用這外號，並非狂妄自大，卻是另有苦衷，聽說他是為報父仇，故意激使遼東的一位高手前來找他。後來江湖上紛紛傳言，他父仇已報，曾數次當眾宣稱，決不敢用這個名號，說道：『甚麼打遍天下無敵手，這外號兒狗屁不通。大俠胡一刀的武功，就比我高強得多了！』」

胡斐心頭一凜，問道：「苗人鳳當真說過這句話？」

袁紫衣道：「我自然沒親耳聽到，那是趙……趙半山說的。無塵道長聽了這話，雄心大起，卻又要來跟那位胡一刀比劃比劃。後來打聽不到這位胡大俠身在何方，也只得罷了。那一年趙半山來到中原，遇見了你，回去回疆後，好生稱讚你英雄了得。只是那時我年紀還小，他們說甚麼我也不懂。這次小妹東來，文四嬸便要我騎了她的白馬來，她說倘若遇到『那位姓胡的少年豪傑，便把我這匹坐騎贈了於他。』」

胡斐奇道：「這位文四嬸是誰？她跟我素不相識，何以贈我這等重禮？」

袁紫衣道：「說起文四嬸來，當年江湖上大大有名。她便是奔雷手文泰來文四叔的娘子，姓駱名冰，人稱『鴛鴦刀』的便是。她聽趙半山說及你在商家堡大破鐵廳之事，又聽說你很喜歡這匹白馬，當時便埋怨他道：『三哥，既有這等人物，你何不便將這匹馬贈了與他？難道你趙三爺結交得少年英雄，我文四娘子結交不得？』」

胡斐聽了，這才明白袁紫衣那日在客店中留下柬帖，說甚麼「馬歸原主」，原來乃是為此，心中對駱冰好生感激，暗想：「如此寶馬，萬金難求。這位文四娘子和我相隔萬里，只憑他人片言稱許，便即割愛相贈，這番隆情高義，我胡斐當真是難以為報了。」又問：「趙三哥想必安好。此間事了之後，我便想赴回疆一行，一來探訪趙三哥，二來前去拜見眾位前輩英雄。」

袁紫衣道：「那倒不用。他們都要來啦。」

胡斐一聽大喜，伸手在桌上一拍，站起身來，說不出的心癢難搔。程靈素知他心意，道：「我給你取酒去。」一出房吩咐書僮，送了七八瓶酒來。胡斐連盡兩瓶，想到不久便可和眾位英雄相見，豪氣橫生，連問：「趙三哥他們何時到來？」

袁紫衣臉色鄭重，說道：「再隔四天，便是中秋，那是天下掌門人大會的正日。這個大會是福康安召集的。他官居兵部尚書、總管內務府大臣，執掌天下兵馬大權，皇親國戚個個屬他該管，卻何以要來和江湖上的豪客打交道？」

胡斐道：「我也一直在琢磨此事，想來他是要網羅普天下英雄好漢，供朝廷驅使，便像是皇帝用考狀元、考進士的法子來籠絡讀書人一般。」袁紫衣道：「不錯，當年唐太宗見應試舉子從考場中魚貫而出，喜道：『天下英雄，入我彀中矣。』福康安開這個大會，自也想以功名利祿來引誘天下英雄。可是他另有一件切膚之痛，卻是外人所不知的。福康安曾經給趙半山、文四叔、無塵道長他們逮去過，這件事你可知道麼？」

胡斐又驚又喜，仰脖子喝了一大碗酒，說道：「痛快，痛快！我卻沒聽說過，無塵道長、文四爺他們如此英雄了得，當真令人傾倒。」

袁紫衣抿嘴笑道：「古人以漢書下酒，你卻以英雄豪傑大快人心之事下酒。若是說起文四叔他們的作為，你便是千杯不醉，也要叫你醉臥三日。」胡斐倒了一碗酒，說道：「那便請說。」

袁紫衣道：「這些事兒說來話長，一時之間也說不了。大略而言，文四叔他們知道福康安很得當今皇帝乾隆的寵愛，因此上將他捉了去，脅迫皇帝重建福建少林寺，又答應不害紅花會散在各省的好漢朋友，這才放了他出來。」

胡斐一拍大腿，說道：「福康安自然以為是奇恥大辱。他招集天下武林各家各派的掌門人，想是要和文四爺他們再決雌雄了？」袁紫衣道：「對了！此事你猜中了一大半。今年秋冬之交，福康安料得文四叔他們要上北京來，是以先行招集各省武林好手。他自在十年前吃了那個大苦頭之後，才知他手下兵馬雖多，卻不足以與武林豪傑為敵。」胡斐鼓掌笑道：「你奪了這九家半掌門，原來是要先殺他一個下馬威。」

袁紫衣道：「我師父和文四叔他們交情很深。但小妹這次回到中原，卻是為了自己的私事。我先到廣東佛山，要瞧瞧鳳老爺到底是怎樣一個人物，也是機緣巧合，不但救了他的性命，還探聽到了天下掌門人大會的訊息。我有事未了，不能趕去回疆報訊，於是也不怕胡大哥見笑，一路從南到北，胡鬧到了北京，也好讓福康安知曉，他的甚麼勞什子掌門人大會，未必能管甚麼事。」

胡斐心念一動：「想是趙三哥在人前把我誇得太過了，這位姑娘不服氣，以致一路上儘是伸量我。」向袁紫衣瞪了一眼，說道：「還有，也好讓趙半山他們知道，那個姓胡的少年，未必真有甚麼本事。」

袁紫衣格格而笑，說道：「咱們從廣東較量到北京，我也沒能佔了你的上風。胡大哥，日後我見到趙半山時，你猜我要跟他說甚麼話？」胡斐搖頭道：「我不知道。」袁紫衣正色道：「我說：『趙三叔，你的小義弟名不虛傳，果然是一位英雄好漢！』」

胡斐萬萬料想不到，這個一直跟自己作對為難的姑娘，竟會當面稱讚起自己來，不由得滿臉通紅，大是發窘，心中卻甚感甜美舒暢。從廣東直到北京，風塵行旅，間關千里，他腦海之中無日不有袁紫衣的影子在，只是每想到這位又美麗動人又刁鑽古怪的姑娘，七分歡喜之中，不免帶著兩分困惑，一分著惱。今夜一夕長談，嫌隙盡去，原來中間竟有這許多原委，怎不令他在三分酒醉之中，再加上了三分心醉？

這時窗外雨聲已細，一枝蠟燭也漸漸點到了盡頭。胡斐又喝了一大碗酒，說道：「袁姑娘，你說有事未了，不知有用得著我的地方嗎？」袁紫衣搖頭道：「多謝了，我想不用請你幫忙。」她見胡斐臉上微有失望之色，又道：「若是我料理不了，自當再向你和程家妹子求救。胡大哥，再過四天，便是掌門人大會之期，咱三個到會中去攪他一個落花流水，演一齣『三英大鬧北京城』，你說好是不好？」

胡斐豪氣勃發，叫道：「妙極，妙極！若不挑了這掌門人大會，趙三哥、文四爺、文四奶奶他們結交我這小子又有甚麼用？」

程靈素一直在旁聽著，默不作聲，這時終於插口道：「『雙英鬧北京』，也已夠了，怎地拉扯上我這個不中用的傢伙？」

袁紫衣摟著她嬌怯怯的肩頭，說道：「程家妹子，快別這麼說。你的本事勝我十倍。我只敢討好你，不敢得罪你。」

程靈素從懷中取出那隻玉鳳，說道：「袁姊姊，你和我大哥之間的誤會也說明白啦，這隻玉鳳還是你拿著。要不然，兩隻鳳凰都給了我大哥。」

袁紫衣一怔，低聲道：「要不然，兩隻鳳凰都給了我大哥！」

程靈素說這兩句話時原無別意，但覺袁紫衣品貌武功，都是頭挑人才，一路上聽胡斐言下之意，早已情不自禁的對她十分傾心，只是為了她數度相救鳳天南，這才心存芥蒂，今日不但前嫌盡釋，而且雙方說來更是大有淵源，那還有甚麼阻礙？但聽袁紫衣將自己這句話重說了一遍，倒似是自己語帶雙關，有「二女共事一夫」之意，不由得紅暈雙頰，忙道：「不，不，我不是這個意思。」袁紫衣道：「不是甚麼意思？」程靈素如何能夠解釋，窘得幾乎要掉下淚來。

袁紫衣道：「程家妹子，你在那單刀之上，為何不下致命的毒藥？」程靈素目中含淚，憤然道：「我雖是毒手藥王的弟子，但生平從未殺過一個人。難道我就能隨隨便便的害你麼？何況……何況你是他的心上人，他整天除了吃飯睡覺，念念不忘，便是在想著你。我怎會當真害你？」說到這裏，淚珠兒終於奪眶而出。

袁紫衣一愕，站起身來，飛快的向胡斐掠了一眼，只見他臉上顯得甚是忸怩尷尬。程靈素這一番話，突然吐露了他的心事，實是大出他意料之外，不免甚是狼狽，但目光之中，卻是滿含款款柔情。

袁紫衣上排牙齒一咬下唇，向程靈素柔聲道：「你放心！終不能兩隻鳳凰都給了他！」驀地裏纖手一揚，噗的一聲，搧滅了燭火，穿窗而出，登高越房而去。

胡斐和程靈素都是一驚，奔到窗邊去看時，但見宿雨初晴，銀光瀉地，早已不見袁紫衣的人影。

兩人心頭，都在咀嚼她臨去時那一句話：「你放心，終不能兩隻鳳凰都給了他！」

第十五章

華拳四十八

福康安萬料不到屏風之後竟藏得有個男人，大吃一驚。馬春花笑道：

「這位兄弟姓胡，單名一個斐字。他年紀雖輕，卻是武功卓絕，你手下那些武士，沒一個及得上他。」

兩人並肩站在黑暗之中，默然良久，忽聽得屋瓦上喀的一聲響。胡斐大喜，只道袁紫衣去而復回，情不自禁的叫道：「你……你回來了！」忽聽得屋上一個男子的聲音說道：「胡大爺，請你借一步說話。」聽聲音卻是那個愛劍如命的聶姓武官。

胡斐道：「此間除我義妹外並無旁人，聶兄請進來喝一杯酒。」

這姓聶的武官單名一個鉞字，那日胡斐不毀他的寶劍，一直心中好生感激，當袁紫衣和秦耐之、王劍英、周鐵鷦三人相鬥之時，他見胡斐暗中頗有偏袒袁紫衣之意，是以始終默不作聲，這時聽胡斐這般說，便從屋頂躍下，說道：「胡大哥，你的一位舊友命小弟前來，請胡大哥大駕過去一談。」

胡斐奇道：「我的舊友？那是誰啊？」聶鉞道：「小弟奉命不得洩露，還請原諒。胡大哥見面自知。」胡斐向程靈素望了一眼，道：「二妹，你在此稍待，我天明之前必回。」程靈素轉身取過他的單刀，道：「帶兵刃麼？」胡斐見聶鉞腰間未繫寶劍，道：「既是舊友見招，不用帶了。」

當下兩人從大門出去，門外停著一輛兩匹馬拉的馬車，車身金漆紗圍，甚是華貴。胡斐尋思：「難道又是鳳天南這廝施甚麼鬼計？這次再教我撞上，縱是空手，也一掌將他斃了。」

兩人進車坐好，車夫鞭子一揚，兩匹駿馬發足便行。馬蹄擊在北京城大街的青石板上，響聲得得，靜夜聽來，分外清晰。京城之中，宵間本來不許行車馳馬，但巡夜兵丁見到馬車前的紅色無字燈籠，側身讓在街邊，便讓車子過去了。

約莫行了半個時辰，馬車在一堵大白粉牆前停住。聶鉞先跳下車，引著胡斐走進一道小門，沿著一排鵝卵石鋪的花徑，走進一座花園。這園子規模好大，花木繁茂，亭閣、迴廊、假山、池沼，一處處觀之不盡，亭閣之間往往點著紗燈。

胡斐暗暗稱奇：「鳳天南這廝也真神通廣大，這園子不是一二百萬兩銀子，休想買得到手。他在佛山積聚的造孽錢，當真不少。」但轉念又想：「只怕未必便是姓鳳的奸賊。他再強也不過是廣東一個土豪惡霸，怎能差遣得動聶鉞這般有功名的武官？」

尋思之際，聶鉞引著他轉過一座假山堆成的石障，過了一道木橋，走進一座水閣，閣中點著兩枝紅燭，桌上擺列著茶碗細點。聶鉞道：「貴友這便就來，小弟在門外相候。」說罷轉身出門。

胡斐看這閣中陳設時，但見精緻雅潔，滿眼富貴之氣，宣武門外的那所宅第本也算得上華麗，但和這小閣相比，卻又是相差不可以道里計了。西首牆上懸了一個條幅，正楷書著一篇莊子的「說劍」，下面署名的竟是當今乾隆皇帝之子成親王。這篇文字是後人偽作，並非莊子所撰，胡斐自也不知，坐了一會覺得無聊，便從頭默默誦讀，好在文句淺顯，倒能明白：「昔趙文王喜劍，劍士夾門而客三千餘人，日夜相擊於前，死傷者歲百餘人，好之不厭……」心想：「福大帥召集天下掌門人大會，不知是否在學這趙文王的榜樣？」待讀到：「……臣之劍，十步殺一人，千里不留行。王大說之曰：天下無敵矣。莊子曰：夫為劍者示之以虛，開之以利，後之以發，先之以至……」他心道：「莊子自稱能十步殺一人，千里不留行，那自是天下無敵了，看來這莊子是在吹牛。至於『示虛開利，後發先至』那幾句話，確是武學中的精義，不但劍術是這樣，刀法拳法又何嘗不是？」

忽聽得背後腳步之聲細碎，隱隱香風撲鼻，他回過身來，見是一個美貌少婦，身穿淡綠紗衫，含笑而立，正是馬春花。

胡斐恍然大悟：「原來這裏是福康安的府第，我怎會想不到？」只見馬春花上前道個萬福，笑道：「胡兄弟，想不到咱們又在京中相見，請坐請坐。」說著親手捧茶，從果盒中拿了幾件細點，放在他的身前，又道：「我聽說胡兄弟到了北京，好生想念，急著要見見你，要多謝你那一番相護的恩德。」

胡斐見她髮邊插著一朵小小白絨花，算是給徐錚戴孝，但衣飾華貴，神色間喜溢眉梢，那裏是新喪丈夫的寡婦模樣？於是淡淡的道：「其實都是小弟多事，早知是福大帥派人來相迎徐大嫂，也用不著在石屋中這麼一番擔驚了。」

馬春花聽他口稱「徐大嫂」，臉上微微一紅，道：「不管怎麼，胡兄弟義氣深重，我總是十分感激的。奶媽，奶媽，帶公子爺出來。」

東首門中應聲進來兩個僕婦，攜著兩個孩兒。兩孩向馬春花叫了聲：「媽！」靠在她的身旁。兩個孩兒面貌一模一樣，本就玉雪可愛，這一衣錦著緞，掛珠戴玉，更加顯得嬌貴了。馬春花笑道：「你們還認得胡叔叔麼？胡叔叔在道上一直幫著咱們，快向胡叔叔磕頭啊。」二孩上前拜倒，叫了聲：「胡叔叔！」

胡斐伸手扶起，心想：「今日你們還叫我一聲叔叔，過不多時，你們便是威風赫赫的皇親國戚，那裏還認得我這草莽之士？」

馬春花道：「胡兄弟，我有一事相求，不知你能答允麼？」胡斐道：「大嫂，當日在商家堡中，小弟被商寶震吊打，蒙你出力相救，此恩小弟深記心中，終不敢忘。日前在石屋中小弟助你抗拒羣盜，雖則是多管閒事，瞎起忙頭，不免教人好笑，但在小弟心中，總算是報答了你昔日的一番恩德。今日若知是你見招，小弟原也不會到來。從今而後，咱們貴賤有別，再也沒甚麼相干了。」這一番話侃侃而言，顯是對她頗為不滿。

馬春花嘆道：「胡兄弟，我雖然不好，卻也不是趨炎附勢之人。所謂『一見鍾情』，總是前生的孽緣……」她越說聲音越低，慢慢低下了頭去。

胡斐聽她說到「一見鍾情」四字，觸動了自己的心事，登時對她不滿之情大減，說道：「你要我做甚麼事？其實，福大帥還有甚麼事不能辦到，你卻來求我？」馬春花道：「我是為這兩個孩兒求你，請你收了他們為徒，傳他們一點武藝。」胡斐哈哈一笑，道：「兩位公子爺尊榮富貴，又何必學甚麼武藝？」馬春花道：「強身健體，那也是好的。」

正說到此處，忽聽得閣外一個男人聲音說道：「春妹，這當兒還沒睡麼？」馬春花臉色微變，向門邊的一座屏風指了指，胡斐當即隱身在屏風之後。只聽得靴聲橐橐，一人走了進來。

馬春花道：「怎麼你自己還不睡？不去陪伴夫人，卻到這裏作甚麼？」那人伸手握住了她手，笑道：「皇上召見商議軍務，到這時方退。你怪我今晚來得太遲了麼？」

胡斐一聽，便知這是福康安了，心想自己躲在這裏，好不尷尬，他二人的情話勢必傳進耳中，欲不聽而不可得，何況眼前情勢似是來和馬春花私相幽會，若是給他發覺，於馬春花和自己都大大不妥，察看周圍情勢，欲謀脫身之計。

忽聽得馬春花道：「康哥，我給你引見一個人。這人你也曾見過，只是想必早已忘了。」跟著提高聲音叫道：「胡兄弟，你來見過福大帥。」

胡斐只得轉了出來，向福康安一揖。福康安萬料不到屏風之後竟藏得有個男人，大吃一驚，道：「這……這……」

馬春花笑道：「這位兄弟姓胡，單名一個斐字，他年紀雖輕，卻是武功卓絕，你手下那些武士，沒一個及得上他。這次你派人接我來京時，這位胡兄弟幫了我不少忙，因此我請了他來。你怎生重重酬謝他啊？」

福康安臉上變色，聽她說完，這才寧定，道：「嗯，那是該謝的，那是該謝的。」左手向胡斐一揮道：「你先出去吧，過幾日我自會傳見。」語氣之間，微現不悅，若不是礙著馬春花的面子，早已直斥他擅闖府第、見面不跪的無禮了。馬春花道：「胡兄弟……」

胡斐憋了一肚子氣，轉身便出，心想：「好沒來由，半夜三更的來受這番羞辱。」聶鉞在閣門外相候，伸了伸舌頭，低聲道：「福大帥剛才進去，見著了麼？」胡斐道：「馬姑娘給我引見了，說要福大帥酬謝我甚麼。」聶鉞喜道：「只須得馬姑娘一言，福大帥豈有不另眼相看的？日後小弟追隨胡大哥之後，那真是再好不過。」他佩服胡斐武功和為人，這幾句話倒是衷心之言。

當下兩人從原路出去，來到一座荷花池之旁，離大門已近，忽聽得腳步聲響，有幾人快步追了上來，叫道：「胡大爺請留步。」

胡斐愕然停步，見是四名武官，當先一人手中捧著一隻錦盒。那人道：「馬姑娘有幾件禮物贈給胡大爺，請你賜收。」胡斐正沒好氣，說道：「小人無功不受祿，不敢拜領。」那人道：「馬姑娘一番盛意，胡大爺不必客氣。」胡斐道：「請你轉告馬姑娘，便說她的隆情厚意，姓胡的心領了。」說著轉身便走。

那武官趕上前來，神色甚是焦急，道：「胡大爺，你若必不肯受，馬姑娘定要怪罪小人。聶大哥，你……你便勸勸胡大爺。我實在是奉命差遣……」胡斐心道：「瞧你步履矯捷，身法穩凝，也是一把好手，何苦為了功名利祿，卻去做人家低三下四的奴才。」

聶鉞接過錦盒，只覺盒子甚是沉重，想來所盛禮品必是貴重之物。那武官陪笑道：「請胡大爺打開瞧瞧，就是只收一件，小人也感恩不淺。」聶鉞道：「胡大哥，這位兄弟所言也是實情，倘若馬姑娘因此怪責，這位兄弟的前程就此毀了。你就胡亂收受一件，也好讓他有個交代。」

胡斐心道：「衝著你的面子，我便收一件拿去周濟窮人也是好的。」於是伸手揭開錦盒之蓋，只見盒裏一張紅緞包著四四方方的一塊東西，緞子的四角摺攏來打了兩個結。胡斐皺著眉頭，道：「那是甚麼？」那武官道：「小人不知。」胡斐心想：「這禮物不知是否整塊的？」伸手便去解那緞子的結。

剛解開了一個結，突然間盒蓋一彈，拍的一響，盒蓋猛地合攏，將他雙手牢牢挾住，霎時間但覺劇痛徹骨，腕骨幾乎折斷，原來這盒子竟是精鋼所鑄，中間藏著極精巧極強力的機括，盒外包以錦緞，是以瞧不出來。

盒蓋一合上，登時越收越緊，胡斐急忙氣運雙腕與抗，若是他內力稍差，只怕雙腕已斷，饒是如此，一口氣也是絲毫鬆懈不得。四個武官見他中計，立時拔出匕首，二前二後，抵在他的前胸後背。

聶鉞驚得呆了，忙道：「幹……幹甚麼？」那領頭的武官道：「福大帥有令，捕拿刁徒胡斐。」聶鉞道：「胡大爺是馬姑娘請來的客人，怎能如此相待？」那武官冷笑道：「聶大哥，你便問福大帥去。咱們當差的怎知道這許多？」

聶鉞一怔，道：「胡大哥你放心，其中必有誤會。我便去報知馬姑娘，她定能設法救你。」那武官喝道：「站住！福大帥密令，決不能洩漏風聲，讓馬姑娘知道。你有幾顆腦袋？」聶鉞滿頭都是黃豆大的汗珠，心想：「這盒子是我親手遞給胡大哥的，我豈不是成了奸詐小人？但福大帥既有密令，又怎能抗命？」

那武官將匕首輕輕往前一送，刀尖割破胡斐衣服，刺到肌膚，喝道：「快走吧！」

那鋼盒是西洋巧手匠人所製，彈簧機括極是霸道，上下盒邊的錦緞一破，便露出鋒利的刃口，原來盒蓋的兩邊，竟是兩把利刃。

聶鉞見胡斐手腕上鮮血迸流，即將傷到筋骨，心想：「胡大哥便是犯了瀰天大罪，也不能以此卑鄙手段對付。」他對胡斐一直敬仰，這時見此慘狀，又自愧禍出於己，突然伸手抓住鋼盒，手指插入盒縫，用力一扳，盒蓋張開，胡斐雙手登得自由。

便在此時，那為首武官一匕首刺了過去。聶鉞的武功本在此人之上，只是雙手尚在鋼盒之中，竟然無法閃避，「啊」的一聲慘呼，匕首入胸，立時斃命。

在這電光石火般的一瞬之間，胡斐吐一口氣，胸背間登時縮入數寸，立即縱身而起，三柄匕首直劃下來，兩柄落空，另一柄卻在他右腿上劃了一道血痕。胡斐雙足齊飛，此時性命在呼吸之間，那裏還能容情？右足足尖前踢，左足足跟後撞，人在半空之中，已將兩名武官踢斃。

刺死聶鉞的那武官不等胡斐落地，一招「荊軻獻圖」，逕向胡斐小腹上刺來，這一下勢挾勁風，甚是凌厲。胡斐左足自後翻上，騰的一下，踹在他的胸口。那武官撲通一聲，跌入了荷池，十餘根肋骨齊斷，眼見是不活的了。

另一名武官見勢頭不好，「啊喲」一聲，轉頭便走。胡斐縱身過去，夾頸提將起來，一掌便要往他天靈蓋擊落，月光下只見他眼中滿是哀求之色，心腸一軟：「他和我無冤無仇，不過是受福康安的差遣，何必傷他性命？」

當下提著他走到假山之後，低聲喝問：「福康安何以要拿我？」那武官道：「實……實在不知道。」胡斐道：「這時他在那裏？」那武官道：「福大帥……福大帥從馬姑娘的閣子中出來，囑咐了我們，又……又回進去了。」胡斐伸手點了他的啞穴，說道：「命便饒你，明日有人問起，你便說這姓聶的也是我殺的。倘若你走漏消息，他家小有甚風吹草動，我將你全家殺得乾乾淨淨。」那武官說不出話，只是點頭。

胡斐抱過聶鉞的屍身，藏在假山窟裏，跪下拜了四拜，再將其餘兩具屍身踢在草叢之中，然後撕下衣襟，裹了兩腕的傷口，腿上的刀傷雖不厲害，口子卻長，這時忍不住怒火填膺，拾起一把匕首，便往水閣而來。

胡斐知道福康安府中衛士必眾，不敢稍有輕忽，在大樹、假山、花叢之後瞧清楚前面無人，這才閃身而前。將近水閣的橋邊，只見兩盞燈籠前導，八名衛士引著福康安過來。幸好花園中極富丘壑之勝，到處都可藏身，胡斐身子一縮，隱在一株石筍之後，只聽福康安道：「你去審問那姓胡的刁徒，細細問他跟馬姑娘怎生相識，是甚麼交情，半夜裏到我府中，是為了甚麼。這件事不許洩漏半點風聲。審問明白之後，速來回報。至於那刁徒呢，嗯，乘著今晚便斃了他，此事以後不可再提。」

他身後一人連聲答應，道：「小人理會得。」福康安又道：「若是馬姑娘問起，便說我送了他三千兩銀子，遣他回家裏去了。」那人又道：「是，是！」胡斐越聽越怒，心想原來福康安只不過疑心我和馬姑娘有甚私情，竟然便下毒手，終於害了聶鉞的性命。

這時候胡斐若是縱將出去，立時便可將福康安斃於匕首之下，但他心中雖怒，行事卻不莽撞，自忖初到京師，諸事未明，而福康安手掌天下兵馬大權，聲威赫赫，究是不敢貿然便出手行刺，於是伏在石筍之後，待福康安一行去遠。

那受命去拷問胡斐之人口中輕輕哼著小曲，施施然的過來。胡斐探身長臂，陡地在他脅下一點。那人也沒瞧清敵人是誰，身子一軟，撲地倒了。胡斐再在他兩處膝彎裏點了穴道，然後快步向福康安跟去，遠遠聽得他說道：「這深更半夜的，老太太叫我有甚麼事？是誰跟她老人家在一起？」一名侍從道：「公主今日進宮，回府後一直和老太太在一起。」福康安「嗯」了一聲，不再言語。

胡斐跟著他穿庭繞廊，見他進了一間青松環繞的屋子。眾侍從遠遠的守在屋外。胡斐繞到屋後，鑽過樹叢，只見北邊窗中透出燈光。他悄悄走到窗下，見窗子是綠色細紗所糊，心念一動，悄沒聲的折了一條松枝，擋在面前，然後隔著松針從窗紗中向屋內望去。

只見屋內居中坐著兩個三十來歲的貴婦，下首坐著一個六十來歲的老婦，那老婦的左側，又坐著兩個婦人。五個女子都是滿身紗羅綢緞，珠光寶氣。福康安先屈膝向中間兩個貴婦請安，再向老婦請安，叫了聲：「娘！」另外兩個婦人見他進來，早便站起。

原來福康安的父親傅恒，是當今乾隆之后孝賢皇后的親弟。傅恒的妻子是滿洲出名的美人，入宮朝見之時給乾隆看中了，兩人有了私情，生下的孩子便是福康安。傅恒由於姊姊、妻子、兒子三重關係，深得乾隆的寵幸，出將入相，一共做了二十三年的太平宰相，此時已經逝世。

傅恒共有四子。長子福靈安，封多羅額駙，曾隨兆惠出征回疆有功，升為正白旗滿洲副都統，已死。次子福隆安，封和碩額駙，做過兵部尚書和工部尚書，封公爵。第三子便是福康安。他兩個哥哥都做駙馬，他最得乾隆恩遇，反而不尚公主，不知內情的人便引以為奇，其實他是乾隆的親生骨肉，怎能再做皇帝的女婿？這時他身任兵部尚書，總管內務府大臣，加太子太保銜。傅恒第四子福長安任戶部尚書，後來封到侯爵。當時滿門富貴極品，舉朝莫及。

屋內居中而坐的貴婦便是福康安的兩個公主嫂嫂。二嫂和嘉公主能說會道，善伺人意，是乾隆的第四女，自幼便極得乾隆的寵愛，沒隔數日，乾隆便要召她進宮，說話解悶。她和福康安實雖兄妹，名屬君臣，因此福康安見了她也須請安行禮。其餘兩個婦人一個是福康安的妻子海蘭氏，一個是福長安的妻子。

福康安在西首的椅上坐下，說道：「兩位公主和娘這麼夜深了，怎地還不安息？」老夫人道：「兩位公主聽說你有了孩兒，喜歡得了不得，急著要見見。」福康安向海蘭氏望了一眼，微微一笑，說道：「那女子是漢人，還沒學會禮儀，因此沒敢讓她來叩見公主和娘。」

和嘉公主笑道：「康老三看中的，那還差得了麼？我們也不要見那女子，你快叫人領那兩個孩兒來瞧瞧。父皇說，過幾日叫嫂子帶了進宮朝見呢。」

福康安暗自得意，心想這兩個粉裝玉琢的孩兒，皇上見了定然喜愛，於是命丫鬟出去吩咐侍從，立即抱兩位小公子來見。

和嘉公主又道：「今兒我進宮去，母后說康老三做事鬼鬼祟祟，在外邊生下了孩兒，幾年也不去找回來，把大家瞞得好緊，小心父皇剝你的皮。」福康安笑道：「這兩個孩兒的事，也是直到上個月才知道的。」

說了一會子話，兩名奶媽抱了那對雙生孩兒進來。福康安命兄弟倆向公主、老太太、太太、嬤嬤磕頭。兩個孩兒很是聽話，雖然睡眼惺忪，還是依言行禮。

眾人見這對孩子的模樣兒長得竟無半點分別，一般的圓圓臉蛋，眉目清秀。和嘉公主拍手笑道：「康老三，這對孩兒跟你是一個印模子裏出來的。你便是想賴了不認帳，可也賴不掉。」海蘭氏對這件事本來心中不悅，但見這對雙生孩兒實在可愛，忍不住摟在懷裏，著實親熱。老夫人和公主們各有見面禮品。兩個奶媽扶著孩兒，不住的磕頭謝賞。

兩位公主和海蘭氏等說了一會子話，一齊退出。老夫人和福康安帶領雙生孩兒送公主出門，回來又自坐下。

老夫人叫過身後的丫鬟，說道：「你去跟那馬姑娘說，老太太很喜歡這對孩兒，今晚便留他們伴老太太睡，叫馬姑娘不用等他兩兄弟啦。」那丫鬟答應了。老夫人拉開桌邊的抽屜，取出一把鑲滿了寶石的金壺，放在桌上，說道：「拿這壺參湯去賞給馬姑娘，說老太太一定好好照看她的孩子，叫她放心！」福康安手中正捧了一碗茶，一聽此言，臉色大變，雙手一顫，一大片茶水潑了出來，濺在袍上，怔怔的拿著茶碗良久不語。只見那丫鬟捧了金壺，放在一隻金漆提盒之中，提著去了。

這時兩個孩兒倦得要睡，不住口的叫：「媽媽，媽媽，要媽媽。」老夫人道：「好孩子別吵，乖乖的跟著奶奶。奶奶給糖糖糕糕吃。」兩個孩兒哭叫：「不要糖糖糕糕！不要奶奶！要媽媽！」老夫人臉一沉，揮手命奶媽將孩子帶了下去，又使個眼色，眾丫鬟也都退出，屋內只賸下福康安母子二人。

隔了好一會，母子倆始終沒交談半句。老夫人凝望兒子，福康安卻望著別處，不敢和母親的目光相接。

過了良久，福康安嘆了口長氣，說道：「娘，你為甚麼容不得她？」老夫人道：「那還用問麼，這女子是漢人，居心便就叵測。何況又是鏢局子出身，使刀掄槍，一身的武功。咱們府中有兩位公主，怎能和這樣的人共居？十年前皇上身歷大險，也便是為了一個異族的美女，難道你便忘了？讓這種毒蛇一般的女子處在肘腋之間，咱們都要寢食不安。」

福康安道：「娘的話自然不錯。孩兒初時也沒想要接她進府，只是派人去瞧瞧，送她些銀兩。那知她竟生下了兩個兒子，這是孩兒的親骨血，那便又不同了。」

老夫人點頭道：「你年近四旬，尚無所出，有這兩個孩子自然很好。咱們好好撫養兩個孩兒長大，日後他們封侯襲爵，一生榮華富貴，他們的母親也可安心了。」

福康安沉吟半晌，低聲道：「孩兒之意，將那女子送往邊郡遠地，從此不再見面，那也是了，想不到母親……」老夫人臉色一沉，說道：「枉為你身居高官，連這中間的利害也沒想到？她的親生孩兒在咱們府中，她豈有不生事端的？這種江湖女子把心一橫，甚麼事也做得出來。」福康安點了點頭。老夫人道：「你命人將她厚於葬殮，也算是盡了一番心意……」福康安又點了點頭，應道：「是！」

胡斐在窗外越聽越是心驚，初時尚不明他母子二人話中之意，待聽到「厚於葬殮」四字，這一驚當真是非同小可，心道：「原來他二人恁地歹毒，定下陰謀毒計，奪了孩子，竟然還要謀死馬姑娘。此事十分緊急，片刻延挨不得，乘著他二人毒計尚未發動，須得立即去告知馬姑娘，連夜救她出府。」當下悄悄走出，循原路回向水閣，幸喜夜靜人定，園中無人行走，殺死點倒的衛士也尚未給人發覺。胡斐心中焦急，走得極快，心中卻自躊躇：「馬姑娘對這福康安一見鍾情，他二人久別重逢，正自情熱，怎肯聽了我這一番話，便此逃出府去？要怎生說得她相信才好？」

心中計較未定，已到水閣之前，但見門外已多了四名衛士，心想：「哼，他們已先伏下了人，怕她逃走！」當下不敢驚動，繞到閣後，輕身一縱，躍過水閣外的一片池水，只見閣中燈火兀自未熄，湊眼過去往縫中一望，不由得呆了。

只見馬春花倒在地下，抱著肚子不住呻吟，頭髮散亂，臉上已全無血色，服侍她的丫鬟僕婦卻一個也不在身邊。

胡斐見了這情景，登時醒悟：「啊喲，不好！終究還是來遲了一步。」急忙推窗而入，俯身看時，只見她氣喘甚急，臉色鐵青，眼睛通紅，如要滴出血來。

馬春花見胡斐過來，斷斷續續的道：「我……我……肚子痛……胡兄弟……你……」說到一個「你」字，再也無力說下去。胡斐在她耳邊低聲道：「剛才你吃了甚麼東西？」馬春花眼望茶几上的一把鑲滿了紅藍寶石的金壺，卻說不出話。

胡斐認得這把金壺，正是福康安的母親裝了參湯，命丫鬟送給她喝的，心道：「這老婦人心計好毒，她要害死馬姑娘，卻要留下那兩個孩子，是以先將孩子叫去，這才送參湯來。否則馬姑娘拿到參湯，知是極滋補的物品，定會給兒子喝上幾口。」又想：「嗯，福康安一見送出參湯，臉色立變，茶水潑在衣襟之上，他當時顯然已知參湯之中下了毒，居然並不設法阻止，事後又不來救。他雖非親手下毒，卻也和親手下毒一般無異。」不禁喃喃的道：「好毒辣的心腸！」

馬春花掙扎著道：「你你……快去報知……福大帥，請大夫，請大夫瞧瞧……」胡斐心道：「要福大帥請大夫，只有再請你多吃些毒藥。眼下只有要二妹設法解救。」於是揭起一塊椅披，將那盛過參湯的金壺包了，揣在懷中，聽水閣外並無動靜，抱起馬春花，輕輕從窗中跳了出去。

馬春花吃了一驚，叫道：「胡……」胡斐忙伸手按住她嘴，低聲道：「別作聲，我帶你去看醫生。」馬春花道：「我的孩子……」

胡斐不及細說，抱著她躍過池塘，正要覓路奔出，忽聽得身後衣襟帶風，兩個人奔了過來，喝道：「甚麼人？」胡斐向前疾奔，那兩人也提氣急追。

胡斐跑得甚快，斗然間收住腳步。那兩人沒料到他會忽地停步，一衝便過了他的身前。胡斐竄起半空，雙腿齊飛，兩隻腳足尖同時分別踢中兩人背心「神堂穴」。兩人哼都沒哼一聲，撲地便倒。看這兩人身上的服色，正是守在水閣外的府中衛士。

胡斐心想這麼一來，蹤跡已露，顧不到再行掩飾行藏，向府門外直衝出去。但聽得府中傳呼之聲此伏彼起，眾衛士大叫：「有刺客，有刺客！」

他進來之時沿路留心，認明途徑，當下仍從鵝卵石的花徑奔向小門，翻過粉牆，那輛馬車倒仍是候在門外。他將馬春花放入車中，喝道：「回去。」那車夫已聽到府中吵嚷，見胡斐神色有異，待要問個明白，胡斐砰的一掌，將他從座位上擊了下來。

便在此時，府中已有四五名衛士追到，胡斐提起韁繩，得兒一聲，趕車便跑。幾名衛士追了十餘丈沒追上，紛紛叫道：「帶馬，帶馬。」

胡斐催馬疾馳，奔出里許，但聽得蹄聲急促，二十餘騎馬先後追來。追兵騎的都是好馬，越追越近。胡斐暗暗焦急：「這是天子腳底下的京城，可不比尋常，再一鬧便有巡城兵馬出動圍捕，就算我能脫身，馬姑娘卻又如何能救？」

黑暗之中，見追來的人手中都拿著火把，車中馬春花初時尚有呻吟之聲，這時卻已沒了聲息，胡斐好生記掛，問道：「馬姑娘，肚痛好些了麼？」連問數聲，馬春花都沒回答。一回頭，只見火炬照耀，追兵又近了些。忽聽得颼的一聲響，有人擲了一枚飛蝗石過來，要打他後心。胡斐左手一抄接住，回手擲去，但聽得一人「啊喲」一聲呼叫，摔下馬來。

這一下倒將胡斐提醒了，最好是發暗器以退追兵，可是身邊沒攜帶暗器，追來的福府衛士又學了乖，不再發射暗器。他好生焦急：「回到宣武門外路程尚遠，半夜裏一干人如此大呼小叫，如何不驚動官兵？」情急智生，忽然想起懷中的金壺，伸手隔著椅披使勁連捏數下，金壺上鑲嵌的寶石登時跌落了八九塊，他將寶石取在手中，火把照耀下瞧得分明，右手連揚，寶石一顆顆飛出，八顆寶石打中了五名衛士，寶石雖小，胡斐的手勁卻大，打中頭臉眼目，疼痛非常。這麼一來，眾衛士便不敢太過逼近。

胡斐透了一口長氣，伸手到車中一探馬春花的鼻息，幸喜尚有呼吸，只聲得她低聲呻吟一聲，臉頰上卻是甚為冰冷，眼見離住所已不在遠，當下揮鞭連催，馳到一條岔路之上。住所在東，他卻將馬車趕著向西，轉過一個彎，立時回身抱起馬春花，揮馬鞭連抽數鞭，身子離車縱起，伏在一間屋子頂上。只見馬車向西直馳，眾衛士追了下去。

胡斐待眾人走遠，這才從屋頂回入宅中，剛越過圍牆，只聽程靈素道：「大哥，你回來了！有人追你麼？」胡斐道：「馬姑娘中了劇毒，快給瞧瞧。」他抱著馬春花，搶先進了廳中。

程靈素點起蠟燭，見馬春花臉上灰撲撲的全無血色，再捏了捏她的手指，見陷下之後不再彈起，輕輕搖了搖頭，問道：「中的甚麼毒？」胡斐從懷中取出金壺，道：「在參湯裏下的毒。這是盛參湯的壺。」程靈素揭開壺蓋，嗅了幾下，說道：「好厲害，是鶴頂紅。」

胡斐道：「能救不能？」程靈素不答，探了探馬春花的心跳，說道：「若不是大富大貴之家，也不能有這般珍貴的金壺。」胡斐恨恨的道：「不錯，下毒的是宰相夫人，兵部尚書的母親。」程靈素道：「啊，我們這一行人中，竟出了如此富貴的人物。」

胡斐見她不動聲色，似乎馬春花中毒雖深，尚有可救，心下稍寬。程靈素翻開馬春花的眼皮瞧了瞧，突然低聲「啊」的一聲。胡斐忙問：「怎麼？」程靈素道：「參湯中除了鶴頂紅，還有番木鱉。」胡斐不敢問「還有救沒有？」卻問：「怎生救法？」

程靈素皺眉道：「兩樣毒藥夾攻，這一來便大費手腳。」返身入室，從藥箱中取出兩顆白色藥丸，給馬春花服下，說道：「須得找個清靜的密室，用金針刺她十三處穴道，解藥從穴道中送入體內，若能馬上施針，定可解救。只是十二個時辰之內，不得移動她身子。」

胡斐道：「福康安的衛士轉眼便會尋來，不能在這裏用針。咱們得去鄉下找個荒僻所在。」程靈素道：「那便得趕快動身，那兩粒藥丸只能延得她一個時辰的性命。」說著嘆了口氣，又道：「我這位同行宰相夫人的心腸雖毒，下毒的手段卻低。這兩樣毒藥混用，又和在參湯之中，毒性發作便慢了，若是單用一樣，馬姑娘這時那裏還有命在？」胡斐匆匆忙忙的收拾物件，說道：「當今之世，還有誰能勝得過咱們藥王姑娘的神技？」

程靈素微微一笑，正要回答，忽聽得馬蹄聲自遠而近，奔到了宅外。胡斐抽出單刀，說道：「說不得，只好廝殺一場。」心中暗自焦急：「敵人定然愈殺愈多，危急中我只能顧了二妹，可救不得馬姑娘。」

程靈素道：「京師之中，只怕動不得蠻。大哥，你把桌子椅子堆得高高的搭一個高台。」胡斐不明其意，但想她智計多端，這時情勢急迫，不及細問，於是依言將桌子椅子都疊了起來。

程靈素指著窗外那株大樹道：「你帶馬姑娘上樹去。」胡斐還刀入鞘，抱著馬春花，走到窗樹下，縱身躍上樹幹，將馬春花藏在枝葉掩映的暗處。

但聽得腳步聲響，數名衛士越牆而入，漸漸走近，又聽得那姓全的管家出去查問，眾衛士厲聲呼叱。

程靈素吹熄燭火，另行取出一枚蠟燭，點燃了插在燭台之上，關上了窗子，這才帶上門走出，在地下拾了一塊石塊，躍上樹幹，坐在胡斐身旁。胡斐低聲道：「共有十七個！」程靈素道：「藥力夠用！」

只聽得眾衛士四下搜查，其中有一人的口音正是殷仲翔。眾衛士忌憚胡斐了得，又道袁紫衣仍在宅中，不敢到處亂闖，也不敢落單，三個一羣、四個一隊的搜來。

程靈素將石塊遞給胡斐，低聲道：「將桌椅打下來！」胡斐笑道：「妙計！」石塊飛入，擊在中間的一張桌子上。那桌椅堆成的高台登時倒塌，砰嘭之聲，響成一片。

眾衛士叫道：「在這裏，在這裏！」大夥倚仗人多，爭先恐後的一擁入廳，只見廳上桌椅亂成一團，便似有人曾經在此激烈鬥毆，但不見半個人影。眾人正錯愕間，突然頭腦暈眩，立足不定，一齊摔倒。胡斐道：「七心海棠，又奏奇功！」

程靈素悄步入廳，吹滅燭火，將蠟燭收入懷中，向胡斐招手道：「快走吧！」胡斐負起馬春花，越牆而出，只轉出一個胡同，不由得叫一聲苦，但見前面街頭燈籠火把照耀如同白晝，一隊官兵正在巡查。

胡斐忙折向南行，走不到半里，又見一隊官兵迎面巡來。他心想：「福大帥府有刺客之事，想已傳遍九城，這時到處巡查嚴密，要混到郊外荒僻的處所，倒是著實不易。」但聽得背後人聲喧譁，又是一隊官兵巡來。

胡斐見前後有敵，無地可退，向程靈素打個手勢，縱身越牆，翻進身旁的一所大宅子。程靈素跟著跳了進去。

落腳處甚是柔軟，卻是一片草地，眼前燈火明亮，人頭湧湧。兩人都吃了一驚：「料不到這裏也有官兵。」聽得牆外腳步聲響，兩隊官兵聚在一起，在勢已不能再躍出牆去，只見左首有座假山，假山前花叢遮掩，胡斐負著馬春花搶了過去，往假山後一躲。

突然間假山後一人長身站起，白光閃動，一柄匕首當胸扎到。

胡斐萬料不到這假山後面竟有敵人埋伏，如此悄沒聲的猛施襲擊，倉卒之間只得摔下背上的馬春花，伸左手往敵人肘底一托，右手便即遞拳。這人手腳竟是十分了得，迴肘斜避，匕首橫扎，左手施出擒拿手法，反勾胡斐的手腕，化解了他這一拳。最奇的是他臉上蒙了一塊黃巾，始終一言不發。

胡斐心想：「你不出聲，那是最妙不過。」耳聽得官兵便在牆外，他只須張口一呼，那便大事不妙。

兩個人近身肉搏，各施殺手。胡斐瞧出他的武功是長拳一路，出招既狠且猛，武功造詣竟不在秦耐之、周鐵鷦一流之下，何況手中多了兵刃，更佔便宜。直拆到第九招上，胡斐才欺進他懷中，伸指點了他胸口的「鳩尾穴」。那人極是悍勇，雖然穴道被點，仍飛右足來踢，胡斐又伸指點了他足脛的「中都穴」，這才摔倒在地，動彈不得。

程靈素碰了碰胡斐的肩頭，向燈光處一指，低聲道：「像是在做戲。」胡斐抬頭看去，但見空曠處搭了老大一個戲台，台下一排排的坐滿了人，燈光輝煌，台上的戲子卻尚未出場。其時正當乾隆鼎盛之世，北京城中官宦人家有甚麼喜慶宴會，往往接連唱戲數日，通宵達旦，亦非異事。

胡斐吁了口氣，拉下那漢子臉上蒙著的黃巾，隱約可見他面目粗豪，四十來歲年紀，低聲道：「這漢子想是乘著人家有喜事，抽空子偷鷄摸狗來著，所以一聲也不敢出。」程靈素點了點頭，悄聲道：「只怕不是小賊。」胡斐微笑道：「京師之中，連小賊也這般了得。」心中暗自嘀咕：「瞧這人身手，決非尋常的鼠竊狗盜，若不是存心做一件大案，便是來尋仇殺人，也是他合該倒霉，卻給我無意之間擒住了。」程靈素低聲道：「咱們不如便在這大戶人家尋一處空僻柴房或是閣樓，躲他十二個時辰。」胡斐道：「我看也只有如此。外邊查得這般緊，如何能夠出去？」

便在此時，戲台上門帘一掀，走出一個人來。那人穿著尋常的葛紗大褂，也沒勾臉，走到台口一站，抱拳施禮，朗聲說道：「各位師伯師叔、師兄弟姊妹請了！」胡斐聽他說話聲音洪亮，瞧這神情，似乎不是唱戲。又聽他道：「此刻天將黎明，轉眼又是一日，再過三天，便是天下掌門人大會的會期。可是咱們西嶽華拳門，直到此刻，還是沒推出掌門人來。這一件事可實在不能再拖。如何辦理，請各支派的前輩們示下。」

台下人叢中站起一個身穿黑色馬褂的老者，咳嗽了幾聲，說道：「華拳四十八，藝成行天涯。咱們西嶽華拳門三百年來，一直分為藝字、成字、行字、天字、涯字五個支派，已有三百年沒總掌門了。雖說五派都是好生興旺，但師兄弟們總是各存門戶之見，人人都說：『我是藝字派的，我是成字派的。』從不說我是西嶽華拳門的。沒想到別派的武師們，卻從不理會你是藝字派還是成字派，總當咱們是西嶽華拳門的門下。咱們這一門人數眾多，打從老祖宗手上傳下來的玩藝兒也真不含糊，可是幹麼遠遠不及少林、武當、太極、八卦這些門派名聲響亮呢？還不是因為咱們分成了五個支派，力分則弱，那有甚麼說的。」

那老者滿口都是陝北的土腔，說到這裏，咳嗽幾聲，嘆了一口長氣，又道：「若不是福大帥召開這個天下掌門人大會，咱們西嶽華拳門不知要到那一年那一月，才有掌門人出來呢。幸好有這件盛舉，總算把這位掌門人給逼出來了。我老朽今日要說一句話：咱們推舉這位掌門人，不單是要他到大會之中給西嶽華拳門爭光，還要他將本門好好整頓一番。從此五支歸宗，大夥兒齊心合力，使得華拳門在武林中抖一抖威風，吐一吐豪氣。」台下眾人齊聲喝采，更有許多人劈劈啪啪的鼓起掌來。

胡斐心想：「原來是西嶽華拳門在這裏聚會。」他張目四望，想要找個隱僻的所在，但各處通道均在燈火照耀之下，園中聚著的總有二百來人，只要一出去，定會給人發見，低聲道：「只盼他們快些舉了掌門人出來，西嶽華拳也好，東嶽泰拳也好，越早散場越好。」

只聽得台上那人說道：「蔡師伯的話，句句是金石良言。晚輩忝為藝字派之長，膽敢代本派的全體師兄弟們說一句，待會推舉了掌門人出來，我們藝字派全心全意聽從掌門人的言語。他老人家說甚麼便是甚麼，藝字派決無一句異言。」台下一人高聲叫道：「好！」聲音拖得長長的，便如台上的人唱了一句好戲，台下看客叫好一般，其中譏嘲之意，卻也甚是明顯。

台上那人微微一笑，說道：「其餘各派怎麼說？」只見台下一個個人站起，說道：「咱們成字派決不敢違背掌門人的話。」「他老人家吩咐甚麼，咱們行字派一定照辦。」「天字派遵從號令，不敢有違。」「涯字派是小弟弟，大哥哥們帶頭幹，小弟弟決不能有第二句話。」

台上那人道：「好！各支派齊心一致，那真是再好也沒有了。眼下各支派的支長，各位前輩師伯師叔，都已到齊，只有天字派姬師伯沒來。他老人家梢了信來，說派他令郎姬師兄赴會。但等到此刻，姬師兄還是沒到。這位師兄行事素來神出鬼沒，說不定這當兒早已到了，也不知躲在甚麼地方……」說到這裏，台上台下一齊笑了起來。

胡斐俯到那漢子耳邊，低聲道：「你姓姬，是不是？」那漢子點了點頭，眼中充滿了迷惘之色，實不知這一男二女是甚麼路道。

台上那人說道：「姬師兄一人沒到，咱們足足等了他一天半夜，總也對得住了，日後姬師伯也不能怪責咱們。現下要請各位前輩師伯師叔們指點，本門這位掌門人是如何推法。」

眾人等了一晚，為的便是要瞧這一齣推舉掌門人的好戲，聽到這裏，都是興高采烈，台下各人也不依次序，紛紛叫嚷：「憑功夫比試啊！」「誰也不服誰，不憑拳腳器械，那憑甚麼？」「真刀真腳，打得人人心服，自然是掌門人了。」

那姓蔡的老者站起身來，咳嗽一聲，朗聲道：「本來嘛，掌門人憑德不憑力，後生小子玩藝兒再高明，也不能越過德高望重的前輩去。」他頓了一頓，眼光向眾人一掃，又道：「可是這一次情形不同啦。在天下掌門人大會之中，既是英雄聚會，自然要各顯神通。咱們西嶽華拳門倘是舉了個糟老頭兒出去，人家能不能喝一句采，讚一句：『好，華拳門的糟老頭兒德高望重，老而不死』？」眾人聽得哈哈大笑。程靈素也禁不住抿住了嘴，心道：「這糟老頭兒倒會說笑話。」

那姓蔡的老者大聲道：「華拳四十八，藝行成天涯。可是幾百年來，華拳門這四十八路拳腳器械，沒一個人能說得上路路精通。今日之事，那一位玩藝兒最高，那一位便執掌本門。」眾人剛喝得一聲采，忽然後門上擂鼓般的敲起門來。

眾人一愕，有人說道：「是姬師兄到了！」有人便去開門。燈籠火把照耀，湧進來一隊官兵。

胡斐右手按定刀柄，左手握住了程靈素的手，兩人相視一笑，雖是危機當前，兩人反而更加心意相通。

但當相互再望一眼時，程靈素卻黯然低下了頭去，原來她這時忽然想到了袁紫衣：「我和大哥一同死在這裏，不知袁姑娘便會怎樣？」她心知胡斐這時也一定想到了袁紫衣：「我和二妹一同死在這裏，不知袁姑娘便會怎樣？」

領隊的武官走到人叢之中，查問了幾句，聽說是西嶽華拳門在此推舉掌門人，那武官的神態登時變得十分客氣，但還是提著燈籠，到各人臉上照看一遍，又在園子前後左右巡查。

胡斐和程靈素縮在假山之中，眼見那燈籠漸漸照近，心想：「不知這武官的運氣如何？若是他將燈籠到假山中來一照，說不得，只好請他當頭吃上一刀。」

忽聽得台上那人說道：「那一位武功最高，那一位便執掌本門。這句話誰都聽見了。眾位師伯師叔、師兄姊妹，便請一一上台來顯顯絕藝。」他這句話剛說完，眾人眼前一亮，便有一個身穿淡紅衫子的少婦跳到台上，說道：「行字派弟子高雲，向各位前輩師伯師兄們討教。」眾人見她露的這一手輕功姿式美妙，兼之衣衫翩翩，相貌又好，不禁都喝了一聲采。那武官瞧得呆了，那裏還想到去搜查刺客？

台下跟著便有一個少年跳上，說道：「藝字派弟子張復龍，請高師姊指教。」高雲道：「張師兄不必客氣。」右腿半蹲，左腿前伸，右手橫掌，左手反鉤，正是華拳中出手第一招「出勢跨虎西嶽傳」。張復龍提膝回環亮掌，應以一招「商羊登枝腳獨懸」。兩人各出本門拳招，鬥了起來。二十餘合後，高雲使招「回頭望月鳳展翅」，撲步亮掌，一掌將張復龍擊下台去。

那武官大聲叫好，連說：「了不起，了不起！」只見台下又有一名壯漢躍上，說了幾句客氣話，便和高雲動手。這一次卻是高雲一個失足，給那壯漢推得摔個觔斗。那武官說道：「可惜，可惜！」沒興致再瞧，率領眾官兵出門又搜查去了。

程靈素見官兵出門，鬆了口氣，但見戲台上一個上，一個下，鬥之不已，不知鬧到甚麼時候，才選得掌門人出來。看胡斐時，卻見他全神貫注的凝望台上兩人相鬥，程靈素心想：「這兩人的拳腳打得雖狠，也不見得有多高明，大哥為甚麼瞧得這麼出神？」低聲道：「大哥，過了大半個時辰啦，得趕快想個法兒才好。再不施針用藥，便要躭誤了。」胡斐「嗯」了一聲，仍是目不轉瞬的望著台上。

不久一人敗退下台，另一人上去和勝者比試。說是同門較藝，然而相鬥的兩人定是不同支派的門徒，雖非性命相搏，但勝負關係支派的榮辱，各人都是全力以赴。這時門中高手尚未上場，眼前這些人也不是真的想能當上掌門人，只是華拳門五個支派向來明爭暗鬥，乘此機會，以往相互有過節的便在台上好好打上一架，因此拳來腳去，倒是著實熱鬧。

程靈素見胡斐似乎看得呆了，心想：「大哥天性愛武，一見別人比試便甚麼都忘了。」伸手在他背上輕輕一推，低聲道：「眼下情勢緊迫，咱們闖出去再說。這些人都是武林中的好漢，動以江湖義氣，他們未必便會去稟報官府。」胡斐搖了搖頭，低聲道：「別的事也還罷了，福大帥的事，他們怎能不說？那正是立功的良機。」程靈素道：「要不，咱們冒上一個險，便在這兒給馬姑娘用藥，只是天光白日的躭在這兒，非給人瞧見不可。」說到後來，語音中已是十分焦急。她平素甚是安詳，這時若非當真緊迫，決不致這般不住口的催促。

胡斐「嗯」了一聲，仍是目不轉睛的瞧著台上兩人比武。程靈素輕輕嘆了口氣，低聲道：「待會救不了馬姑娘，可別怪我。」胡斐忽道：「好，雖然瞧不全，也只得冒險試上一試。」程靈素一怔，問道：「甚麼？」胡斐道：「我去奪那西嶽華拳的掌門人。老天爺保佑，若能成功，他們便會聽我號令。」

程靈素大喜，連連搖晃他的手臂，說道：「大哥，這些人如何能是你對手？一定成功，一定成功！」胡斐道：「只是苦在我須得使他們的拳法，一時三刻之間，那裏記得了這許多？對付庸手也還罷了，少時高手上台，這幾下拳法定不管使，非露出馬腳不可。他們若知我不是本門弟子，縱然得勝，也不肯推我做掌門人。」說到這裏，不禁又想起了袁紫衣。她各家各派的武功似乎無一不精，倘若她在此處，由她出馬，定比自己有把握得多。其實，他心中若不是念茲在茲的有個袁紫衣，又怎想得到要去奪華拳門的掌門？

但聽得「啊喲」一聲大叫，一人摔下台來。台下有人罵道：「他媽的，下手這麼重！」另一人反唇相稽：「動上了手，還管甚麼輕重？你有本事，上去找場子啊。」那人粗聲道：「好，咱哥兒倆便比劃比劃。」另一人卻只管出言陰損：「我不是你十八代候補掌門人的對手，不敢跟您老人家過招。」

胡斐站起身來，說道：「倘若到了時辰，我還沒能奪得掌門人，你便在這兒給馬姑娘施針用藥，咱們走一步瞧一步。」拿起那姓姬漢子蒙臉的黃布，蒙在自己臉上。

程靈素「嗯」了一聲，微笑道：「人家是九家半總掌門，難道你便連一家也當不上？」她這句話一出口，立即好生後悔：「為甚麼總是念念不忘的想著袁姑娘，又不斷提醒大哥，叫他也是念念不忘？」只見胡斐昂然走出假山，瞧著他的背影，又想：「我便是不提醒，他難道便有一刻忘了？」但見他大踏步走向戲台，不禁又是甜蜜，又是心酸。

胡斐剛走到台邊，卻見一人搶先跳了上去，正是剛才跟人吵嘴的那個大漢。胡斐心想：「待這兩人分出勝敗，又得耗上許多功夫，多躭擱一刻，馬姑娘便多一刻危險。」當下跟著縱起，半空中抓住那漢子的背心，說道：「師兄且慢，讓我先來。」

胡斐這一抓施展了家傳大擒拿手，大拇指扣住那大漢背心第九椎節下的「筋縮穴」，小指扣住了他第五椎節下的「神道穴」。這大漢雖然身軀粗壯，卻那裏還能動彈？胡斐乘著那一縱之勢，站到了台口，順手一揮，將那大漢擲了下去，剛好令他安安穩穩的坐入一張空椅之中。

他這一下突如其來的顯示了一手上乘武功，台下眾人無不驚奇，倒有一半人站起身來。但見他臉上蒙了一塊黃布，面目看不清楚，也不知是老是少，只是背後拖著一條油光烏亮的大辮，顯是年紀不大。這般年紀而有如此功力，台下愈是見多識廣的高手，愈是詫異。

胡斐向台上那人一抱拳，說道：「天字派弟子程靈胡，請師兄指教。」

程靈素在假山背後聽得清楚，聽他自稱「程靈胡」，不禁微笑，但心中隨即一酸：「倘若他真當是我的親兄長，倒是免卻了不少煩惱。」

台上那人見胡斐這等聲勢，心下先自怯了，恭恭敬敬的還禮道：「小弟學藝不精，還請程師兄手下留情。」胡斐道：「好說，好說！」當下更不客套，右腿半蹲，左腿前伸，右手橫掌，左手反鉤，正是華拳中出手第一招「出勢跨虎西嶽傳」。那人轉身提膝伸掌，應以一招「白猿偷桃拜天庭」，這一招守多於攻，全是自保之意。胡斐撲步劈掌，出一招「吳王試劍劈玉磚」。那人仍是不敢硬接，使一招「撤身倒步一溜煙」。胡斐不願跟他多耗，便使「斜身攔門插鐵門」，這是一招拗勢弓步沖拳，左掌變拳，伸直了猛擊下去，右拳跟著沖擊而出。那人見他拳勢沉猛，隨手一架。胡斐手臂上內力一收一放，將他輕輕推下台去。

只聽得台下一聲大吼，先前被胡斐擲下的那名大漢又跳了上來，喝道：「奶奶的，你算是甚麼東西……」胡斐搶上一步，使招「金鵬展翅庭中站」雙臂橫開伸展。那大漢竟是無法在台口站立，被胡斐的臂力一逼，又摔了下去。這一次胡斐惱他出言無禮，使了三分勁力，但聽得喀喇一響，那大漢壓爛了台前的兩張椅子。

他連敗二人之後，台下眾人紛紛交頭接耳，都向天字派的弟子探詢這人是誰的門下，但天字派的眾弟子卻無一人得知。藝字派的一個前輩道：「這人本門的武功不純，顯是帶藝投師的，十之八九，是姬老三新收的門徒。」成字派的一個老者道：「那便是姬老三的不是了，他派帶藝投師的門徒來爭奪掌門人之位，豈不是反把本門武功比了下去？」

原來所謂「姬老三」，便是天字派的支長。他武功在西嶽華拳門中算得第一，只是十年前兩腿癱了，現下雖然不良於行，但威名仍是極大，同門師兄弟對他都是忌憚三分。眾人見這個「天字派的程靈胡」武功了得，而姬老三派來的兒子姬曉峯始終未露面，都道他便是姬老三的門徒，卻那知姬曉峯早給胡斐點中了穴道，躺在假山後面動彈不得。那姬老三武功一強，為人不免驕傲，對同門誰也沒瞧在眼中，雙腿癱瘓後閉門謝客，將一身武功都傳給了兒子。這一次華拳門五個支派的好手羣聚北京，憑武功以定掌門，姬曉峯對這掌門之位志在必得。他武功已趕得上父親的九成，但性格卻遠不及父親的光明磊落。他悄悄的躲在假山之後，要瞧明白了對手各人的虛實，然後出來一擊而中，不料陰錯陽差，卻給胡斐制住，他只道是別個支派的陰謀，暗中伏下高手來對付自己。適才他和對手只拆得數招，即被點中穴道，一身武功全沒機會施展，父親和自己的全盤計較，霎時間付於流水，心下恚怒之極，只盼能上台去再和胡斐拚個你死我活。但聽得胡斐在台上將各支派好手一個個打了下來，看來再也無人能將他制服，於是加緊運氣急衝穴道，要手足速得自由。

但胡斐的點穴功夫是祖傳絕技，姬曉峯所學與之截然不同。他平心靜氣的潛運內力，也決不能自解被閉住的穴道，何況這般狂怒憂急，蠻衝急攻？一輪強運內力之後，突然間氣入岔道，登時暈了過去。要知姬老三所練的功夫過於剛狠，兼之躐等求進，終於在坐功時走火入魔，以致雙足癱瘓。姬曉峯這時重蹈乃父覆轍，凶險猶有過之。

程靈素全神貫注的瞧著胡斐在戲台上與人比拳，但見他一招一式，果然全是新學來的「西嶽華拳」，心道：「大哥於武學一門，似乎天生便會的。這西嶽華拳招式繁複，他只在片刻之間瞧人拆解過招，便都學會了。」

便在此時，忽聽得身旁那大漢低哼一聲，聲音甚是異樣。程靈素轉頭看時，只見他雙目緊閉，舌頭伸在嘴外，已被牙齒咬得鮮血直流，全身不住顫抖，猶似發瘧一般。程靈素知他是急引內力強衝穴道，以致走火岔氣，此時若不救治，重則心神錯亂，瘋顛發狂，輕則肢體殘廢，武功全失。她心想：「我們和他無冤無仇，何必為了救一人而反害一人？」於是取出金針，在他陰維脈的廉泉、天突、期門、大橫四處穴道中各施針刺。

過了一會，姬曉峯悠悠醒轉，見程靈素正在替自己施針，低聲道：「多謝姑娘。」程靈素做個手勢，叫他不可作聲。

只聽得胡斐在台上朗聲說道：「掌門之位，務須早定，這般鬥將下去，何時方是了局？各位師伯師叔、師兄師弟，願意指教的可請三四位同時上台。弟子若是輸了，決無怨言。」眾人一聽，都想這小子好狂，本來一個人不敢上台的，這時紛紛聯手上台邀鬥。其實胡斐新學的招數究屬有限，再鬥下去勢必露出破綻，羣毆合鬥卻可取巧，混亂中旁人不易看出，再則如此車輪戰的鬥將下去，自己縱然內力充沛，終須力盡，而施救馬春花卻是刻不容緩，是以非速戰速決不可。

他催動掌力，轉眼又擊了幾人下台。西嶽華拳門的五派弟子之中，天字派弟子都道他是奉了姬支長之命而來，因此無人上台與他交手，其餘四個支派中的少壯強手，盡已敗在他的拳腳之下。至於一般名宿高手，自忖實無取勝把握，為了顧全數十年的令名，誰也不肯上去挑戰。後來藝字派、成字派、行字派三派中各出一名拳術最精的壯年好手，聯手上台，但十餘合後還是盡數敗了下來。這一來，四派前輩名宿，青年弟子，盡皆面面相覷，誰也不敢挺身上台。

卻見那身穿黑馬褂的姓蔡老者站了起來，說道：「程師兄，你武功高強，果然令人佩服。但老朽瞧你的拳招，與本門所傳卻有點兒似是而非，嗯嗯，可說是形似而神非，這個……這個味道大大不同。」

胡斐心中一凜，暗想：「這老兒的眼光果然厲害，我所用拳招雖是西嶽華拳，但震人下台、摔人倒地的內勁，自然跟他們華拳全不相干。」要知西嶽華拳是天下著名的外門武功，其中精微奧妙之處，豈是胡斐瞧幾個人對拆過招便能領會？何況他所見到的又不是該門高手，自不免學得形似而神非。這時實逼處此，只得硬了頭皮說道：「華拳四十八，藝行成天涯。若不是各人所悟不同，本門何以會分成五個支派？武學之道，原無定法。我天字派悟到的拳理略略與眾不同，也是有的。」他想倘能將天字派拉得來支持自己，便不至孤立無援。果然天字派的眾弟子聽他言語中抬高本派，心中都很舒服，便有人在台下大聲附和。

那姓蔡老者搖頭道：「程師兄，你是姬老三門下不是？是帶藝投師的不是？老朽眼睛沒有花，瞧你的功夫，十成之中倒有九成不是本門的。」胡斐道：「蔡師伯，你這話弟子可不敢苟同。本門若要在天下掌門人大會之中，與少林、武當、太極、八卦那些大派爭雄，一顯西嶽華拳門的威風，便須融會貫通，推陳出新。弟子所學的內勁，一大半是我師父這十幾年來閉門苦思、別出心裁所創，的確頗有獨到之處。蔡師伯若是認為弟子不成，便請上台來指點一招。」

那姓蔡的老者有些猶豫，說道：「本門有你老弟這般傑出的人材，原是大夥的光采，老朽歡喜也還來不及，還能有甚麼話說？只是老朽心中存著一個疑團，不能不說。這樣罷，請程老弟在台上練一套一路華拳，這是本門的基本功夫，這裏十幾位老兄弟個個目光如炬，是便是，不是便不是，誰也不能胡說。你老弟只要真的精熟本門武功，老朽第一個便歡天喜地的擁你為掌門。」

果然薑是老的辣，胡斐和人動手過招，尚能借著似是而非的華拳施展本身武功，但要他空手練一路拳法，抬手踢腿之際，真偽立判，再也無所假借。何況他偷學來的拳招只是一鱗半爪，並非成套，如何能從頭至尾的使一路拳法？

胡斐雖是饒有智計，聽了他這番話竟是做聲不得，正想出言推辭，忽聽假山後一人叫道：「蔡師伯，你何以總是跟我們天字派為難？這位程師兄是我爹爹的得意弟子，他進我門已有一十二年，難道連這套一路華拳也不會練？」只見一人邁步走到台前，正是天字派中的頭挑腳色姬曉峯。凡是天字派有事，他總代父親出面處理接頭，隱然已是該派的支長，因此沒一個不認得。

姬曉峯躍上台去，抱拳說道：「家父閉門隱居，將一身本事都傳給了這位程師兄，一十二年來為的便是今日。這位程師哥武功勝我十倍，各位有目共睹，還有甚麼話說？」眾人一聽，再無懷疑，人人均知姬老三怪僻好勝，悄悄調教了一個好徒弟，待得藝成之後，突然顯示於眾人之前，原和他的脾氣相合。再說姬曉峯素來剽悍雄強，連他也對胡斐心服，那裏還有甚麼假的？

那姓蔡的老者還待再問，姬曉峯朗聲道：「蔡師伯既要考較我天字派的功夫，弟子便代程師哥練一套，請蔡師伯指點。」也不待蔡老者回答，雙腿一並，使出「曉星當頭即走拳」，跟著「出勢跨虎西嶽傳」、「金鵬展翅庭中站」、「韋陀獻抱在胸前」、「把臂攔門橫鐵門」、「魁鬼仰斗撩綠欄」，一招招的練了起來。但見他上肢是拳、掌、鉤、爪迴旋變化，沖、推、栽、切、劈、挑、頂、架、撐、撩、穿、搖十二般手法伸屈回環，下肢自弓箭步、馬步、仆步、虛步、丁步五項步根變出行步、倒步、邁步、偷步、踏步、擊步、躍步七般步法，沉穩處似象止虎踞，迅捷時如鷹搏兔脫。台下人人是本門弟子，無不熟習這路拳法，但見他造詣如此深厚，盡皆嘆服。連各支派的名宿前輩，也是不住價的點頭。只見他一直練到「鳳凰旋窩回身轉」、「腿蹬九天沖鐵拳」、「英雄打虎收招勢」，最後是「拳罷庭前五更天」，招招法度嚴密，的是好拳！

他雙手一收，台下震天價喝起一聲采來。

自姬曉峯一上台，胡斐心中便自奇怪，不知程靈素用甚麼法子，逼得他來跟自己解圍，待見他練了這路拳法，心中也讚：「西嶽華拳非同小可，此人只要能輔以內勁，便成名家。」可是見他拳法一練完，登時氣息粗重，全身微微發顫，竟似大病未愈，或是身受重傷一般。台下眾人未曾發覺，胡斐便站在他的身後，卻看得清清楚楚，又見他背上汗透衣衫，實非武功高強之人所應為，心中更增了一層奇怪。

姬曉峯定了定神，說道：「還有那一位師伯師叔、師兄師弟，願和程師哥比試的，便請上台。」他連問三聲，無人應聲。天字派的一輩弟子都大聲叫了起來：「恭喜程師哥榮任西嶽華拳門的掌門人！」眾人跟著歡呼。胡斐執掌華拳門一事便成定局。

姬曉峯向胡斐一抱拳，說道：「恭喜，恭喜！」胡斐抱拳還禮，只見他眼光中充滿了怨毒之情，但記掛著馬春花的病情，也沒心緒去理會，說道：「姬師弟，你快找間靜室，領咱們兩位師妹去休息。」姬曉峯點點頭，躍下台來，但雙足著地時，一個踉蹌，險險摔倒。

胡斐走到台口，說道：「各位辛苦了一晚，請各自回去休息。明日晚間，咱們再商大計，總須在天下掌門人大會之中，讓華拳門揚眉吐氣。」他這句話倒非虛言，心中對華拳門實是存了幾分感激。在眾官兵圍捕之下，若不是機緣湊巧，越牆而入時他們正在推舉掌門，多半馬春花便免不了毒發身死，倒斃長街之上。如有機緣能替華拳門爭些光采，他也真願意出力。

眾人聞言，紛紛站起身來，口中都在議論胡斐的功夫。有的更說姬老三深謀遠慮，一鳴驚人；有的讚揚姬曉峯這一路拳使得實是高明。天字派的眾弟子更是興高采烈，得意非凡。有幾個前輩名宿想過來跟胡斐攀談，胡斐卻雙手一拱，跟著姬曉峯直入內堂。程靈素扶了馬春花混在人叢之中，跟了進去。

這座大宅子是華拳門中一位居官的旗人所有。胡斐既為掌門，本宅主人自是對他招待得十分殷勤。胡斐始終不揭開蒙在臉上的黃布，與程靈素、馬春花、姬曉峯三人進了內室，說道：「姬大哥，多謝你啦！這掌門人之位，我定會讓給你。」姬曉峯哼了一聲，卻不答話。胡斐去看馬春花時，只見她黑氣滿臉，早已人事不知，鼻孔中出氣多進氣少，當真是命若遊絲。

程靈素抱著馬春花平臥床上，取出金針，隔著衣服替她在十三處穴道中都打上了，每枝金針尾上都圍上了一團棉花。她手腳極快，卻毫不忙亂。胡斐見她神色沉靜平和，這才放了一半心。

過了一盞茶功夫，金針尾上緩緩流出黑血，沾在棉花之上，原來金針中空，以此拔出毒質。程靈素舒了一口氣，微微一笑，從藥瓶中取出一粒碧綠的丸藥遞給姬曉峯，說道：「姬大哥，你到自己房裏休息吧。這藥丸連服十粒，你身體內的毒質便會去盡。」姬曉峯接過了藥丸，一聲不響的出房而去。

胡斐這才明白，原來程靈素是以她看家本領，逼得姬曉峯不得不聽號令，笑道：「藥王姑娘無往而不利。你用毒藥做好事，尊師當年只怕也有所不及。」

程靈素微笑不答，其實這一次她倒不是用藥硬逼，那是先助姬曉峯通解穴道，去了走火入魔的危難，再在他身上施一點藥物。這藥物一上身後麻癢難當，於身子卻無多大損害，所謂連服十粒的解藥，也只是治金創外傷的止血生肌丸，姬曉峯並無外傷，服了等如不服。但姬曉峯那裏知道？聽她說得毒性厲害無比，自不敢不俯首聽令，即令有所疑心，也不能以自己的性命來試一試真假。程靈素心中在說：「我向師父發過誓，這一生之中，決不用毒藥害一個無辜之人，好教人知道毒手藥王手段雖辣，卻不做半件壞事。」

她拿了一柄鑷子，換過沾了毒血的棉花，低聲道：「大哥，你累了一夜，便在這榻上歇歇，養一會兒神。有我照料著馬姑娘，你放心便是。」胡斐也真倦了，除下臉上黃布，斜身倚在榻上。程靈素道：「你這位掌門老師傅有件事可得小心在意。這十二個時辰之中，不能有人進來滋擾馬姑娘，也不許她開口說話，否則她內氣一岔，毒質不能拔淨，只要留下少許，那便是前功盡棄。」

胡斐笑道：「西嶽華拳掌門人程靈胡，謹奉太上掌門人程靈素號令，一切凜遵，不敢有違。」程靈素笑道：「我能是你的太上掌門人嗎？那位……」說到這裏，斗然住口，俯身去看馬春花的傷勢。

過了半晌，她回過頭來，見胡斐並未閉目入睡，呆呆的望著窗外出神，問道：「你在想甚麼？」胡斐道：「我想他們明日見了我的真面目，一看年紀不對，不知有甚麼話說？好在只須挨過十二個時辰，咱們拍手便去，雖然對不起他們，心中不安，但事出無奈，那也只好……只好……」程靈素笑道：「也只好狗急跳牆了。」胡斐笑道：「是啊！跳牆而入，想不到竟碰上了這麼一回奇事。」

程靈素凝目向胡斐望了一會，說道：「好！便是這樣。」胡斐奇道：「甚麼便是這樣？」程靈素道：「咱們在路上扮過小鬍子，這一次你便扮個大鬍子。再給你鬍子上染上一點顏色，包管你大上二十歲年紀。你要當姬曉峯的師兄，總得年近四十才行啊。」

胡斐拍掌大喜，說道：「我正發愁，和福康安這麼正面一鬧，再也不能去瞧瞧那個天下掌門人大會。你若能給我裝上一部天衣無縫的大鬍子，我程靈胡便堂堂正正，以西嶽華拳掌門人的身分，到會中去見識見識。」程靈素嘆道：「掌門人大會是不用去了，混得過明天，讓馬姑娘太平無事，也就是啦。到會中涉險，那可犯不著。」

胡斐豪氣勃發，說道：「二妹，我只問你：這部鬍子能不能裝得像？」

程靈素微微一笑，道：「要扮年老之人，裝部鬍子有何難處？難是難在舉手投足，說話神情，無一不是老年而非少年。縱是精神矍鑠、身負武功的老英雄，卻也和年輕力壯之人不同。」胡斐道：「你大哥盡力而為。只須瞞得過一時，也就是了。」程靈素道：「好，咱們便試一試。這一次我卻扮個老婆婆，跟著你到掌門人大會之中瞧瞧熱鬧。」

胡斐哈哈大笑，逸興橫飛，說道：「二妹，咱老兄妹倆活了這一大把年紀，行將就木，這場熱鬧可不能不趕。」程靈素低聲喝道：「聲音輕些！」但見馬春花在床上動了一下，幸好沒有驚醒。胡斐伸了伸舌頭，彎起食指，在自己額上輕擊一下，說道：「該死！」

程靈素取出針線包來，拿出一把小剪刀，剪下自己鬢邊幾縷秀髮，再從藥箱中取出些藥料，在茶碗中用清水調勻，將頭髮浸在藥裏，說道：「你歇一會兒，待軟頭髮變成硬鬍子，我便叫你。」

胡斐便在榻上合眼，心中對這位義妹的聰明機智，說不出的歡喜讚嘆。睡夢之中，一會兒見馬春花毒發身死，形狀可怖；一會兒自己抓住福康安，狠狠的責備他心腸毒辣；又一會兒自己給眾衛士擒住了，拚命掙扎，卻不能脫身。

忽聽得一個聲音在耳邊柔聲道：「大哥，你在作甚麼夢？」胡斐一躍而起，揉了揉眼睛，微一凝神，說道：「我來照料馬姑娘，該當由你睡一忽兒了。」程靈素道：「先給你裝上鬍子，這才放心。」拿起漿硬了的一條條頭髮，用膠水給他黏在頦下和腮邊。這一番功夫好不費時，直黏了將近一個時辰，眼見紅日當窗，方才黏完。

胡斐攬鏡一照，不由得啞然失笑，只見自己臉上一部絡腮鬍子，虬髯戟張，不但面目全非，而且大增威武，心中很是高興，笑道：「二妹，我這模樣兒挺美啊，日後我真的便留上這麼一部大鬍子。」

程靈素想說：「只怕你心上人未必答應。」但話到口邊，終於忍住了。她忙了一晚，到這時心力交困，眼見馬春花睡得安穩，再也支持不住，伏在桌上便睡著了。

十年之後，胡斐念著此日之情，果真留了一部絡腮大鬍子，那自不是程靈素這時所能料到了。

胡斐從榻上取過一張薄被，裹住了她身子，輕輕抱著她橫臥榻上，拉薄被替她蓋好，再將黃布蒙住了臉，走到姬曉峯房外，叫道：「姬兄，在屋裏麼？」

姬曉峯哼了一聲，道：「是那一位？有甚麼事？」胡斐推門進去。姬曉峯一見是他，「啊」的一聲低呼，從椅中躍起身來。

胡斐道：「姬兄，我這是跟你陪不是來啦。」姬曉峯木然不答，眼光中顯是敵意極深。胡斐道：「有一件事我得跟姬兄說個明白，小弟決計無意做貴派的掌門人，只是機緣湊合，小弟又迫於無奈，這才壞了姬兄的大事。」於是將馬春花如何中毒、如何受官兵圍捕、如何越牆入來躲避、如何為了救治人命這才上台出手等情一一說了，只是馬春花為何人所害、追捕他的乃是福康安一節，卻略過了不說。姬曉峯靜靜聽著，臉色稍見和緩，等胡斐說完，仍只「嗯」的一聲，並不接口說話。

胡斐又道：「大丈夫言出如山，若是十天之內，我不將掌門人之位讓你，教我喪生刀劍之下，千載之後仍受江湖好漢唾罵。」武林中人死於刀劍之下，原屬尋常，但若為天下英雄所不齒，卻是最感羞恥之事。

姬曉峯聽他發下這個重誓，說道：「這掌門人之位，我也不用你讓。你武功勝我十倍，這我是知道的。但你實非本門中人，卻來執掌門戶，自是令人心中不服。」胡斐道：「是了。待這次掌門人大會一過，我將前後真相鄭重宣布，在貴門各位前輩面前謝罪。然後讓貴門各位弟子再憑武功以定掌門，這麼辦好不好？」姬曉峯心想：「本門之中，無人能勝得了我。

這般自行爭來，自比他拱手相讓光采得多。」於是點頭道：「這倒是可行。可是程大哥……」

胡斐笑道：「我姓胡，我義妹才姓程。」說著揭去蒙在臉上的黃布。姬曉峯見他滿頰虬髯，根根見肉，貌相甚是威武，不禁暗自讚嘆，說道：「胡大哥，本門的幾位前輩很難說話，日後你揭示真相，只怕定有一場風波。雖然你武功高強，原也不怕，但好漢敵不過人多。咱們西嶽華拳門遇上了門戶大事，那是有名的陰魂不散，死纏爛打。」胡斐笑道：「這事我也想到了。後日掌門人大會之中，我當盡力為西嶽華拳門掙一個大大的彩頭，將功贖罪，想來各位前輩也可見諒了。」

姬曉峯點點頭，嘆了口氣，說道：「可惜我身中劇毒，不敢多耗力氣，否則倒可把本門拳法，演幾套給胡兄瞧瞧。胡兄記在心裏，事到臨頭，便不易露出馬腳。」

胡斐呵呵而笑，站起來向姬曉峯深深一揖，說道：「姬兄，我代義妹向你陪罪了。」姬曉峯還了一禮，心中卻大為不懌：「我被她下了毒，卻有甚麼可笑的？」心下這般想，臉上便頗有悻悻之色。胡斐道：「姬兄，我義妹在你身上下毒，傷口在那裏？」姬曉峯捲起左手袖子，只見他上臂腫起了鷄蛋大的一塊，肌肉發黑，傷口有小指頭大小，隱隱滲出黑血，果如是中了劇毒一般。

胡斐心想：「二妹用藥，當真是神乎其技。不知用了甚麼藥物，弄得他手臂變成這般模樣。倘若我身上有了這樣一個傷口，自也會寢食不安。」問道：「姬兄覺得怎樣？」姬曉峯道：「這一塊肉麻木不仁，全無知覺。」胡斐心道：「原來是下了極重的麻藥。」一伸手抓住他手臂，俯口便往他創口上吮吸。姬曉峯大驚，叫道：「使不得，使不得！你不要命了嗎？」只是給他雙手抓住了，竟自動彈不得，心中驚疑不定：「如此劇毒，中在手臂已是這樣厲害，他一吮入口，豈不立斃？我和他無親無故，他何必捨命相救？」

胡斐吮了幾口，將黑血吐在地下，哈哈笑道：「姬兄不必驚疑，這毒藥是假的。」姬曉峯不明其意，問道：「甚麼？」胡斐道：「我義妹和你素不相識，豈能隨便下毒手害你？她只是跟你開個玩笑，給你放上些無害的麻藥而已。你瞧我吮在口中，總可放心了吧？」

姬曉峯雖然服了程靈素所給的解藥，心下一直惴惴，不知這解藥是否當真有效，毒性即使能解，是否會留下後患，傷及筋骨，這時聽胡斐一說，不由得驚喜交集，道：「胡兄，你……你對我明言，難道便不怕我不聽指使麼？」胡斐道：「丈夫相交，貴在誠信。我見姬兄大有義氣，何必令你多躭幾日心事？」姬曉峯大喜，拍案說道：「好，我交了你這位朋友。胡兄便是得罪了當今天子，犯下瀰天大罪，小弟也要跟你出力，決不敢皺一皺眉頭。」

胡斐道：「多謝姬兄厚意，我所得罪的那人，雖然不是當今天子，但和天子的權勢也差不了多少。姬兄，昨晚我見你所練的一路華拳，其中一招返身提膝穿掌，趕步、擊步之後，那一下躍步，何以在半空中方向略變？」胡斐所說的那一招，名叫「野馬回鄉攢蹄行」，一招之中動作甚是繁複。

姬曉峯聽他一說，暗道：「好厲害的眼光！昨晚我練這一路華拳，從頭至尾精神貫注，只有在這一招『野馬回鄉攢蹄行』上，躍起時忽然想到臂上所中劇毒，不免心神渙散。若是和他對敵動手，這破綻立時便給他抓住了。」說道：「胡兄眼光當真高明，小弟佩服得緊，那一招確是練得不大妥當。」於是重行使了一遍。胡斐點頭道：「這才對了。否則照昨晚姬兄所使，只怕敵人可以乘虛而入。」

姬曉峯既知並未中毒，精神一振，於是將一十二路西嶽華拳，從頭至尾的演了出來。胡斐依招學式，雖不能在一時之間盡數記全，但也即領會到了每一路拳法的精義所在，說道：「貴派的拳法博大精深，好好鑽研下去，確是威力無窮。我瞧這一十二路華拳，只須精通一路，便足以揚名立萬。」

姬曉峯聽他稱讚本派武功，很是高興，說道：「是啊。本門中相傳有兩句話，說道：『華拳四十八，藝成行天涯』。四十八路功夫，分為一十八路登堂拳，一十二路入室拳，還有一十八路刀槍劍棍的器械功夫。本門弟子別說『藝成』兩字，便是能將四十八路功夫盡數學全了的，也是寥寥無幾。」

兩人說到武藝，談論極是投契，演招試式，不知不覺間已到午後。主人派來服侍胡斐的侍僕數次要請他吃飯，但見二人練得起勁，站在一旁，不敢開口。待得姬曉峯使一招旋風腳，躍起半空橫踢而出，門外突然有人喝采道：「好一招『風捲霹靂上九天』！」胡斐一看，卻是那姓蔡的老者，當下含笑抱拳，上前招呼。

註：

一、清朝相國夫人下毒，確有其事。袁枚「隨園詩話」卷一有記：「余長姑嫁慈溪姚氏。姚母能詩，出外為女傅。康熙間，某相國以千金聘往教女公子。到府住花園中，極珠簾玉屏之麗。出拜兩姝容態絕世，與之語，皆吳音，年十六七，學琴學詩頗聰穎。夜伴女傅眠，方知待年之女，尚未侍寢於相公也。忽一夕二女從內出，面微紅。問之，曰：堂上夫人賜飲。隨解衣寢。未二鼓，從帳內躍出，搶地呼天，語呶呶不可辨。顛仆片時，七竅流血而死。蓋夫人賜酒時，業已酖之矣。姚母踉蹌棄資裝即夜逃歸。常告人云，二女年長者尤可惜，有自嘲一聯云：量淺酒痕先上面，興高琴曲不和絃。」批本云：「某相國者，明珠也。」

二、福康安為人淫惡。伍拉納（乾隆時任閩浙總督）之子批註「隨園詩話」，有云：「福康安至淫極惡，作孽太重，流毒子孫，可以戒矣。」按該批註當作於嘉慶年間。

第十六章

龍潭虎穴

胡斐一手各抱一個孩子，從胡同中搶到橫街，只見一輛騾車停在街心，車夫位上並肩坐著兩人，車上裝滿了糞桶。

這姓蔡的老者單名一個威字，在華拳門中輩份甚高。他見胡斐去了臉上所蒙黃布後，原來是這等模樣的一個大鬍子，細細向他打量了幾眼，抱拳道：「啟稟掌門，福大帥有文書到來。」

胡斐心中一凜：「這件事終於瞞不過了，且瞧他怎麼說？」臉上不動聲色，只「嗯」了一聲。卻聽蔡威道：「這文書是給小老兒的，查問本門的掌門人推舉出了沒有？其中附了四份請帖，請掌門人於中秋正日，帶同本門三名弟子，前赴天下掌門人大會……」

胡斐聽到這裏，鬆了一口氣，心道：「原來如此，倒嚇了我一跳。別的也沒甚麼，只是這一日一晚之中，馬姑娘不能移動，福康安這文書若是下令抓人來著，馬姑娘的性命終於還是送在他手上了。」

他生怕福康安玩甚花樣，還是將那文書接了過來，細細瞧了一遍，說道：「蔡師伯，姬師弟，便請你們兩位相陪，再加上我師妹，咱們四個赴掌門人大會去。」蔡威和姬曉峯大喜，連連稱謝。侍僕上前稟道：「請程爺、蔡爺、姬爺三位出去用飯。」

胡斐點點頭，正要去叫醒程靈素，忽聽得她在房中叫道：「大哥，請過來。」胡斐道：「兩位先請，我隨後便來。」聽她叫聲頗為焦急，當下快步走到房中，一掀門簾，便聽得馬春花低聲叫喚：「我孩子呢？叫他哥兒倆過來啊……我要瞧瞧孩子……他哥兒倆呢？」

程靈素秀眉緊蹙，低聲道：「她一定要瞧孩子，這件事不妙。」胡斐道：「那兩個孩子落在那心腸如此狠毒的老婦手中，咱們終須設法救了出來。」程靈素道：「馬姑娘很是焦躁，立時要見，見不著孩子，便哭喊叫喚。這於她病勢大大不妥。」胡斐沉吟道：「待我去勸勸。」程靈素搖頭道：「她神智不清，勸不了的。除非馬上將孩子抱來，否則她心頭鬱積，毒血固然不能盡除，藥力也無法達於臟腑。」

胡斐繞室徬徨，一時苦無妙策，說道：「便是冒險再入福大帥府去搶孩子，最快也得等到今晚。」程靈素嚇了一跳，道：「再進福府去，那不是送死麼？」胡斐苦笑了一下，他何嘗不知昨晚鬧出了這麼驚天動地的一件大事，今日福康安府中自是戒備森嚴，便要踏進一步也是千難萬難，如何能再搶得這兩個孩子出來？若有數十個武藝高強之人同時下手，或者尚能成事，只憑他單槍匹馬，再加上程靈素，最多加上姬曉峯，三個人難道真有通天的本事？

過了良久，只聽得馬春花不住叫喚：「孩子，快過來，媽心裏不舒服。你們到那兒去了？到那兒去了？」胡斐皺眉道：「二妹，你說怎麼辦？」程靈素搖頭道：「她這般牽肚掛腸，不住口的叫喚，不到三日，不免毒氣攻心。咱們只有盡力而為，當真救不了，那也是天數使然。」胡斐道：「先吃飯去，一會再來商量。」

飯後程靈素又替馬春花用了一次藥，只聽她卻叫起福康安來：「康哥，康哥，怎地你不睬我啊？你把咱們的兩個乖兒子抱過來，我要親親他哥兒倆。」只把胡斐聽得又是憤怒，又是焦急。

程靈素拉了拉他衣袖，走到房外的小室之中，臉色鄭重，說道：「大哥，我跟你說過的話，有不算的沒有？」胡斐好生奇怪：「幹麼問起這句話來？」搖頭道：「沒有啊。」程靈素道：「好。我有一句話，你好好聽著。倘若你再進福康安府中去搶馬姑娘的兒子，你另請名醫來治她的毒罷。我馬上便回南方去。」

胡斐一愕，尚未答話，程靈素已翩然進房。胡斐知她這番話全是為了顧念著他，料他眼看如此情勢，定會冒險再入福府，此舉除了賠上一條性命之外，決無好處。他自己原也想到，可是此事觸動了他的俠義心腸，憶起昔年在商家堡被擒吊打，馬春花不住出言求情。有恩不報，非丈夫也，他已然決意一試，但程靈素忽出此言，倘若自己拚死救了兩個孩子出來，程靈素卻一怒而去，那可又糟了。

一時之間躊躇無計，信步走上大街，不知不覺間便來到福康安府附近，但見每隔五步十步，便是兩個衛士，人人提著兵刃，守衛嚴密之極，別說闖進府去，只要再走近幾步，衛士便要過來盤查。

胡斐不敢多耽，心中悶悶不樂，轉過兩條橫街，見有一座酒樓，便上樓去獨自小酌。剛喝得兩杯，忽聽隔房中一人道：「汪大哥，今兒咱們喝到這兒為止，待會就要當值，喝得臉上酒糟一般的，可不大美。」另人哈哈大笑道：「好，咱們再乾三杯便吃飯。」

胡斐一聽此人聲音，正是汪鐵鶚，心想：「天下事真有這般巧，居然又在這裏撞上他。」轉念一想，卻也不足為奇，他們說待會便要當值，自是去福康安府輪班守衛。這是福府附近最考究的一家酒樓，他們在守衛之前，先來喝上三杯，那也平常得緊。倘若汪鐵鶚這種人當值之前不先舒舒服服的喝上一場，那才叫奇呢。

只聽另一人道：「汪大哥，你說你識得胡斐。他到底是怎麼樣一個人？」胡斐聽他提到自己名字，不禁一凜，更是凝神靜聽。

只聽汪鐵鶚長長嘆了口氣，道：「說到胡斐此人，小小年紀，不但武藝高強，而且愛交朋友，真是一條好漢子。可惜他總是要和大帥作對，昨晚更闖到府裏去行刺大帥，真不知從何說起？」那人笑道：「汪大哥，你雖識得胡斐，可是偏沒生就一個升官發財的命兒，否則的話，咱們喝完了酒，出得街去，偏巧撞見了他，咱哥兒倆將他手到擒來，豈不是大大的一件功勞？」汪鐵鶚笑道：「哈哈，你倒說得輕鬆寫意！憑你張九的本領哪，便是有二十個，也未必能拿得住他。」那張九一聽此言，心中惱了，說道：「那你呢，要幾個汪鐵鶚才拿得住他？」汪鐵鶚道：「我是更加不成啦，便有四十個我這種膿包，也不管用。」張九冷笑道：「他當真便有三頭六臂，說得這般厲害。」

胡斐聽他二人話不投機，心念一動，眼見時機稍縱即逝，當下更不再思，揭過門帘，踏步走進鄰房，說道：「汪大哥，你在這兒喝酒啊！喂，這位是張大哥。小二，小二，把我的座兒搬到這裏來。」

汪鐵鶚和張九一見胡斐，都是一怔，心想：「你是誰？咱們可不相識啊？」汪鐵鶚雖聽著他話聲有些熟稔，但見他虬髯滿臉，那想得到是他？胡斐又道：「剛才我遇見周鐵鷦周大哥，曾鐵鷗曾二哥，在聚英樓喝了幾杯，還說起你汪大哥呢。」汪鐵鶚含糊答應，竭力思索此人是誰，聽他說來，和周師哥、曾師哥他們都是熟識，應該不是外人，怎地一時竟想不起來？不住在心中暗罵自己胡塗。

店伴擺好座頭。胡斐道：「今兒小弟作東，很久沒跟汪大哥、張大哥喝一杯了。」掏出十兩銀子向店伴一拋，道：「給存在櫃上，有拿手精緻的酒菜，只管作來。」那店伴見他手面豪闊，登時十分恭謹，一疊連聲的吩咐了下去。

不久酒菜陸續送上，胡斐談笑風生，說起來秦耐之、殷仲翔、王劍英、王劍傑兄弟這干人都很熟絡，一會兒說武藝，一會兒說賭博，似乎個個都是他的知交朋友。汪鐵鶚老大納悶，人家這般親熱，倘若開口問他姓名，那可是大大失禮，但此人到底是誰，便是想破了腦袋，也想不到半點因頭。張九只道胡斐是汪鐵鶚的老友，見他出手爽快，來頭顯又不小，自也樂得叨擾他一頓。

喝了一會酒，菜肴都已上齊，汪鐵鶚實在忍耐不住了，說道：「你這位大哥恕我無禮，我越活越是胡塗啦。」說著伸手在自己的額頭上重重一擊，又道：「一時之間我竟想不起你老哥的名字來，真是該死之極了。」

胡斐笑道：「汪大哥真是貴人多忘事。昨兒晚上，你不是還在舍下吃飯嗎？只可惜一場牌九沒推成，倒弄得周大哥跟人家動手過招，傷了和氣。」汪鐵鶚一怔，道：「你……你……」胡斐笑道：「小弟便是胡斐！」

此言一出，汪鐵鶚和張九猛地一齊站起，驚得話也說不出來。

胡斐笑道：「怎麼？小弟裝了一部鬍子，汪大哥便不認得了麼？」汪鐵鶚低聲道：「悄聲！胡大哥，城中到處都在找你，你怎敢如此大膽，居然還到這裏來喝酒？」胡斐笑道：「怕甚麼？連你汪大哥也不認得我，旁人怎認得出來？」汪鐵鶚道：「北京城裏是不能再躭了，你快快出城去吧！盤纏夠不夠？」

胡斐道：「多謝汪大哥古道熱腸，小弟銀子足用了。」心想：「此人性子粗魯，倒是個厚道之人。」那張九卻臉上變色，低下了頭一言不發。

汪鐵鶚又道：「今日城門口盤查得緊，你出城時別要露出破綻，還是我和張大哥送你出城為妙。那位程姑娘呢？」胡斐搖頭道：「我暫且不出城。我還有一筆帳要跟福大帥算一算。」張九聽到這裏，臉上神色更是顯得異樣。

汪鐵鶚道：「胡大哥，我本領是遠遠的不及你，可是有一句良言相勸。福大帥權勢熏天，你便當真跟他有仇，又怎鬥他得過？我吃他的飯，在他門下辦事，也不能一味護著你。今日冒個險送你出城。你快快走吧。」胡斐道：「不成，汪大哥，你可知我為甚麼得罪了福大帥？」汪鐵鶚道：「我不知道，正想問你。」

胡斐當下將福康安如何在商家堡結識馬春花，如何和她生下兩個孩子，昨晚馬春花如何中毒等情一一低聲說了，又說到自己如何相救，馬春花如何思念兒子，命在垂危，自己雖然干冒萬險，也要將那兩個孩子救了出來去交給她。

汪鐵鶚愈聽愈怒，拍桌說道：「原來這人心腸如此狠毒！胡大哥，你英雄俠義，當真令人好生欽佩。可是福大帥府中戒備嚴密，不知有多少高手四下守衛，要救那兩孩子，這會兒是想也休想。只好待這件事鬆了下來，慢慢再想法子。」胡斐道：「我卻有個計較在此，咱們借用了張大哥的服色，讓我扮成衛士，黑夜之中，由你領著到府裏去動手。」

張九臉色大變，霍地站起，手按刀柄。胡斐左手持著酒杯喝了口酒，右手正伸出筷子去挾菜，斗然間左手一揚，半杯酒潑向張九眼中。張九「啊」的一聲驚呼，伸手去揉。胡斐筷子探出，在他胸口「神藏」和「中庭」兩穴上各戳了一下。張九身子一軟，登時倒在椅上。

店小二聽得聲音，過來察看。胡斐道：「這位總爺喝醉了，得找個店房歇歇。」店小二道：「過去五家門面，便是安遠老店。小人扶這位總爺過去吧！」胡斐道：「好！」又賞了他五錢銀子。那店小二歡天喜地，扶著張九到那客店之中。胡斐要了一間上房，閂上了門，伸指又點了張九身上三處穴道，令他十二個時辰之中，動彈不得。

汪鐵鶚心中猶似十五個吊桶打水，七上八落，眼見胡斐行俠仗義，做事爽快明決，不禁甚是佩服，但想到幹的是如此一椿奇險之事，心中又是惴惴不安。胡斐除下身上衣服，給張九換上，自己卻穿上了他的一身武官服色，好在兩人都是中等身材，穿著倒也合身。

汪鐵鶚道：「我是申正當值，過一會兒時候便到了。」胡斐道：「你給張九告個假，說他生了病，不能當差。我在這兒等你，到晚間二更天時，你來接我。」汪鐵鶚呆了半晌，心想只要這一句話兒答應下來，一生便變了模樣，要做個鐵錚錚的漢子，甚麼榮華富貴，就是一筆勾銷；但若一心一意為福大帥出力，不免是非不分，於心不安。

胡斐見他遲疑，說道：「汪大哥，這件事不是一時可決，你也不用此刻便回我話。」汪鐵鶚點了點頭，逕自出店去了。胡斐躺在炕上，放頭便睡，他知道眼前實是一場豪賭，不過下的賭注卻是自己的性命。

到二更天時，汪鐵鶚或者果真獨個兒悄悄來領了自己，混進福康安府中。但這麼一來，汪鐵鶚的性命便是十成中去了九成。他跟自己說不上有甚麼交情，跟馬春花更是全無淵源，為了兩個不相干之人而甘冒生死大險，依著汪鐵鶚的性兒，他肯幹？他自幼便聽從周鐵鷦的吩咐，對這位大師兄奉若神明，何況又在福康安手下居官多年，這「功名利祿」四字，於他可不是小事。

若是一位意氣相投的江湖好漢，胡斐決無懷疑。但汪鐵鶚卻是個本事平庸、渾渾噩噩的武官。

如果他決定升官發財，那麼二更不到，這客店前後左右，便會有上百名好手包圍上來，自己縱然奮力死戰，也定然不免。

這其間沒有折衷的路可走。汪鐵鶚不能兩不相幫，此事他若不告發，張九日後怎會不去告他？

胡斐手中已拿了一副牌九，這時候還沒翻出來。要是輸了，那便輸了自己的性命。這副牌是好是壞，全憑汪鐵鶚一念之差。他知道汪鐵鶚不是壞人，但要他冒險實在太大，求他的實在太多，而自己可沒半點好處能報答於他……

汪鐵鶚這樣的人可善可惡，誰也不能逆料。將性命押在他的身上，原是險著，但除此之外，實無別法。福康安府中如此戒備，若是無人指引相助，決計混不進去。

他一著枕便呼呼大睡，這一次竟連夢也沒有做。他根本不去猜測這場豪賭結果會如何。牌還沒翻，誰也不知道是甚麼牌。瞎猜有甚麼用？

他睡了一個多時辰，矇矓中聽得店堂有人大聲說話，立時醒覺，坐了起來。只聽那人說道：「不錯，我正要見『玄』字號的那位總爺。喝醉了麼？有公事找他。你去給我瞧瞧。」

胡斐一聽不是汪鐵鶚的聲音，心下涼了半截，暗道：「嘿嘿，這一場大賭終究是輸了。」

提起單刀，輕輕推窗向外一望，只見四下裏黑沉沉的並無動靜，當下翻身上屋，伏在瓦面，凝神傾聽。

汪鐵鶚一去，胡斐知他只有兩條路可走：若以俠義為重，這時便會單身來引自己偷入福府；倘若惜身求祿，必定是引了福府的武士前來圍捕。他既然不來，此事自是糟了。但客店四周，竟然無人埋伏，倒也頗出胡斐意料之外。要知前來圍捕的武士不來則已，來則必定人數眾多，一二個高手尚可隱身潛伏，不令自己發現蹤跡，人數一多，便是透氣之聲也能聽見了。

他見敵人非眾，稍覺寬心。但見窗外燭光晃動，店小二手裏拿著一隻燭台，在門外說道：「總爺，這裏有一位總爺要見您老人家。」胡斐翻身從窗中進房，落地無聲，說道：「請進來吧！」店小二推開房門，將燭台放在桌上，陪笑道：「那一位總爺酒醒了吧？若是還沒妥貼，要不給做一碗醒酒湯喝？」胡斐隨口道：「不用！」眼光盯在店小二身後那名衛士臉上。

只見他約莫四十來歲年紀，灰撲撲一張臉蛋，絲毫不動聲色，胡斐心道：「好厲害的腳色！孤身進我房來，居然不露半點戒懼之意。難道你當真有過人的本領，絕沒將我胡斐放在心上嗎？」只聽那衛士道：「這位是張大哥嗎？咱們沒見過面，小弟姓任，任通武，在左營當差。」胡斐道：「原來是任大哥，幸會幸會。大夥兒人多，平日少跟任大哥親近。」任通武道：「是啊。上頭轉下來一件公事，叫小弟送給張大哥。」說著從身邊抽出一件公文來。

胡斐接過一看，見公文左角上赫然印著「兵部正堂」四個紅字，封皮上寫道：「即交安遠客店，巡捕右營張九收拆，速速不誤。」胡斐上次在福府中上了個大當，雙手為鋼盒所傷，這一回學了乖，不即開拆公文，先小心揑了揑封套，見其中並無古怪，又想到苗人鳳為拆信而毒藥傷目，當下將公文垂到小腹之前，這才拆開封套，抽出一張白紙，就燭光一看，不由得驚疑交集。

原來紙上並無一字，卻畫了一幅筆致粗陋的圖畫。圖中一個吊死鬼打著手勢，正在竭力勸一人懸樑上吊。當時迷信，有人懸樑自盡，死後變鬼，必須千方百計引誘另一人變鬼，他自己方得轉世投胎，後來的死者便是所謂替死鬼了。這說法雖然荒誕不經，但當時卻是人人皆知。

胡斐凝神一想，心念一動，問道：「任大哥今晚在大帥府中輪值？」任通武道：「正是！小弟這便要去。」說著轉身欲行。胡斐道：「且慢！請問這公事是誰差任大哥送來？」任通武道：「是我們林參將差小弟送來。」

胡斐到這時已是心中雪亮：原來汪鐵鶚自己拿不定主意，終究還是去和大師哥周鐵鷦商量。周鐵鷦念著胡斐昨晚續腿還牌之德，想出了這個計較，他不讓汪鐵鶚犯險，卻輾轉的差了個替死鬼來。由這人領胡斐進福府，不論成敗，均與他師兄弟無涉，因此信上非但不署姓名，連字跡也不留一個，以防萬一事機不密，牽連於他。這一件公文他夾在交給左營林參將的一疊文件之中，轉了幾個手，誰也不知這公文自何而來。林參將一見是「兵部正堂」的公事，不敢延擱，立即差人送來。周鐵鷦早知左營的衛士今晚全體在福府中當值守衛，那林參將不管派誰送信，胡斐均可隨他進府。

這中間的原委曲折胡斐雖然不能盡知，卻也猜了個八不離九，心下暗笑周鐵鷦老奸巨猾，在京師混了數十年的人，行事果然與眾不同，但對他相助的一番好意，卻也暗暗感激，當下說道：「上頭有令，命兄弟隨任大哥進府守衛。」跟著又道：「他媽的，今兒本是輪到我休假，半夜三更的，又把人叫了去。」

任通武笑道：「大帥府中鬧刺客，大夥兒誰都得辛苦些。好在那一份優賞總是短不了。」胡斐笑道：「回頭領到了錢，小弟作東，咱哥兒倆到聚英樓去好好樂他一場。任大哥，你是好酒好賭、還是好色？」任通武哈哈大笑，說道：「這酒色財氣四門，做兄弟的全都打從心眼兒裏歡喜出來。」胡斐在他肩上一拍，顯得極是親熱，笑道：「咱倆意氣相投，當真是相見恨晚了。小二，小二，快取酒來！」

任通武躊躇道：「今晚要當差，若是參將知道咱們喝酒，只怕不便。」胡斐低聲道：「喝三杯，參將知道個屁！」說話間，店小二已取過酒來，夜裏沒甚麼下酒之物，只切了一盆滷牛肉。

胡斐和任通武連乾三杯，擲了一兩銀子在桌上，說道：「餘下的是賞錢！」店小二大喜，正要道謝。任通武一把將銀子搶過，笑道：「張大哥這手面也未免闊得過份，咱們在福大帥府中當差的，喝幾杯酒還用給錢？走吧！時候差不多啦。」左手拉著胡斐，向外搶出，右手將銀子塞入懷裏。店小二瞧在眼裏，卻是敢怒而不敢言。要知福康安府裏的衛士在北京城裏橫行慣了，看白戲、吃白食，渾是閒事，便是順手牽羊拿些店鋪裏的物事，小百姓又怎敢作聲？

胡斐一笑，心想此人貪財好酒，倒是容易對付，當下與他攜手出店。將出店門時，忽聽得屋頂上喀的一聲輕響，聲音雖極細微，但胡斐聽在耳裏，便知有異，低聲道：「任大哥，我忘了一件物事，請你稍待。」一轉身，便回進自己房中，黑暗中只見一個瘦削的身形越窗而出，身法甚是快捷，依稀便是周鐵鷦。

胡斐大奇：「他又到我房中來幹麼？」微一沉吟，揭開床帳，探手到張九鼻孔邊一試，果然呼吸已止，竟是被周鐵鷦使重手點死了。胡斐心中一寒：「此人當真是心思周密，下手毒辣。本來若不除去張九，定會洩漏他師兄弟倆的機關，只是沒料到我前腳才出門，他後腳便進來下手，連片刻喘息的餘裕也沒有。」既是如此，他反而放心，知道周鐵鷦對己確是一片真心，不致於誘引自己進了福府，再令人圍上動手。

於是將張九身子一翻，讓他臉孔朝裏，拉過被子窩好了，轉身出房，說道：「任大哥，勞你等候，咱們走吧。」任通武道：「自己弟兄，客氣甚麼？」兩人並肩而行，大搖大擺的走向福康安府。

只見福府門前站著二十來名衛士，果是戒備不同往日。胡斐跟著任通武走到門口，一名千總低聲喝道：「威震——」任通武接口道：「——四海！」那千總點了點頭，說道：「今兒大夥得多加點勁。」任通武道：「那還會錯麼？」胡斐道：「老總，你說今晚會不會有刺客再進府來？」那千總笑道：「除非他吃了豹子膽，老虎心。」胡斐哈哈一笑，進了大門。

到達中門時，又是一小隊衛士守著。一名千總低喝口令：「威震——」任通武答道：

「——絕域！」那千總道：「任通武，這人面生得很，是誰啊？」任通武道：「是右營的張大哥，你沒見過麼？」那千總「嗯」了一聲，道：「這部鬍子長得倒是挺威風的。」

兩人折而向左，穿過兩道邊門，到了花園之中。園門口又是一小隊衛士，那口令卻變成了「威震——千秋」。胡斐心想：「倘若我不隨任通武進來，便算過了大門，也不能過二門。即使我探聽到了『威震四海』的口令，也想不到每一道門的口令各有變化。」

進了花園，胡斐已識得路徑，心想夜長夢多，早些下手，也好讓馬春花早一刻安心，又想：「二妹見我這麼久不回去，必已料到我進了福府，定也憂心。」當下加快腳步，向福康安之母的住所走去。任通武很是詫異，道：「張大哥，你到那裏去？」胡斐道：「上頭派我保護太夫人，說道決計不可令太夫人受到驚嚇。你不知道麼？」任通武道：「原來如此！」

便在此時，前面兩名衛士悄沒聲的巡了過來。左首一人低聲喝道：「報名！」任通武道：「左營任通武！」胡斐道：「右營張九！」那人「啊」的一聲，手按刀柄，喝道：「甚麼？你是誰？」

胡斐心中一凜，知道此人和張九熟識，事已敗露，湊到他耳邊，低聲道：「我是胡斐！」那人驚得呆了，一時手足無措。胡斐伸指一戳，點中了他的穴道，左手手肘順勢一撞，又打中了另一名衛士的穴道。任通武驚惶失措，道：「你……你……幹甚麼？」胡斐冷冷的道：「大丈夫行不改姓，坐不改名，我姓胡名斐的便是。」一面說，一面將兩名穴道被點的衛士擲入了花叢。

任通武吸一口氣，刷的一聲，拔出了腰刀。胡斐笑道：「人人都已瞧見，是你引我進府來的。你叫嚷起來，有何好處？還不如乖乖的別作聲。」任通武又驚又怕，那裏還說得出話來。

胡斐道：「你要命的，便跟著我來。」任通武這時六神無主，只得跟在他身後，眼見他一伸手一回肘，便打倒了兩名武功比自己高得多的衛士，若是與他動手，徒然送了性命，只盼他別鬧出甚麼事來，連累了自己。但胡斐既然進得府來，豈有不鬧事之理？任通武這般癡想，也不過在無法之中自行寬慰而已。

胡斐快步走到相國夫人的屋外，只見七八名衛士站在門口，若是向前硬闖，未必能迅速過得這一關，心念一動，繞著走到屋側，提聲喝道：「任通武，你幹甚麼？闖到太夫人屋裏來，想造反麼？」這一喝更令任通武摸不著半點頭腦，結結巴巴的道：「我……我……」

胡斐喝道：「快停步，你圖謀不軌麼？」眾衛士聽他吆喝，吃了一驚，一齊奔了過來。胡斐伸掌托在任通武的背上，掌力一送，他那龐大的身軀飛了出去，砰的一聲，撞在窗格之上，登時木屑紛飛。胡斐叫道：「拿住他，拿住他！快快！」

眾衛士一擁而上，都去捉拿任通武。胡斐大叫：「莫驚嚇了太夫人！這反賊膽子倒是不小。」一面叫嚷，一面衝進房去。只見太夫人雙手各拉著一個孩子，驚問：「甚麼事？」那兩孩子兀在啼哭，叫著：「我要媽媽，我要媽媽。」胡斐道：「有刺客！小人保護太夫人和兩位公子爺出去。」太夫人多見事故，一凜之下，心中起疑，喝道：「你是誰？刺客在那裏？」胡斐不敢多躭，又惱恨她心腸毒辣，下手毒害馬春花，當即搶上一步，反手便是一掌。

這太夫人貴為相國夫人，當今皇帝是她情郎，三個兒子都做尚書，兩個媳婦是金枝玉葉的公主，出世以來，那裏受過這般毆辱？胡斐雖知她心腸之毒，不下於大奸巨惡，但終究念她是個年老婦人，不欲便此傷她性命，這一掌只使了一分力氣。饒是如此，她右頰已高高腫起，滿口鮮血，跌落了兩枚牙齒，驚怒之下，幾乎暈了過去。

胡斐俯身對兩個孩子道：「我帶你們去見媽媽。媽媽想念你們得緊。」兩個孩兒登時笑逐顏開，伸出四條小手臂，要胡斐抱了去見母親。胡斐左臂一長，一臂抱起兩個孩子，便在此時，已有兩名衛士奔進屋來。

胡斐心想，若不借重太夫人，實難脫身，伸右手抓住太夫人衣領，喝道：「太夫人在我掌握之中，你們上來，大家一齊都死！」說著搶步便往外闖。

這時幾名衛士已將任通武擒住，眼睜睜的見胡斐一手抱了兩個孩子，一手拉著太夫人直往外奔。眾衛士投鼠忌器，那敢上前動手？只是連聲呼哨，緊跟在他身後四五步之處，手中刀劍距他背心不過數尺，雖見他無法分手抵禦，但終究不敢遞上前去。胡斐心中也是暗暗叫苦，眼見園中眾衛士四面八方的聚集，自己帶著一老二少，拖拖拉拉，那裏能出府門？敵人縱然心存顧忌，但只要有人大膽上前，自己總不能當真便將太夫人打死。

無法可施之下，只有急步向前。這一來雙方成了僵持之局，眾衛士固然不敢上前動手，胡斐卻也不能脫出險地，時候一長，衛士越集越多，處境便越是危險。一時苦無善策，只有豁出了性命不要，走一步便算一步，但聽得叫嚷傳令之聲，四下呼應。他一手抱著孩子，一手拖著老夫人，行走不快，只是往黑暗處闖去。

便在此時，忽見左首火光一閃，有人大聲叫道：「刺客行刺公主！要燒死公主啦，要燒死公主啦！」胡斐一怔，聽叫嚷之聲正是周鐵鷦。但見濃煙火燄，從左邊的一排屋中沖天而起。那和嘉公主是當今皇帝的親生愛女，若有失閃，福康安府中合府衛士都有重罪。只聽周鐵鷦又叫道：「大家快去救火，莫傷了公主，我來救太夫人。」周鐵鷦在福康安手下素有威信，眾衛士又在驚惶失措之下，聽他叫聲威嚴，自有一股懾人之勢，於是一窩蜂的向公主的住所奔去。

胡斐已知這是他調虎離山之計，好替自己脫困，心下好生感激。只見周鐵鷦疾奔而至，一刀摟頭砍到。胡斐向旁一閃，喝道：「好厲害！」將太夫人向他一推。周鐵鷦扶住太夫人，負在背上。胡斐一手抱了一個孩子，腳下登時快了，只聽周鐵鷦又提氣叫道：「刺客來得不少，各人緊守原地，保護大帥和兩位公主，千萬不可中了刺客的調虎離山之計。」眾衛士一聽「調虎離山」四字，心下均各凜然，不敢再追。

胡斐疾趨花園後門，翻牆而出，卻只叫得一聲苦，但見東面西面，都是黑壓壓的一片，站滿了衛士。他抱了兩個孩子，越過一大片空地，搶進了一條胡同。眾衛士大呼：「拿刺客，拿刺客！」自後追來。

胡斐奔完胡同，轉到一條橫街，只見前面一輛騾車停在街心。胡斐一躍上車，叫道：「快趕，快趕！重重賞你銀子！」車夫位上並肩坐著兩人。右邊一個身材瘦削的漢子一提韁繩，鞭子拍的一響，騾子拉著車子便跑。

胡斐喘息稍定，只覺奇臭沖鼻，定睛一看，見車上裝滿了糞桶，原來那是挨門沿戶替人倒糞的一輛糞車，心想：「怪不得半夜三更的，竟有一輛騾車在這兒？」回頭望時，見眾衛士大聲吶喊，隨後趕來。

他心念一動，提起一隻糞桶，向後擲了過去。這一擲力道極猛，兩名奔在最先的衛士登時給糞桶撞倒，淋漓滿身，一時竟然爬不起來。其餘眾衛士見狀，一齊住足。這些人都是精選的悍勇武士，刀山槍林嚇他們不到，但大糞桶當頭擲來，卻是誰也不敢嘗一嘗這般滋味。

那騾子足不停步的向前直跑，但過不多時，後面人聲隱隱，眾衛士又趕了上來。須知福康安是當朝兵部尚書，執掌天下兵馬大權，府中衛士個個均非庸手，給胡斐接連兩晚鬧了個天翻地覆，眾衛士的臉皮往那裏擱去？因此一見糞車跑遠，糞桶已投擲不到，各人踏過滿地糞水，鍥而不捨的繼續追趕。

胡斐心下煩惱：「倘若我便這麼回去，豈不是自行洩露了住處？馬姑娘未脫險境，怎能引鬼上門？但若不回住處，卻又躲到那裏去？」便這麼尋思之際，眾衛士又迫得近了些，只是害怕糞桶，不敢十分逼近，各人均想：「咱們便是這麼遠遠跟著，難道在這北京城中，你還能插翅飛去？」

轉眼之間，騾車馳到一個十字路口，只見街心又停著一輛糞車。胡斐所乘的車子馳著靠近，趕騾子的車夫伸臂向胡斐一招，喝道：「過去！」縱身一躍，坐上了另一輛糞車。胡斐抱著兩個孩子跟著躍過。先前車上的另一個漢子接過轡繩，竟是毫不停留，向西邊岔道上奔了下去。胡斐所乘的騾車卻向東行。

待得眾衛士追到，只見兩輛一模一樣的糞車，一輛向東，一輛向西，卻不知刺客是在那一輛車中。眾人略一商議，當下兵分兩路，分頭追趕。

胡斐聽了那身材瘦削的漢子那一聲呼喝，又見了這一躍的身法，已知是程靈素前來接應，喜道：「二妹，原來是你！」程靈素「哼」的一聲，並不答話。胡斐又問：「馬姑娘怎樣？病勢沒轉吧？」程靈素道：「不知道。」胡斐知她生氣了，柔聲道：「二妹，我沒聽你話，原是我的不是，請你原諒這一次。」程靈素道：「我說過不給她治病，便不治病。難道我說的不是人話麼？」

說話之間，又到了一處岔道，但見街中心仍是停著一輛糞車。這一次程靈素卻不換車，只是唿哨一聲，做個手勢，兩輛糞車分向南北，同時奔行。眾衛士追到時面面相覷，大呼：「邪門！邪門！」只得又分一半人北趕，一半人南追。

北京城中街道有如棋盤，一道道縱通南北，橫貫東西，因此行不到數箭之地，便出現一條岔道，每處十字路口，必有一輛糞車停著。程靈素見眾衛士追得近了，便不換車，以免縱起躍落時給他們發覺，若是相距甚遠，便和胡斐攜同兩孩換一輛車，使騾子力新，奔馳更快。這樣每到一處岔道，眾衛士的人數便減少了一半，到得後來，稀稀落落的只有五六人追在後面。這五六人也已奔得氣喘吁吁，腳步慢了很多。

胡斐又道：「二妹，你這條計策真是再妙不過，倘若不是雇用深夜倒糞的糞車，尋常的大車一輛輛停在街心，給巡夜官兵瞧見了，定會起疑。」程靈素冷笑道：「起疑又怎麼樣？反正你不愛惜自己，便是死在官兵手中，也是活該。」胡斐笑道：「我死是活該，只是累得姑娘傷心，那便過意不去。」程靈素冷笑道：「你不聽我話，自己愛送命，才沒人為你傷心呢。除非是你那個多情多義的袁姑娘……她又怎麼不來助你一臂之力？」胡斐道：「她沒知道我會這樣傻，竟會闖進福大帥府中去。天下只有一位姑娘，才知道我會這般蠻幹胡來，也只有她，才能在緊急關頭救我性命。」

這幾句話說得程靈素心中舒服慰貼無比，哼了一聲，道：「當年救你性命的是馬姑娘，所以你這般念念不忘，要報她大恩。」胡斐道：「在我心中，馬姑娘怎能跟我的二妹相比？」程靈素在黑暗中微微一笑，道：「你求我救治馬姑娘，甚麼好聽的話都會說。待得不求人家了，便又把我的說話當作耳邊風。」胡斐道：「倘若我說的是假話，教我不得好死。」程靈素道：「真便真，假便假，誰要你賭咒發誓了？」她這句話口氣鬆動不少，顯是胸中的氣惱已消了大半。

再過一個十字路口，只見跟在車後的衛士只賸下兩人。胡斐笑道：「二妹，你拉一拉韁，我變個戲法你瞧。」程靈素左手一勒，那騾子倏地停步。在後追趕的兩名衛士奔得幾步，與騾車已相距不遠。胡斐提起一隻空糞桶，猛地擲出，噗的一響，正好套在一名衛士的頭上。另一名衛士吃了一驚，「啊」的一聲大叫，轉身便逃。

程靈素見了這滑稽情狀，忍不住噗哧一聲，笑了出來。便在這一笑之中，滿腔怒火終於化為烏有。

胡斐和她並肩坐在車上，接過韁繩，這時距昨晚居住之處已經不遠，後面也再無衛士追來。兩人再馳一程，便即下車，將車子交給原來的車夫，又加賞了他一兩銀子，命他回去。

各人抱了一個小孩，步行而歸，越牆回進居處，當真是神不知，鬼不覺，卻有誰知道這兩人適才正是從福大帥府中大鬧而回？

馬春花見到兩個孩子，精神大振，緊緊摟住了，眼淚便如珍珠斷線般流下。兩個孩子也是大為高興，只叫：「媽媽！」

程靈素瞧著這般情景，眼眶微濕，低聲道：「大哥，我不怪你啦。咱們原該把孩子奪來，讓他們母子團聚。」胡斐歉然道：「我沒聽你的吩咐，心中總是抱憾。」程靈素嫣然一笑，道：「咱們第一天見面，你便沒聽我吩咐。我叫你不可離我身邊。叫你不可出手，你聽話了麼？」

馬春花見到孩子後，心下一寬，痊可得更快了，再加程靈素細心施針下藥，體內毒氣漸除。只是她問起如何到了這裏，福康安何以不見？胡斐和程靈素卻不明言。兩個孩子年紀尚小，也說不出一個所以然來。

第十七章

天下掌門人大會

胡斐將假鬍子染成黃色，
臉皮也塗得淡黃，倒似生了黃膽病一般，
打扮得又豪闊又俗氣。
程靈素扮成個弓腰曲背的中年婦人，
來到福康安府前。

轉眼過了數日，已是中秋。這日午後，胡斐帶同程靈素、蔡威、姬曉峯三人，逕去福康安府中，赴那天下武林掌門人大會。

胡斐這一次的化裝，與日前虬髯滿腮，又自不同。他剪短了鬍子，又用藥染成黃色，臉皮也塗成了淡黃，倒似生了黃膽病一般，滿身錦衣燦爛，翡翠鼻煙壺、碧玉扳指、泥金大花摺扇，打扮得又豪闊又俗氣。程靈素卻扮成個中年婦人，弓背彎腰，滿臉皺紋，誰又瞧得出她是個十七八歲的大姑娘？胡斐對蔡威說是奉了師父之命，不得在掌門人大會中露了真面目。蔡威唯唯而應，也不多問。

到得福康安府大門口，只見衛士盡撤，只有八名知客站在門邊迎賓。胡斐遞上文書。那知客恭而敬之的迎了進去，請他四人在東首一席上坐下。

同席的尚有四人，互相一請問，卻原來是猴拳大聖門的。程靈素見那掌門老者高頂尖嘴，紅腮長臂，確是帶著三分猴兒相，不由得暗暗好笑。

這時廳中賓客已到了一大半，門外尚陸續進來。廳中迎賓的知客都是福康安手下武官，有的竟是三四品的大員，若是出了福府，那一個不是聲威烜赫的高官大將，但在大帥府中，卻不過是清客隨員一般，比之僮僕廝養也高不了多少。

胡斐一瞥之間，只見周鐵鷦和汪鐵鶚並肩走來。兩人喜氣洋洋，服色頂戴都已換過，顯已升了官。周汪二人走過胡斐和程靈素身前，自沒認出他們。

只聽另外兩個武官向周汪二人笑嘻嘻的道：「恭喜周大哥、汪大哥，那晚這場功勞實在不小。」汪鐵鶚高興得裂開了大嘴，笑道：「那也只是碰巧罷啦，算得甚麼本領？」又有一個武官走了過來，說道：「一位是記名總兵，一位是實授副將，嘿嘿，了不起，了不起。福大帥手下的紅人，要算你兩位升官最快了。」周鐵鷦淡淡一笑，道：「平大哥取笑了。咱兄弟倆無功受祿，怎比得上平大哥在戰場上掙來的功名？」那武官正色道：「周大哥勇救相國夫人，汪大哥力護公主。萬歲爺親口御封，小弟如何比得？」

但見周汪二人所到之處，眾武官都要恭賀奉承幾句。各家掌門人聽到了，有的好奇心起，問起二人如何立功護主。眾武官便加油添醬、有聲有色的說了起來。胡斐隔得遠了，只隱約聽到個大概：原來那一晚胡斐夜闖福府，勇劫雙童。周鐵鷦老謀深算，不但將一場禍事消弭於無形，反而因為先得訊息，裝腔作勢，從胡斐手中奪回相國夫人，又叫汪鐵鶚搶先去保護公主。那相國夫人是乾隆皇帝的情人，公主是皇帝的愛女，這一場功勞立得輕易之極。

但在皇帝眼中，卻比戰陣中的衝鋒陷陣勝過百倍，因此金殿召見，溫勉有加，將他二人連升數級。相國夫人、和嘉公主、福康安又賞了不少珠寶金銀。一晚之間，周汪二人大紅而特紅。人人都說數百名刺客夜襲福大帥府，若不是周汪二人力戰，相國夫人和公主性命不保。眾衛士為了掩飾自己無能，將刺客的人數越說越多，倒似是眾衛士以寡敵眾，捨命抵擋，才保得福康安無恙。結果人人無過有功。福康安雖然失了兩個兒子，大為煩惱，但想起十年前自己落入紅花會手中的危難，這一晚有驚無險，刺客全數殺退，反而大賞衛士。官場慣例原是如此，瞞上不瞞下，皆大歡喜。

胡斐和程靈素對望幾眼，都不禁暗暗好笑。他二人都算饒有智計，但決計想不到周鐵鷦竟會出此一著，平白無端得了一場富貴。胡斐心想：「此人計謀深遠，手段毒辣，將來飛黃騰達，在官場中前程無限。」

紛擾間，數十席已漸漸坐滿。胡斐暗中一點數，一共是六十二桌，每桌八人，分為兩派，則來與會的共是一百二十四家掌門人，尋思：「天下武功門派，竟是如此繁多，而拒邀不來與會的，恐怕也是不少。」又見有數席只坐著四人，又有數席一人也無，不自禁的想到了袁紫衣：「不知她今日來是不來？」

程靈素見他若有所思，目光中露出溫柔的神色，早猜到他是想起了袁紫衣，心中微微一酸，忽見他頰邊肌肉一動，臉色大變，雙眼中充滿了怒火，順著他目光瞧去時，只見西首第四席上坐著一個身材魁梧的老者，手中握著兩枚鐵膽，晶光閃亮，滴溜溜地轉動，正是五虎門的掌門人鳳天南。

程靈素忙伸手拉了拉他衣袖。胡斐登時省悟，回過頭來，心道：「你既來此處，終須逃不出我手心。嘿，鳳天南你這惡賊，你道我大鬧大帥府後，決計不敢到這掌門人大會中來，豈知我偏偏來了。」

午時已屆，各席上均已坐齊。胡斐遊目四顧，但見大廳正中懸著一個錦障，釘著八個大金字：「以武會友，羣英畢至。」錦障下並列四席，每席都是只設一張座椅，上鋪虎皮，卻尚無人入座，想來是為王公貴人所設。

程靈素道：「她還沒來。」胡斐明知她說的是袁紫衣，卻順口道：「誰沒來？」程靈素不答，只是自言自語：「她既當了九家半總掌門，總不能不來。」

又過片時，只見一位二品頂戴的將軍站起身來，聲若洪鐘的說道：「請四大掌門人入席。」一眾衛士一路傳呼出去：「請四大掌門人入席！」「請四大掌門人入席！」

廳中羣豪心中均各不解：「這裏與會的，除了隨伴弟子，主方迎賓知客的人員之外，個個都是掌門人，怎地還分甚麼四大四小？」

這時大廳中一片肅靜，只見兩名三品武官引著四個人走進廳來，一直走到錦障下的虎皮椅旁，分請四人入座。

看這四人時，見當先一人是個白眉老僧，手中撐著一根黃楊木的禪杖，面目慈祥，看來沒一百歲，也有九十歲。第二人是個七十來歲的道人，臉上黑黝黝地，雙目似開似閉，形容頗為委瑣。這一僧一道，貌相判若雲泥，老和尚高大威嚴，一望而知是個有道高僧。那道人卻似個尋常施法化緣、畫符騙人的茅山道士，不知何以竟也算是「四大掌門人」之一？

第三人是個精神矍鑠的老者，六十餘歲年紀，雙目炯炯閃光，兩邊太陽穴高高鼓起，顯是內功深厚。他一進廳來，便含笑抱拳，和這一個那一個點頭招呼，一百多個掌門人中，看來倒有八九十人跟他相識，當真是交遊遍天下。各人不是叫「湯大爺」，便是稱「湯大俠」，只有幾位年歲甚高的武林名宿，才叫他一聲「甘霖兄」！

胡斐心想：「這一位便是號稱『甘霖惠七省』的湯沛湯大俠了。袁姑娘的媽媽便曾蒙他收容過。此人俠名四播，武林中都說他仁義過人，想不到今日也受了福康安的籠絡。」

但見他不即就坐，走到每一席上，與相識之人寒暄幾句，拉手拍肩，透著極是親熱。待走到胡斐這一桌時，一把拉住猴拳大聖門的掌門人，笑道：「老猴兒，你也來啦？嘿嘿，怎麼席上不給預備一盆蟠桃兒？」

那掌門人卻對他甚是恭敬，笑道：「湯大俠，有七年沒見您老人家啦。一直沒來跟您老人家請安問好，實在該打。您越老越健旺，真是難得。」湯沛伸手在他肩頭一拍，笑道：「你花果山水簾洞的猴子猴孫、猴婆猴女，大小都平安吧？」那掌門人道：「託湯大俠的福，大夥兒都安健。」

湯沛哈哈一笑，向姬曉峯道：「姬老三沒來嗎？」姬曉峯俯身請了個安，說道：「家嚴沒來。家嚴每日裏記掛湯大俠，常說服了湯大俠賞賜的人參養榮丸後，精神好得多了。」湯沛道：「你是住在雲侍郎府上嗎？明兒我再給你送些來。」姬曉峯哈腰相謝。湯沛向胡斐、程靈素、蔡威三人點點頭，走到別桌去了。

那猴拳大聖門的掌門人道：「湯大俠的外號叫作『甘霖惠七省』，其實呢，豈止是七省而已？那一年俺保的一枝十八萬兩銀子的絲綢鏢在甘涼道上失落了，一家子急得全要跳井，若不是湯大俠挺身而出，又軟又硬，既挨面子，又動刀子，『酒泉三虎』怎肯交還這一枝鏢呢？」跟著便口沫橫飛，說起了當年之事。原來他受了湯沛的大恩，沒齒不忘，一有機會，便要宣揚他的好處。

這湯沛一走進大廳，真便似「大將軍八面威風」，人人的眼光都望著他。那「四大掌門人」的其餘三人登時黯然無光。

第四人作武官打扮，穿著四品頂戴，在這大廳之中，官爵高於他的武官有的是，但他步履沉穩，氣度威嚴，隱然是一派大宗師的身分。只見他約莫五十歲年紀，方面大耳，雙眉飛揚有稜，不聲不響的走到第四席上一坐，如淵之渟，如嶽之峙，凝神守中，對身周的擾攘宛似不聞不見。胡斐心道：「這也是一位非同小可的人物。」

他初來掌門人大會之時，滿腔雄心，沒將誰放在眼中，待得一見這四大掌門人，登時大增戒懼，尋思：「湯大俠和那武官任誰一人，我都未必抵敵得過。那和尚和道人排名尚在他二人之上，自然也非庸手。今日我的身分萬萬洩漏不得，別說一百多個掌門人個個都是頂兒尖兒的高手，只消這『僧、道、俠、官』四人齊上，制服我便綽綽有餘。」他懼意一生，當下只是抓著瓜子慢慢嗑著，不敢再東張西望，生怕給福康安手下的衛士們察覺了。

過了好一會，湯沛才和眾人招呼完畢，回到自己座上。卻又有許多後生晚輩，一個個趕著過去跟他磕頭請安。湯沛家資豪富，仗義疏財，隨在他身後的門人弟子帶著大批紅封包，凡是從未見過面的晚輩向他磕一個頭，便給四兩銀子作見面禮。又亂了一陣，方才見禮已罷。

只聽得一位二品武官喝道：「斟酒！」在各席伺候的僕役提壺給各人斟滿了酒。那武官舉起杯來，朗聲說道：「各派掌門的前輩武師，遠道來到京城，福大帥極是歡迎。現下兄弟先敬各位一杯，待會福大帥親自來向各位敬酒。」說著舉杯一飲而盡。眾人也均乾杯。

那武官又道：「今日到來的，全是武林中的英雄豪傑。自古以來，從未有過如此盛事。福大帥最高興的，是居然請到了四大掌門人一齊光臨，現下給各位引見。」他指著第一席的白眉老僧道：「這位是河南嵩山少林寺方丈大智禪師。千餘年來，少林派一直是天下武學之源。今日的天下掌門人大會，自當推大智禪師坐個首席。」羣豪一齊鼓掌。少林派分支龐大，此日與會的各門派中，幾有三分之一是源出少林，眾人見那武官尊崇少林寺的高僧，盡皆喜歡。

那武官指著第二席的道人說道：「除了少林派，自該推武當為尊了。這一位是武當山太和宮觀主無青子道長。」武當派威名甚盛，為內家拳劍之祖。羣豪見這道人委靡不振，形貌庸俗，都是暗暗奇怪。有些見聞廣博的名宿更想：「自從十年前武當派掌門人馬真逝世，武當高手火手判官張召重又死在回疆，沒聽說武當派立了誰做掌門人啊。這太和宮觀主無青子的名頭，可沒聽見過。」

第三位湯沛湯大俠的名頭人人皆知，用不著他來介紹，但那武官還是說道：「這位甘霖惠七省湯大俠，是『三才劍』的掌門人。湯大俠俠名震動天下，仁義蓋世，無人不知，不用小弟多饒舌了。」他說了這幾句話，眾人齊聲起轟，都給湯沛捧場。這情景比之引見無青子時固是大大不同，便是少林寺方丈大智禪師，也是有所不及。

胡斐聽得鄰桌上的一個老者說道：「武林之中，有的是門派抬高了人，有的是人抬高了門派。那位青甚麼道長，只因是武當山太和宮的觀主，便算是天下四大掌門人之一，我看未必便有甚麼真才實學吧？至於『三才劍』一門呢，若不是出了湯大俠這樣一位百世難逢的人物，在武林中又能佔到甚麼席位呢？」一個壯漢接口道：「師叔說得是。」胡斐聽了也暗暗點頭。

眾人亂了一陣，目光都移到了那端坐第四席的武官身上。唱名引見的那武官說道：「這一位是我們滿洲的英雄。這位海蘭弼海大人，是鑲黃旗驍騎營的佐領，遼東黑龍門的掌門人。」海蘭弼的官職比他低，當那二品武官說這番話時，他避席肅立，狀甚恭謹。

胡斐鄰桌那老者又和同桌的人竊竊私議起來：「這一位哪，卻是官職抬高門派了。遼東黑龍門，嘿嘿，在武林中名不見經傳，算那一會子的四大掌門？只不過四大掌門人倘若個個都是漢人，沒安插一個滿洲人，福大帥的臉上須不好看。這一位海大人最多只是有幾百斤蠻力，怎能和中原各大門派的名家高手較量？」那壯漢又道：「師叔說得是。」這一次胡斐心中卻頗不以為然，暗想：「你莫小覷了這一位滿洲好漢，此人英華內斂，穩凝端重，比你這糟老頭兒只怕強得多呢。」

那四大掌門人逐一站起來向羣豪敬酒，各自說了幾句謙遜的話。大智禪師氣度雍然，確有領袖羣倫之風。湯沛妙語如珠，只說了七八句話，卻引起三次鬨堂大笑。無青子和海蘭弼都不善辭令。無青子一口湖北鄉下土話，尖聲尖氣，倒有一大半人不懂他說些甚麼。胡斐暗自奇怪：「這位道長說話中氣不足，怎能為武當派這等大派的掌門，多半他武藝雖低，輩份卻高，又有人望，為門下眾弟子所推重。」

當下廚役送菜上來，福大帥府宴客，端的是非比尋常，單是那一罈罈二十年的狀元紅陳紹，便是極難嘗到的美酒。胡斐酒到杯乾，一口氣喝了二十餘杯。程靈素見他酒興甚豪，只是抿嘴微笑，偶爾回頭，便望鳳天南一眼，生怕他走得沒了影蹤。

吃了七八道菜，忽聽得眾侍衛高聲傳呼：「福大帥到！」猛聽得呼呼數聲，大廳上眾武官一齊離席肅立，霎時之間，人人都似變成了一尊尊石像，一動也不動了。各門派的掌門人都是武林豪客，沒見過這等軍紀肅穆的神態，都不由得吃了一驚，三三兩兩的站起身來。

只聽得靴聲橐橐，幾個人走進廳來。眾武官齊聲喝道：「參見大帥！」一齊俯身，半膝跪了下去。福康安將手一擺，說道：「罷了！請起！」眾武官道：「謝大帥！」拍拍數聲，各自站起。

胡斐心道：「福康安治軍嚴整，大非平庸之輩。無怪他數次出征，每一次都打勝仗。」只見他滿臉春風，神色甚喜，又想：「這人全無心肝，兩個兒子給人搶了去，竟是漫不在乎。」

福康安命人斟了一杯酒，說道：「各位武師來京，本部給各位接風，乾杯！」說著舉杯而盡。羣豪一齊乾杯。

這一次胡斐只將酒杯在唇邊碰了一碰，並不飲酒。他心中惱恨福康安心腸毒辣，明知母親對馬春花下毒，卻不相救，因此不願跟他乾杯。

福康安說道：「咱們這個天下掌門人大會，萬歲爺也知道了。剛才皇上召見，賜了二十四隻杯子，命本部轉賜給二十四位掌門人。」他手一揮，眾人捧上三隻錦盒，在桌上鋪了錦緞，從盒中取出杯來。

只見第一隻盒中盛的是八隻玉杯，第二隻盒中是八隻金杯，第三隻盒中取出的是八隻銀杯，分成三列放在桌上。玉氣晶瑩、金色燦爛、銀光輝煌。杯上凹凹凸凸的刻滿了花紋，遠遠瞧去，只覺甚是考究精細，大內高手匠人的手藝，果是不同。

福康安道：「這玉杯上刻的是蟠龍之形，叫作玉龍杯，最是珍貴。金杯上刻的是飛鳳之形，叫作金鳳杯。銀杯上刻的是躍鯉之形，叫作銀鯉杯。」

眾人望著二十四隻御杯，均想：「這裏與會的掌門人共有一百餘人，御杯卻只有二十四隻，卻賜給誰好？難道是拈鬮抽簽不成？再說，那玉龍杯自比銀鯉貴重得多，卻又是誰得玉的，誰得銀的？」

只見福康安取過四隻玉杯，親手送到四大掌門人的席上，每人一隻，說道：「四位掌門是武林首領，每人領玉龍杯一隻。」大智禪師等一齊躬身道謝。

福康安又道：「這裏尚餘下二十隻御杯，本部想請諸位各獻絕藝，武功最強的四位分得四隻玉杯，可與少林、武當、三才劍、黑龍門四門合稱『玉龍八門』，是天下第一等的大門派。其次八位掌門人分得八隻金杯，那是『金鳳八門』。再其次八位分得八隻銀杯，那是『銀鯉八門』。從此各門各派分了等級次第，武林中便可少了許多紛爭。至於大智禪師、無青子道長、湯大俠、海佐領四位，則是品定武功高下的公證，各位可有異議沒有？」

許多有見識的掌門人均想：「這那裏是少了許多紛爭？各門各派一分等級次第，武林中立時便惹出無窮的禍患。這二十四隻御杯勢必你爭我奪。天下武人從此爭名以鬥，自相殘殺，刀光血影，再也沒有寧日了。」

可是福大帥既如此說，又有誰敢異議？早有人隨聲附和，紛紛喝采。

福康安又道：「得了這二十四隻御杯的，自然要好好的看管著。若是給別門別派搶了去、偷了去，那玉龍八門、金鳳八門、銀鯉八門，跟今日會中所定，卻又不同了哇！」這番話說得又明白了一層，卻仍有不少武人附和鬨笑。

胡斐聽了福康安的一番說話，又想起袁紫衣日前所述他召開這天下掌門人大會的用意，心道：「初時我還道他只是延攬天下英雄豪傑，收為己用，那知他的用意更要毒辣得多。他是存心挑起武林中各門派的紛爭，要天下武學之士，只為了一點兒虛名，便自相殘殺，再也沒餘力來反抗滿清。」正想到這裏，只見程靈素伸出食指，沾了一點茶水，在桌上寫了個「二」，又寫了個「桃」字，寫後隨即用手指抹去。

胡斐點了點頭，這「二桃殺三士」的故事，他是曾聽人說過的，心道：「古時晏嬰使『二桃殺三士』的奇計，只用兩枚桃子，便使三個桀傲不馴的勇士自殺而死。今日福康安要學矮子晏嬰。只不過他氣魄大得多，要以二十四隻杯子，害盡了天下武人。」他環顧四周，只見少壯的武人大都興高采烈，急欲一顯身手，但也有少數中年和老年的掌門人露出不以為然的神色，顯是也想到了爭杯之事，後患大是不小。

但見大廳上各人紛紛議論，一時聲音極是嘈雜，只聽鄰桌有人說道：「王老爺子，你神拳門的武功出類拔萃，天下少有人敵，定可奪得一隻玉龍杯了。」那人謙道：「玉龍杯是不敢想的，倘若能捧得一隻金鳳杯回家，也可以向孩子們交差啦！」又有人低聲冷笑說道：「就怕連銀鯉杯也沾不到一點邊兒，那可就丟人啦。」那姓王的老者怒目而視，說風涼話的人卻泰然自若，不予理會。一時之間，數百人交頭接耳，談的都是那二十四隻御杯。

忽聽得福康安身旁隨從擊了三下掌，說道：「各位請靜一靜，福大帥尚有話說。」大廳上嘈雜之聲，漸漸止歇，只因羣豪素來不受約束，不似軍伍之中令出即從，隔了好一陣，方才寂靜無聲。

福康安道：「各位再喝幾杯，待會酒醉飯飽，各獻絕藝。至於比試武藝的方法，大家聽安提督說一說。」

站在他身旁的安提督腰粗膀寬，貌相威武，說道：「請各位寬量多用酒飯，筵席過後，兄弟再向各位解說。請，請，兄弟敬各位一杯。」說著在大杯中斟了一滿杯，一飲而盡。

與會的羣雄本來大都豪於酒量，但這時想到飯後便有一場劇鬥，人人都不敢多喝，除了一些決意不出手奪杯的高手耆宿之外，都是舉杯沾唇，作個意思，便放下了酒杯。

酒筵豐盛無比，可是人人心有掛懷，誰也沒心緒來細嚐滿桌山珍海味，只是想到待會便要動手，飯卻非吃飽不可，因此一干武師，十之八九都是酒不醉而飯飽。

待得筵席撤去，安提督擊掌三下。府中僕役在大廳正中並排放了八張太師椅，東廳和西廳也各擺八張。大廳的八張太師椅上鋪了金絲繡的紅色緞墊，東廳椅上鋪了綠色緞墊，西廳椅上鋪了白色緞墊。三名衛士捧了玉龍杯、金鳳杯、銀鯉杯，分別放在大廳、東廳和西廳的三張茶几上。

安提督見安排已畢，朗聲說道：「咱們今日以武會友，講究點到為止，誰跟誰都沒冤仇，最好是別傷人流血。不過動手過招的當中，刀槍沒眼，也保不定有甚麼失手。福大帥吩咐了，那一位受輕傷的，送五十兩湯藥費，重傷的送三百兩，不幸喪命的，福大帥恩典，撫卹家屬紋銀一千兩。在會上失手傷人的，不負罪責。」眾人一聽，心下都是一涼：「這不是明著讓咱們拚命麼？」

安提督頓了一頓，又道：「現下比武開始，請四大掌門人入座。」四名衛士走到大智禪師、無青子、湯沛、海蘭弼跟前，引著四人在大廳的太師椅上居中坐下。八張椅上坐了四人，每一邊都還空出兩個座位。

安提督微微一笑，說道：「現下請天下各家各派的掌門高手，在福大帥面前各顯絕藝。那一位自忖有能耐領得銀鯉杯的，請到西廳就座；能領金鳳杯的，請到東廳就座。若是自信確能藝壓當場，可和四大掌門人並列的，請到大廳正中就座。二十位掌門人入座之後，餘下的掌門人那一位不服，可向就座的挑戰，敗者告退，勝者就位，直到無人出來挑戰為止。各位看這法兒合適麼？」

眾人心想：「這不是擺下了二十座擂台嗎？」雖覺大混戰之下死傷必多，但力強者勝，倒也公平合理。許多武師便大聲說好，無人異議。

這時福康安坐在左上首一張大椅中。兩邊分站著十六名高手衛士，周鐵鷦和王劍英都在其內，嚴密衛護，生怕眾武師龍蛇混雜，其中隱藏了刺客。

程靈素伸手肘在胡斐臂上輕輕一敲，嘴角向上一努，胡斐順著她眼光向上看去，只見屋角一排排的站滿了衛士，都是手握兵刃。看來今日福康安府中戒備之嚴，只怕還勝過了皇宮內院，府第周圍，自也是布滿了精兵銳士。胡斐心想：「今日能找到鳳天南那惡賊的蹤跡，心願已了，無論如何不可洩漏了形跡，否則只怕性命難保。待會若能替華拳門奪到一隻銀鯉杯，也算是對得起這位姬兄了。只是我越遲出手越好，免得多引人注目。」

那知他心中這麼打算，旁人竟也都是這個主意。只不過胡斐怕的是被人識破喬裝，其餘武師卻均盼旁人鬥了個筋疲力盡，自己最後出手，坐收漁人之利，是以安提督連說幾遍：「請各位就座！」那二十張空椅始終空盪盪地，竟無一個武師出來坐入。

俗語說得好：「文無第一，武無第二」。凡是文人，從無一個自以為文章學問天下第一，但學武之士，除了修養特深的高手之外，決計不肯甘居人後。何況此日與會之人都是一派之長，平素均是自尊自大慣了的，就說自己名心淡泊，不喜和人爭競，但所執掌的這門派的威望卻決不能墮了。只要這晚在會中失手，本門中成千成百的弟子今後在江湖上都要抬不起頭來，自己回到本門之中，又怎有面目見人？只怕這掌門人也當不下去了。當真是人同此心，心同此意：「我若不出手，將來尚可推託交代。若是出手，非奪得玉龍杯不可。要一隻金鳳杯、銀鯉杯，又有何用？」因此眾武師的眼光，個個都注視著大廳上那四張空著的太師椅，至於東廳和西廳的金鳳杯和銀鯉杯，竟是誰都不在意下。

僵持了片刻，安提督乾笑道：「各位竟都這麼謙虛？還是想讓別個兒累垮了，再來撿個現成便宜？那可不合武學大師的身分啊。」這幾句話似是說笑，其實卻是道破了各人心事，以言相激。

果然他這句話剛說完，人叢中同時走出兩個人來，在兩張椅中一坐。一個大漢身如鐵塔，一言不發，卻把一張紫檀木的太師椅坐得格格直響。另一個中等身材，頦上長著一部黃鬍子，笑道：「老兄，咱哥兒倆那是拋磚引玉。衝著眼前這許多老師父、大高手，咱哥兒難道還能把兩隻玉龍杯捧回家去嗎？你可別把椅子坐爛了，須得留給旁人來坐呢。」那黑大漢「嘿」的一聲，臉色難看，顯然對他的玩笑頗不以為然。

一個穿著四品頂戴的武官走上前來，指著那大漢朗聲道：「這位是『二郎拳』的掌門人黃希節黃老師。」指著黃鬍子道：「這位是『燕青拳』的掌門人歐陽公政歐陽老師。」

胡斐聽得鄰桌那老者低聲道：「好哇，連『千里獨行俠』歐陽公政，居然也想取玉龍杯。」胡斐心中微微一震，原來那歐陽公政自己安上個外號叫作「千里獨行俠」，其實是個獨腳大盜，空有俠盜之名，並無其實，在武林中名頭雖響，聲譽卻是極為不佳，胡斐也曾聽到過他的名字。

這兩人一坐上，跟著一個道人上去，那是「崑崙刀」的掌門人西靈道人。只見他臉含微笑，身上不帶兵刃，似乎成竹在胸，極有把握，眾人都有些奇怪：「這道士是『崑崙刀』的掌門人，怎地不帶單刀？」

廳上各人正眼睜睜的望著那餘下的一張空椅，不知還有誰挺身而出。安提督說道：「還有一隻玉杯，沒誰要了麼？」

只聽得人叢中一人叫道：「好吧！留下給我酒鬼裝酒喝！」一個身材高瘦的漢子踉踉蹌蹌而出，一手拿酒壺，一手拿酒杯，走到廳心，暈頭轉向的繞了兩個圈子，突然倒轉身子，向後一跌，摔入了那隻空椅之中。這一下身法輕靈，顯是很高明的武功。大廳中不乏識貨之人，早有人叫了起來：「好一招『張果老倒騎驢，摔在高橋上』！」原來這人是『醉八仙』的掌門人千杯居士文醉翁，但見他衣衫襤褸，滿臉酒氣，一副令人莫測高深的模樣。

安提督道：「四位老師膽識過人，可敬可佩。還有那一位老師，自信武功勝得過這四位中任何一位的，便請出來挑戰。若是無人挑戰，那麼二郎拳、燕青拳、崑崙刀、醉八仙四門，便得歸於『玉龍八門』之列了。」

只見東首一人搶步而上，說道：「小人周隆，願意會一會『千里獨行俠』歐陽老師。」這人滿身肌肉虬起，身材矮壯，便如一隻牯牛相似。

胡斐對一干武林人物都不相識，全仗旁聽鄰座的老者對人解說。好在那老者頗以見多識廣自喜，凡是知道的，無不搶先而說。只聽他道：「這位周老師是『金剛拳』的掌門人，又是山西大同府興隆鏢局的總鏢頭。聽說歐陽公政劫過他的鏢，他二人很有過節。我看這位周老師下場子，其意倒不一定是在玉龍杯。」

胡斐心想：「武林中恩恩怨怨，牽纏糾葛，就像我自己，這一趟全是為鳳天南那惡賊而來。各門各派之間，只怕累世成仇已達數百年的也有不少。難道都想在今日會中了斷麼？」想到這裏，情不自禁的望了鳳天南一眼，只見他不住手的轉動兩枚鐵膽，卻不發出半點聲息，神色甚是寧定。胡斐在福康安府中鬧了兩晚，九城大索，鳳天南料想他早已逃出北京，高飛遠走，那想得到他英雄俠膽，竟又會混進這龍潭虎穴的掌門人大會中來？

周隆這麼一挑戰，歐陽公政笑嘻嘻的走下座位，笑道：「周總鏢頭，近來發財？生意興隆？」

周隆年前所保的八萬兩銀子一枝鏢給他劫了，始終追不回來，賠得傾家蕩產，數十年的積蓄一旦而盡，如何不恨得牙癢癢地？當下更不打話，一招「雙劈雙撞」直擊出去。歐陽公政還了一招燕青拳中的「脫靴轉身」，兩人登時激鬥起來。周隆勝在力大招沉，下盤穩固，歐陽公政卻以拳招靈動、身法輕捷見長。周隆一身橫練功夫，對敵人來招竟不大閃避，肩頭胸口接連中了三拳，竟是哼也沒哼一聲，突然間呼的一拳打出，卻是「金剛拳」中的「迎風打」。歐陽公政一笑閃開，飛腳踹出，踢在他的腿上。周隆「搶背大三拍」就地翻滾，摔了一交，卻又站起。

兩人拆到四五十招，周隆身上已中了十餘下拳腳，冷不防鼻上又中了一拳，登時鼻血長流，衣襟上全是鮮血。歐陽公政笑道：「周老師，我只不過搶了你鏢銀，又沒搶你老婆，說不上殺父之仇、奪妻之恨。這就算了吧！」周隆一言不發，撲上發招。歐陽公政仗著輕功了得，側身避開，口中不斷說輕薄言語，意圖激怒對方。

酣戰中周隆小腹上又被踢中了一腳，他左手按腹，滿臉痛苦之色，突然之間，右手「金鉤掛玉」，搶進一步，一招「沒遮攔」，結結實實的錘中在敵人胸口。但聽得喀喇一響，歐陽公政斷了幾根肋骨，搖搖晃晃，一口鮮血噴了出來。

他知周隆恨己入骨，一招得勝，跟著便再下毒手，這時自己已無力抵禦，當下強忍疼痛，閃身退下，苦笑道：「是你勝了……」周隆待要追擊，湯沛說道：「周老師，勝負已分，不能再動手了。你請坐吧。」周隆聽得是湯沛出言，不敢違逆，抱拳道：「小人不敢爭這玉龍杯！」抽身歸座。

眾武師大都瞧不起歐陽公政的為人，見周隆苦戰獲勝，紛紛過來慰問。歐陽公政滿臉慚色，卻不敢離座出府，他自知冤家太多，這時身受重傷，只要一出福大帥府，立時便有人跟出來下手，周隆第一個便要出來，只得取出傷藥和酒吞服，強忍疼痛，坐著不動，對旁人的冷嘲熱諷，只作不聞。

胡斐心道：「這周隆看似戇直，其實甚是聰明，憑他的功夫，那玉龍杯是決計奪不到的，一戰得勝，全名而退。『金剛拳』雖不能列名為『玉龍八門』，但在江湖上卻誰也不能小看了。」

只聽湯沛說道：「周老師既然志不在杯，有那一位老師上來坐這椅子？」

這一隻空椅是不戰而得，倒是省了一番力氣，早有人瞧出便宜，兩條漢子分從左右搶了過去。眼看兩人和太師椅相距的遠近都是一般，誰的腳下快一步，誰便可以搶到。那知兩人來勢都急，奔到椅前，雙肩一撞，各自退了兩步。便在此時，呼的一聲，一人從人叢中竄了出來，雙臂一振，如大鳥般飛起，輕輕巧巧的落在椅中。他後發而先至，竟搶在那兩條漢子的前面，這一份輕功可實在要得漂亮。人叢中轟雷價喝了聲采。

那互相碰撞的兩個漢子見有人搶先坐入椅中，向他一看，齊聲叫道：「啊，是你！」不約而同的向他攻了過去。那人坐在椅中，卻不起身，左足砰的一下踢出，將左邊那漢子踢了個觔斗，右手一長，扭住右邊漢子的後領，一轉一甩，將他摔了一交。他身不離椅，隨手打倒兩人。眾人都是一驚：「這人武功恁地了得！」

安提督不識此人，走上兩步，問道：「閣下尊姓大名？是何門何派的掌門人？」

那人尚未回答，地下摔倒的兩個漢子已爬起身來，一個哇哇大叫，一個破口亂罵，掄拳又向他打去。從二人大叫大嚷的言語中聽來，似乎這人一路上侮弄戲耍，二人早已很吃了他的苦頭。那人借力引力，左掌在左邊漢子的背心上一推，右足彎轉，拍的一聲，在右邊漢子的屁股上踢了一腳。兩人身不由主的向前一衝。幸好兩人變勢也快，不等相互撞頭，四隻手已伸手扭住，只是去勢急了，終於站不住腳，一齊摔倒。

左邊那漢子叫道：「齊老二，咱們自己的帳日後再算，今日併肩子上，先料理了這廝再說。」右邊的漢子道：「不錯！」一躍而起，便從腰間抽出了一柄匕首。

胡斐聽得鄰座那老者自言自語：「『鴨形門』的翻江鳧一死，傳下的兩個弟子實在太不成器。」嘆息了一聲，不再往下解釋。

胡斐見兩個漢子身法甚是古怪，好奇心起，走過去拱一拱手，說道：「請問前輩，這兩位是『鴨形門』的麼？」那老者笑了笑，道：「閣下面生得緊啊。請教尊姓大名？」胡斐還未回答，蔡威已站起身來，說道：「我給兩位引見。這是敝門新任掌門人程靈胡程老師，這位是『先天拳』掌門人郭玉堂郭老師。你們兩位多親近親近。」

郭玉堂識得蔡威，知道華拳門人才輩出，是北方拳家的一大門派，不由得對胡斐肅然起敬，忙起立讓座，說道：「程老師，我這席上只有四人，要不要到這邊坐？」胡斐道：「甚好！」向大聖門的猴形老兒告了罪，和程靈素、姬曉峯、蔡威三人將杯筷挪到郭玉堂席上，坐了下來。「先天拳」一派來歷甚古，創於唐代，但歷代拳師傳技時各自留招，千餘年來又沒出甚麼出類拔萃的英傑，因之到得清代，已趨式微。郭玉堂自知武功不足以與別派的名家高手爭勝，也沒起爭奪御杯之意，心安理得的坐在一旁，飲酒觀鬥，這時聽胡斐問起，說道：「『鴨形拳』的模樣很不中瞧，但馬步低，下盤穩，水面上的功夫尤其了得。當年翻江鼍在世之日，河套一帶是由他稱霸了。翻江鼍一死，傳下了兩個大弟子，這拿匕首的叫做齊伯濤，那拿破甲錐的叫做陳高波。兩人爭做掌門人已爭了十年，誰也不服誰。這次福大帥請各家各派的掌門人赴會，嘿，好傢伙，師兄弟倆老了臉皮，可一起來啦！」

只見齊伯濤和陳高波各持一柄短兵刃，左右分進，坐在椅中那人卻仍不站起，罵道：「沒出息的東西，我在蘭州跟你們怎麼說了？叫你們別上北京，卻偏偏要來。」這人頭尖臉小，拿著一根小小旱煙管，呼嚕呼嚕的吸著，留著兩撇黃黃的鼠鬚，約莫五十來歲年紀。

安提督連問他姓名門派，他卻始終不理。胡斐見他手腳甚長，隨隨便便的東劈一掌，西踢一腿，便將齊陳二人的招數化解了去，武功似乎並不甚高，但招數卻極怪異，問郭玉堂道：「郭老師，這位前輩是誰啊？」郭玉堂皺眉道：「這個……這個……」他可也不認識，不由得臉上有些訕訕的，旁人以武功見負自慚，他卻以識不出旁人的來歷為羞。

只聽那吸旱煙的老者罵道：「下流胚子，若不是瞧在我那過世的兄弟翻江鼍臉上，我才不理你們的事呢。翻江鼍一世英雄，收的徒弟卻貪圖功名利祿，來趕這趟混水。你們到底回不回去？」陳高波挺錐直戳，喝道：「我師父幾時有你這個臭朋友了？我在師父門下七八年，從來沒見過你這糟老頭子！」那老者罵道：「翻江鼍是我小時玩泥沙、捉蟲蟻的朋友，你這娃娃知道甚麼？」突然左手一伸，拍的一下，打了他一個耳括子。這時齊伯濤已攻到他的右側，那老者抬腿一踹，正好踹中他的面門，喝道：「你師父死了，我來代他教訓。」

大廳上羣雄見三人鬥得滑稽，無不失笑。但齊伯濤和陳高波當真是大渾人兩個，誰都早瞧出來他們決不是老者的對手，二人卻還是苦苦糾纏。那老者說道：「福大帥叫你們來，難道當真是安著好心麼？他是要挑得你們自相殘殺，為了幾隻喝酒嫌小、裝尿不夠的杯子，大家拚個你死我活！」這句話明著是教訓齊陳二人，但聲音響朗，大廳上人人都聽見了。

胡斐暗暗點頭，心想：「這位前輩倒是頗有見識，也虧得他有這副膽子，說出這幾句話來。」

果然安提督聽了他這話，再也忍耐不住，喝道：「你到底是誰？在這裏胡說八道的搗亂？」總算他還礙著羣雄的面子，當他是邀來的賓客，否則早就一巴掌打過去了。

那老者裂嘴一笑，說道：「我自管教我的兩個後輩，又礙著你甚麼了？」旱煙管伸出，叮叮兩響，將齊陳手中的匕首和破甲錐打落，將旱煙管往腰帶中一插，右手扭住齊伯濤的左耳，左手扭住陳高波的右耳，揚長而出。說也奇怪，兩人竟是服服貼貼的一聲不作，只是歪嘴閉眼，忍著疼痛，神情極是可笑。原來那老者兩隻手大拇指和食指扭住耳朵，另外三指卻分扣兩人腦後的「強間」「風府」兩穴，令他們手足俱軟，反抗不得。

胡斐心道：「這位前輩見事明白，武功高強，他日江湖上相逢，倒可和他相交。齊陳二人若能得他調教，將來也不會如此沒出息了。」

安提督罵道：「混帳王八羔子，到大帥府來胡鬧，當真是活得不耐煩了……」忽然波的一聲，人叢中飛出一個肉丸，正好送在他的嘴裏。安提督一驚之下，骨碌一下，吞入了肚中，登時目瞪口呆，說不出話來，雖然牙齒間沾到一些肉味，卻不清楚到底吞了甚麼怪東西下肚，又不知這物事之中是否有毒，自是更不知這肉丸是何人所擲了。這一下誰也沒瞧明白，只見他張大了口，滿臉驚惶之色，一句話沒罵完，卻沒再罵下去。

湯沛向著安提督的背心，沒見到他口吞肉丸，說道：「江湖上山林隱逸之士，所在多有，原也不足為奇。這位前輩很清高，不願跟咱們俗人為伍，那也罷了。這裏有一張椅子空著，卻有那一位老師上來坐一坐？」

人叢中一人叫道：「我來！」眾人只聞其聲，不見其人，過了好一會，才見人叢中擠出一個矮子來。只見這人不過三尺六七寸高，滿臉虬髯，模樣甚是兇橫。有些年輕武師見他矮得古怪，不禁笑出聲來。那矮子回過頭來，怒目而視，眼光炯炯，自有一股威嚴，眾人竟自不敢笑了。

那矮子走到二郎拳掌門人黃希節身前，向著他從頭至腳的打量。黃希節坐在椅上，猶似一座鐵塔，比那矮子站著還高出半個頭。那矮子對他自上看到下，又自下看到上，卻不說話。黃希節道：「看甚麼？要跟我較量一下麼！」那矮子哼了一聲，繞到椅子背後，又去打量他的後腦。黃希節恐他在身後突施暗算，跟著轉過頭去，那矮子卻又繞到他正面，仍是側了頭，瞪眼而視。那四品武官說道：「這位老師是陝西地堂拳掌門人，宗雄宗老師！」

黃希節給他瞧得發毛，霍地站起身來，說道：「宗老師，在下領教領教你的地堂拳絕招。」那知宗雄雙足一登，坐進了他身旁空著的椅中。黃希節哈哈一笑，說道：「你不願跟我過招，那也好！」坐回原座。宗雄卻又縱身離座，走到他跟前，將一顆冬瓜般的腦袋，轉到左邊，又轉到右邊，只是瞧他。

黃希節怒喝道：「你瞧甚麼？」宗雄道：「適才飲酒之時，你幹麼瞧了我一眼，又笑了起來？你笑我身材矮小，是不是？」黃希節笑道：「你身材矮小，跟我有甚麼相干？」宗雄大怒，喝道：「你還討我便宜！」黃希節奇道：「咦，我怎地討你便宜了？」宗雄道：「你說我身材矮小，跟你有甚麼相干？嘿嘿，我生得矮，那只跟我老子相干，你不是來混充我老子嗎？」此言一出，大廳中登時鬨堂大笑。

福康安正喝了一口茶，忍不住噴了出來。程靈素伏在桌上，笑得揉著肚子。胡斐卻怕大笑之下，黏著的鬍子落了下來，只得強自忍住。

黃希節笑道：「不敢，不敢！我兒子比宗老師的模樣兒俊得多了。」宗雄一言不發，呼的一拳便往他小腹上擊去。黃希節早有提防，他身材雖大，行動卻甚是敏捷，一躍而起，跳在一旁。只聽喀喇一響，宗雄一拳已將一張紫檀木的椅子打得碎裂。這一拳打出，大廳上笑聲立止，眾人見他雖然模樣醜陋，言語可笑，但神力驚人，倒是不可小覷了。

宗雄一拳不中，身子後仰，反腳便向黃希節踢去。黃希節左腳縮起，「英雄獨立」，跟著還了一招「打八式跺子腳」。宗雄就地滾倒，使了地堂拳出來，手足齊施，專攻對方的下三路。黃希節連使「掃堂腿」、「退步跨虎勢」、「跳箭步」數招，攻守兼備。但他的「二郎拳」的長處是在拳掌而非腿法，若與常人搏擊，給他使出「二郎擔山掌」、「蓋馬三拳」等絕招來，憑著他拳快力沉，原是不易抵擋，而他所練腿法，也是窩心腿，撩陰腿等用以踢人上盤中盤，這時遇到宗雄在地下滾來滾去，生平所練的功夫盡數變了無用武之地，不但拳頭打人不著，踢腿也無用武處，只是跳躍而避。過不多時，膝彎裏已被宗雄接連踢中數腿，又痛又酸之際，宗雄雙腿一絞，黃希節站立不住，摔倒在地。

宗雄縱身撲上，那知黃希節身子跌倒，反而有施展餘地，一拳擊出，正中對方肩頭，將宗雄擊出丈餘。宗雄一個打滾，又攻了回來。黃希節跪在地下，瞧準來勢，左掌右拳，同時擊出，宗雄斜身滾開。兩人著地而鬥，只聽得砰砰之聲不絕，身上各自不斷中招。但兩人都是皮粗肉厚之輩，很挨得起打擊，你打我一拳，我還你一腳，一時竟分不出勝負，這般搏擊，宗雄已佔不到便宜，驀地裏黃希節賣個破綻，讓宗雄滾過身來，拚著胸口重重挨上一拳，雙手齊出，抓住他的脖子，一翻身，將他壓在身下，雙手使力收緊。宗雄伸拳猛擊黃希節脅下，但黃希節好容易抓住敵人要害，如何肯放？宗雄透不過氣來，滿臉脹成紫醬，擊出去的拳頭也漸漸無力了。

羣雄見二人蠻打爛拚，宛如市井之徒打架一般，那還有絲毫掌門人的身分，都是搖頭竊笑。

眼見宗雄漸漸不支，人叢中忽然跳出一個漢子，擂拳往黃希節背上擊去。安提督喝道：「退下，不得兩個打一個。」但那人拳頭已打到了黃希節背心。黃希節吃痛，手一鬆，宗雄翻身跳起，人叢中又有一人跳出，長臂掄拳，沒頭沒腦的向那漢子打去。原來這兩人一個是宗雄的大弟子，一個是黃希節的兒子，各自出來助拳，大廳上登時變成兩對兒相毆。

旁觀眾人吶喊助威，拍手叫好。一場武林中掌門人的比武較藝，竟變成了耍把戲一般，莊嚴之意，蕩然無存。

宗雄吃了一次虧，不敢再僥倖求勝，當下嚴守門戶，和黃希節鬥了個旗鼓相當。黃希節的兒子臨敵經驗不足，接連給對方踢了幾個觔斗。他一怒之下，從靴筒中拔出一柄短刀，便向敵人剟去。宗雄的弟子吃了一驚，他身上沒攜兵刃，搶過湯沛身旁那張空著的太師椅，舞動招架。

這場比武越來越不成模樣。安提督喝道：「這成甚麼樣子？四個人通統給我退下。」但宗雄等四人打得興起，全沒聽見他的說話。

海蘭弼站起身來，道：「提督大人的話，你們沒聽見麼？」黃希節的兒子一刀向對手剟去，卻剟了個空。海蘭弼一伸手，抓住他的胸口，順手向外擲出，跟著回手抓住宗雄的弟子，也擲到了天井之中。眾人一呆之下，但見海蘭弼一手一個，又已抓住宗雄和黃希節，同時擲了出去。四人跌成一團，頭暈腦脹之下，亂扭亂打，直到幾名衛士奔過去拆開，方才罷手，但人人均已目腫鼻青，兀自互相叫罵不休。

海蘭弼這一顯身手，旁觀羣雄無不惕然心驚，均想：「這人身列四大掌門，果然有極高的武功，這麼隨手一抓一擲，就將宗黃二人如稻草般拋了出去。」要知宗雄和黃希節雖然鬥得狼狽，但兩人確有真實本領，在江湖上也都頗有聲望，實非等閒之輩。

海蘭弼擲出四人後，回歸座位。湯沛讚道：「海大人好身手，令人好生佩服。」海蘭弼笑道：「可叫湯大俠見笑了，這幾個傢伙可實在鬧得太不成話。」

這時侍僕搬開破椅，換了一張太師椅上來。「崑崙刀」掌門人西靈道人本來一直臉含微笑，待見海蘭弼露了這手功夫，自覺難以和他並列，忝居「玉龍八門」的掌門人之一，不由得有些侷促不安起來。那一旁「醉八仙」掌門人千杯居士文醉翁，卻仍是自斟自飲，醉眼模糊，對眼前之事恍若不聞不見。

安提督說道：「福大帥請各位來此，乃是較量武功，以定技藝高下，可千萬別像適才這幾位這般亂打一氣，不免貽笑大方。」只聽宗雄在廊下喝道：「甚麼貽笑大方？貽哭小方？你懂武功不懂？咱們來較量較量。」安提督只作沒聽見，不去睬他，說道：「這裏還有兩個座位，那一位真英雄、真好漢上來乘坐？」

宗雄大怒，叫道：「你這麼說，是罵我不是真英雄了？難道我是狗熊？」他不理會適才曾被海蘭弼擲跌，當即從廊下縱了出來，向安提督奔去，突然間腳步踉蹌，跌了個觔斗。原來一名衛士伸足一絆，摔了他一交。宗雄大怒，轉過身來找尋暗算之人時，那衛士早已躲開。宗雄喃喃咒罵，不知是誰暗中絆他。

這時眾人都望著中間的兩張太師椅，沒誰再去理會宗雄。原來一張空椅上坐著一個穿月白僧袍的和尚，唱名武官報稱是蒙古哈赤大師，另一張空椅上卻擠著坐了兩人。

這兩人相貌一模一樣，倒掛眉，鬥鷄眼，一對眼珠緊靠在鼻梁之旁，約莫四十來歲年紀，服飾打扮沒半絲分別，顯然是一對孿生兄弟。這兩人容貌也沒甚麼特異，但這雙鬥鷄眼卻襯得形相甚是詭奇。唱名武官說道：「這兩位是貴州『雙子門』的掌門人倪不大、倪不小倪氏雙雄。」

眾人一聽他倆的名字，登時都樂了，再瞧二人的容貌身形，真的再也沒半分差異，也不知倪不大是哥哥呢，還是倪不小是哥哥。如果一個叫倪大，一個倪小，那自是分了長幼，但「不大」似乎是小，「不小」似乎是大，卻又未必盡然。只見兩人雙手都攏在衣袖之中，好像天氣極冷一般。眾人指指點點的議論，有的更打起賭來，有的說倪不大居長，有的說倪不小為大，但到底那一個是倪不大，那一個是倪不小，卻又是誰也弄不清楚。兩兄弟神色木然，四目向前直視，二人都非瘦削，但並排坐在一張椅中，絲毫不見擠迫，想來自幼便這麼坐慣了的。福康安凝目瞧著二人，臉含微笑，也是大感興味。

眾人正議論間，忽地眼前一亮，只見人叢中走出一個女子來。這女子身穿淡黃羅衫，下身繫著蔥綠裙子，二十一二歲年紀，膚色白嫩，頗有風韻。唱名武官報道：「鳳陽府『五湖門』的掌門人桑飛虹姑娘。」眾武師突然見到一個美貌姑娘出場，都是精神一振。

郭玉堂對胡斐道：「五湖門的弟子都是做江湖賣解的營生，世代相傳，掌門人一定是女子。便是有武藝極高、本領極大的男弟子，也不能當掌門人。只是這位桑姑娘年紀這樣輕，恐怕不見得有甚麼真實功夫吧？」

只見桑飛虹走到倪氏昆仲面前，雙手叉腰，笑道：「請問兩位倪爺，那一位是老大？」兩人搖了搖頭，並不回答。桑飛虹笑道：「便是雙生兄弟，也有個早生遲生，老大老二。」倪氏昆仲仍舊搖了搖頭。桑飛虹道：「咦，這可奇啦！」指著左首那人道：「你是老大？」那人搖了搖頭。她又指著右首那人道：「那麼你是老大了？」那人又搖了搖頭。桑飛虹皺眉道：「咱們武林中人，講究說話不打誑語。」右首那人道：「誰打誑了？我不是他哥哥，他也不是我哥哥。」桑飛虹道：「你二位可總是雙生兄弟吧？」兩人同時搖了搖頭。

這幾下搖頭，大廳上登時羣情聳動，他二人相貌如此似法，決不能不是雙生兄弟。

桑飛虹哼了一聲道：「這還不是打誑？你們若不是雙生兄弟，殺了我頭也不信。那麼誰是倪不大？」左首那人道：「我是倪不大。」桑飛虹道：「好，是你先出世呢還是他先出世？」倪不大皺眉道：「你這位姑娘纏夾不清，你又不是跟咱兄弟攀親，問這個幹麼？」桑飛虹走慣江湖，對他這句意含輕薄之言也不在意，拍手笑道：「好啦，你自己招認是兄弟啦！」倪不大道：「咱們是兄弟，可不是雙生兄弟。」桑飛虹伸食指點住腮邊，搖頭：「我不信。」倪不大道：「你不信就算了。誰要你相信？」

桑飛虹甚是固執，說道：「你們是雙生兄弟，有甚麼不好？為甚麼不肯相認？」倪不小道：「你一定要知道其中緣由，跟你說了，那也不妨。但咱兄弟有個規矩，知道了我們出身的秘密之後，須得挨咱兄弟三掌，倘若自知挨不起的，便得向咱兄弟磕三個響頭。」

桑飛虹實在好奇心起，暗想：「他們要打我三掌，未必便打得到了，我先聽聽這秘密再說。」於是點頭道：「好，你們說罷！」

倪氏兄弟忽地站起，兩人這一站，竟無分毫先後遲速之差，真如是一個人一般。桑飛虹得意洋洋的道：「這還不是雙生兄弟？當真騙鬼也不相信！」只見他二人雙手伸出袖筒，眼前金光閃了幾閃，原來二人十根手指上都套著又尖又長的金套，若是向人抓來，倒是不易抵擋的利器。倪氏兄弟身形晃動，伸出手指，便向桑飛虹抓到。

桑飛虹吃了一驚，急忙縱身躍開，喝道：「幹甚麼？」

倪不大站在東南角，倪不小站西北角上，兩個人手臂伸開，每根手指上加了尖利的金套，都有七八寸長，登時將桑飛虹圍在中間。

安提督忙道：「今日會中規矩，只能單打獨鬥，不許倚多為勝。」
倪不小那雙鬥雞眼的兩顆眼珠本來聚在鼻梁之旁，忽然橫向左右一分，朝安提督白了一眼，冷冷的道：「安大人，你可知咱哥兒倆是那一門那一派啊？」安提督道：「你兩位是貴州『雙子門』吧？」倪不大的眼珠也倏地分開，說道：「咱『雙子門』自來相傳，所收的弟子不是雙生兄弟，便是雙生姊妹，和人動手，從來就沒單打獨鬥的。」
安提督尚未答話，桑飛虹搶著道：「照啊，你們剛才說不是雙生兄弟，這會兒自己又承認了。」倪不小道：「我們不是雙生兄弟！」
眾人聽了他二人反反覆覆的說話，都覺得這對寶貝兄弟有些兒癡呆。桑飛虹格格一笑，道：「不和你們歪纏啦，反正我又不想要這玉龍杯！」說著便要退開。倪不小雙手一攔，說道：「你已問過我們的身世，是受我們三掌呢，還是向咱兄弟磕三個頭？」桑飛虹秀眉微蹙，說道：「你們始終說不明白，又說是兄弟，又說不是雙生兄弟。天下英雄都在此，倒請大家評評這個理看。」
倪不大道：「好，你一定要聽，便跟你說了。」倪不小道：「我們兩個一母同胞。」倪不大道：「一母同胞共有三人。」倪不小道：「我兩人是三胞胎中的兩個。」倪不大道：「所以說雖是兄弟，卻不是雙生兄弟。」倪不小道：「大哥哥生下娘胎就一命嗚呼。」倪不大道：「我們二人同時生下，不分先後。」倪不小道：「雙頭並肩，身子相連。」倪不大道：「一位名醫巧施神術，將我兄弟二人用刀剖開。」倪不小道：「因此上我二人分不出誰是哥哥，誰是弟弟。」倪不大道：「我既不大，他也不小。」

他二人你一句，我一句，一口氣的說將下來，中間沒分毫停頓，語氣連貫，音調相同，若有人在隔壁聽來，決計不信這是出於二人之口。大廳上眾人只聽得又是詫異，又是好笑，人人均想這事雖然奇妙，卻也並非事理所無，不由得盡皆驚歎。

桑飛虹笑道：「原來如此，這種天下奇聞，我今日還是第一次聽到。」倪不小道：「你磕不磕頭？」桑飛虹道：「頭是不磕的。你要打，便動手吧，我可沒答應你不還手。」

倪不大、倪不小兩兄弟互相並不招呼，突然間金光晃動，二十根套著尖利金套的手指疾抓而至。桑飛虹身法靈便，竟從二十根長長的手爪之間閃避了開去。倪氏兄弟自出娘胎以來，從未分開過一個時辰，所學武功也純是分進合擊之術，兩個人和一個人絕無分別，便如是一個四手四足二十根手指的單人一般，兩人出手配合得絲絲入扣，倪不大左手甫伸，倪不小的右手已自側方包抄了過來。桑飛虹身法雖是滑溜之極，但十餘招內，竟是還不得一招，眼見情勢甚是危急，這局面無法長久撐持，只要稍有疏神，終須傷在他兩兄弟的爪下。

廳上旁觀的羣雄之中，許多人忍不住呼喝起來：「兩個打一個，算是英雄呢還是狗熊？」「兩個大男人合鬥一個年輕姑娘，可真是要臉得緊！」「人家姑娘是空手，這兩位爺們手指上可帶著兵刃呀！」「小兄弟，你上去相助一臂之力，說不定人家大姑娘對你由感生情呢，哈哈！」

正嘈鬧間，倪不大和倪不小突然同時「咦」的一聲呼叫，並肩躍在左首，凝目望向福康安，臉上充滿驚喜的神色。眾人一齊順著他二人目光瞧去，但見福康安笑吟吟的坐在椅中，一手拉著一個孩兒，低聲跟兩人說話。這兩個孩兒生得玉雪可愛，相貌全然相同，顯然也是一對雙生兄弟，但與倪不大、倪不小兄弟相比，二俊二醜，襯托得加倍分明。眾人看了，又均是一樂。

胡斐和程靈素卻同時心頭大震，原來這兩個孩兒正是馬春花的兒子，不知如何又給福康安奪了回來？胡程二人跟著便想：「孩兒既給他奪回，那麼我們的行藏也早便給他識破了。」程靈素向胡斐使個眼色，示意須當及早溜走。胡斐點了點頭，心想：「對方若已識破，自然暗中早有佈置，此時已走不脫了。只能隨機應變，再作道理。」

倪不大、倪不小兄弟仔細打量那兩個孩兒，如癡如狂，直是神不守舍的模樣。桑飛虹笑道：「這兩個孩兒很好，你們可要收他們做弟子麼？」這兩句話，恰正說中了倪氏兄弟的心事。要知武林之中，徒固擇師，師亦擇徒。要遇上一位武學深湛的明師固是不易，但要收一個聰明穎悟、勤勉好學的徒弟，也非有極好的機緣不可。「雙子門」的技藝武功必須兩人同練同使，雖然可收兩個年齡身材、性情資質都差不多的徒兒共學，但總是以雙生兄弟最為佳妙。因雙生兄弟人不但神智身體都一模一樣，同時往往心意隱隱相通，臨敵之時，自然而然能發出令人出乎意料之外的威力。因此「雙子門」的武師要收一對得意弟子，可比常人要難上百倍。這時倪氏兄弟見到福康安這對雙生兒子，看來資質根骨，無一不是上上之選，當真是心癢難搔，說不出的又是歡喜，又是難過。

福康安笑嘻嘻的低聲道：「看這兩位師父，他們也是雙生的同胞兄弟。他兩位的相貌，不是完全相同麼？你們猜，這二人之中，那一位是哥哥？」原來福康安奪回這對孩子後，心下甚喜，忽然見到倪氏兄弟的模樣，於是叫了孩子倆出來瞧瞧。

兩個孩兒凝視著倪氏兄弟，他二人本身是雙生兄弟，另具一種旁人所無的特異感覺，本來極易分辨倪氏兄弟誰大誰小，但這二人同時出世，連體而分，兩個孩兒卻也無法辨別。羣雄瞧瞧大的一對，又瞧瞧小的一對，都是笑嘻嘻的低聲談論。

突然之間，倪氏兄弟大喝一聲，猛地裏分從左右向福康安迎面抓來。福康安大吃一驚，尚未想到閃避，站在身旁的兩名衛士早撲了上去迎敵。那知倪氏兄弟的身法極為怪異，奔到中途，原來站在左首的倪不大轉而向右，右首的倪不小轉而向左，交叉易位，霎眼間便將兩名衛士拋在身後。他二人襲擊福康安只是虛招，一人伸出左腳，一人伸出右腳，雙足齊飛，砰的一響，踢在福康安座椅的椅腳上，座椅向後仰跌，福康安的身子便摔了出去。眾衛士驚叱之下，有的搶上攔截，有的奔過來擋在福康安身前，更有的伸手過去相扶。倪氏兄弟卻一手一個，已將兩個孩子挾在脅下，返身躍出。

大廳上登時大亂，只聽得砰砰砰砰，啊喲啊喲的數聲，四名搶過來攔截的衛士已被倪氏兄弟踢翻。眼見他二人挾著一對孩兒正要奔到廳口，忽然間人影一晃，兩個人快步搶到，伸手襲向二人的後心。

這二人所出招數迥不相同。海蘭弼一手抓向倪不小的後頸，又快又準，湯沛卻是向倪不大的後腰拍出一掌綿掌。這兩招剛柔有別，卻均是十分厲害的招數，正是攻敵之不得不救。倪氏兄弟聽得背後風聲勁急，急忙回掌招架，拍拍兩聲，倪不小身子一晃，倪不大腳下一個踉蹌，嘴裏噴出一口鮮血，兩人同時放下了手中孩兒。

便這麼緩得一緩，王劍英和周鐵鷦雙雙搶到，抱起了孩兒。王周二人的武功遠在倪氏兄弟之上，這對孩兒一入二人之手，倪氏兄弟再也無法搶到了。

福康安驚魂略定，怒喝：「大膽狂徒，抓下了。」海蘭弼和湯沛搶上兩步，一出擒拿手，一使鎖骨法，分別將倪氏兄弟扣住。倪氏兄弟適才跟他們一交拳掌，均已受了內傷，此時竟是無法抗拒。

海湯二人拿住倪氏兄弟，正要轉身，忽見簷頭人影一晃，飄下兩個人來。大廳中蠟燭點得明晃晃地，無異白晝，但眾人一見這兩人，無不背上感到一陣寒意，宛似黑夜獨行，在深山夜墓之中撞到了活鬼一般。

這二人身材極瘦極高，雙眉斜斜垂下，臉頰又瘦又長，正似傳說中勾魂拘魄的無常鬼一般，說也奇怪，二人相貌也是一模一樣，竟然又出現了一對雙生兄弟。

他二人身法如電，一個出掌擊向海蘭弼，另一個擊向湯沛。海湯二人各自出掌相迎。但聽得波波兩聲輕響過去，海蘭弼全身骨節格格亂響，湯沛卻晃了幾晃。

羣雄正自萬分錯愕，一直穩坐太師椅中的「醉八仙」掌門人文醉翁猛地一躍而起，尖聲驚叫：「黑無常，白無常！」

那雙瘦子手掌和海湯二人相接，目光如電，射到文醉翁臉上，左首一人冷冷的道：「你作惡多端，今日還想逃命麼？」猛地裏兩人掌力向外一吐，海湯二人各退一步，這對瘦子已搶起倪氏兄弟。右首那人說道：「這二人跟咱兄弟無親無故，瞧在大家都是雙生兄弟份上，救了他們性命。」左首那人抱拳團團一拱手，朗聲道：「紅花會常赫志、常伯志兄弟，向天下英雄問好！」

海蘭弼和湯沛跟二人對了一掌，均感胸口氣血翻湧，心下暗暗駭異，微一調息，正欲上前再戰，忽聽到「常赫志、常伯志」兩人的姓名，都不禁「咦」的一聲，停了腳步。

常氏兄弟頭一點，抓起倪氏兄弟，上了屋簷，但聽得「啊喲！」「哼！」「哎！」之聲，一路響將過去，終於漸去漸遠，隱沒無聲，那自是守在屋頂的眾衛士一路上給他兄弟驅退，或是摔下屋來。

海蘭弼和湯沛都覺手掌上有麻辣辣之感，提起一看，忍不住又都「啊」的一聲，低低驚呼。原來兩人手掌均已紫黑，這才想起西川雙俠「黑無常、白無常」常氏兄弟的黑沙掌天下馳名，聞名已久，今日一會，果然是非同小可。

福康安召開這次天下掌門人大會，用意之一，本是在對付紅花會羣雄，豈知眾目睽睽之下，常氏兄弟倏來倏去，竟是如入無人之境。他心下極是惱怒，沉著臉一言不發，目光向居中的幾隻太師椅一瞥，只見少林寺的大智禪師垂眉低目，不改平時神態；武當派的無青子臉帶惶惑，似有懼色。那文醉翁直挺挺的站著，一動也不動，雙目向前瞪視，常氏兄弟早已去遠，他兀自嚇得魂不附體。

這一幕胡斐瞧得清清楚楚，他聽到「紅花會」三字，已是心中怦怦而跳，待見常氏兄弟說來便來，說去便去，將滿廳武師視如無物，更是心神俱醉，心中只是想著一個念頭：「這才是英雄豪傑！」

桑飛虹一直在旁瞧著熱鬧，見了這當口文醉翁還是嚇成這個模樣，她少年好事，伸手在他臂上輕輕一推，笑道：「坐下吧，一對無常鬼早去啦！」那知她這麼一推，文醉翁應手而倒，再不起來。桑飛虹大吃一驚，俯身一看，但見他滿臉青紫之色，早已膽裂而死，忙叫道：「死啦，死啦，這人嚇死啦！」

大廳上羣雄一陣騷動，這文醉翁先前坐在太師椅中自斟自飲，將誰都不瞧在眼裏，大有「老子天下第一」之概，想不到常氏兄弟一到，只一句話，竟爾活生生的將他嚇死。

郭玉堂嘆道：「死有餘辜，死有餘辜！」胡斐道：「郭前輩，這姓文的生平品行不佳麼？」郭玉堂搖頭道：「豈但是品行不佳而已，奸淫擄掠，無所不為。我本不該說死人的壞話，但事實俱在，也不必諱言。我早料到他決計不得善終，只是竟會給黑白無常一下子嚇死，可誰也意想不到。」另一人插口道：「想是常氏兄弟曾尋他多時，今日冤家狹路，重又撞見。」郭玉堂道：「以前這姓文的一定曾給常氏兄弟逮住過，說不定還發下過甚麼重誓。」那人搖頭道：「自作孽，不可活。」郭玉堂道：「這叫作是非只為多開口，煩惱皆因強出頭。他若是稍有自知之明，不去想得甚麼玉龍御杯，躲在人羣之中，西川雙俠也不會見到他啊。」

說話之際，人叢中走出一個老者來，腰間插著一根黑黝黝的大煙袋，走到文醉翁屍身之旁，哭道：「文二弟，想不到你今日命喪鼠輩之手。」

胡斐聽得他罵「西川雙俠」為鼠輩，心下大怒，低聲道：「郭前輩，這老兒是誰？」郭玉堂道：「這是開封府『玄指門』的掌門人，複姓上官，叫作上官鐵生，自己封了個外號，叫甚麼『煙霞散人』。他和文醉翁一鼻孔出氣，自稱『煙酒二仙』！」胡斐見他一件大褂上光滑晶亮，滿是煙油，腰間的煙筒甚是奇特，裝煙的窩兒幾乎有拳頭大小，想是他煙癮奇重，哼了一聲道：「這種煙鬼，還稱得上是個『仙』字？」

上官鐵生抱著文醉翁的屍身乾號了幾聲，站起身來，瞪著桑飛虹怒道：「你幹麼毛手毛腳，將我文二弟推死了？」桑飛虹大出意外，道：「他明明是嚇死的，怎地是我推死的？」上官鐵生道：「嘿嘿，好端端一個人，怎麼會嚇死？定是你暗下陰毒手段，害了我文二弟性命。」

原來他見文醉翁一嚇而死，江湖上傳揚開來，聲名大是不好，「醉八仙」這一門，只怕從此再無抬頭之日，因此硬派是桑飛虹暗下毒手。須知武林人物被人害死，那是尋常之事，不致於聲名有累。桑飛虹年歲尚輕，不懂對方嫁禍於己的用意，驚怒之下，辯道：「我跟他素不相識，何必害他？這裏千百對眼睛都瞧見了，他明明是嚇死的。」

坐在太師椅中的蒙古哈赤大師一直楞頭楞腦的默不作聲，這時突然插口道：「這位姑娘沒下毒手，我是瞧得清清楚楚的。那兩個惡鬼一來，這位文爺便嚇死了。我聽得他叫道：『黑無常、白無常！』」他聲音宏大，說到「黑無常、白無常」這六個字時，學著文醉翁的語調，更是十分古怪。眾人一楞之下，鬨堂大笑起來。

哈赤卻不知眾人因何而笑，大聲道：「難道我說錯了麼？這兩個無常鬼生得這般醜惡，怪模怪樣的，嚇死人也不希奇。你可別錯怪了這位姑娘。」

桑飛虹道：「是麼？這位大師也這麼說。他自是嚇死的，關我甚麼事了？」

上官鐵生從腰間拔出旱煙筒，裝上一大袋煙絲，打火點著了，吸了兩口，斗然間一股白煙迎面向她噴去，喝道：「賤婢，你明明是殺人兇手，卻還要賴？」

桑飛虹見白煙噴到，急忙閃避，但為時不及，鼻中已吸了一些白煙進去，頭腦中微微發暈，聽他出口傷人，再也忍耐不住，回罵道：「纏夾不清的老鬼，難道我怕了你嗎？你說是我殺的，連你一起殺了，便又怎麼樣？」左掌虛拍，右足便往他腰間裏踢去。

那哈赤和尚大聲道：「老頭兒，你別冤枉好人，我親眼目睹，這文爺明明是給那兩個惡鬼嚇死的……」

胡斐見這和尚傻里傻氣，性子倒是正直，只是他開口「惡鬼」，閉口「惡鬼」，聽來極不順耳，不由得心中有氣，要待想個法兒，給他一點小小苦頭吃吃，忽見西首廳中走出一個青年書生來，筆直向哈赤和尚走去。這人約莫二十五六歲年紀，身材瘦小，打扮得頗為俊雅，右手搖著一柄摺扇，走到哈赤跟前，說道：「大和尚，你有一句話說錯了，得改一改口。」哈赤瞪目道：「甚麼話說錯了？」

那書生道：「那兩位不是『惡鬼』，乃是赫赫有名的『西川雙俠』常氏昆仲，相貌雖生得特異，但武功高強，行俠仗義，江湖之上，人人欽仰。」這幾句話只把胡斐聽得心中大悅，心道：「這位書生相公能說得出這樣幾句來，人品大是不凡，倒要跟他結交結交。」

哈赤道：「那文爺不是叫他們『黑無常、白無常』嗎？黑無常、白無常怎麼不是惡鬼？」那書生道：「他二位姓常，名字之中，又是一位有個『赫』字，一位有個『伯』字，因此前輩的朋友們，開玩笑叫他二位為黑無常、白無常。這外號兒若非有身分的前輩名宿，卻也不是隨便稱呼得的。」

他二人一個瞪著眼睛大呼小叫，一個斯斯文文的給他解說，那一邊上官鐵生和桑飛虹卻已動上了手。莫看桑飛虹適才給倪氏兄弟逼得只有招架閃避，全無還手之力，實在「雙子門」的武功兩人合使，太過怪異，這時她一對一的和上官鐵生過招，竟是絲毫不落下風。那上官鐵生看似空手，其實手中那支旱煙管乃鑌鐵打就，竟當作了點穴橛使。他「玄指門」原擅打人身三十六大穴，只是桑飛虹身法過於滑溜，始終打不到她的穴道，有幾次過於托大，險些還被她飛足踢中。

但聽得他嗤溜溜的不停吸煙，吞煙吐霧，那根煙管竟被他吸得漸漸的由黑轉紅，原來那大煙斗之中藏著許多精炭，他一吸一吹，將鑌鐵煙斗漸漸燒紅。這麼一來，一根尋常煙管變成了一件極厲害的利器，打得稍近，桑飛虹便感手燙面熱，衣帶裙角更給煙斗炙焦了。她心中一慌，手腳稍慢，驀地裏上官鐵生一口白煙直噴到她臉上，桑飛虹只感頭腦一陣暈眩，登時天旋地轉，站立不定，身子一晃，摔倒在地。原來上官鐵生所吸的煙草之中，混有極猛烈的迷藥，他一來平時吸慣，二來口鼻之中另有解藥。

那書生站在一旁跟哈赤和尚說話，沒理會身旁的打鬥，忽然間鼻中聞到一股異香，其中竟混有黑道中所使的迷香在內，不由得大怒。一瞥眼間，只見上官鐵生的煙管已點向桑飛虹膝彎穴道，嗤的一聲響，煙燄飛揚，焦氣觸鼻，她裙子已燒穿了一個洞。桑飛虹受傷，大叫一聲，上官鐵生第二下又打向她的腰間。

那書生怒喝：「住手！」上官鐵生一怔之間，那書生一彎腰，已除下了哈赤和尚的一對鞋子，返身向上官鐵生燒紅了的煙斗上挾去。

那書生這幾下手腳當真是如風似電，哈赤和尚一怔之下，大叫：「你……你脫了我鞋子幹麼？」他喊叫聲中，那書生已用兩隻鞋子的鞋底挾住了那燒得通紅的鑌鐵煙斗，一掙一扭，繞到上官鐵生身後。嗤嗤幾聲響，上官鐵生衣袖燒焦，他右臂吃痛，只得撤手。那書生連鞋帶煙管往外一抖，摔了出去，搶步去看桑飛虹，只見她雙目緊閉，昏迷不醒。

拍拍兩響，哈赤的一對鞋子跌在酒席之上，湯水四濺，那煙管卻對準了郭玉堂飛去，力勁勢急。郭玉堂叫聲：「啊喲！」急欲閃避，只是那煙管來得太快，又是出其不意，一時不及躲讓，眼見那通紅炙熱的鐵煙斗便要撞到他的面門。胡斐伸手抓起一雙筷子，力透筷端，半空中將煙管挾住了。

這幾下兔起鶻落，變化莫測，大廳上羣豪呆了一呆，這才齊聲喝采。那書生向胡斐點頭一笑，謝他相助，免致無意傷人，轉過頭來，皺了眉望著桑飛虹，不知如何解救，一頓之下，向上官鐵生喝道：「這裏大夥兒比武較藝，你怎地用起迷藥來啦？快取解藥出來！」

上官鐵生被他奪去煙管，知道這書生出手敏捷，自己又沒了兵刃，不敢再硬，只陰陰的道：「誰用迷藥啦？這丫頭定力太差，轉了幾個圈子便暈倒了，又怪得誰來？」旁觀眾人不明真相，倒也不便編派誰的不是。

卻見西廳席上走出一個腰彎弓背的中年婦人，手中拿著一隻酒杯，含了一口酒，便往桑飛虹臉上噴去。那書生道：「啊，這……這是解藥麼？」那婦人不答，又噴了一口酒，噴到第三口時，桑飛虹睜開眼來，一時不明所以。

上官鐵生道：「哈，這丫頭可不是自己醒了？怎地胡說八道，說我使迷藥？堂堂福大帥府中，說話可得檢點些。」那書生反手一記耳光，喝道：「先打你這下三濫的奸徒。」上官鐵生一低頭，這一掌居然並沒打中。那書生打得巧妙，這「煙霞散人」卻也躲得靈動。

桑飛虹伸手揉了揉眼睛，已然醒悟，一躍而起，左掌探出，拍向上官鐵生胸口，罵道：「你用毒煙噴人！」

上官鐵生斜身閃開，向那中年婦人瞪了一眼，心中又驚又怒：「此人怎能解我的獨門迷藥？我跟你無冤無仇，何以來多管閒事？」

桑飛虹向那書生點了點頭，道：「多謝相公援手。」那書生指著那婦人道：「是這位女俠救醒你的。」

那婦人冷冷的道：「我不會救人。」轉身接過胡斐手中的筷子，挾著那根鐵煙管，交在上官鐵生手裏，仍是嘶啞著嗓子道：「這次可得拿穩了。」

這一來，那書生、桑飛虹、上官鐵生全都胡塗了，不知這婦人是何路道，她救醒了桑飛虹，卻又將煙管還給上官鐵生，難道她是個濫好人，不分是非的專做好事麼？只見她頭髮花白，臉色蠟黃，體質極是衰弱，不似身有武功，待要仔細打量時，那婦人已轉過身子，回歸席上。這婦人正是程靈素所喬裝改扮。要知若不是毒手藥王的高徒，也決不能在頃刻之間，便解了上官鐵生所使的獨門迷藥。

哈赤一直不停口的大叫：「還我鞋子來，還我鞋子來！」但各人心有旁騖，誰也沒有理他。哈赤大惱，伸手往那書生背心扭去，喝道：「還我鞋子不還？」那書生身子一側，讓了開去，笑道：「大和尚，鞋子燒焦啦？」哈赤足下無鞋，甚是狼狽，奔到酒席上去撿起，只是一對鞋子酒水淋漓，裏裏外外都是油膩，怎能再穿？可是不穿又不成，只得勉強套在腳上，轉頭去找那書生的晦氣時，卻已尋不到他的蹤影。

但見上官鐵生和桑飛虹又已鬥在一起。哈赤轉了幾個圈子，不見書生，只得回去坐在太師椅中，喃喃道：「直娘賊，今日也真晦氣，撞見了一對無常鬼，又遇上了一個秀才鬼。」口中千賊萬賊的罵個不停。

他罵了一陣，見上官鐵生和桑飛虹越鬥越快，一時也分不出高下，無聊起來，便住口不罵了，卻覺腳上油膩膩的十分難受，忍不住又破口罵了出來。

突然間只聽得眾人哈哈大笑，哈赤瞪目而視，不見有何可笑之處，卻見眾人的目光一齊望著自己，哈赤摸了摸臉，低頭瞧瞧身上衣服，除了一雙鞋子之外，並無甚麼特異，怒道：「笑甚麼？有甚麼好笑？」眾人卻笑得更加厲害了。哈赤心道：「好吧，龜兒子，你們笑你們的，老子可不來理會。」一本正經的坐在椅中，只道自己見怪不怪，其怪自敗，眾人瞎笑一陣，自會止歇，豈知大廳中笑聲越來越響。桑飛虹雖在惡鬥，但偶一回頭之際，卻也忍不住抿嘴嫣然。

哈赤目瞪口呆，心慌意亂，實不知眾人笑些甚麼，東張西望，情狀更是滑稽。桑飛虹終於耐不得了，笑道：「大和尚，你背後是甚麼啊？」哈赤一躍離椅，回過頭來，只見那書生穩穩的坐在他椅背之上，指手劃腳，做著啞劇，逗引眾人發笑。原來他在椅背上已坐了甚久，默不作聲的做出各種怪模怪樣。

哈赤大怒，喝道：「秀才鬼，你幹麼作弄我？」那書生聳聳肩頭，做個手勢，意謂：「我沒作弄你啊。」哈赤喝道：「那你幹麼坐在這裏？」那書生指指茶几上的八隻玉龍杯，做個取而藏之懷內的手勢，意思說：「我想取這玉龍杯。」哈赤又道：「你要爭奪御杯？」那書生點了點頭。哈赤道：「這裏還有空著的座位，幹麼不坐？」那書生指指廳上的羣豪，左手連揚，右手握拳虛擊己頭，跟著縮肩抱頭，作極度害怕狀。眾人轟笑聲中，哈赤道：「你怕人打，不敢坐，又為甚麼坐在我的椅背上？」那書生虛踢一腳，雙手虛擊拍掌，身子滑下，坐在椅中，這意思十分明顯：「我將你一腳踢開，佔了你的椅子。」他身子一滑下，登時笑聲鬨堂。

福康安、安提督等見這場比武鬧得怪態百出，與原意大相逕庭，心中都感不快，但見這書生刁鑽古怪，哈赤和尚偏又忠厚老實，兩人竟似事先串通了來演一齣雙簧戲一般，也禁不住微笑。這時那對雙生孩兒已由王劍英、王劍傑兄弟護送到了後院，若是尚在大廳，孩子們喜歡熱鬧，更要哈哈大笑了。

程靈素低聲對胡斐道：「這人的輕功巧妙之極。」胡斐道：「是啊，他身法奇靈，另成一派，我生平還沒見過。」程靈素道：「似乎存心搗蛋來著。」胡斐緩緩點頭，不再說話。

這時會中有識之士也都已看出，這書生明著是跟哈赤玩鬧，實則是在攪擾福康安這天下掌門人大會，要令他一個莊嚴肅穆的英豪聚會，變成百戲雜陳的胡鬧之場。

只見那書生從懷中取出一柄摺扇指著哈赤，說道：「哈赤和尚，你不可對我無禮。此扇之中，藏著你的老祖宗。」哈赤側過了頭，瞧瞧摺扇，不見其中有何異狀，搖頭道：「不信你的瞎說！」那書生突然打開摺扇，向著他一揚，一本正經的道：「你不信？那就清清楚楚的瞧一瞧。」

眾人一看他的摺扇，無不笑得打跌，原來白紙扇面上畫著一隻極大的烏龜。這隻烏龜肚皮朝天，伸出長長的頭頸，努力要翻轉身來，但看樣子偏又翻不轉，神情極是滑稽。

胡斐忍住笑望程靈素一眼，兩人更加確定無疑，這書生乃是有備而來，存心搗亂。不由得對他都暗自佩服，須知在這龍潭虎穴之中，天下英豪之前，這般攪局，實具過人膽識。

哈赤大怒，吼聲如雷，喝道：「你罵我是烏龜？臭秀才當真活得不耐煩了！」那書生不動聲色，說道：「做烏龜有甚麼不好？龜鶴延齡，我說你長命百歲啊。」哈赤道：「呸，烏龜是罵人的話。老婆偷漢子，那便是做烏龜了。」那書生道：「失敬，失敬！原來大和尚還娶得有老婆！不知娶了幾個？」

湯沛見福康安的臉色越來越是不善，正要出來干預，突見哈赤怒吼一聲，伸手便往那書生背心抓去。這一次那書生竟是沒能避開，被他提起身子，重重的往地下一摔。原來哈赤是蒙古的摔跤高手，蒙古摔跤之技，共分大抓、中抓、小抓三門，各有厲害絕技。哈赤是中抓門的掌門人，最擅長腰腿之勁，抓人胸背，百發百中。

那書生被他一抓一摔，眼看要吃個小虧，那知明明見到他是背脊向下，落地時卻是雙腳先著。他腿上如同裝上機括，一著地立刻彈起，笑嘻嘻的站著，說道：「你摔我不倒。」哈赤道：「再來！」那書生道：「好，再來！」走近身去，突然伸出雙手，扭住他的胸口。眾人都是大為奇怪，哈赤魁梧奇偉，那書生卻瘦瘦小小，何況哈赤擅於摔跤，人人親見，那書生和他相鬥，若不施展輕功，便當以巧妙拳招取勝，怎地竟是以己之短，攻敵之長？

哈赤當即伸手抓書生肩頭，出腳橫掃。那書生向前一跌，摟住了哈赤粗大的脖子，雙足足尖同時往哈赤膝蓋裏踢去。哈赤雙腿一軟，向前跪倒。但他雖敗不亂，反手抓住那書生的背心，將他扭過來壓在身下。那書生大叫：「不得了，不得了！」從他腋窩底下探頭出來，伸伸舌頭，裝個鬼臉。

此時胡斐、湯沛、海蘭弼等高手心下都已雪亮，這書生精於點穴打穴，哈赤絕不是他的對手，而且這書生於摔跤相撲之術也甚嫻熟，雖然膂力不及哈赤，可是手腳滑溜，扭鬥時每每從絕境中脫困而出。他所以不將哈赤打倒，顯是對他不存敵意，只是借著他玩鬧笑樂，要令福康安和四大掌門人臉上無光。

另一邊桑飛虹展開小巧功夫，和上官鐵生遊鬥不休。她鳳陽府五湖門最擅長的武功乃是「鐵蓮功」，鞋尖上包以尖鐵，若是踢中要害，立可取人性命。上官鐵生浪蕩江湖數十年，如何不省得她的厲害？每見她鞋尖踢來，急忙引身閃避。他是江湖上的成名人物，和這年輕姑娘鬥了近百招，竟然絲毫不佔上風，眼見她鴛鴦腿、拐子腿、圈彈腿、鉤掃腿、穿心腿、撞心腿、單飛腿、雙飛腿，層出不窮，越來越快，心下焦躁起來，看來若要取勝，須得重施故技，於是老氣橫秋的哈哈一笑，說道：「橫踢豎踢，有甚麼用？」裝作漫不在乎，湊口到煙管上去深深吸了一下。

桑飛虹見他吸煙，已自提防，急忙搶到上風，防他噴煙。

上官鐵生吸了這口煙後，又拆得數招，漸漸雙目圓瞪，向前直視，眼中露出瘋狗般的兇光，突然「胡胡」大叫，向桑飛虹撲了過去。桑飛虹見了這神情，心中害怕，不敢正面與鬥，閃身避在一旁。上官鐵生足不停步的向前直衝，「胡」的一聲大叫，卻向福康安撲了過去。

站在福康安身邊最近的衛士是鷹爪雁行門的曾鐵鷗，忽見上官鐵生犯上作亂，急忙搶上勾住他手腕，向外一甩。上官鐵生一個踉蹌，跌了出去，眼睛發直，向東首席上衝了過去，亂抓亂打，竟是瘋了。

胡斐斜眼瞧著程靈素，見她似笑非笑，方始明白她適才將煙管還給上官鐵生的用意，原來她於頃刻之間，在煙斗之中裝上了另一種厲害迷藥，即以其人之道，還治其人之身，令這一生以迷藥害人的上官鐵生，在自己的煙管中吸進迷藥。這迷藥入腦，登時神智迷亂，如癲如狂，他原來口中所含的解藥全不管用。

東首席上的好手見他衝到，自即出手將他趕開。上官鐵生在地下打了個滾，忽然抱住一張桌子的桌腿，張口亂啃亂咬。眾人見了這等情景，都是暗暗驚怖，誰也笑不出來，不知他何以會突然如此。

眾人一時默不作聲，大廳之上，只聽得哈赤在「小畜生、賊秀才」的罵不絕口。那書生道：「我勸你別罵了吧。」哈赤怒道：「我罵你便怎樣？賊秀才！」那書生道：「諒你也不敢罵福大帥，你有種的，便罵一聲賊大帥。」

哈赤氣惱頭上，不加考慮，隨口便大聲罵道：「賊大帥！」話一出口，才知不妙，但已經收不回轉，急得只道：「我……我不是罵他，是……是……罵你！」那書生笑道：「我又不做大帥，你罵我賊大帥幹麼？」

哈赤上了這個當，生怕福康安見責，只急得額頭青筋暴現，滿臉通紅，和身撲了下來，那書生乘他心神恍惚，側身一讓，揪著他右臂借力一送，哈赤一個肥大的身軀飛了出去。

上官鐵生正抱住桌腿狂咬，哈赤摔將下來，騰的一響，恰好壓在他背上。

上官鐵生「胡胡」大叫，抱牢他雙臂，一口往他的光頭大腦袋上咬落。哈赤吃痛，振臂欲將他摔開。那知一個人神智胡塗之後，竟會生出平素所無的巨力出來，哈赤的膂力本來比他強得多，這時卻脫不出他的摟抱，只給他咬得滿頭鮮血淋漓，直痛得哇哇急叫。

那書生哈哈大笑，叫道：「妙極，妙極！」他一面鼓掌，一面慢慢退向放著八隻玉龍杯的茶几，突然間衣袖一拂，抓起兩隻玉龍杯，對桑飛虹道：「御杯已得，咱們走吧！」

桑飛虹一怔，她和這書生素不相識，但見他對自己一直甚是親切，不自禁的點了點頭，隨著他飛奔出外。

福康安身旁的六七名衛士大呼：「捉奸細！捉奸細！」「拿住了！」「拿住偷御杯的賊！」一齊蜂擁著追了出來。

羣豪見這少年書生在眾目睽睽之下，竟爾大膽取杯欲行，無不驚駭，早有人跟著眾衛士喝了起來：「放下玉杯！」「甚麼人，這般胡鬧？」「是那一家那一派的混帳東西？」

適才常赫志、常伯志兄弟從屋頂上衝入，救去了貴州雙子門倪氏兄弟，福康安府中衛士在大門外又增添人員，這時聽見大廳中一片吆喝之聲，門外的衛士立時將門堵住。安提督一聲令下，數十名衛士將那少年書生和桑飛虹前後圍住。

那書生笑道：「誰敢上來，我就將玉杯一摔，瞧它碎是不碎。」眾衛士倒也不敢貿然上前，生怕他當真豁出了性命胡來，將御賜的玉杯摔碎了。各人手執兵刃，將二人包圍了個密不通風。

桑飛虹受邀來參與這掌門人大會，只是來趕一個熱鬧，並無別意，突然間闖出這個大禍來，只嚇得臉色慘白，一顆心幾乎要跳出了腔子。

胡斐對程靈素對望一眼，程靈素緩緩的搖了搖頭。兩人雖對那少年書生甚有好感，但這時身陷重圍之中，如果出手相救，只不過白饒上兩條性命，於事無補。眼看這局勢無法長久僵持，海蘭弼正大踏步走將過去，他一出手，那書生和桑飛虹定然抵擋不住。

那書生高舉玉杯，笑吟吟的道：「桑姑娘，這一次咱們可得改個主意啦，你若是將玉杯往地下摔去，說不定還沒碰到地上，已有快手快腳的傢伙搶著接了去。咱們不如這樣吧，你聽我叫一二三，叫到『三』字，喀喇一響，就在手中揑碎了。」桑飛虹不由自主的點了點頭，心中卻在暗罵自己，為甚麼跟他素不相識，卻事事聽他指使。

海蘭弼走上前去，原是打算在他摔出玉杯時快手接過，聽他這幾句話一說，登時停住了腳步。

湯沛哈哈一笑，走到書生跟前，說道：「小兄弟，你貴姓大名啊？今日在天下英雄之前大大的露了一下臉，當真是聳動武林。你不留下個名兒，那怎麼成？」那書生笑道：「在下一不為名，二不為利，只覺這玉杯兒好玩，想拿回家去玩玩，玩得厭了，便即奉還。」

湯沛笑道：「小兄弟，你的武功很特異，老哥哥用心瞧了半天，也瞧不出一個門道來。尊師是那一位啊？說起來或許大家都有交情。年輕人開個小玩笑，也沒甚麼大不了，衝著老哥哥這點小面子，福大帥也不能怪罪，還是入席再喝酒吧。」說著側頭向眾衛士道：「大夥兒退開些！這位兄弟是好朋友，他開個玩笑，卻來這麼興師動眾的，不讓人家笑話咱們太過小氣麼？」眾衛士聽他這麼說，都退開了兩步。

那書生笑道：「姓湯的，我可不入你這笑面老虎的圈套。你再走近一步，我便把玉杯捏碎了。你若是真有擔當，便讓我把玉杯借回家去，把玩三天。三日之後，一準奉還。」

眾人心想：「你拿了玉杯一出大門，卻到那裏再去找你？甚麼三日之後一準奉還，誰來信你？」各人的目光一齊望著湯沛，瞧他如何回答。

只見他又是哈哈一笑，說道：「那又有甚麼打緊？小兄弟，你手裏這隻玉杯嘛，主兒的名份還沒定。老哥哥卻蒙福大帥的恩典先賞了一隻。這樣吧，我自己的那隻借給你，你愛玩到幾時便幾時，甚麼時候玩得厭了，帶個信來，我再來取回就是了。」說著走到放玉杯的几前，先取過一塊鋪在桌上的大錦緞，兜在左手之上，然後取過一隻玉龍杯，放在錦緞上，鄭而重之的走到那書生跟前，說道：「你拿去吧！」

這一著大出人人的意料之外。眾人只道他嘴裏說得漂亮，實則是想乘機奪回書生手中的玉杯，那知他借杯之言並非虛話，反而又送一隻玉杯過去。

那書生也是頗為詫異，笑道：「你外號兒叫作『甘霖惠七省』，果然是慷慨得緊。兩隻玉杯一模一樣，也不用掉了。桑姑娘的玉杯，就算是向這位海大人借的。湯大俠，煩你作個中保。海大人，請你放心，三日之後桑姑娘若是不交還玉杯，你唯湯大俠是問。」湯沛笑道：「好吧！把事兒都攬在我身上，姓湯的一力承當。桑姑娘，你總不該叫我為難罷？」說著向桑飛虹走近了一步。

桑飛虹囁嚅著道：「我……我……」眼望那少年書生，不知如何回答才是。

湯沛左肘突然一抖，一個肘錐，撞在她右腕腕底。桑飛虹「啊」的一聲驚呼，玉杯脫手向上飛出，便在此時，湯沛右手抓起錦緞上玉杯，左手錦緞揮出，已將那少年上身裹住。右手食指連動，隔著錦緞點中了他「雲門」、「曲池」、「合谷」三處穴道，跟著伸手接住空中落下的玉杯，左足飛出，踢倒了桑飛虹，足尖順勢在她膝彎裏一點。那「雲門穴」是在肩頭，「曲池穴」在肘彎，「合谷穴」在大拇指與食指之間，三穴被點，那書生自肩至指，一條肩膀軟癱無力，再也不能揑碎玉杯了。

這幾下兔起鶻落，直如變戲法一般，眾人還沒有看清楚怎地，湯沛已打倒二人，手捧三隻玉龍杯，放回几上。待他笑吟吟的坐回太師椅中，大廳上這才采聲雷動。

郭玉堂摸著鬍鬚，不住價連聲讚歎：「這一瞬之間打倒兩人，已是極為不易，更難的是三個人手裏都有一隻玉杯，只要分寸拿揑差了毫釐，任誰一隻玉杯都會損傷，那麼這一次大會便不免美中不足，更難得的是這一副膽識。程老弟，你說是不是？」

胡斐點頭道：「難得，難得。」他見了適才猶如雷轟電閃般的一幕，不由得雄心頓起，暗想：「這姓湯的果是藝業不凡，若有機緣，倒要跟他較量較量。」又想：「那少年書生和桑姑娘失手被擒，就算保得性命，也要受盡折磨，怎生想個法兒相救才好。」

這時眾衛士已取過繩索，將那書生和桑飛虹綁了，推到福康安跟前，聽由發落。福康安將手一揮，說道：「押在一旁，慢慢再問，休得阻了各位英雄的興頭。安提督，你讓大家比下去吧！」安提督道：「是！」當即傳下號令，命羣豪繼續比試。

胡斐見這些人鬥來鬥去，並無傑出的本領，念著馬春花的兩個兒子不知如何重被奪回，馬春花不知是否又遭危難，也無心緒去看各人爭鬥。

來來去去比試了十多人，忽聽得門外衛士大聲叫道：「聖旨到！」

第十八章

寶刀銀針

福康安識得當先那人
是乾清宮的太監劉之餘，
只見他走到廳門口，
卻不進廳，便在門前站定，
展開聖旨宣讀，規矩不對，
心中登時便起了疑心。

羣豪聽了，均是一愕。福康安府中上下人等卻都是司空見慣，知道皇上心血來潮，便是半夜三更也有聖旨，因此不以為奇，當即擺下香案。福康安站起身來，跪在滴水簷前接旨。自安提督以下，人人一齊跪倒，胡斐當此情景，只得跟著跪下，心中暗暗咒罵。

只聽得靴聲橐橐，院子中走進五個人來，當先一人是個老太監。福康安識得他是乾清宮的太監劉之餘，身後跟著四名內班宿衛。那劉之餘走到廳門口，卻不進廳，便在門前站定，展開聖旨，宣讀道：「兵部尚書福康安聽旨：適才擒到男女賊人各一，著即帶來宮中，欽此！」

福康安登時呆了，心想：「皇上的信息竟如此之快。他要帶兩名賊人去幹甚麼？」一抬頭，只見劉之餘擠眉弄眼，神氣很是古怪，又想平素太監傳旨，定是往大廳正中向外一站，朝南宣讀，這一次卻是朝裏宣旨。這劉之餘是宮中老年太監，決不能錯了規矩，其中必有緣故，於是站起身來，說道：「劉公公，請坐下喝茶，瞧一瞧這裏英雄好漢們獻演身手。」劉之餘欣然道：「好極，好極！」突然間眉頭一皺，道：「多謝福大帥啦，茶是不喝了，皇上等著回覆。」

福康安一瞧這情景，恍然而悟，知他受了身後那幾名衛士的挾制，假傳聖旨，這四名衛士不是反叛，便是旁人假扮的，當下不動聲色，笑道：「陪著你的幾位大哥是誰啊？怎地面生得緊。」劉之餘苦笑道：「這個……那個……嘿嘿，他們是外省新來的。」

福康安更是心中雪亮，須知內班宿衛日夜在皇帝之側，若非親貴，便是有功勳的世臣子弟，外省來的武人那裏能當？心想：「只有調開這四人，劉太監方不受他們挾持。」說道：

「既是如此，四位侍衛大哥便把賊人帶走吧！」說著向綁在一旁的少年書生和桑飛虹一指。

四名侍衛中便有一人走上前來，去牽那書生。福康安道：「且慢！這位侍衛大哥貴姓？」按照常情，福康安對宮中侍衛客氣，稱一聲「侍衛大哥」，但當侍衛的官階比他低得多，必定上前請安。這侍衛卻大剌剌的不理，只說：「俺姓張！」福康安道：「張大哥到宮中幾時了？怎地沒會過？」

那侍衛尚未回答，劉之餘身後一個身材肥胖的侍衛突然右手一揚，銀光閃閃，一件梭子般的暗器射了出來，飛向放置玉龍杯的茶几。這暗器去勢峻急，眼見八隻玉杯要一齊打碎。眾衛士紛紛呼喝，善於發射暗器的便各自出手，只見袖箭、飛鏢、鐵蓮子、鐵蒺藜，七八件暗器齊向銀梭射去。那肥胖的侍衛雙手連揚，也是七八件暗器一齊射出。

只聽得叮叮之聲不絕，眾衛士的暗器一齊碰落。那銀梭飛到茶几，鉤住了一隻玉龍杯。說也奇怪，這梭子在半空中竟會自行轉彎，鉤住玉龍杯後斜斜飛回，又回到那侍衛手中。

眾人眼見這般怪異情景，無不愕然。胡斐見了那胖侍衛這等發射暗器的神技，忍不住叫道：「趙三哥！」

原來那胖侍衛正是千臂如來趙半山所喬裝改扮。那個去救書生的侍衛，卻是紅花會中的鬼見愁石雙英。這一干人早便在福康安府外接應，見那少年書生失手被擒，正好太監劉之餘在府門外經過，便擒了來假傳聖旨。但這些江湖上的豪傑之士終究不懂宮廷和官場規矩，一進福康安府便露出馬腳。趙半山見福康安神色和言語間已然起疑，不待他下令拿人，先下手為強，當即發出一枚飛燕銀梭，搶了一隻玉杯。這飛燕銀梭是他別出心裁的一種暗器，梭作弧形，擲出後能飛回手來。

他一搶到玉杯，猛聽得有人叫了聲：「趙三哥！」這叫聲中真情流露，似乎乍逢親人一般，舉目向叫聲來處瞧去，卻不見有熟識之人。要知胡斐和他睽別多年，身形容貌均已大變，別說他已喬裝收扮，就是沒有改裝，乍然相逢，也未必認得出來。

處身在這龍潭虎穴之中，一瞥間沒瞧見熟人，決無餘裕再瞧第二眼，他雙臂連揚，但聽得嗤嗤之聲不絕，每響一下，便有一枝紅燭被暗器打熄，頃刻間大廳中黑漆一團。只聽得他大聲叫道：「福康安看鏢！」跟著有兩人大聲慘叫，顯已中了他的暗器。但聽得乒乒乓乓，響起一片兵刃之聲，原來已有兩名衛士搶上將石雙英截住。

趙半山叫道：「走吧，不可戀戰！」他知身處險地，大廳之上高手如雲，一擊不中便當飄然遠引，救人之事，只得徐圖後計，眼下借著黑暗中一片混亂，尚可脫身，若是時機一過，連自己也會陷身其中。但這時石雙英已被絆住，跟著又有兩人攻到，別說救人，連他自己也走不脫了。

胡斐當那少年書生為湯沛擒獲之時，即擬出手相救，只是廳上強敵環伺，單是正中太師椅上所坐的那四大掌門，自己對每一個都無制勝把握，突見趙半山打滅滿廳燈火，當下更不猶豫，立即縱身搶到那少年書生身旁。湯沛出手點穴，胡斐看得分明，所點的是「雲門」、「曲池」、「合谷」三穴，這時一俯身間，便往那書生肩後「天宗穴」上一拍，登時解了他的「雲門穴」，待要再去推拿他「天池穴」時，頭頂突然襲來一陣輕微掌風。

胡斐左手一翻，迎著掌風來處還了一掌，只覺敵人掌勢來得快極，拍的一聲輕響，雙掌相交。胡斐身子一震，不由自主的倒退半步，心中大吃一驚：「此人掌力恁地渾厚！」只得拚全力相抗，但覺對方內力無窮無盡的源源而來。胡斐暗暗叫苦，心想：「比拚掌力，非片刻間可決勝敗，燈燭少時便會點起，看來我脫身不易了。」對掌比拚，心中動念，都只是電光火石般的一霎間之事，忽聽得那少年書生低聲道：「多謝援手！」竟已躍起身來。

他這一躍起，胡斐立時醒悟：「我只解了他的雲門穴，他的曲池、合谷兩穴，原來是跟我對掌之人解了。那麼此人是友非敵。」他一想到此節，對方也同時想到：「我只解了他曲池、合谷兩穴，尚有雲門穴未解，原來是跟我對掌之人解了。那麼此人是友非敵。」兩人心念相同，當即各撤掌力。

那少年書生抓起躺在身旁的桑飛虹，急步奔出，叫道：「福康安已被我宰了！少林派眾位好漢攻東邊，武當派眾位好漢攻西邊！大夥兒殺啊！殺啊！」黑暗中但聽得兵刃亂響，廳上固是亂成一團，人人心中也是亂成一團。

眾衛士聽到福大帥被害，無不嚇出一身冷汗，又聽得「少林派眾位好漢攻東邊，武當派眾位好漢攻西邊」的喊聲，這兩大門派門人眾多，難道當真反叛了？

忽聽得周鐵鷦的聲音叫道：「福大帥平安無恙，別上了賊子的當。」待得眾衛士點亮燈燭，趙半山、石雙英，以及少年書生和桑飛虹都已不知去向。

只見福康安端坐椅中，湯沛和海蘭弼擋在身前，前後左右，六十多名衛士如肉屏風般團團保護。在這等嚴密防守之下，便是有千百名高手同時攻到，一時三刻之間也傷他不到半根毫毛，何況只是三數個刺客？但也因他手下衛士人人只想到保護大帥，趙半山和那少年書生等才得乘黑逃走。否則他數人武功再強，也決不能這般輕易的全身而退。

眾人見福康安臉帶微笑，神色鎮定，大廳上登時靜了下來；又見少林派掌門人大智禪師和武當派掌門人無青子安坐椅中，都知那書生這一番喊叫，只不過是擾亂人心。

福康安笑道：「賊子胡言亂語，禪師和道長不必介意。」安提督走到福康安面前請安，說道：「卑職無能，竟讓賊子逃走，請大帥降罪。」福康安將手一擺，笑道：「這都是我累事，算不得是你們沒本事。大家顧著保護我，也不去理會毛賊了。」他心中甚是滿意，覺得眾衛士人人盡責，以他為重，竭力保護，又道：「幾個小毛賊來搗亂一番，算得甚麼大事？丟了一隻玉龍杯，嗯，那也好，瞧是那一派的掌門人日後去奪將來，再擒獲了這劫杯毛賊，這隻玉龍杯便歸他所有。這一件事又鬥智又鬥力，比之在這裏單是較量武功，不是更有意思麼？」

羣豪大聲歡呼，都讚福大帥安排巧妙。胡斐和程靈素對望一眼，心下也不禁佩服福康安大有應變之才，失杯的醜事輕輕掩過，而且一翻手間，給紅花會伏下了一個心腹大患。武林中自有不少人貪圖出名，會千方百計的去設法奪回玉龍杯，不論成功與否，都是使紅花會樹下不少強敵。

福康安向安提督道：「讓他們接下去比試吧！」安提督躬身道：「是！」轉過身來，朗聲說道：「福大帥有令，請天下英雄繼續比試武藝，且瞧餘下的三隻御賜玉杯，歸屬誰手。」

他雖是說「福大帥有令」，但還是用了一個「請」字，那是對羣豪甚表尊重，以客禮相待之意。

福康安吩咐道：「搬開一張椅子！」便有一名衛士上前，將空著的太師椅搬開了一張，廳心留下三張空椅。眾人這時方始發覺，「崑崙刀」掌門人西靈道人已不知何時離椅，想是他眼見各家各派武功高出自己之人甚多，與其被人趕下座位，還不如自行退位，免得出醜露乖。

這時胡斐思潮起伏，心中存著許多疑團：「福康安的一對雙生兒子如何又被他奪回？我冒充華拳門掌門人，是不是已被發覺？對方遲遲不予揭破，是不是暗中已佈置下極厲害的陷阱？我適才替那少年書生解穴，黑暗中與人對掌，此人內力渾厚，非同小可，他也出手助那書生，自是大廳上羣豪之一，卻不知是誰？」

他明知在此處多耽得一刻，便多增一分凶險，但一來心中存著這許多疑團未解；二來眼見鳳天南便在身旁，好容易知道了他的下落，豈肯又讓他走了？三來也要瞧一瞧餘下的三隻玉龍杯由那派的掌門人所得。

其實，這些都只是他腦子裏所想到的原因，真正的原因，卻是在心中隱隱約約覺得的：袁紫衣一定會來。既知她要來，他就決計不走。便有天大的危險，也嚇他不走。

這時廳上又有兩對人在比拚武功。四個人都使兵刃。胡斐一看，見四人的武功比之以前出手的都高。不久一個使三節棍的敗了下去，另一個使流星鎚的上來。聽那唱名武官報名，是太原府的「流星趕月」童懷道。胡斐想起數月前與鍾氏三雄交手，曾聽他們提過「流星趕月童老師」的名頭。這童懷道在雙鎚上的造詣果然甚是深厚，只十餘合便將對手打敗了，接著上來的兩人也都不是他敵手。

高手比武，若非比拚內力，往往幾個照面便分勝敗，而動到兵刃，生死決於俄頃，比之較量拳腳更是凶險得多。雙方比試者並無深仇大怨，大都是聞名不相識，功夫上一分高低，稍遜一籌者便即知難而退，誰都不願干冒性命之險而死拚到底。因之在福康安這些只識武學皮毛的人眼中，比試的雙方都是自惜羽毛，數合間便有人退下，反不及黃希節、桑飛虹、歐陽公政、哈赤和尚等一干人猛打狠毆的好看。但武功高明之人卻看得明白，出賽者的武功越來越高，要取勝是越來越不容易，許多掌門人原本躍躍欲試的，這時都改變了主意，決定袖手旁觀。有時兩個人鬥得似乎沒精打采、平淡無奇，而湯沛、海蘭弼這些高手卻喝起采來。一般不明其理的後輩，不是瞠目結舌，呆若木鷄，便是隨聲附和，假充內行。

饒是出賽者個個小心翼翼，但一入場子，總是力求取勝，兵刃無眼，還是有三個掌門人斃於當場，七個人身受重傷。總算福康安威勢懾人，死傷者門下的弟子即時不敢發作，但武林中冤冤相報的無數腥風血雨，都已在這一日中伏下了因子。

清朝順治、康熙、雍正三朝，武林中反清義舉此起彼伏，百餘年來始終不能平服，但自乾隆中葉以後，武林人士自相殘殺之風大盛，顧不到再來反清，使清廷去了一大隱憂。雖然原因多般，但這次天下掌門人大會實是一大主因。後來武林中有識之士出力調解彌縫，仍是難使各家各派泯卻仇怨。不明白福康安這個大陰謀之人，還道滿清氣運方盛，草莽英雄自相攻殺，乃天數使然。

流星趕月童懷道以一對流星雙鎚，在不到半個時辰之內連敗五派掌門高手，其餘的掌門人憚於他雙鎚此來彼往、迅捷循環的攻勢，一時無人再上前挑戰。

便在此時，廳外匆匆走進一名武官，到福康安面前低聲稟告了幾句。福康安點了點頭，那武官走到廳口，大聲道：「福大帥有請天龍門北宗掌門人田老師進見。」廳外又有武官傳呼出去：「福大帥有請天龍門北宗掌門人田老師進見。」

胡斐和程靈素對望一眼，心頭都是微微一震：「他也來了！」

過不多時，只見田歸農身穿長袍馬褂，微笑著緩步進來，身後跟隨著高高矮矮的八人。他走到福康安身前，躬身請安。福康安欠了身，拱手還禮，微笑著道：「田老師好，請坐吧！」

羣豪一見，都想：「天龍門武功名震天下，已歷百年，自明末以來，胡苗范田四家齊名，代代均有好手。這姓田的氣派不凡，福大帥對他也是優禮有加，與對別派的掌門人不同。卻不知他是否真有驚人藝業？」每一派與會的均限四人，他卻帶了八名隨從，何況這般大模大樣的遲遲而至，羣豪雖然震於他的威名，心中卻均有不平之意。

田歸農和少林、武當兩派掌門人點頭為禮，看來相互間均不熟識，但他和甘霖惠七省湯沛卻極是熟絡。湯沛拍著他肩膀笑道：「賢弟，做哥哥的一直牽記著你，心想怎麼到這當兒還不到來？倘若你竟是到得遲了，拿不到一隻玉龍杯，做哥哥的這一隻如何好意思捧回家去？你天龍門若是不得玉杯，那一天你高興起來，找老哥哥來比劃比劃，我除了雙手奉上玉杯，再沒第二句話好說，豈不糟糕？」跟著將福大帥囑令各派比試武功以取御杯的事，向他說了一遍。

田歸農笑道：「兄弟如何敢和大哥相比？我天龍門倘得福大帥恩典，蒙大哥照拂，能在天下英雄之前不太出醜丟臉，也已喜出望外了。」說著兩人一齊大笑。他話是說得謙虛，但神色之間，顯是將玉龍杯看作了囊中之物。湯沛和人人都很親熱，但對待田歸農的神情卻又與眾不同。聽他二人稱呼語氣，似乎還是拜把子的兄弟。

胡斐心想：「這姓田的和我交過手，武功雖比這些人都高，卻未必能及得上湯沛和海蘭弼，要說一定奪到玉龍杯，未免是將天下英雄都瞧得小了。」想起他暗算苗人鳳的無恥卑鄙行徑，已自打定了主意：「他不得玉龍杯便罷，若是僥倖奪得，好歹要他在天下羣雄之前，大大的出一個醜。」他和田歸農在苗人鳳家中交過手，以祖傳刀法，打得他口吐鮮血，大敗而走，何況其時胡斐未得苗人鳳的指點，未悟胡家刀法中的精義要訣。此刻他單以刀法而論，天下幾乎無人勝得過他，即是與苗人鳳、趙半山這等第一流的高手相比，也已不遑多讓，田歸農自然遠非其敵。

當田歸農進來之時，大廳的比試稍停片刻，這時兵刃相擊之聲又作。田歸農坐在椅中，手持酒杯觀鬥，神色極是閒雅，眼看有人勝，有人敗，他只是臉帶微笑，無動於中，有時便跟湯沛說幾句閒話。眾人都已看出，他面子上似是裝作高人一等，不屑和人爭勝，實則是以逸待勞，要到最後的當口方才出手，在旁人精疲力竭之餘，再行施展全力一擊。

流星趕月童懷道坐在太師椅中，見良久無人上來挑戰，突然一躍而起，走到田歸農身前，說道：「田老師，姓童的領教你的高招。」眾人都是一楞。自比試開始以來，總是得勝者坐在太師椅中，由人上前挑戰，豈知童懷道卻是走下座來，反去向田歸農求鬥。

田歸農笑道：「不忙吧？」手中仍是持著酒杯。童懷道說道：「反正遲早都是一鬥，乘著我這時還有力氣，向田老師領教領教。也免得你養精蓄銳，到最後來撿現成便宜。」他心直口快，想到甚麼，便說了出口，再無顧忌。羣豪中便有二十餘人喝起采來。這些人見著田歸農這等大剌剌的模樣，早感不忿。

田歸農哈哈一笑，眼見無法推托，向湯沛笑道：「大哥，兄弟要獻醜了。」湯沛道：「恭祝賢弟馬到成功！」

童懷道轉過頭來，直瞪著湯沛，粗聲道：「湯老師，福大帥算你是四大掌門之一，請你作公證來著，這一個『公』字，未免有點兒不對頭吧？」湯沛被他直言頂撞，不免有些尷尬，強笑道：「在下那裏不公了？請童老師指教。」童懷道說道：「我跟田老師還沒比試，你就先偏了心啦，說甚麼『恭祝賢弟馬到成功。』天下英雄在此，這可是人人聽見的。」

湯沛心中大怒，近二三十年來，人人見了他都是湯大俠前、湯大俠後，從無一人敢對他如此挺撞，更何況是在大庭廣眾之間這般的直斥其非，但他城府甚深，仍是微微一笑，說道：「我也恭祝童老師旗開得勝。」

童懷道一怔，心想兩人比試，一個旗開得勝，一個馬到成功，天下決無是理，但他既這般說，卻也無從辯駁，便大聲道：「湯老師，祝你也是旗開得勝，馬到成功！」羣豪一聽，一齊轟笑起來。

田歸農向湯沛使個眼色，意思說：「大哥放心，這無禮莽撞之徒，兄弟一定好好的教訓他。」當下緩步走到廳心，道：「童老師請上吧！」

童懷道見他不卸長袍，手中又無兵刃，愈加憤怒，說道：「田老師要以空手接在下這對流星鎚麼？」

田歸農極工心計，行事自便持重，自忖如能在三招兩式之內將他打倒，在天下羣雄之前大顯威風，自是再妙不過，但看對方身軀雄偉，肌肉似鐵，實非易與之輩。笑道：「童老師名滿晉陝，江湖上好漢那一個不知流星趕月的絕技，在下便使兵刃，也未必是童老師的對手。」右手一招，他大弟子曹雲奇雙手捧著一柄長劍，呈了上來。

田歸農接過了劍，左手一擺，笑道：「請吧！」童懷道見他劍未出鞘，心想你已兵刃在手，你愛甚麼時候拔劍，那是你自己的事，當下手指搭住鎚鍊中心向下一轉，一對流星鎚直豎上來，那鎚鏈竟如是兩根鐵棒一般。羣豪齊聲稱讚：「好功夫！」

喝采聲中，他左鎚仍是豎在半空，右鎚平胸已然直擊出去，但這一鎚飛到離田歸農胸口約有尺半之處，倏地停留不進，左鎚迅捷異常的自後趕了上來，直擊田歸農的小腹。前鎚虛招誘敵，後一鎚才是全力出擊，他一上來便使出「流星趕月」的成名絕技。

田歸農微微一驚，斜退一步，長劍指出，竟是連著劍鞘刺了過去。童懷道大怒，心道：「你不除劍鞘，分明是瞧我不起。」當下手上加勁，將一對鐵鎚舞成一團黑光。他這對雙鎚一快一慢，一虛一實，而快者未必真快，慢者也未必真慢，虛虛實實，變化多端。田歸農長劍始終不出鞘，但一招一式，仍是依著「天龍劍」的劍法。

拆得三十餘招，田歸農已摸清楚對方鎚法的路子，陡然間長劍一探，疾點童懷道左腿膝彎「曲泉穴」。這一招並非劍法，長劍連鞘，竟是變作判官筆用。童懷道吃了一驚，退後兩步。田歸農長劍橫砸，擊他大腿，這一下卻是將劍鞘當鐵鐧使，這一招「柳林換鐧」，原是鐧法。他在兩招之間，自劍法變為筆法，又自筆法變為鐧法。

童懷道心中一慌，左手流星鎚倒捲上來，左手在鎚鍊上一推，鐵鎚向田歸農眉心直撞過去。這是一招兩敗俱傷的打法，拚著大腿受劍鞘一砸，鐵鎚卻也要擊中了他。

田歸農沒料到對方竟不閃避攻著，劍鞘距他大腿不過數寸，卻覺勁風撲面，鐵鎚已飛了過來，若是兩下齊中，對方最多廢了一條腿，自己卻是腦漿迸裂之禍，百忙中倒轉長劍，往他鎚鍊中搭去。這一下轉攻為守，登居劣勢。童懷道流星鎚一收，鎚鍊已捲住長劍，往裏一奪，跟著右鎚橫擊過去。

眼見田歸農兵刃被制，若要逃得性命，長劍非撒手不可，只聽得刷的一聲，青光一閃，長劍竟已出鞘，劍尖顫處，童懷道右腕中劍。原來他以鎚鍊捲住長劍，一拉一奪之下，恰好將劍鞘拔脫。田歸農乘機揮劍傷敵，跟著搶上兩步，左手食指連動，點中了他胸口三處要穴。

童懷道全身酸麻，兩枚流星鎚砸將下來，打得地下磚屑紛飛。田歸農還劍入鞘，笑吟吟的道：「承讓！承讓！」坐入了童懷道先前坐過的太師椅中。

他雖得勝，但廳上羣豪都覺這一仗贏得僥倖，頗有狡詐之意，並非以真實本領取勝，因此除了湯沛等人寥寥幾下采聲，誰都沒喝采叫好。

童懷道穴道被點後站著不動，擺著個揮鎚擊人的姿式，橫眉怒目，模樣極是可笑。田歸農卻不給他解穴，坐在椅中自行跟湯沛說笑，任由童懷道出醜露乖，竟是視若無睹。廳上自有不少點穴打穴名家，心中均感不忿，但誰都知道，只要一出去給童懷道解了穴，便是跟田歸農和湯沛過不去。田歸農還不怎樣，那甘霖惠七省湯沛卻是名頭太大，那些點穴打穴名家十九是老成持重之輩，都不願為這事而得罪湯沛。但眼見童懷道傻不楞登的站在那裏，許多人都不禁為他難受。

西首席上一條大漢霍地站起，手中拖了一根又粗又長的鑌鐵棍，邁步出來，那鐵棍拖過磚地，嗆啷啷直響。他走到田歸農面前，大聲喝道：「姓田的，你給人家解穴道啊，讓他僵在這裏幹甚麼？」田歸農微笑道：「閣下是誰？」那大漢道：「我叫李廷豹，你聽見過沒有？」

他這一下自報姓名，聲如霹靂，震得眾人耳中都是嗡嗡作響。羣豪一聽此人便是李廷豹，都是微感詫異。原來李廷豹是五台派的掌門大弟子，在陝西延安府開設鏢局，以五郎棍法馳名天下，他的「五郎鏢局」在北七省也是頗有聲名。眾人心想他既是出名的鏢頭，自是精明強幹，老於世故，不料竟是這樣的一個莽夫。

田歸農坐在椅中，並不抬身，五台派李廷豹的名字，他自是聽見過的，但他假作訝色，搖頭道：「沒聽見過。閣下是那一家那一派的啊？」李廷豹大怒，喝道：「五台派你聽見過沒有？」田歸農仍是搖頭，臉上卻顯得又是抱歉，又是惶恐，說道：「是五台？不是七台、八台麼？」他將「八台」兩字，故意唸得跟「王八蛋」的「八蛋」相似，廳上一些年輕人忍不住便笑將起來。

好在李廷豹倒沒覺察，說道：「是五台派！大家武林一脈，你快解童老師的穴道。」田歸農道：「你跟童老師是好朋友麼？」李廷豹道：「不是！我跟他素不相識。但你這般作弄人，太不成話。我瞧不過眼。」田歸農皺眉道：「我只會點穴，當年師父沒教我解穴。」李廷豹道：「我不信！」

福康安、安提督等一干人聽著他二人對答，很覺有趣，均知田歸農是在作弄這個渾人。這些親貴大官看著眾武師比武，原是當作一樁賞心樂事，便如看戲聽曲、瞧變戲法一般，一連串不停手的激烈打鬥之後，有個小丑來插科打諢，倒也興味盎然。

田歸農一眼瞥見福康安笑嘻嘻的神氣，更欲湊趣，便道：「這樣吧！你在他膝彎裏用力踢一腳，便解開了他穴道。」李廷豹道：「當真？」田歸農道：「師父以前這樣教我，不過我自己也沒試過。」

李廷豹提起右足，在童懷道膝彎裏一踢。他這一腳力道用得不大，但童懷道還是應腳而倒，滾在地下，翻了幾個轉身，手足姿式絲毫不變，只是以直立變為橫躺。原來李廷豹是上了當，要救人反而將人踢倒。

福康安哈哈大笑，眾貴官跟著笑了起來。羣豪本來有人想斥責田歸農的，但見福康安一笑，都不敢出聲了。

笑聲未絕，忽聽得呼呼呼三響，三隻酒杯飛到半空，眾人一齊抬頭瞧去，只見三杯互相碰撞，乒乓兩聲，撞得粉碎。眾人目光順著酒杯的碎片望下地來，只見童懷道已然站起，手中握著一隻酒杯，說道：「那一位英雄暗中相助，童懷道終身不忘大德。」說著將酒杯揣在懷中，狠狠瞧了田歸農一眼，急奔出廳。

原來有人擲杯飛空互撞，乃是要引開各人的目光，當眾人一齊瞧著空中的三隻酒杯之時，他卻又以一隻酒杯擲去，打在童懷道背心的「筋縮穴」上，解開了他被點的穴道。

這一下廳上許多高手都被瞞過，大家均知這一下功夫甚是高明，卻誰也不知是何人出手。

湯沛拿過兩隻酒杯，斟滿了酒，走到胡斐席前，說道：「這位兄台面生得很哪！請教尊姓大名，閣下飛杯解穴的功夫，在下欽佩得緊。」

胡斐適才念著童懷道是鍾氏三雄的朋友，又見田歸農辱人太甚，動了俠義心腸，雖知身在險地，卻忍不住出手替他解開穴道，那知湯沛目光銳利，竟然瞧破。胡斐說道：「在下是華拳門的，敝姓程，草字靈胡。湯大俠說甚麼飛杯解穴，在下可不懂了。」湯沛呵呵笑道：「閣下何必隱瞞？這一席上不是少了四隻酒杯麼？」胡斐心想：「看來他也不是瞧見我飛擲酒杯，只不過查到我席上少了四隻酒杯而已。」於是轉頭向郭玉堂道：「郭老師，原來你身懷絕技，飛擲酒杯，解了那姓童的穴道。佩服佩服！」

郭玉堂最是膽小怕事，唯恐惹禍，忙道：「我沒擲杯，我沒擲杯。」

湯沛識得他已久，知他沒這個能耐，一看他同席諸人，只華拳門的蔡威成名已久，但素知他暗器功夫甚是平常，於是將右手的一杯酒遞給胡斐，笑道：「程兄，今日幸會！兄弟敬你一杯。」說著舉杯和他的酒杯輕輕一碰。

只聽得乒的一響，胡斐手中的酒杯忽地碎裂，熱酒和瓷片齊飛，都打在胡斐胸口。原來湯沛在這一碰之中，暗運潛力，胡斐的武功如何，這只一碰便可試了出來。不料兩杯相碰，華拳門掌門人程靈胡似乎半點內功也沒有，酒杯粉碎之下，酒漿瓷片都濺向他一邊。湯沛手中酒杯固然完好無損，衣上也不濺到半點酒水。湯沛微笑道：「對不起！」自行回歸入座，心想：「這小老兒稀鬆平常，那麼飛杯解穴的卻又是誰？」

只見田歸農和李廷豹已在廳心交起手來。田歸農手持長劍，青光閃閃，這次劍已出鞘，不敢再行托大。李廷豹使開五郎棍法，一招招「推窗望月」、「背棍撞鐘」、「白猿問路」、「橫攔天門」，只見他圈、點、劈、軋、挑、撞、撒、殺，招熟力猛，使將出來極有威勢。羣豪瞧得暗暗心服，這才知五郎鏢局近十多年來聲名極響，李總鏢頭果是有過人的技藝。田歸農的天龍劍自也是武林中的一絕，激鬥中漸漸佔到了上風，但要在短時內取勝，看來著實不易。

酣鬥之中，田歸農忽地衣襟一翻，嗆啷一聲，從長衣下拔出一柄短刀。燭火之下，這刀光芒閃爍不定，遠遠瞧去，如寶石，如琉璃，如清水，如寒冰。

只見李廷豹使一招「倒反乾坤」，反棍劈落，田歸農以右手長劍一撥。李廷豹鐵棍向前直送，正是一招「青龍出洞」，這一招從鎖喉槍法中變來，乃是奇險之著。但他使得純熟，時刻分寸，無不拿捏恰到好處，正是從奇險中見功力。田歸農卻不退閃，左手單刀上撩，噹的一響，鑌鐵棍斷為兩截。田歸農乘他心中慌亂，右手劍急刺而至，在他手腕上一劃，筋脈已斷。

李廷豹大叫一聲，抛下鐵棍。他腕筋既斷，一隻右手從此便廢了。他一生單練五郎棍，棍棒功夫必須雙手齊使，右手一廢，等如是武功全失。霎時之間，想起半生苦苦掙來的威名一敗塗地，鏢局子只好關門，自己錢財來得容易，素無積蓄，一家老小立時便陷入凍餒之境；又想起自己生性暴躁，生平結下冤家對頭不少，別說仇人尋上門來無法對付，便是平日受過自己氣的同行後輩、市井小人，冷嘲熱諷起來又怎能受得了？他是個直肚直腸之人，只覺再多活一刻，這口氣也是嚥不下去，左手拾起半截鐵棍，礊的一聲，擊在自己腦蓋之上，登時斃命。

大廳上眾人齊聲驚呼，站立起來，大家見他提起半截鐵棍，都道必是跟田歸農拚命，那料到竟會自戕而死。這一個變故，驚得人人都說不出話來。安提督道：「掃興，掃興！」命人將屍身抬了下去。

李廷豹如是在激鬥中被田歸農一劍刺死，那也罷了，如此這般逼得他自殺，眾人均感氣憤。

西南角上一人站了起來，大聲說道：「田老師，你用寶刀削斷鐵棍，勝局已定，何必再斷他手筋？」田歸農道：「兵器無眼，倘若在下學藝不精，給他掃上一棍，那也是沒命的了。」那人冷笑道：「如此說來，你是學藝很精的了？」田歸農道：「不敢！老兄如是不服，儘可下場指教。」那人道：「很好！」

這人使的也是長劍，下場後竟是不通姓名，刷刷兩劍，向田歸農當胸直刺。田歸農仍是右劍左刀，拆不七八合，噹的一聲，寶刀又削斷了他的長劍，跟著一劍刺傷了他左胸。

羣豪見他出手狠辣，接二連三的有人上來挑戰，這些人大半不是為了爭奪玉龍杯，只覺李廷豹死得甚慘，要挫折一下田歸農的威風。可是他左手寶刀實在太過厲害，不論甚麼兵刃，碰上了便即斷折，到後來連五行輪、獨腳銅人這些怪異兵刃也都出場，但無一能當他寶刀的鋒銳。

有人出言相激，說道：「田老師，你武功也只平平，單靠一柄寶刀，那算的是甚麼英雄？你有種的，便跟我拳腳上見高下。」田歸農笑道：「這寶刀是我天龍門世代相傳的鎮門之寶。今日福大帥要各家各派較量高下。我是天龍門的掌門人，不用本門之寶，卻用甚麼？」

他出手之際，也真是不留情面，寶刀一斷人兵刃，右手長劍便毀人手足，連敗十餘人後，旁人見上去不是斷手，便是折足，無不身受重傷，雖有自恃武功能勝於他的，但想不出抵擋他寶刀的法門，個個畏懼束手。

湯沛見無人再上來挑戰，呵呵笑道：「賢弟，今日一戰，你天龍門威震天下，我做哥哥的臉上也有光采。來來來，我敬你一杯慶功酒！」

胡斐向程靈素瞧了一眼，程靈素緩緩搖頭。胡斐自也十分惱恨田歸農的強橫，但一來不敢洩露身分，適才飛杯擲解童懷道的穴道，幾乎已被湯沛看破；二來這柄寶刀如此厲害，實是生平從所未見的利器，若是上去相鬥，先已輸了七成。又想：「當日他率眾去苗人鳳家中之時，何以不攜這柄寶刀？那時如果他寶刀在手，說不定我已活不到今日了。」他不知天龍門這把寶刀由南北二宗輪值執掌，當時卻尚在南宗的掌門人手中。

只見田歸農得意揚揚的舉起酒杯，正要湊到唇邊，忽聽得嗤的一聲，一粒鐵菩提向他酒杯飛了過去，想是有人發暗器要打破他的酒杯。

田歸農視若不見，仍是舉杯喝酒。曹雲奇叫道：「師父，小心！」田歸農待那鐵菩提飛到身前，伸出手指，嗒的一聲輕響，將鐵菩提彈出廳門。眾人見他露了這手，雖然不屑他的為人，卻也有人禁不住叫了聲：「好！」

那粒鐵菩提疾飛而出，廳門中正好走進一個人來。那人見暗器飛向自己胸口，也是伸指一彈，說道：「便這般迎接客人麼？」那鐵菩提經他一彈，立時發出尖銳的破空之聲，向田歸農飛回。從聲音聽來，這一彈之力實是驚人，比田歸農厲害多了。

田歸農一驚之下，不敢伸手去接，身子向右一閃。他身後站著一名福康安的衛士，聽得風聲，鐵菩提已到身前，不及閃讓，忙伸手抄住，但聽喀的一響，中指骨已然折斷，疼得「啊」的一聲大叫。

眾人見小小一枚鐵菩提，竟能在一彈之下將人指骨折斷，此人指力的凌厲，實是罕見罕聞，一齊注目向他瞧去。

只見此人極瘦極高，左手拿著隻虎撐，肩頭斜掛藥囊，一件青布長袍洗得褪盡了顏色，拖著雙破爛泥濘的布鞋，裝束打扮，便是鄉鎮間常見的走方郎中，只是目光炯炯，顧盼似電，五官奇大，粗眉、大眼，大鼻、大口、雙耳招風、顴骨高聳，這副相貌任誰一見之後都永遠不會忘記，頭髮已然花白，至少已有五十來歲，臉上生滿了黑斑。他身後跟著二人，似是他弟子或是廝僕，神態極是恭謹。

胡斐和程靈素見了當先那人還不怎樣，一看到他身後二人，卻是吃了一驚，原來一個老書生，正是程靈素的大師兄慕容景岳；另一個駝背跛足的女子，卻是她三師姊薛鵲。胡斐和程靈素對瞧一眼，都是大奇：「怎麼他兩個死對頭走到了一起？薛鵲的丈夫姜鐵山卻又不在？」程靈素見胡斐眼光中露出疑問之色，知他是問那個走方郎中是誰，便緩緩的搖了搖頭，她可也不認識。

忽聽得「啊喲」一聲慘叫，那指頭折斷的衛士跌倒在地，不住打滾，將一隻手掌高高舉起。眾人初時均感奇怪：「既然身為福大帥的衛士，自有相當武功，怎地斷了一根指頭也抵受不起？」待見到他那隻手掌其黑如墨，才知原來是中了劇毒。

這次天下各家各派掌門人大聚會，福府眾衛士雄心勃勃，頗有和各派好手一爭雄長之意，要顯得在京中居官的英雄確有真才實學，決不輸於各地的草莽豪傑。這手指折斷的衛士歸周鐵鷦該管，他見此人如此出醜，眉頭一皺，上前喝道：「起來，起來！這一點兒苦頭也挨不起，太不成話啦！」那人對周鐵鷦很是懼怕，忙道：「是，是！」掙扎著待要站起，突然身子一晃，暈了過去。周鐵鷦從酒席上取過一雙筷子，挾起那顆鐵菩提一看，見上面刻著一個「柯」字，臉色微變，朗聲說道：「蘭州柯子容柯三爺，你越來越長進啦。這鐵菩提上餵的毒藥可厲害得緊哪！」

只見人叢中站起一個滿臉麻子的大漢，說道：「周老爺你可別血口噴人。這枚鐵菩提是我所發，那是不錯，我只是瞧不過人家狂妄自大，要打碎人家手中酒杯。我柯家暗器上決計不許餵毒，世代相傳，向為禁例，柯子容再不肖，也不敢壞了祖宗的家規。」周鐵鷦見聞廣博，也知柯家擅使七般暗器，但向來嚴禁餵毒，當下沉吟不語，只道：「這可奇了！」

柯子容道：「讓我瞧瞧！」走過來拿起那枚鐵菩提一看，道：「這是我的鐵菩提啊，這上面怎會有毒……啊喲！」突然間大叫一聲，將鐵菩提投在地下，右手連揮，似乎受到烈火燒炙一般。只見他臉色慘白，要將受傷的手指送到口中吮吸，周鐵鷦疾出一掌，斫中他的小臂，叫道：「吸不得！」擋住他手指入口，看他大拇指和食指兩根手指時，都已腫了起來，色如淡墨。柯子容全身發顫，額角上黃豆大的汗珠一滴滴的滲了出來。

那走方郎中向著慕容景岳道：「給這兩人治一治。」慕容景岳道：「是！」從懷中取出一盒藥膏，在柯子容和那衛士手上塗了一些。柯子容顫抖漸止，那衛士也醒了轉來。

羣豪這才醒悟，柯子容發鐵菩提打田歸農的酒杯，田歸農隨手彈出，又給那走方郎中彈回。但走方郎中就這麼一彈，已在鐵菩提上餵了極厲害的毒藥。這等下毒的本領，江湖上恐怕只有一人。廳上不少人已在竊竊私議：「毒手藥王，毒手藥王！莫非是毒手藥王？」

周鐵鷦走近前去，向那走方郎中一抱拳，說道：「閣下尊姓大名？」那人微微一笑，並不回答。慕容景岳道：「在下慕容景岳，這是拙荊薛鵲。」他頓了一頓，才道：「這位是咱夫婦的師父，石先生，江湖上送他老人家一個外號，叫作『毒手藥王』！」

這「毒手藥王」四字一出口，旁人還都罷了，要知與會的不是一派掌門，多半便是各派的耆宿長老，大都知道「毒手藥王」乃是當世使毒的第一高手，慕容景岳就算不說，也早猜想是他。但這四個字聽在程靈素和胡斐耳中，實是詫異無比。程靈素更為氣惱，心想這人不但假冒先師名頭，而這句話出諸大師兄之口，尤其令她悲憤難平。另一件事也使她甚是奇怪：三師姊薛鵲原是二師兄姜鐵山之妻，兩人所生的兒子也已長大成人，何以這時大師兄卻公然稱她為「拙荊」？她料知這中間必已發生極重大的變故，眼下難以查究，唯有靜觀其變。

周鐵鷦雖然勇悍，但聽到「毒手藥王」的名頭，還是不禁變色，抱拳說了句：「久仰！久仰！」石先生伸出手去，笑道：「閣下尊姓大名，咱倆親近親近。」周鐵鷦霍地退開一步，抱拳道：「在下周鐵鷦，石前輩好！」他膽子再大，也決不敢去和毒手藥王拉手。

石先生呵呵大笑，走到福康安面前，躬身一揖，說道：「山野閒人，參見大帥！」這時福康安身旁的衛士已將毒手藥王的來歷稟告了他，福康安眼見他只是手指輕彈鐵菩提，便即傷了兩人，知道此人極是了得，當下微微欠身，說道：「先生請坐！」

石先生帶同慕容景岳、薛鵲夫婦在一旁坐了。附近羣豪紛紛避讓，誰也不敢跟他三人挨近，霎時之間，他師徒三人身旁空蕩蕩地清出了一大片地方。

一名武官走了過去，離石先生五尺便即站定，將爭奪御杯以定門派高下的規矩說了，話一說完，立即退開，唯恐沾染到他身上的一絲毒氣。

石先生微笑道：「尊駕貴姓？」那武官道：「敝姓巴。」石先生道：「巴老爺，你何必見我等害怕？老夫的外號叫作『毒手藥王』，雖會下毒，也會用藥治病啊。巴老爺臉上隱佈青氣，腹中似有蜈蚣蟄伏，若不速治，十天後只怕性命難保。」那武官大吃一驚，將信將疑，道：「肚子裏怎會有蜈蚣？」石先生道：「巴老爺最近可曾和人爭吵？」

北京城裏做武官的，和人爭吵乃是家常便飯，那自然是有的，那姓巴的武官驚道：「有啊！難道……難道那狗賊向我下了毒手？」石先生從藥囊中取出兩粒青色藥丸，說道：「巴老爺若是信得過，不妨用酒呑服了這兩粒藥。」

那武官給他說得心中發毛，隱隱便覺肚中似有蜈蚣爬動，當下更不多想，接過藥丸丟在嘴裏，拿起一碗酒，骨嘟嘟的喝下去，過不多時，便覺肚痛，胸口煩惡欲嘔，「哇」的一聲，嘔了許多食物出來。

石先生搶上三步，伸手在他胸口按摩，喝道：「吐乾淨了！別留下了毒物！」那武官拚命嘔吐，一低頭，只見嘔出來的穢物之中有三條兩寸長的蟲子蠕蠕而動，紅頭黑身，正是蜈蚣。那武官大叫：「三條……三條蜈蚣！」一驚之下，險險暈去，忙向石先生拜倒，謝他救命之恩。廊下僕役上來清掃穢物。羣豪無不嘆服。

胡斐不信人腹中會有蜈蚣，但親眼目睹，卻又不由得不信。程靈素在他耳邊低聲道：「別說三條小蜈蚣，我叫你肚裏嘔出三條青蛇出來也成。」胡斐道：「怎麼？」程靈素道：「給你服兩粒嘔吐藥丸，我袖中早就暗藏毒蟲。」胡斐低聲道：「是了，乘我嘔吐大作、肚痛難當之際，將毒蟲丟在穢物之中，有誰知道？」程靈素微微一笑，道：「他搶過去給那武官按摩胸口，倘若沒這一著，戲法就不靈。」胡斐低聲道：「其實這人武功很是了得，大可不必玩這種玄虛。」程靈素語聲放到極低，說道：「大哥，這大廳上所有諸人之中，我最懼怕此人。你千萬得小心在意。」胡斐自跟她相識以來，見她事事胸有成竹，從未說過「懼怕」兩字，此刻竟是說得這般鄭重，可見這石先生實在非同小可，又想此人冒了她先師之名出來招搖，敗壞她先師的名頭，她終究不能袖手不理。

只聽得石先生笑道：「我雖收了幾個弟子，可是向來不立甚麼門派。今日就跟各位前輩學學，也來開宗立派，僥倖捧得一隻銀鯉杯回家，也好讓弟子們風光風光。」緩步走將過去，大模大樣的在田歸農身旁太師椅中一坐，卻那裏是得一隻銀鯉杯為已足，顯是要在八大門派中佔一席地。

他這麼一坐，憑了「毒手藥王」數十年來的名聲，手彈鐵菩提的功力，傷人於指顧間的下毒手法，這一隻玉龍杯就算是拿定了，誰也不會動念去跟他挑戰，可也沒誰動念去跟他說話。

一時之間，大廳靜了一片。少林派的掌門方丈大智禪師忽道：「石先生，無嗔和尚跟你怎麼稱呼？」石先生道：「無嗔？不知道，我不認得。」臉上絲毫不動聲色。大智禪師雙手合什，說道：「阿彌陀佛！」石先生道：「怎麼？」大智禪師又宣了一聲佛號：「阿彌陀佛！」石先生便不再問。

自他師徒三人進了大廳，程靈素的目光從沒離開過他三人，只見石先生慢慢轉過頭去，和田歸農對望了一眼。兩人神色木然，目光中全無示意，但程靈素心念一動，已然明白：「他兩人早已相識。田歸農知道我師父的名字，知道『無嗔大師』才是真正的『毒手藥王』。這位少林高僧卻也知道。」忽又想到：「田歸農用來毒瞎苗人鳳的斷腸草，原來就是這人給的。」

田歸農寶刀鋒利，石先生毒藥厲害，坐穩了兩張太師椅，八隻玉龍杯之中，只有一隻還沒主人。羣豪均想：「是否能列入八大門派，全瞧這最後一隻玉龍杯由誰搶得。」真所謂人同此心，頃刻之間，人叢中躍出七八人來，一齊想去坐那張空椅，三言兩語，便分成四對鬥了起來。少選敗者退下，勝者或接續互鬥，或和新來者應戰，此來彼往的激鬥良久，只聽得門外更鼓打了四更，相鬥的四人敗下了兩人，只賸下兩個勝者互鬥。

這兩人此時均以渾厚掌力比拚內力，久久相持不決，比的是高深武功，外形看來卻是平淡無奇。福康安很不耐煩，接連打了幾個呵欠，說道：「瞧得悶死人了！」這句話聲音甚輕，但正在比拚內功的兩人卻都清清楚楚的聽入耳中。兩人臉色齊變，各自撤掌，退後三步。一個道：「咱們又不是要猴兒戲的，到這裏賣弄花拳繡腿，叫官老爺們喝采！」另一個道：「不錯！回家抱娃娃去吧！」兩人說著呵呵而笑，攜手出了大廳。

胡斐暗暗點頭：「這二人武功甚高，識見果然也高人一等。只可惜亂哄哄之中沒聽到他們的名字。」轉頭問郭玉堂時，他也不識這兩個鄉下土老兒一般的人物。

郭玉堂說道：「他們上來之時，安提督問他們姓名門派，兩人都是笑了笑沒說。」胡斐心想：「這兩位高手猶如神龍見首不見尾，連姓名也沒留下。」

他正低了頭和郭玉堂悄聲說話，程靈素忽然輕輕碰了碰他手肘，胡斐抬起頭來，只聽得一名武官唱名道：「這位是五虎門掌門人鳳天南鳳老爺！」但見鳳天南手持熟銅棍，走上去在空著的太師椅中一坐，說道：「那一位前來指教。」胡斐大喜，心想：「這廝的武功未達一流高手之境，居然也想來奪玉龍杯，先讓他出一番醜，再來收拾他，那更妙了。」

只見鳳天南接連打敗了兩人，正自得意洋洋，一個手持單刀的人上去挑戰。這個人的武藝可就高了，只三招一過，胡斐心道：「這惡賊決不是對手！」

果然鳳天南吼叫連連，迭遇險招。那使單刀的似乎不為已甚，只盼他知難而退，並不施展殺手，因此雖有幾次可乘之機，卻都使了緩招。但鳳天南只是不住倒退，並不認輸，突然間橫掃一棍，那使單刀的身形一矮，銅棍從他頭頂掠過。他正欲乘勢進招，忽地叫聲：「啊喲！」就地一滾，跟著躍了起來，但落下時右足一個踉蹌，站立不定，又摔倒在地，怒喝：「你使暗器，不要臉！」

鳳天南拄棍微笑，說道：「福大帥又沒規定不得使暗器。上得場來，兵刃拳腳，毒藥暗器，悉聽尊便。」

那使單刀的捲起褲腳，只見膝頭下「犢鼻穴」中赫然插著一枚兩寸來長的銀針。這「犢鼻穴」正當膝頭之下，俗名膝眼，兩旁空陷，狀似牛鼻，因以為名，正是大腿和小腿之交的要緊穴道，此穴中針，這條腿便不管用了。

羣豪都是好生奇怪，眼見適才兩人鬥得甚緊，鳳天南絕無餘暇發射暗器，又沒見他抬臂揚手，這枚銀針不知如何發出？

那使單刀的拔下銀針，恨恨退下。又有一個使鞭的上來，這人的鐵鞭使得猶如暴風驟雨一般，二十餘招之內，一招緊似一招，竟不讓鳳天南有絲毫喘息之機。他眼見鳳天南棍法並不如何了得，倒是那無影無蹤的銀針甚是難當，因此上殺招不絕，決不讓他緩手來發射暗器，那知鬥到將近三十招時，鳳天南棍法漸亂，那使鞭的卻又是「啊喲」一聲大叫，倒退開去，從自己小腹上拔出一枚銀針，傷口血流如注，傷得竟是極重。

廳上羣豪無不驚詫，似鳳天南這等發射暗器，實是生平所未聞。若說是旁人暗中相助，眾目睽睽之下，總會有人發見。眼下這兩場相鬥，都是鳳天南勢將不支之時，突然之間對手中了暗器。難道鳳天南竟會行使邪法，心念一動，銀針便會從天飛到？

偏有幾個不服氣的，接連上去跟他相鬥。一人全神貫注的防備銀針，不提防給他銅棍擊中肩頭，身負重傷，另外三人卻也都給他「無影銀針」所傷。一時大廳之上羣情聳動。

胡斐和程靈素眼見鳳天南接二連三以無影銀針傷人，凝神觀看，竟是瞧不出絲毫破綻。胡斐本想當鳳天南興高采烈之時，突然上前將他殺死，一來為佛山鎮上鍾阿四全家報仇，二來好顯揚華拳門的名頭，但瞧不透這銀針暗器的來路，只有暫且袖手，若是貿然上前爭鋒，只要一個措手不及，非但自取其辱，抑且有性命之憂。

程靈素猜到他的心意，緩緩搖了搖頭，說道：「這隻玉龍杯，咱們不要了吧？」胡斐向蔡威和姬曉峯道：「這位鳳老師的武功，還不怎樣，只是……」姬曉峯點頭道：「是啊，他放射的銀針可實在邪門，無聲無息，無影無蹤，竟是沒半點先兆，直至對方一聲慘叫，才知是中了他的暗器。」蔡威道：「除非是頭戴鋼盔，身穿鐵甲，才能跟他鬥上一鬥。」

蔡威這句話不過是講笑，那知廳上眾武官之中，當真有人心懷不服，命人去取了上陣用的鐵甲，全身披掛，手執開山大斧，上前挑戰。

這名武官名叫木文察，當年隨福康安遠征青海，搴旗斬將，立過不少汗馬功勞，乃是清軍中的一員出名的滿洲猛將，這時手執大斧走到廳中，威風凜凜，殺氣騰騰，同僚袍澤齊聲喝采。福康安也賜酒一杯，先行慰勞。

兩人一接上手，棍斧相交，噹噹之聲，震耳欲聾，兩般沉重的長兵器攻守抵拒，捲起陣陣疾風，燭光也給吹得忽明忽暗。木文察身穿鐵甲，轉動究屬極不靈便，但仗著膂力極大，開山巨斧舞將開來，實是威不可當。

周鐵鷦、曾鐵鷗和王劍英、王劍傑四人站在福康安身前，手中各執兵刃，生怕巨斧或是銅棍脫手甩出，傷及大帥。

鬥到二十餘合，鳳天南攔頭一棍掃去，木文察頭一低，順勢揮斧去砍對方右腿，忽聽得拍的一聲輕響，旁觀羣豪「哦」的一下，齊聲呼叫。兩人各自躍開幾步，但見地下墮著一個紅色絨球，正是從木文察頭盔上落下，絨球上插著一枚銀針，閃閃發亮。

想是木文察低頭揮斧之時，鳳天南發出無影銀針，只因顧念他是福大帥愛將，不敢傷他身子。那絨球以鉛絲繫在頭盔之上，須得射斷鉛絲，絨球方能落下，雖然兩人相距甚近，但倉卒間竟能射得如此之準，不差毫釐，實是了不起的暗器功夫。

木文察一呆之下，已知是對方手下容情，這一針倘是偏低數寸，從眉心間貫腦而入，這時焉有命在？便是全身鐵甲，又有何用？他心悅誠服，雙手抱拳，說道：「多承鳳老師手下留情。」鳳天南恭恭敬敬的請了個安，說道：「小人武藝跟木大人相差甚遠，這些發射暗器的微末功夫，在疆場之上那是絕無用處。倘若咱倆騎馬比試，小人早給大人一斧劈下馬來了。」木文察笑道：「好說，好說。」

福康安聽鳳天南說話得體，不敢恃藝驕其部屬，心下甚喜，說道：「這位鳳老師的玩藝兒很不錯。」將手中的碧玉鼻煙壺遞給周鐵鷦，道：「賞了他吧！」鳳天南忙上前謝賞。

木文察貫甲負斧，叮叮噹噹的退了下去。羣豪紛紛議論。

人叢中忽然站起一人，朗聲道：「鳳老師的暗器功夫果然了得，在下來領教領教。」眾人回頭一看，只見他滿臉麻皮，正是適才發射鐵菩提而中毒的柯子容。他手上塗了藥膏後，這時毒性已解。

他蘭州柯家以七般暗器開派，叫做「柯氏七青門」。那七種暗青子？便是袖箭、飛蝗石、鐵菩提、鐵藜蒺、飛刀、鋼鏢、喪門釘，號稱「箭、蝗、菩、藜、刀、鏢、釘」七絕。雖然這七種暗器都是極常見之物，但他家傳的發射手法與眾不同，刀中夾石，釘中夾鏢，而且數種暗器能在空中自行碰撞，射出時或正或斜，令人極難擋避。若在空曠之處相鬥，還能竄開數丈，然後看準暗器來路，或加格擊，或行躲閃，但在這大廳之上，地位窄小，卻是極難對付了。

鳳天南將鼻煙壺鄭而重之的用手帕包好，放入懷中，顯得對福康安尊敬之極，這才朗聲說道：「這位柯老師要跟在下比試暗器，大廳之上，暗器飛擲來去，若是誤傷了各位大人，那可吃罪不起。」

周鐵鷦笑道：「鳳老師不必多慮，儘管施展便是。咱們做衛士的，難道儘吃飯不管事麼？」鳳天南含笑抱拳，說道：「得罪，得罪！」胡斐心想：「無怪這惡賊獨霸一方，歷久不敗。他交結官府，確是心思周密，手段十分高明。」

只見柯子容除了長袍，露出全身黑色緊身衣靠。他這套衣褲甚是奇特，到處都是口袋和帶子，這裏盛一袋鋼鏢，那裏插三把飛刀，自頭頸以至小腿，沒一處不裝暗器，胸前固然有袋，背上也有許多小袋。福康安哈哈大笑，說道：「虧他想得出這套古怪裝束，周身倒如刺蝟一般。」

只見柯子容左手一翻，從腰間取出一隻形似水杓的兵器來，只是杓口鋒利，有如利刃。原來那是他家傳的獨門兵器，有一個特別名稱，叫做「石沉大海」。這「石沉大海」一物二用，本身有三十六路招數，用法介乎單刀和板斧之間，但另有一般妙用，可以抄接暗器。敵人不論何種暗器發射過來，他這鐵杓一兜一抄，便接了過去，宛似石沉大海般無影無蹤，他反可從杓中取過敵人暗器，隨即還擊。這「石沉大海」不屬於十八般兵器之列，乃是旁門的兵刃，江湖上也有稱之為「借箭杓」的，意謂可借敵人之箭而用。

他這兵器一取出，廳上羣豪倒有一大半不識得。鳳天南笑道：「柯老師今日讓我們大開眼界。」胡斐卻想：「同是暗器名家，趙三哥瀟灑大方，身上不見一枚暗器，卻是取之不絕，用之不盡，這姓柯的未免顯得小家氣了。」

只見柯子容鐵杓一翻，斜劈鳳天南肩頭。鳳天南側身讓開，還了一棍，兩人便鬥將起來。那柯子容口說是跟他比試暗器，但杓法精妙，步步進逼，竟是不放暗器。

鬥了一陣，柯子容叫道：「看鏢！」颼的一響，一枚鋼鏢飛擲而出。鳳天南年紀已然不輕，多年來養尊處優，身材也極肥胖，但少年時的功夫竟沒絲毫擱下，縱躍靈活，輕輕一閃，便把鋼鏢讓了開去。柯子容又叫道：「飛蝗石，袖箭！」這一次是兩枚暗器同時射了出來。鳳天南低頭避開一枚，以銅棍格開一枚。只聽柯子容又叫道：「鐵藜蒺，打你左肩！飛刀，削你右腿！」果然一枚鐵藜蒺擲向他左肩，一柄飛刀削向他的右腿。鳳天南先行得他提示，輕輕巧巧的便避過了。

眾人心想，這柯子容忒也老實，怎地將暗器的種類去路，一一先跟他說了？那知他擲出八九枚暗器後，口中呼喝越來越快，暗器也越放越多，呼喝卻非每次都對了。有時口中呼喝用袖箭射左眼，其實卻是發飛蝗石打右胸。眾人這才明白，原來他口中呼喝乃是擾敵心神，接連多次呼喝不錯，突然夾一次騙人的叫喚，只要稍有疏神，立時便會上當。倘若暗器去路和呼喝全然不同，對方便可根本置之不理，惡在對的多而錯的少，只偶爾在六七次正確的呼喝之中，夾上一次使詐，那就極為難防。

郭玉堂道：「柯家七青門的暗器功夫，果是另有一功，看來他口中的呼喝，也是從小練起，其厲害之處，實不輸於鋼鏢飛刀。他這『七青門』之名，要改為『八青門』才合。」姬曉峯道：「但這般詭計多端，不是名門大派的手段。」

程靈素手中玩弄著從煙霞散人處奪來的大煙袋，說道：「那鳳老師怎地還不發射銀針？這般搞下去，終於要上了這姓柯的大當為止。」姬曉峯道：「我瞧這姓鳳的似乎是成竹在胸，他發射暗器是貴精不貴多，一擊而中，便足制勝。」程靈素「嗯」的一聲，道：「比暗器便比暗器，這柯子容囉裏囉唆的纏夾不清。」

這時大廳上空，十餘枚暗器飛舞來去，好看煞人。周鐵鷦等嚴加戒備，保護大帥。安提督等大官身側，也各有高手衛士防衛。眾衛士不但防柯子容發射的鏢箭飛來誤傷，還恐羣豪之中混有刺客，乘亂發射暗器，竟向大帥下手。

程靈素忽道：「這姓柯的太過討厭，我來開他個玩笑。」只聽得柯子容叫道：「鐵蔾蒺，打你左臂！」程靈素學著他的聲調語氣，也叫道：「肉饅頭，打你的嘴巴！」右手在煙斗上湊了一下，隨手一揚，一枚小小的暗器果然射向他的嘴巴。這暗器飛去時並無破空之聲，看來份量甚輕，只是上面帶有一絲火星。俗語道：「肉饅頭打狗，有去無回。」眾人聽到「肉饅頭，打你的嘴巴」八字，已是十分好笑，何況她學的聲調語氣，跟柯子容的呼喝一般無二，早有數十人笑了起來。

柯子容見暗器來得奇特，提起「借箭杓」一抄，兜在杓中，左手便伸入杓中撿起，欲待還敬，突然間「嘭」的一聲巨響，那暗器炸了開來。眾人大吃一驚，柯子容更是全身跳起。但見紙屑紛飛，鼻中聞到一陣硝磺氣息，卻那裏是暗器，竟是一枚孩童逢年過節玩耍的小爆竹。眾人一呆之下，隨即全堂哄笑。

柯子容全神貫注在鳳天南身上，生恐他偷發無影銀針，雖然遭此侮弄，卻是目不斜視，不敢搜尋投擲這枚爆竹之人，只是罵道：「有種的便來比劃比劃，誰跟你鬧這些頑童行徑？」

程靈素站起身來，笑嘻嘻的走到東首，又取出一枚爆竹，在煙袋中點燃了，叫道：「大石頭，打你的七寸。」常言道：「打蛇打七寸」，蛇頸離首七寸，乃是毒蛇致命之處，這一次竟是將他比作了毒蛇。眾人哄笑聲中，那爆竹飛擲過去。這一會他再不上當。程靈素這爆竹又擲得似乎太早，柯子容手指彈出一枚喪門釘，將爆竹打回，嘭的一響，爆竹在空中炸了。

程靈素又擲一枚，叫道：「青石板，打你的硬殼。」那是將他比作烏龜了。柯子容心想：「你是要激怒我，好讓那姓鳳的乘機下手，我偏不上你的當。」當下又彈出一枚喪門釘，將爆竹彈開，仍是在半空炸了。

安提督笑著叫道：「兩人比試，旁人不得滋擾。」又見柯子容這兩枚喪門釘跌落時和安放玉龍杯的長几相距太近，對身旁的兩名衛士道：「過去護著御杯，別讓暗器打碎了。」兩名衛士應道：「是！」走到長几之前，擋在御杯之前。

程靈素笑嘻嘻的回歸座位，笑道：「這傢伙機伶得緊，上了一會當，第二次不肯伸手去接爆竹。」胡斐暗自奇怪：「二妹明知鳳天南是我對頭，卻偏去作弄那姓柯的，不知是何用意？」

柯子容見人人臉上均含笑意，急欲挽回顏面，暗器越射越多。鳳天南手忙腳亂，已自難以支持，突然間伸手在銅棍頭上一抽。柯子容只道他要發射銀針，急忙縱身躍開，卻見他從銅棍中抽出一條東西，順勢一揮，那物如雨傘般張了開來，成為一面輕盾。這輕盾極軟極薄，似是一隻紙鷂，盾面黑黝黝地，不知是用人髮還是用甚麼特異質料編織而成，盾上繪著五個虎頭，張口露牙，神態威猛。眾人一見，心中都道：「他是五虎門的掌門人，『五虎門』這名稱，原來還是從這盾牌而來。」

只見他一手揮棍，一手持盾，將柯子容源源射來的暗器盡數擋開。那些鏢箭刀石雖然來勢強勁，但竟是打不穿這面輕軟盾牌，看來這輕盾的質地實是堅韌之極。

胡斐一見到他從棍中抽出輕盾，登時醒悟，自罵愚不可及：「他在銅棍中暗藏機關，這等明白的事，先前如何猜想不透？他這銀針自然也是裝在銅棍之中，激鬥時只須一按棍上機括，銀針激射而出，誰能躲閃得了？人人只道發射暗器定須伸臂揚手，他卻只須在銅棍的一定部位一捏，銀針射出，自是神不知鬼不覺了。」

想明此節，精神為之一振，忌敵之心盡去，但見鳳天南邊打邊退，漸漸退向一列八張太師椅之前，猛聽得柯子容一聲慘叫，鳳天南縱聲長笑。柯子容倒退數步，手按胯下，慢慢蹲下身去，再也站不起來。鳳天南卻笑吟吟的坐入太師椅中。

兩名衛士上前去，扶起柯子容，只見他咬緊牙關，伸手從胯下拔出一枚銀針，針上染滿鮮血。銀針雖細，因是打中下陰要穴，受傷大是不輕。他已不能行走，在兩名衛士攙扶下踉蹌而退。

湯沛忽然鼻中一哼，冷笑道：「暗箭傷人，非為好漢！」鳳天南轉過頭去，說道：「湯大俠可是說我麼？」湯沛道：「我說的是暗箭傷人，非為好漢。大丈夫光明磊落，何以要幹這等勾當？」鳳天南震地站起喝道：「咱們講明了是比劃暗器，暗器暗器，難道還有明的麼？」

湯沛道：「鳳老師要跟我比劃比劃，是不是？」鳳天南道：「湯大俠名震天下，小人豈敢冒犯？這姓柯的想是湯大俠的至交好友了？」湯沛沉著臉道：「不錯，蘭州柯家跟在下有點兒交情。」鳳天南道：「既是如此，小人捨命陪君子，湯大俠劃下道兒來吧！」

兩人越說越僵，眼見便要動手。胡斐心道：「這湯沛雖然交結官府，卻還有是非善惡之分。」

安提督走了過來，笑道：「湯大俠是比試的公證，今日是不能大顯身手的。過幾日小弟作東，那時請湯大俠露一手，讓大夥兒開開眼界。」湯沛笑道：「那先多謝提督大人賞酒了。」轉頭向鳳天南橫了一眼，提起自己的太師椅往地下一蹬，再提起來移在一旁，和鳳天南遠離數尺，這才坐下，似乎不屑與他靠近。

這一移椅，只見青磚上露出了四個深深的椅腳腳印，廳上燭光明亮如同白晝，站得較近的都瞧得清清楚楚，這一手功夫看似不難，其實是蘊蓄著數十年修為的內力。霎時之間，廳上采聲雷動。站在後面的人沒瞧見，急忙查問，等得問明白了，又擠上前來觀看。

鳳天南冷笑道：「湯大俠這手功夫帥極了！在下再練二十年也練不成。可是天外有天，人上有人，在真正武學高手看來，那也平平無奇。」湯沛道：「鳳老師說得半點也不錯，在武學高手瞧來，真是一文錢也不值。不過只要能勝得過鳳老師，我也心滿意足了。」

安提督笑道：「你們兩位儘鬥甚麼口？天也快亮啦？七隻玉龍杯，六隻已有了主兒。咱們今晚定了玉龍杯的名分，明晚再來爭金鳳杯和銀鯉杯。還有那一位英雄，要上來跟鳳老師比劃？」他提起嗓子連叫三遍，大廳上靜悄悄地沒人答腔。安提督向鳳天南道：「恭喜鳳老師，這隻玉龍杯歸了你啦！」

第十九章

相見歡

——

馬春花求胡斐在她死後，將她葬在丈夫的墳旁。胡斐答應了，突然之間，想起了那日石屋拒敵、商寶震在屋外林中擊死徐錚的情景來。

忽聽得一人叫道：「且慢，我來鬥一鬥鳳天南。」只見一個形貌委瑣的黃鬍子中年人空手躍出，唱名的武官唱道：「西嶽華拳門掌門人程靈胡程老師！」

鳳天南站起身來，雙手橫持銅棍，說道：「程老師用甚麼兵刃？」

胡斐森然道：「那難說得很。」突然猱身直上，欺到端坐在太師椅中的田歸農身前，左手食中兩根手指「雙龍搶珠」，戳向田歸農雙目。

這一著人人都是大出意料之外。田歸農雖然大吃一驚，應變仍是奇速，雙手揮出，封住來招。那知他快，胡斐更快，雙手一圈，已變「懷中抱月」，分擊他兩側太陽穴。田歸農不及起身迎敵，雙手外格，以擋側擊。

胡斐乘他雙手提起擋架，腋下空虛，一翻手，已抓住他腰間寶刀的刀柄，刷的一響，青光閃處，寶刀已入手中，乘勢轉身，砍向鳳天南手中的銅棍。

刀是寶刀，招是快招，只聽得察察察三聲輕響，跟著噹啷啷兩聲，鳳天南的熟銅棍中間斷下兩截，掉在地下。原來胡斐在瞬息之間連砍三刀，鳳天南未及變招，手中兵刃已變成四段，雙手各握著短短的一截銅棍，鞭不像鞭，尺不像尺，實是尷尬異常。

鳳天南驚惶之下，急忙向旁躍開三步。便在此時，站在廳門口的汪鐵鶚朗聲說道：「九家半總掌門到。」

胡斐心頭一凜，抬頭向廳門看去，登時驚得呆了。

只見門中進來一個妙齡尼姑，緇衣芒鞋，手執雲帚，正是袁紫衣。只是她頭上已無一根青絲，腦門處並有戒印。

胡斐雙眼一花，還怕是看錯了人，迎上一步，看得清清楚楚，卻不是袁紫衣是誰？霎時間胡斐只覺天旋地轉，心中亂成一片，說道：「你……你是袁……」

袁紫衣雙手合什，黯然道：「小尼圓性。」

胡斐兀自沒會過意來，突然間背心「懸樞穴」和「命門穴」兩處穴道疼痛入骨，腳步一晃，摔倒在地，手中寶刀也撒手拋出。

袁紫衣怒喝：「住手！」急忙搶上，攔在胡斐身後。

自胡斐奪刀斷棍、九家半總掌門現身，以至胡斐受傷倒地，只頃刻之間的事。廳上眾人盡皆錯愕之際，已是奇變橫生。

程靈素見胡斐受傷，心下大急，急忙搶出。袁紫衣俯身正要扶起胡斐，見程靈素縱到，當即縮手，低聲道：「快扶他到旁邊！」右手雲帚在身後一揮，似是擋架甚麼暗器，護在胡程二人身後。

程靈素半扶半抱的攜著胡斐，快步走回席位，淚眼盈盈，說道：「大哥，你怎樣了？」胡斐苦笑道：「背上中了暗器，是懸樞和命門。」程靈素這時也顧不得男女之嫌，忙捋起他長袍和裏衣，見他懸樞和命門兩穴上果然各有一個小孔，鮮血滲出，暗器已深入肌骨，

袁紫衣道：「那是鍍銀的鐵針，沒有毒，你放心。」舉起雲帚，先從帚絲叢中拔出一枚銀針，然後將雲帚之端抵在胡斐懸樞穴上，輕輕向外一拉，起了一枚銀針出來，跟著又起出了他命門穴中的銀針。原來雲帚絲叢之中裝著一塊極大的磁鐵。

胡斐道：「袁姑娘……你……你……」袁紫衣低聲道：「我一直瞞著你，是我不好。」頓了一頓，又道：「我自幼出家，法名叫做『圓性』。我說『姓袁』，一則是我娘的姓，二則便是將『圓性』兩字顛倒過來。『紫衣』，那便是緇衣芒鞋的『緇衣』！」

胡斐怔怔的望著她，欲待不信此事，但眼前的袁紫衣明明是個妙尼，隔了半晌，才道：「你……你為甚麼要騙我？」

圓性低垂了頭，雙眼瞧著地下，輕輕的道：「我奉師父之命，從回疆到中原來，單身一人，若作僧尼之裝，長途投宿打尖甚是不便，因此改作俗家打扮。我頭上裝的是假髮，飲食不沾葷腥，想是你沒瞧出來。」

胡斐不知說甚麼好，終於輕輕嘆了口氣。

安提督朗聲說道：「還有那一位來跟五虎門鳳老師比試？」胡斐這時心神恍惚，黯然魂銷，對安提督的話竟是聽而不聞。安提督連問了三遍，見無人上前跟鳳天南挑戰，向福康安道：「回大帥：這七隻玉龍御杯，便賞給七位老師？」福康安道：「很好，很好！」

其時天已黎明，窗格中射進朦朧微光，經過一夜劇爭，七隻玉龍杯的歸屬才算定局。廳上羣豪紛紛議論：「紅花會搶去的那隻玉龍杯，不知那一派掌門有本事奪得回來？」「嘿，任他本領再強，也不能跟紅花會鬥啊。」「紅花會陳總舵主武功絕頂，還有無塵道人、趙半山、文泰來、常氏兄弟，那一個不是響噹噹的腳色？誰想去奪杯，那不是老壽星上吊，嫌命長麼？」

又有人瞧著圓性竊竊私議：「怎麼這個俏尼姑竟是九家半總掌門？真是邪門。」「是那九家半？怎麼還有半個掌門人的？」「她要是真的武功高強，怎地又不去奪一隻玉龍杯？」「嘿，人家鳳老師的銀針，她惹得起麼？他手中銅棍給砍成了四段，還能施放銀針，敗中取勝，了不起。」另一個不服氣，說道：「那也不見得！華拳門那黃鬍子聽到九家半總掌門進來，吃了一驚，這才著了那姓鳳的道兒。否則的話，也不知誰勝誰敗。」又一個道：「看來還是那田歸農差勁，他天龍門的鎮門之寶給人空手奪了去，這會兒居然厚著臉皮，又將寶刀撿了回去。」另一人道：「不錯！華拳門當然勝過了天龍門。」

安提督走到長几之旁，捧起了托盤，往中間一站，朗聲說道：「萬歲爺恩典，欽賜玉龍御杯，著少林派掌門人大智禪師、武當派掌門人無青子道人、三才劍掌門人湯沛、黑龍門掌門人海蘭弼、天龍門掌門人田歸農……」說到這裏，頓了一頓，低聲向石先生道：「石老師，貴門派和大名怎麼稱呼？」石先生微微一笑道：「草字萬嗔，至於門派嘛，就叫作藥王門吧。」安提督續道：「……藥王門掌門人石萬嗔，五虎門掌門人鳳天南收執。謝恩！」

聽到「謝恩」兩字，福康安等官員一齊站起。武林羣豪中有些懂禮數的便站了起來，有些卻坐著不動，直到眾衛士喝道：「都站起來！」這才紛紛起立。大智禪師和無青子各以僧道門中規矩行禮。湯沛、海蘭弼等跪下磕頭。

安提督待各人跪拜已畢，笑道：「恭喜，恭喜！」將托盤遞了過去。大智禪師等七人每人伸手取了一隻玉龍杯。

突然之間，七個人手上猶似碰到了燒得通紅的烙鐵，實在拿揑不住，一齊鬆手。乒乒乓乓一陣清脆的響聲過去，七隻玉杯同時在青磚地上砸得粉碎。

這一下變故，不但七人大驚失色，自福康安以下，無不聳情聳動，齊問：「怎樣？怎樣？」頃刻之間，七人握過玉杯的手掌都是又焦又腫，炙痛難當，不住的在衣服上拂擦。海蘭弼伸指到口中吮吸止痛，突然間大聲怪叫，原來舌頭上也劇痛起來。

胡斐向程靈素望了一眼，微微點頭。他此時方才明白，原來程靈素在擲打柯子容的第二枚和第三枚爆竹之中，裝上了赤蠍粉之類的毒藥，爆竹在七隻玉龍杯上空炸開，毒粉便散在杯上。這一個佈置意謀深遠，絲毫不露痕跡，此刻才見功效。

只見程靈素吞煙吐霧，不住的吸著旱煙管，吸了一筒，又裝一筒，半點也無得意之色。她左掌中暗藏藥丸，遞了兩顆給胡斐，兩顆給圓性，低聲道：「吞下！」兩人知她必有深意，依言服了。

這時人人的目光都瞧著那七人和地下玉杯的碎片，驚愕之下，大廳上寂靜無聲。

圓性忽地走到廳心，雲帚指著湯沛，朗聲說道：「湯沛，這是皇上御賜的玉杯，你如此膽大妄為，竟敢暗施詭計，盡數砸碎。你心存不軌，和紅花會暗中勾結，要拆散福大帥的天下掌門人大會。你這般大逆不道，目無長上，天下英雄都容你不得！」

她一字一句，說得清脆響朗。這番話辭意嚴峻，頭頭是道，又說他跟紅花會暗中勾結。眾人正在茫無頭緒之際，忽聽得她斬釘截鐵的說了出來，真所謂先入為主，無不以為實是湯沛所為。

福康安心中怒極，手一揮，王劍英、周鐵鷦等高手衛士都圍到了湯沛身旁。

饒是湯沛一生經歷過不少大風大浪，此刻也是臉色慘白，既驚且怒，身子發顫，喝道：

「小妖尼，這種事也能空口白賴、胡說八道麼？」

圓性冷笑道：「我是胡說八道之人麼？」她向著王劍英道：「八卦門的掌門人王老師。」轉頭向周鐵鷦道：「鷹爪雁行門的掌門人周老師，你們都認得我是誰。這九家半的總掌門我是不當的了。可是我是胡說八道之人呢，還是有擔當、有身分之人？你們兩位且說一句。」

王劍英和周鐵鷦自圓性一進大廳，心中便惴惴不安，深恐她將奪得自己掌門之位的真情抖露出來。他二人是福康安身前最有臉面的衛士首領，又是北京城中武師的頂兒尖兒人物，倘若眾人知悉他二人連掌門之位也讓人奪了去，今後怎生做人？這時聽得圓性稱呼自己為本門掌門人，又說：「這九家半的總掌門我是不當的了」，那顯是點明，給她奪去的掌門之位重行歸還原主，當真是如同臨刑的斬犯遇到皇恩大赦一般，心中如何不喜？圓性這麼相詢，又怎敢不順著她意思回答？何況他二人聽了她這番斥責湯沛的言語之後，原也疑心八成是湯沛暗中搗鬼，否則好端端地七隻玉杯，怎會陡然間一齊摔下跌碎。

王劍英當即恭恭敬敬的說道：「您老人家武藝超羣，在下甚是敬服，為人又寬洪大量，實是當世武林中的傑出人材。」周鐵鷦日前給她打敗，心下雖然十分記恨，但實在怕她當眾抖露醜事，也道：「在下相信您老人家言而有信，顧全大體，尊重武林同道的顏面，若非萬不得已，決不揭露成名人物的陰私。」他這幾句話其實說的都是自己之事，求她顧住自己面子，但在旁人聽來，自然都以為句句說的是湯沛。

眾人聽得福康安最親信的兩個衛士首領這般說，他二人又都對這少年尼姑這般恭謹，口口聲聲的「您老人家」，那裏還有懷疑？

福康安喝道：「拿下了！」王劍英、周鐵鷦和海蘭弼一齊伸手，便要擒拿湯沛。

湯沛使招「大圈手」，內勁吞吐，逼開了三人，叫道：「且慢！」向福康安道：「福大帥，小人要和她對質幾句，若是她能說得出真憑實據，小人甘領大帥罪責，死而無怨。否則這等血口噴人，小人實是不服。」

福康安素知湯沛的名望，說道：「好，你便和她對質。」

湯沛瞪視圓性，怒道：「我和你素不相識，何故這等妄賴於我？你究是何人？」

圓性道：「不錯，我和你素不相識，無怨無仇，何必平白的冤枉你？只是我跟紅花會有深仇大恨。你既加盟入了紅花會，混進掌門人大會中來搗鬼，我便非揭穿你的陰謀詭計不可。你交友廣闊，相識遍天下，交結旁的朋友，也不關我事，你交結紅花會匪徒，我卻容你不得。」

胡斐在一旁聽著，心下存著老大疑團，他明知圓性和紅花會眾英雄淵源甚深，這砸碎玉杯之事，又明明是程靈素做下的手腳，卻不知她何以要這般誣陷湯沛？他心中轉了幾個念頭，猛然想起，圓性曾說她母親被鳳天南逼迫離開廣東之後，曾得湯沛收留。難道她母親之死，竟和湯沛有關？

他自從驀地裏見到那念念不忘的俊俏姑娘竟是一個尼姑，便即神魂不定，始終無法靜下來思索，腦海中諸般念頭此去彼來，猶似亂潮怒湧，連背上的傷痛也忘記了。

福康安十年前曾為紅花會羣雄所擒，大受折辱，心中恨極了紅花會人物，這一次招集各派掌門人聚會，主旨之一便是為了對付紅花會，這時聽了圓性一番言語，心想這姓湯的愛交江湖豪客，紅花會的匪首個個是武林中的厲害腳色，若是跟他私通款曲，結交來往，那是半點不奇，若無交往，反倒希奇了。

只聽湯沛說道：「你說我結交紅花會匪首，是誰見來？有何憑證？」

圓性向安提督道：「提督大人，這奸人湯沛，有跟紅花會匪首來往的書信。你能設法查對筆跡真假麼？」安提督道：「可以！」轉頭向身旁的武官吩咐了幾句。那武官走向一旁方桌，翻開卷宗，取出幾封信來，乃是湯沛寫給安提督的書信，信中答應來京赴會，並作會中比武公證。

湯沛有恃無恐，暗忖自己結交雖廣，但行事向來謹細，並不識得紅花會人物，這尼姑便是揑造書信，筆跡一對便知真偽，當下只是微微冷笑。

圓性冷冷的道：「甘霖惠七省湯沛湯大俠，你帽子之中，藏的是甚麼？」

湯沛一愕，說道：「有甚麼？帽子便是帽子。」他取下帽子，裏裏外外一看，絕無異狀，為示清白，便交給了海蘭弼。港蘭弼看了看，交給安提督。安提督也仔細看了看，道：「沒甚麼啊。」圓性道：「請提督大人割開來瞧瞧。」

滿洲風俗，遇有盛宴，例有大塊白煮豬肉，各人以自備解手刀片割而食，因此安提督身邊亦攜有解手刀。他聽圓性這般說，便取出刀子，割開湯沛小帽的線縫，只見帽內所襯棉絮之中，果然藏有一信。安提督「哦」的一聲，抽了出來。

湯沛臉如土色，道：「這……這……」忍不住想過去瞧瞧，只聽刷刷兩聲，王劍英和周鐵鷦抽刀攔住。

安提督展開信箋，朗聲讀過：「下走湯沛，謹拜上陳總舵主麾下：所囑之事，自當盡心竭力，死而後已，蓋非此不足以報知遇之大恩也。唯彼傖既大舉集眾，會天下諸門派掌門人於一堂，自必戒備森嚴。下走若不幸有負所託，便當血濺京華，以此書此帽拜見明公耳。下走在京，探得……」他讀到這裏，臉色微變，便不再讀下去，將書信呈給了福康安。

福康安接過來看下去，只見信中續道：「……探得彼傖身世隱事甚夥，如能相見，一一面陳。舉首西眺，想望風采。何日重囚彼酋於六和塔頂，再擄彼傖於紫禁城中，不亦快哉！」

福康安愈讀愈怒，幾欲氣破胸膛。

原來十年前乾隆皇帝在杭州微服出遊，曾為紅花會羣雄設計擒獲，囚於六和塔頂，後來福康安又在北京紫禁城中為紅花會所俘。這兩件事乾隆和福康安都引為畢生奇恥大辱，凡是當年預聞此事的官員侍衛，都已被乾隆逐年來借故誅戮滅口。此兩事又因關涉到紅花會總舵主陳家洛的身世隱事，是以紅花會亦秘而不宣，江湖上知者極少。事隔十年，福康安創痛漸淡。豈知湯沛竟在信中又揭開了這個大瘡疤。福康安又想：信內「探得彼傖身世隱事甚夥」云云，又不知包含著多少醜聞陰私？福康安是乾隆的私生子，單是這一件事，膽敢提到一句的人便足以滅門殺身。

福康安雖然向來鎮靜，這時也已氣得臉色焦黃，雙手顫抖，隨手接過安提督遞上來湯沛的另一封書信，一看之下，兩封信上的字跡卻並不甚似，但盛怒之際，已無心緒去細加核對。

湯沛見自己小帽之中竟會藏著一封書信，驚惶之後微一凝思，已是恍然，知是圓性暗中做下的手腳；自是她處心積慮，買了一頂一模一樣的小帽，偽造書信，縫在帽中，然後在自己睡覺或是洗澡之際換了一頂。

他聽安提督讀信讀了一半，不禁滿背冷汗，心想今日大禍臨頭，再見他竟爾不敢再讀書信的後半，卻呈給了福康安親閱，可想而知，信中更是寫滿了大逆不道的言語。他心想：「今日要辯明這不白之冤，惟有查明這小尼姑的來歷。」側頭細看圓性，驀地一驚：「這尼姑好生面熟，從前見過的。」陡然想起，叫道：「你……你是銀姑，銀姑的女兒！」圓性冷笑道：「你終於認出來了。」

湯沛大叫：「福大帥，這尼姑是小人的仇家。她設下圈套，陷害於我。大帥，你千萬信她不得。」

圓性道：「不錯，我是你的仇家。我母親走投無路，來到你家。你這人面獸心的湯大俠，見我母親美貌，竟使暴力侵犯於她，害得我母親懸樑自盡。這事可是有的？」

湯沛心知若是在天下英雄之前承認了這件醜行，自然從此聲名掃地，再也無顏見人，但權衡輕重，寧可直認此事，好令福康安相信這小尼姑是挾仇誣陷，於是點頭道：「不錯，確有此事。」

羣豪對湯沛本來甚是敬重，都當他是個扶危解困、急人之難的大俠，雖聽他和紅花會勾結，但紅花會羣雄聲名極好，武林中眾所仰慕，湯沛即使入了紅花會，也絲毫無損於其「大俠」兩字的令譽，這時卻聽得他親口直認逼姦難女，害人自盡，不由得大譁。許多直性子的登時便大聲斥責，有的罵他「偽君子」，有的罵他「衣冠禽獸」，有的說他自居「大俠」，實是不識羞恥。

圓性待人聲稍靜，冷冷的道：「我一直想殺了你這禽獸，替亡母報仇，可是你武功太強，我鬥你不過，只有日夜在你屋頂窗下窺伺。嘿嘿，天假其便，給我聽到你跟紅花會趙半山、常氏兄弟、石雙英這些匪首的陰謀私議。適才搶奪玉龍杯的那個少年書生，便是紅花會總舵主陳家洛的書僮心硯，是也不是？」眾人一聽，又是一陣嘈亂。

福康安也即想起：「此人正是心硯。他好大的膽子，竟不怕我認他出來！」

湯沛道：「我怎認得他？倘若我跟紅花會勾結，何以又出手擒住他？」

圓性嘿嘿冷笑，說道：「你手腳做得如此乾淨利落，要是我事先沒聽到你們暗中的密議，也決計想不到這陰謀。我問你，你湯大俠的點穴手法另具一功，你下手點了人家穴道之後，本來旁人再也無法解得開。可是適才你點了那紅花會匪徒的穴道，何以大廳上燈火齊熄？那匪徒身上的穴道又何以忽然解了，得以逃去？」湯沛張口結舌，道：「這個……這個……想是暗中有人解救。」

圓性厲聲道：「暗中解救之人，除了湯沛湯大俠，天下再無第二個。當時除你之外，還有誰站在那人的身邊？」

胡斐心想：「她言辭鋒利，湯沛實是百口難辯。那少年書生的穴道，明明是我解的。但我只解了一半，另一半不知是何人所解，但想來決不會是湯沛。」

只聽得圓性又道：「福大帥，這湯沛和紅花會匪徒計議定當，假裝將那匪徒心硯擒獲，放在你身旁，再由另一批匪徒打滅燭火，那心硯便乘亂就近向你行刺。這批匪徒意料之中，眾衛士見那書生已被點了穴道，動彈不得，自不會防他行刺。天幸福大帥洪福齊天，逢凶化吉。眾衛士又忠心耿耿，防衛周密，燭火滅熄之後，立即一齊擋在大帥身前保護，賊人的奸計才不得逞。」湯沛大叫：「你胡說八道，那有此事？」

福康安回想適才的情景，對圓性之言不由得信了個十足十，暗叫：「好險！」向王劍英和周鐵鷦道：「你們很好，回頭升你們的官。」

圓性乘機又道：「王大人，周大人，適才賊人的奸計是否如此？」王劍英和周鐵鷦均想：「這小尼姑是得罪不得的。何況我們越是說得凶險，保護大帥之功越高，回頭封賞越大。」於是一個說：「那書生確是曾撲到大帥身前來，幸好未能成功。」另一個說：「黑暗之中，的確有人過來，功夫厲害得很，我們只好拚了命抵擋……卻沒想到竟是湯沛，當真凶險得緊。」

湯沛難以辯解，只得對圓性道：「你……你滿口胡言！適才你又不在廳上，如何得知？」圓性並不回答，回頭向著鳳天南上上下下的打量。

鳳天南是她親生之父，可是曾逼得她母親顛沛流離，受盡了苦楚，最後不得善終。她曾發下誓願，要救他三次，以盡父女之情，然後再取他性命，替苦命的亡母報仇。她既誣陷了湯沛，原可再將鳳天南扳陷在內，但向他瞧了兩眼，心中終是不忍，一時拿不定主意。

圓性這麼一猶豫，湯沛老奸巨猾，登時瞧出她臉色遲疑不定，又見她眼光不住的溜向鳳天南，心念一動，兩下裏一湊合，登即料定這事全是鳳天南暗中佈下的計謀，叫道：「鳳天南，原來是你從中搗鬼！你要我暗中助你，令你五虎門在掌門人大會中壓倒羣雄，這時卻又叫你女兒來陷害於我。」鳳天南一驚，道：「我女兒？她……她是我女兒？」羣豪聽了兩人之言，無不驚奇。

湯沛冷笑道：「你還在這裏假癡假呆，裝作不知。你瞧瞧這小尼姑，跟當年的銀姑有甚麼分別？」

鳳天南雙眼瞪著圓性，怔怔的說不出話來，但見她雖作尼姑裝束，但秀眉美目，宛然便是昔日的漁家女銀姑。

原來當年銀姑帶了女兒從廣東佛山逃到湖北，投身湯沛府中為傭。湯沛這人外表道貌岸然，一副仁人義士的模樣，實則行止甚是不端，見銀姑美貌，便強逼她相從。銀姑羞憤之下，懸樑而死。

圓性卻蒙峨嵋派中一位輩份極高的尼姑救去，帶到天山，自幼便給她落髮，授以武藝。那位尼姑的住處和天池怪俠袁士霄及紅花會羣雄不遠，平日切磋武學，時相過從。圓性天質極佳，她師父的武功原已極為高深繁複，但她貪多不厭，每次見到袁士霄，總是纏著他要傳授幾招，而從陳家洛、霍青桐直至心硯，紅花會羣雄無人不是多多少少的傳過她一些功夫。天池怪俠袁士霄老來寂寞，對她傳授尤多。袁士霄於天下武學，幾乎說得上無所不知，何況再加上十幾位明師，是以圓性藝兼各派之所長，她人又聰明機警，以智巧補功力不足，若不是年紀太輕，內功修為尚淺，直已可躋一流高手之境。

這一年圓性稟明師父，回中土為母報仇，鴛鴦刀駱冰便託她帶來白馬，遇到胡斐時贈送於他。只是趙半山將胡斐誇得太好，圓性少年性情，心下不服，這才有途中和胡斐數度較量之事。不料兩人見面後惺惺相惜，心中情苗暗茁。圓性待得驚覺，已是柔腸百轉，難以自遣了。她自行約制，不敢多和胡斐見面，只是暗中跟隨。後來見他結識了程靈素，她既感自傷，亦復自慰，自己是方外之人，終身注定以青燈古佛為伴，當年拜師之時，曾立下重誓，為師父的衣缽傳人，師恩深重，決計不敢有背。程靈素聰明智慧，猶勝於己，對胡斐更是一往情深，胡斐得以為侶，原亦大佳。因此上留贈玉鳳，微通消息，但暗地裏卻已不知偷彈了多少珠淚。

她此番東來報仇，大仇人是甘霖惠七省湯沛，心想若是暗中行刺下毒，原亦不難，但此人一生假仁假義，沽名釣譽，須得在天下好漢之前揭破他的假面具，那比將他一劍穿心更是痛快。

適逢福康安正要召開天下掌門人大會，分遣人手前往各地，邀請各家各派的掌門人赴京與會。圓性查知福康安此舉的用意，一來是收羅江湖豪傑，以功名財帛相羈縻，用以對付紅花會羣雄；二來是挑撥離間，使各派武師相互爭鬥，不致共同反抗滿清。她細細籌劃，要在掌門人大會之中先揭露湯沛的真相，再殺他為母報仇，如能在會中大鬧一場，使福康安奸計不逞，那不但幫了紅花會諸伯叔一個大忙，不枉他們平日的辛苦教導，抑且是造福天下武林了。

在湖北湯沛老家，他門人子姪固然不少，便是養在家中的閒漢門客也有數十人之多，要混進他府中極是不易，但到了北京，湯沛住的不過是一家上等客店，圓性改作男裝，進出客店，誰也不在意下。她偷聽了湯沛幾次談話，知他熱中功名，亟盼乘機巴結上福康安，就此平步青雲，於是設下計謀，偽造書信，偷換小帽。再加上程靈素碎玉龍杯、胡斐救心硯等幾件事一湊合，湯沛便有蘇張之舌也已辯解不來。

她原來打算將鳳天南也陷害在內，但父女天性，雖說他無惡不作，對己實無半分父女之情，可是話到嘴邊終是說不出口。

湯沛此刻病急亂投醫，便如行將溺死之人，就是碰到一根稻草，也是緊抓不放，叫道：「鳳天南，你說，她是不是你的女兒？」鳳天南緩緩點了點頭。湯沛大聲道：「福大帥，他父女倆設下圈套，陷害於我。」鳳天南怒道：「我為甚麼要害你？」湯沛道：「只因我逼死了你的妻子。」鳳天南冷笑道：「嘿嘿，你逼死的那個女子，誰說是我妻子？鳳某到了手便丟，這種女子……」他說到這裏，忽然見到圓性冷森森的目光凝視著自己，不禁打個寒戰，不敢再說。

湯沛道：「好，事已如此，我也不必隱瞞。那無影銀針，是你放的還是我放的？你若能放，那便射我一枚試試。」

他此言一出，羣豪又大譁起來。

胡斐背上中針，略一定神之後，已知那銀針決非鳳天南所發，當時他刀斷銅棍，正面對著鳳天南，圓性進來時他心神恍惚，背心便中銀針，那定是在他身後之人偷襲。他見湯沛初時和鳳天南爭吵，說他「暗箭傷人，不是好漢」，始終沒疑心到湯沛身上，料想若不是海蘭弼所為，便是那個委委瑣瑣的武當掌門無青子做了手腳，那料到竟是湯鳳二人故意佈下疑陣，掩人耳目。

原來鳳天南從佛山鎮北逃，經過湖北時曾在湯沛家中住過幾天，無意中聽到兩個僕人談到廣東佛山的風土人情，不由得關心，賞了那兩僕十幾兩銀子，細問情由，竟探聽到了銀姑之事。鳳天南對銀姑猶如過眼雲煙，自不將這件事放在心上，一笑了之，也不跟湯沛提起。來北京時，一路之上曾設法討好胡斐，義堂鎮的大宅田地，便是他所送的了，到了北京後又使了不少銀子，請了周鐵鷦出面化解。

但胡斐俠義心腸，雖然鍾阿四跟他無親無故，卻是死纏到底，不肯罷休。鳳天南心想，此人不除，自己這一生終是寢食難安，當下去跟湯沛商量，怕他不肯相助，故意危言聳聽，說胡斐定要到掌門人大會中來搗亂。湯沛初時還不肯插手，鳳天南便提到銀姑之事，暗示湯沛若不相助，說不得要將這件事抖露出來，但若湯沛能設法除了胡斐，他回到佛山重整基業，每年送他一萬兩銀子。

湯沛交結朋友，花費極大。他為了博仁義之名，又不能像鳳天南這般開賭場、霸碼頭，公然的巧取豪奪，聽鳳天南答應每年相送一萬兩銀子，自不免心動，再加上顧忌銀姑之事敗露，於是答應相助。

湯沛甚工心計，靴底之中，裝設有極為精巧的銀針暗器，他行路足跟並不著地，足跟若在地下一碰，足尖上便有銀針射出，當真是無影無蹤，人所難測。他想既然相助鳳天南，索性大助一番，讓他捧一隻玉龍杯回到佛山，聲威大振之下，每年相贈的酬金自也不止是一萬兩銀子了。鳳天南在會中連敗高手，全是湯沛暗放銀針。銀針既細，他踏足發針之技又是巧妙異常，雖在眾目睽睽之下，竟無一人發覺，便連程靈素這等心思周密之人，也沒看出端倪。

不料變生不測，憑空闖了一個小尼姑進來，一番言語，將湯沛緊緊的纏在網裏，竟是絲毫抗辯不得。他危急之中，突然發覺這尼姑是鳳天南的女兒，不管三七二十一，便將這事說出來。他想逼死弱女、比武作弊事小，勾結紅花會、圖謀叛變的罪名卻是極大，兩害相權取其輕，當下便向鳳天南父女反擊。

鳳天南一聽湯沛之言，便知他的用意，大聲說道：「我知道了你勾結紅花會、意圖不軌的奸謀，你便想偷放銀針，暗中助我，賣一個好，盼望我不向福大帥揭露。嘿嘿，可是我鳳天南赤膽忠心，一心報國，豈肯受你這種奸賊收買……」

湯沛聽他竟然反咬一口，料他必定越說越是不堪，暴怒之下，雙足一登，四枚銀針激射而出，一齊射進了他小腹。

鳳天南大叫一聲，抱住肚子，彎下腰來，咕咚一聲，摔倒在地。圓性急忙搶上扶住，叫道：「爹，爹……你……怎麼啦？」

王劍英、周鐵鷦等見湯沛此時尚要行兇，一齊擁上，將他抓住。湯沛也不反抗，只叫：「冤枉，冤枉！冤孽，冤孽！」他心知福康安甚是多疑，此事縱然辯明，也決計放不過自己，何況鐵案似山，無論如何辯明不了，總是自己生平作的惡事太多，到頭來遭此報應。

圓性將鳳天南扶起，只見他雙眼一翻，已然氣絕而死。

廳上早已亂成一團，誰也聽不見誰的說話。

福康安心想：「這湯沛定然另有同謀之人，那小尼姑多半也知他信內之言，雖說奸謀由她揭露，卻也不能留下活口，任她宣洩於外。」於是低聲向安提督道：「關上了大門，誰都不許出去，拿下了逐個兒審問。」

胡斐見勢不對，縱身搶到圓性身邊，低聲道：「快走！遲了便脫不了身啦。」圓性點了點頭，兩人走到程靈素身旁。圓性突然伸出一指，點在蔡威脅下，跟著又在他肩頭和背心的重穴上連點兩指。蔡威登時跌倒。

姬曉峯一怔，道：「你……」圓性道：「胡大哥，是此人洩漏機密，暗中將福康安的兩個兒子送了回去。」胡斐「啊」的一聲，怒道：「此人如此可惡！」伸足在蔡威背心上重重踢了一腳，這一腳雖不取了他性命，但蔡威自此筋脈大損，已與廢人無異。混亂之中，他二人對付蔡威，旁人也未知覺。胡斐對姬曉峯道：「姬兄快走。一切多謝。咱們後會有期。」姬曉峯見情勢不對，拱了拱手，搶步出門。

只聽安提督叫道：「大家各歸原座，不可嘈吵！」

程靈素裝了一筒煙，狂噴了幾口，跟著又走到廳左廳右，一面噴煙，一面掂起了腳在人叢中瞧熱鬧。忽然有人叫道：「啊喲，肚子好痛！」他叫聲甫歇，四周都有人叫了起來：「啊喲，啊喲！肚痛，肚痛。」程靈素回到胡斐和圓性身邊，使個眼色，抱住肚子叫道：「啊唷，好痛，好痛，中了毒啦！」

那自稱「毒手藥王」的石萬嗔肚中也劇烈疼痛，急忙取出一束藥草，打火點燃了。他點燃藥草，原是意欲解毒，程靈素早料到了此著，躲在人叢中叫道：「毒手藥王放毒，毒手藥王放毒！」胡斐跟著叫道：「快，快制住他，毒手藥王要毒死福大帥。」

一片混亂之中，眾人那裏還能分辨到底毒從何來，心中震於「毒手藥王」的威名，認定他一出手便是下毒，何況自己肚中正在痛不可當，眼見他手中藥草已經點燃，燒出白煙，料想這煙自然劇毒無比，中者立斃，誰也不敢走近制止。只聽颼颼颼響聲不絕，四面八方的暗器都向石萬嗔射了過去。

那石萬嗔的武功也真了得，雖然在霎時之間成為眾矢之的，竟是臨危不亂，一矮身，掀翻一張方桌，橫過來擋在身前，只聽得劈劈啪啪，猶似下了一層密密的冰雹，數十枚暗器盡數打在桌面之上。他大聲叫道：「有人在茶酒之中下了毒藥，與我何干？」

此番前來赴會的江湖豪客之中，原有許多人想到福康安招集天下掌門人聚會，只怕暗中安排下陰謀毒計，要將武林中的好手一網打盡。須知「儒以文亂法，俠以武犯禁」，歷來人主大臣，若不能網羅文武才士以用，便欲加之斧鉞而滅，以免為患民間，扇動天下。這時聽到石萬嗔大叫：「有人在茶酒之中下了毒藥」，個個心驚肉跳，至於福康安自己和眾衛士其實也是肚中疼痛，旁人自然不知。

當下廳上更加大亂起來，許多人低聲互相招呼：「快走快走，福大帥要毒死咱們。」「要命的快逃！」「快回寓所去服解毒藥物。」

程靈素在煙管中裝了藥物，噴出毒煙，大廳上人人吸進，無一得以倖免。這毒煙倒不是致命之物，但吸進者少不免頭疼腹痛，痛上大半個時辰方罷。這一招大是厲害，不但使眾衛士疑心石萬嗔下毒，更使羣豪以為福康安有意暗害，大亂之中，她和胡斐、圓性便可乘機脫身。

眼見羣豪紛紛奪門而走，但圓性卻正和湯沛鬥得甚是激烈。

原來湯沛乘著混亂，打倒了拿住他的衛士，便欲逃走，卻給圓性搶上截住。湯沛為人雖然奸惡，武功修為卻是極高，心下惱恨圓性陰謀誣陷，一柄青鋼劍招勢凌厲，劍劍刺向她的要害。圓性左手持著雲帚，右手舞動軟鞭，也是立意要將這殺母之仇斃於鞭下。

說到武功，圓性勝在鞭法精妙，湯沛卻是內力渾厚得多，一二百招之內難分勝負，長鬥下去還是湯沛會佔到上風，只是他吸了毒煙，肚腹劇痛，也道中了厲害的毒藥，生怕一經使力，毒性發作更快，加之眾衛士虎視在旁，若非人人肚痛，早已一擁而上。他眼見圓性鞭法精妙，一時殺她不得，心中慌亂，急欲脫身。

但圓性如何肯讓他逃走？她事先服了程靈素所給的解藥，不怕毒煙，只是對湯沛腳底所發的無影銀針卻是頗為忌憚。她雖是有備而來，雲帚中安上了一塊專破鍍銀鐵針的大磁石，但那銀針究屬太細，施放時又是無影無蹤，絕無半點先兆，因此不敢過分逼近，只是舞動軟鞭遠攻。

這時王劍英、周鐵鷦等早已保護福康安退入後堂。福康安傳下號令，緊閉府門，誰都不許出去，一面急召太醫，服食解毒藥物。

羣豪見府中衛士要關閉府門，更加相信福康安存心加害，此時面臨生死關頭，也顧不得背負一個「犯上作亂」的罪名，當即蜂擁而出。眾衛士舉兵刃攔阻，羣豪便即還手衝門。自大廳以至府門須經三道門戶，每一道門邊都是乒乒乓乓的鬥得甚是激烈。這次大會聚集了武林各家各派的高手，雖然真正第一流的清高之士並不赴會，但到來的卻也均非尋常，眾人齊心外衝，眾衛士如何阻攔得住？

安提督按住了肚子，向大智禪師、無青子、田歸農等一干高手說道：「奸人搗亂會場，各位但請安坐勿動。福大帥愛才下士，求賢若渴，對各位極是禮敬。各位千萬不可起疑。」

海蘭弼道：「這姓湯的是罪魁禍首，先拿他下來再說。」嗆啷啷一響，從身邊抖出黑龍雙杖，走向廳心，攻向湯沛。

胡斐見圓性久戰湯沛不下，在府中多躭一刻，便是多一分危機，顧不得身上有傷，抽出單刀，便也上前夾攻。湯沛大叫：「看我的銀針！」胡斐、圓性、海蘭弼三人都是一驚，凝神提防。

湯沛猛地縱起，破窗而出。圓性和胡斐一齊躍起，待要追出，只見銀光閃動，一叢銀針激射而至。胡斐倒翻一個觔斗避開。圓性急舞雲帚，擋住射向身前的銀針。就是這麼慢得一慢，湯沛已逃得不知去向。只聽「啊喲，啊喲！」砰、砰、砰數響，屋頂跌下三名衛士來，均是企圖阻攔湯沛而被他一一刺落。

程靈素叫道：「毒死福大帥的兇手，你們怎地不捉？」眾衛士大驚，都問：「福大帥被毒死了？」程靈素一扯圓性和胡斐的衣袖，低聲道：「快走！」三人衝向廳門。

出門之際，胡斐和圓性不自禁都回過頭來，向屍橫就地、被人踐踏了一陣的鳳天南看去。胡斐心想：「你一生作惡，今日終遭此報。」圓性的心情卻是雜亂得多：「你害得我可憐的媽媽好苦。可是你……你終究是我親生的爹爹。」

三人奔出大門，幾名衛士上來攔阻。圓性揮軟鞭捲倒一人，胡斐左掌拍在一人肩頭，掌力一吐，將那衛士震出數丈，跟著右腳反踢，又踢飛了一名衛士。

此刻天已大明，府門外援兵陸續趕到。三人避入了一條小胡同中。胡斐道：「馬姑娘失了愛子，不知如何？」圓性道：「那姓蔡的老頭派人將馬姑娘和兩個孩兒送給福康安，我途中攔截，一人難以分身，只救了馬姑娘出來。」胡斐道：「那好極了。多謝你啦！」

圓性道：「我將馬姑娘安置在城西郊外一所破廟之中，往返轉折，因此到得遲了。」胡斐沉吟道：「那蔡威不知如何得悉馬姑娘的真相，難道是我們露了破綻麼？」程靈素道：「定是他偷偷去查問馬姑娘。馬姑娘昏昏沉沉之中，便說了出來。」

胡斐道：「必是如此。福康安在會中倒沒下令捉我。」圓性道：「若不是程家妹子施這巧計，只怕你難以平安出此府門。」胡斐點了點頭道：「咱們今日搞散福康安的大會，教他圖謀成空，只可惜讓湯沛逃了。」轉頭對圓性道：「這惡賊身敗名裂，姑娘……你的大仇已報了一半，咱們合力找他，終不成他能逃到天邊。」

圓性黯然不語，心想我是出家人，現下身分已顯，豈能再長時跟你在一起。

程靈素道：「少時城門一閉，到處盤查，再要出城便難了。咱們還是趕緊出城。」

當下三人回到下處取了隨身物品，牽了駱冰所贈的白馬。程靈素笑道：「胡大爺，你贏來的這所大宅，只好還給那位周大人啦。」胡斐笑道：「他幫了咱們不少忙，且讓他升官之後，再發筆財。」他雖強作笑語，但目光始終不敢和圓性相接。

三人知道追兵不久便到，不敢在宅中多作逗留，趕到城門，幸好閉城之令尚未傳到。出得城來，由圓性帶路，來到馬春花安身的破廟。

那座廟宇遠離大路，殘瓦頹垣，十分破敗，大殿上的神像青面凹首，腰圍樹葉，手裏拿了一束青草放在口中作咀嚼之狀，原來是嘗百草的神農氏。圓性道：「程家妹子，到了你老家來啦，這是座藥王廟。」

三人走進廂房，只見馬春花臥在炕上的稻草之中，氣息奄奄，見了三人也不相識，只是不住口的低聲叫喚：「我的孩兒呢，我的孩兒呢？」

程靈素搭了搭她的脈，翻開她眼皮瞧了瞧。三人悄悄退出，回到殿上。程靈素低聲道：「不成啦！她受了震盪，又吃驚嚇，再加失了孩子，三件事夾攻，已活不到明日此刻。便是我師父復生，只怕也已救她不得。」

胡斐瞧了馬春花的情狀，便是程靈素不說，也知已是命在頃刻，想起商家堡中她昔日相待之情，不禁怔怔的流下淚來。他自在福康安府中見到袁紫衣成了尼姑圓性，心中一直鬱鬱，此刻眼淚一流，觸動心事，竟是再也忍耐不住，嗚嗚咽咽的哭了起來。

程靈素和圓性如何不明白他因何傷心？程靈素道：「我再去瞧瞧馬姑娘。」緩步走進廂房。

圓性給他這麼一哭，眼圈也早紅了，顫聲說道：「胡大哥，多謝你待我的一片……」

片……」說到這裏，不知如何再接續下去。

胡斐淚眼模糊的抬起頭來，道：「你……你難道不能……不能還俗嗎？待殺了那姓湯的，報了父母大仇，不用再做尼姑了。」

圓性搖頭道：「千萬別說這樣褻瀆我佛的話。我當年對師父立下重誓，皈依佛祖。身入空門之人，再起他念，已是犯戒，何況……何況其他？」說著長長嘆了口氣。

兩人呆對半晌，心中均有千言萬語，卻不知從何說起。

圓性低聲道：「程姑娘人很好，你要好好待她。你以後別再想著我，我也永遠不會再記到你。」

胡斐心如刀割，道：「不，我永遠永遠要記著你，記著你。」圓性道：「徒然自苦，復有何益？」一咬牙，轉身走出廟門。

胡斐追了出去，顫聲道：「你……你到那裏去？」圓性道：「你何必管我？此後便如一年之前，你不知世上有我，我不知世上有你，豈不乾淨？」

胡斐一呆，只見她飄然遠去，竟是始終沒轉頭回顧。胡斐身子搖晃，站立不定，坐倒在廟門外的一塊大石之上，凝望著圓性所去之處，唯見一條荒草小路，黃沙上印著她淺淺的足印。

他心中一片空白，似乎在想千百種物事，卻又似甚麼也不想。

也不知過了多少時候，忽聽得前面小路上隱隱傳來一陣馬蹄聲。胡斐一躍而起，心中第一個念頭便是：「她又回來了。」但立即知道是空想，圓性去時並未騎馬，何況所來的又非一乘一騎。但聽蹄聲並非奔馳甚急，似乎也不是追兵。

過了片時，蹄聲漸近，九騎馬自西而來。胡斐凝目一看，只見馬上一人相貌俊秀，四十歲不到年紀，卻不是福康安是誰？

胡斐一見福康安，心下狂怒不可抑止，暗想：「此人執掌天下兵馬大權。滿清欺壓漢人，除了當今皇帝乾隆之外，罪魁禍首，便要數到此人了。他對馬姑娘負情薄義，害得她家破人亡，命在頃刻。他以兵部尚書之尊，忽然來到郊外，隨身侍從自必都是一等一的高手，我雖然只有二妹相助，也要挫挫他的威風。縱使殺他不了，便是嚇他一嚇，也是好的。」當下走到路心，雙手在腰間一叉，怒目向著福康安斜視。

乘馬的九人忽見有人攔路，一齊勒馬。

但見福康安不動聲色，顯是有恃無恐，只說聲：「勞駕！」胡斐戟指罵道：「你做的好事！你還記得馬春花麼？」

福康安臉色憂鬱，似有滿懷心事，淡淡的道：「馬春花？我不記得是誰？」

胡斐更加憤怒，冷笑道：「嘿嘿，你跟馬春花生下兩個兒子，不記得了麼？你派人殺死她的丈夫徐錚，不記得了麼？你母子兩人串通，下毒害死了她，也不記得了麼？」

福康安緩緩搖了搖頭，說道：「尊駕認錯人了。」他身旁一個獨臂道人哈哈笑道：「這是個瘋子，在這裏胡說八道，甚麼馬春花、牛秋花。」

胡斐更不打話，縱身躍起，左拳便向福康安面門打去。這一拳乃是虛勢，不待福康安伸臂擋架，右手五指成虎爪之形，拿向他的胸口。他知道如果一擊不中，福康安左右衛士立時便會出手，因此這一拿既快且準，有如星馳電掣，實是他生平武學的力作，料想福康安身旁的衛士本事再高，也決計不及搶上來化解這一招迅雷不及掩耳的虎爪擒拿。

福康安「噫」的一聲，逕不理會他的左拳，右手食指和中指陡然伸出，成剪刀之形，點向他右腕的「會宗穴」和「陽池穴」，出手之快，指法之奇，胡斐生平從所未見。

在這電光石火般的一瞬之間，胡斐心頭猛地一震，立即變招，五指一勾，便去抓他兩根點穴的手指，只消抓住了一扭，非教他指骨折斷不可。豈知福康安武功俊極，竟不縮手，其餘三根手指一伸，翻成掌形，手臂不動，掌力已吐。

凡是伸拳發掌，必先後縮，才行出擊，但福康安這一掌手臂已伸在外，竟不彎臂，掌力便即送出，招數固是奇幻之極，內力亦是雄渾無比。

胡斐大駭，這時身當虛空，無法借力，當下左掌急拍，砰的一響，和福康安雙掌相交，剎那間只感胸口氣血翻騰，借勢向後飄出兩丈有餘。他吸一口氣，吐一口氣，便在半空之中，氣息已然調勻，輕飄飄的落在地下，仍是神完氣足，穩穩站定。只聽得八九個聲音齊聲喝采：「好！」

看那福康安時，但見他身子微微一晃，隨即坐穩，臉上閃過一絲驚訝，立時又回復了先前鬱鬱寡歡的神氣。

胡斐自縱身出擊至飄身落地，當真只是一霎眼間，可是這中間兩人虛招、擒拿、點穴、扭指、吐掌、拚力、躍退、調息，實已交換了七八式最精深的武學變化。相較之下雖是勝敗未分，但一個出全力以搏擊，一個隨手揮送，瀟灑自如，胡斐顯已輸了一籌。

胡斐萬料不到福康安竟有這等精湛的武功，怔怔的站著，心中又是驚奇，又是佩服，可又掩不住滿腔憤怒之情。

只聽那獨臂道人笑道：「傻小子，知道認錯人了嗎？還不磕頭陪罪？」

胡斐側頭細看，這人明明是福康安，只是裝得滿臉風塵之色，又換上了一身敝舊衣衫，但始終掩不住那股發號施令、統率豪雄的尊貴氣象，如果這人相貌跟福康安極像，難道連大元帥的氣度風華也學得如此神似？

胡斐呆了一呆，心想：「這一干人如此打扮，必是另有陰謀，我可不上這個當。」縱聲叫道：「福康安，你武功很好，我比你不上。可是你做下這許多傷天害理之事，我明知不敵，終是放你不過，你記住了。」

福康安淡淡的道：「小兄弟，你武功很俊啊。我可不是福康安。你尊姓大名？」胡斐怒道：「你還裝模作樣，戲耍於我，難道你不知道我名字麼？」

福康安身後一個四十來歲的高大漢子朗聲說道：「小兄弟，你氣概很好，當真是少年英雄，佩服佩服。」胡斐向他望了一眼，但見他雙目中神光閃爍，威風凜凜，顯是一位武功極強的高手，心中油然而生欽服之心，說道：「閣下如此人才，何苦為滿洲貴官作鷹犬？」那大漢微微一笑，道：「北京城邊，天子腳下，你膽敢說這樣的話，不怕殺頭麼？」胡斐昂然道：「今日事已至此，殺頭便殺，又怕怎地？」

要知胡斐本來生性謹細，絕非莽撞之徒，只是他究屬少年，血氣方剛，眼看馬春花被福康安害得這等慘法，激動了俠義之心，一切全豁了出去，甚麼也不理會了。

也說不定由於他念念不忘的美麗姑娘忽然之間變成了一個尼姑，令他覺得世情慘酷，人生悲苦，要大鬧便大鬧一場，最多也不過殺頭喪命，又有甚麼大不了？

他手按刀柄，怒目橫視著這馬上九人。只見那獨臂道人一縱下馬，也沒見他伸手動臂，只是眼前青光一閃，他手中已多了一柄長劍，拔劍手法之快，實是生平從所未見。

胡斐暗暗吃驚：「怎地福康安手下收羅了這許多高手人物？昨日掌門人大會之中，如有這些人在場鎮壓，說不定便鬧不成亂子。」他生怕獨臂道人挺劍刺來，斜身略閃，拔刀在手。那道人笑道：「看劍！」但見青光閃動，在一瞬之間，竟已連刺八劍。

這八劍迅捷無比，胡斐那裏瞧得清劍勢來路，只得順勢揮刀招架。他家傳的胡家刀法實是非同小可，那獨臂道人八劍雖快，還是一一被他擋住。八劍來，八刀擋，噹噹噹噹噹噹噹噹，連響八下，清晰繁密，乾淨利落，胡斐雖然略感手忙腳亂，但第九刀立即自守轉攻，迴刀斜削出去。那獨臂道人長劍一掠，刀劍粘住，卻半點聲音也不發出來。

馬上諸人又是齊聲喝采：「好劍法，好刀法！」

福康安道：「道長，走吧，別多生事端了。」那道人不敢違拗主子之言，應道：「是！」可是他見胡斐刀法精奇，鬥得興起，頗為戀戀不捨，翻身上馬，說道：「好小子，刀法不錯啊！」胡斐心中欽佩，道：「好道人，你的劍法更好！」但跟著冷笑道：「可惜，可惜！」

那道人瞪眼道：「可惜甚麼？我劍法中有何破綻？」胡斐道：「可惜你劍法中毫無破綻，為人卻有大大的破綻。一個武林高手，卻去做滿洲貴官的奴才。」

那道人仰天大笑，說道：「罵得好，罵得好！小兄弟，你有膽子再跟我比比劍麼？」胡斐道：「有甚麼不敢？最多是比你不過，給你殺了。」那道人道：「好，今晚三更，我在陶然亭畔等你。你要是怕了，便不用來。」

胡斐昂然道：「大丈夫只怕正人君子，豈怕鷹犬奴才！」

那些人都是大拇指一翹，喝道：「說得好！」縱馬而去，有幾人還是不住的回頭。

當胡斐和那獨臂道人刀劍相交之時，程靈素已從廟中出來，見到福康安時也是大為吃驚，這時見九人遠去，說道：「大哥，怎地福康安到了這裏？今晚你去不去陶然亭赴約？」

胡斐沉吟道：「難道他真的不是福康安？那決計不會。我罵他那些衞士侍從是鷹犬奴才，他們怎地並不生氣，反而讚我說得好？」聽程靈素又問：「今晚去不去赴約？」便道：「自然去啊。二妹，你在這裏照料馬姑娘吧。」程靈素搖頭道：「馬姑娘是沒甚麼可照料的了。她神智已失，支撐不到明天早晨。你約鬥強敵，我怎能不去？」

胡斐道：「你拆散了福康安苦心經營的掌門人大會，此刻他必已查知其中原委。你若和我同去，豈不凶險？」程靈素道：「你孤身赴敵，我如何放心得下？有我在一旁照料，總是多一個幫手。」胡斐知她決定了的事無法違拗，這義妹年紀雖小，心志實比自己堅強得多，也只得由她。

程靈素輕聲問道：「袁……袁姑娘，她走了嗎？」胡斐點點頭，心中一酸，轉過身來，走入廟內。他走進廂房，只聽馬春花微弱的聲音不住在叫：「孩子，孩子！福公子，福公子，我要死了，我只想再見你一面。」胡斐又是一陣心酸：「情之為物，竟是如此不可理喻。福康安這般待她，可是她在臨死之時，還是這樣的念念不忘於他。」

兩人走出數里，找到一家農家，買了些白米蔬菜，做了飯飽餐一頓，回來在神農廟中陪著馬春花，等到初更天時，便即動身。胡斐和程靈素商量，福康安手下的武士邀約比武，定是不懷善意，不如早些前往，暗中瞧瞧他們有何陰謀佈置。

那陶然亭地處荒僻，其名雖曰陶然，實則是一尼庵，名叫「慈悲庵」，庵中供奉觀音大士。

胡斐和程靈素到得當地，但見四下裏白茫茫的一片，都是蘆葦，西風一吹，蘆絮飛舞，有如下雪，滿目盡是肅殺蒼涼之氣。

忽聽「啊」的一聲，一隻鴻雁飛過天空。程靈素道：「這是一隻失羣的孤雁了，找尋同伴不著，半夜裏還在匆匆忙忙的趕路。」忽聽蘆葦叢中有人接口說道：「不錯。地匝萬蘆吹絮亂，天空一雁比人輕。兩位真是信人，這麼早便來赴約了。」

胡程二人吃了一驚：「我們還想來查察對方的陰謀佈置，豈知他們早便到處伏下了暗樁，這人出口成詩，看來也非泛泛之輩。」胡斐朗聲道：「奉召赴約，敢不早來？」

只見蘆葦叢中長身站起一個滿臉傷疤、身穿文士打扮的秀才相公，拱手說道：「幸會，幸會。只是請兩位稍待，敝上和眾兄弟正在上祭。」胡斐隨口答應，心下好生奇怪：「福康安半夜三更的，到這荒野之地來祭甚麼人？」

驀地裏聽得一人長聲吟道：「浩浩愁，茫茫劫。短歌終，明月缺。鬱鬱佳城，中有碧血。碧亦有時盡，血亦有時滅，一縷香魂無斷絕。是耶？非耶？化為蝴蝶。」吟到後來，聲轉嗚咽，跟著有十餘人的聲音，或長嘆，或低泣，中間還夾雜著幾個女子的哭聲。

胡斐聽了那首短詞，只覺詞意情深纏綿，所祭的墓中人顯是一個女子，而且「碧血」云云，又當是殉難而死，靜夜之中，聽著那淒切的傷痛之音，觸動心境，竟也不禁悲從中來，便想大哭一場。

過了一會，悲聲漸止，只見十餘人陸續走上一個土丘。

胡斐身旁的那秀才相公叫道：「道長，你約的朋友到啦。」那獨臂道人說道：「妙極，妙極！小兄弟，咱們來拚鬥三百合。」說著縱身奔下土丘。胡斐便迎了上去。

那道人奔到離胡斐尚有數丈之處，驀地裏縱身躍起，半空拔劍，借著這一躍之勢，疾刺過來。這一刺出手之快，勢道之疾，實是威不可當。胡斐見他如此凶悍，激起了少年人的剛強之氣，也是縱身躍起，半空拔刀。兩人在空中一湊合，噹噹噹噹四響，刀劍撞擊四下，兩人一齊落下地來。

這中間那道人攻了兩劍，胡斐還了兩刀。兩個人四隻腳一落地，立時又是噹噹噹噹噹噹六響。土丘之上，采聲大作。

那道人劍法凌厲，迅捷無倫，在常人刺出一劍的時刻之中，往往刺出了四五劍。胡斐心想：「你會快，難道我便不會？」展開「胡家快刀」，也是在常人砍出一刀的時刻之中砍出了四五刀。相較之下，那道人的劍刺還是快了半分，但劍招輕靈，刀勢沉猛，胡斐的刀力，卻又比他重了半分。

兩人以快打快，甚麼騰挪閃避，攻守變化，到後來全說不上了，直是閉了眼睛狠鬥，只聽叮叮噹噹刀劍碰撞，如冰雹亂落，如眾馬奔騰，又如數面羯鼓同時擊打，繁音密點，快速難言。

那獨臂道人一面狠鬥，一面大呼：「痛快，痛快！」劍招越來越是凌厲。胡斐暗暗心驚，陡逢強敵，當下將生平所學盡數施展出來，刀法之得心應手實是從所未有，自己獨個兒練習之時，那有這等快法？原來他這胡家刀法精微奇奧之處甚多，不逢強敵，數招間即足取勝，其妙處不顯，這時給那獨臂道人一逼，才現出刀法中的綿密精巧來。

那獨臂道人一生不知經歷過多少大陣大仗，當此快鬥之際，竭力要尋這少年刀法中的破綻，可是只見他刀刀攻守並備，不求守而自守，不務攻卻猛攻，每一招之後，均伏下精妙的後著，那裏有破綻可尋？

這獨臂道人的功力實比胡斐深厚得多，倘若並非快鬥，胡斐和他見招拆招，自求變化，獨臂道人此時已然得勝。但越打越快之後，胡斐來不及思索，只是將平素練熟了一套「快刀」使將出來應付。這路「快刀」乃明末大俠「飛天狐狸」所創，傳到胡斐之父胡一刀手上，又加了許多變化妙著。此時胡斐持之臨敵，與胡一刀親自出陣已無多大分別，所差者只是火候而已。

不到一盞茶時分，兩人已拆解了五百餘招，其快可知。時刻雖短，但那道人已是額頭見汗，胡斐亦是汗流浹背，兩人都可聽到對方粗重的呼吸。

此時劇鬥正酣，胡斐和那獨臂道人心中卻都起了惺惺相惜之意，只是劍刺刀劈，招數綿綿不絕，誰也不能先行罷手。

刀劍相交，叮噹聲中，忽聽得一人長聲呼哨，跟著遠處傳來兵刃碰撞和吆喝之聲。那獨臂道人一聲長笑，托地跳出圈子，叫道：「且住！小兄弟，你刀法很高，這當口有敵人來啦！」

胡斐一怔之間，只見東北角和東南角上影影綽綽，有六七人奔了過來。黑夜中刀光一閃一爍，這些人手中都持著兵刃。又聽得背後傳來吆喝之聲，胡斐回過頭來，見西北方和西南方也均有人奔到，約略一計，少說也有二十人之譜。

獨臂道人叫道：「十四弟，你回來，讓二哥來打發。」那指引胡斐過來的書生手持一根黃澄澄的短棒模樣兵刃，本在攔截西北方過來的對手，聽到獨臂道人的叫喚，應道：「好！」手中兵刃一揮，竟然發出嗚嗚聲響，反身奔上小丘，和眾人並肩站立。

月光下胡斐瞧得分明，福康安正站在小丘之上，他身旁的十餘人中，還有三四個是女子。胡斐大喜：「四面八方來的這些人都和福康安為敵，不知是那一家的英雄好漢？瞧這些人的輕身功夫，武功都非尋常。我和他們齊心協力，將福康安這奸賊擒住，豈不是好？」但轉念又想：「福康安這惡賊想不到武功竟是奇高，手下那些人又均是硬手，瞧他們這般肆無忌憚的模樣，莫非另行安排下陰謀？」

正自思疑不定，只見四方來人均已奔近，一看之下，更是大惑不解，奔來的二十餘人之中，半數是身穿血紅僧袍的藏僧，餘人穿的均是清宮衛士的服色。他縱身靠近程靈素，低聲道：「二妹，咱們果然陷入了惡賊的圈套，敵人裏外夾攻，無法抵擋。向正西方衝！」

程靈素尚未回答，清宮衛士中一個黑鬚大漢越眾而出，手持長劍，大聲說道：「是無塵道人麼？久仰你七十二路追魂奪命劍天下無雙，今日正好領教。」那獨臂道人冷冷的道：「你既知無塵之名，尚來挑戰，可算得大膽。你是誰？」

胡斐聽了那黑鬚衛士的話，禁不住脫口叫道：「是無塵道長？」無塵笑道：「正是！趙三弟誇你英雄了得，果然不錯。」胡斐驚喜交集，道：「可是……可是，那福康安……我趙三哥呢？」

那黑鬚大漢回答無塵的話道：「在下德布。」無塵道：「啊，你便是德布。我在回疆聽人言道：最近皇帝老兒找到了一隻牙尖爪利的鷹犬，叫作甚麼德布，稱做甚麼『滿洲第一勇士』，是個甚麼御前侍衛的頭兒。便是你了？」他連說三個「甚麼」，只把德布聽得心頭火起，喝道：「不錯！你既知我名，還敢到天子腳下來撒野，當真是活得不耐煩了……」

他「不耐煩了」四字剛脫口，寒光一閃，無塵長劍已刺向身前。德布橫劍擋架，噹的一響，雙劍相交，嗡嗡之聲不絕，顯是兩人劍上勁力均甚渾厚。無塵讚了聲：「也還可以！」劍招源源遞出。德布的劍招遠沒無塵快捷，但門戶守得極是嚴密，偶而還刺一劍，卻也十分的狠辣，那「滿洲第一勇士」的稱號，果然並非倖致。

胡斐曾聽圓性說過，紅花會二當家無塵道人劍術之精，當世數一數二，想不到自己竟能和他拆到數百招不敗，不由得心頭暗喜，又想：「幸虧我不知他便是無塵道長，否則震於他的威名，心中一怯，只怕支持不到一百招便敗下來了。」又想：「他是紅花會英雄，趙三哥的朋友，然則那福康安，難道當真我是認錯了人？」

正自凝神觀看無塵和德布相鬥，兩名清宮侍衛欺近身來，喝道：「拋下兵器！」胡斐道：「幹甚麼？」一名侍衛道：「你膽敢拒捕麼？」胡斐道：「拒捕便怎樣？」那侍衛道：「小賊好橫！」舉刀砍將過來。胡斐閃身避開，還了一刀。豈知另一名侍衛手中一柄鐵鎚驀地裏斜刺打到，擊在胡斐的刀口之上，此人膂力甚大，兵器又是奇重。胡斐和無塵力戰之餘，手臂隱隱酸麻，一個拿揑不住，單刀脫手，直飛起來。那人一鎚迴轉，便向他背心橫擊。

胡斐兵刃離手，卻不慌亂，身形一閃，避開了他的鐵鎚，順勢一個肘槌，撞正他腰眼。那人大聲叫道：「啊喲，好小子！」痛得手中鐵鎚險些跌落。跟著又有兩名侍衛上來夾攻，一個持鞭，一個挺著一枝短槍。

程靈素叫道：「大哥，我來幫你。」抽出柳葉刀，欲待上前相助。胡斐道：「不用，且瞧瞧你大哥空手入白刃的手段。」程靈素見他在四個敵人之間遊走閃避，情勢似乎甚險，但聽他說得悠閒自在，又知他武功了得，便站在一旁，挺刀戒備。

胡斐展開從小便學會的「四象步法」，東跨一步，西退半步，在四名高手侍衛之間穿來插去。他這「四象步」按著東蒼龍、西白虎、北玄武、南朱雀四象而變，每象七宿，又按二十八宿之形再生變化。敵人的四件兵刃有輕有重，左攻右擊，可是他步法奇妙，往往在間不容髮之際避過敵人兵刃，有時相差不過數寸之微，可就是差著這麼幾寸，便即夷然無損。程靈素初時還擔著老大心事，但越瞧越是放心，到後來瞧著他精妙絕倫的步法，竟有點心曠神怡起來。

這四名侍衛都是滿洲人，未入清宮之時，號稱「關東四傑」，都算得是一流高手。胡斐憑著巧妙的「四象步」自保，可是幾次乘隙反擊，卻也未曾得手，每一次都是反遇兇險，一轉念間，已明其理，原來適才和無塵道人劇鬥，耗力太多，這時元氣未復，一到緊要關頭，待要動用真力，總是差之毫釐，不能發揮拳招中的精妙之著。他一經想通，當即平心靜氣，只避不攻，在四名侍衛夾擊之下緩緩調勻氣息。

那邊無塵急攻數十招，都給德布一一擋開，卻不禁焦躁起來，暗道：「十年不來中原，今日首次出手便是不利。難道當真老了，不中用了？」其實這德布的武功實是大有過人之處，何況無塵不過心下焦躁，德布卻已背上冷汗淋漓，越打越怕，但覺對手招數神出鬼沒，出劍之快，實非人力之所能及，暗想自己縱橫天下，從未遇到過這般勁敵，待要認輸敗退，卻想今日一敗，這「賜穿黃馬褂、御前侍衛班領、滿洲第一勇士、統領大內十八高手」一長串的頭銜卻往那裏擱去？想到此處，把心一橫，豁出了性命，奮力抵擋。

無塵眼見胡斐赤手空拳，以一敵四，自己手中有劍，卻連一個敵人也拾奪不下，他生性最是好勝，這脾氣愈老彌甚，當下一劍快似一劍，著著搶攻，步步佔先。德布見敵人攻勢大盛，劍鋒織成了一張光幕，自己周身要害盡在他劍光籠罩之下，自知不敵，數度想要招呼下屬上來相助，但一想到「大夥兒齊上」這五個字一出口，一生英名便是付於流水，總是強行忍住，心想自己方當壯年，這獨臂道人年事已高，劍招雖狠，自己只要久戰不屈，拖得久了，對方氣力稍衰，便有可乘之機。

無塵高呼酣戰，精神愈長。眾侍衛瞧得心下駭然，但見兩人劍光如虹，使的是甚麼招數早已分辨不清。

小丘上眾人也是一聲不響，靜觀兩人劇鬥，眼見無塵漸佔上風，都想：「道長英風如昔，神威不減當年，可喜可賀！」

猛聽得無塵大叫一聲：「著！」噹的一響，一劍刺在德布胸口，跟著又是喀喇一聲，手中長劍已然折斷。原來德布衣內穿著護胸鋼甲，這一劍雖然刺中，他卻毫無損傷，反而折了對方長劍。無塵一怔之下，德布已一劍刺中他右肩。

小丘上眾人大驚，兩人疾奔衝下救援。只聽得無塵喝道：「牛頭擲叉！」手中斷劍飛出，刺入了德布的咽喉。德布大叫一聲，往後便倒。

無塵哈哈大笑，說道：「是你贏，還是我贏？」德布頸上中了斷劍，雖不致命，卻已鬥志全失，顫聲道：「是你贏！」無塵笑道：「你接得我許多劍招，又能傷我肩頭，大是不易！好，瞧在你刺傷我一劍的份上，饒了你的性命！」

兩名侍衛搶上扶起德布，退在一旁。

無塵得意洋洋，肩傷雖然不輕，卻是漫不在乎，緩緩走上土丘，讓人替他包紮傷口，兀自指指點點，評論胡斐的步法。

胡斐內息綿綿，只覺精力已復，深深吸一口氣，猛地搶攻，霎息間拳打足踢，但聽得「啊喲！」「哎呀！」四聲呼叫，單刀、鐵鎚、鋼鞭、花槍，四般兵刃先後飛出。胡斐飛足踢倒兩人，拳頭打暈一人，跟著左掌掌力一吐，將最後一名衛士打得口噴鮮血，十幾個觔斗滾了出去。

但聽得小丘上眾人采聲大作。無塵的聲音最是響亮：「小胡斐，打得妙啊！」土丘上采聲未歇，又有五名侍衛欺近胡斐身邊，卻都空手不持兵刃。左邊一人說道：「大家空手鬥空手！」胡斐道：「好！」剛說得一個「好」字，突覺雙足已被人緊緊抱住，跟著背上又有一人撲上，手臂如鐵，扼住了他的頭頸，同時又有一人抱住了他腰，另外兩人便來拉他雙手。

原來這一次德布所率領的「大內十八高手」傾巢而出。那「大內十八高手」，乃是「四滿、五蒙、九藏僧」。乾隆皇帝自與紅花會打了一番交道後，從此不信漢人，近身侍衛一個漢人也不用，都是選用滿洲、蒙古、西藏的勇士充任。這四滿、五蒙、九藏僧，尤為大內侍衛中的精選。這五個蒙古侍衛擅於摔跤相撲之技，胡斐一個沒提防，已被纏住。

他一驚之下，隨即大喜：「這擒拿手法，正是我家傳武功之所長。」但覺雙手均被拉住，當下身子向後仰跌，雙手順勢用勁，自外朝內一合，砰的一聲，拉住他雙手的兩名侍衛腦門碰腦門，同時昏暈過去。

胡斐雙手脫縛，反過來抓住扼在自己頸中的那隻手，一扭之下，喀的一聲，那人腕骨早斷，跟著喀喀兩響，又扭斷了抱住他腰那侍衛的臂骨。

這五名蒙古侍衛摔跤之技甚是精湛，漢滿蒙回藏各族武士中極少敵手。但摔跤講究的是將對手摔倒壓住，胡斐這般小巧陰損的斷骨擒拿，卻是摔跤的規矩所不許。兩名侍衛骨節折斷，心中大是不忿，雖已無力再鬥，卻齊聲怒叫：「犯規，犯規！」倒是叫得理直氣壯。

胡斐笑道：「打架還有規矩麼？你們五個打我一個，犯不犯規？」兩名蒙古侍衛一想不錯，五個打一個是先壞了規矩，那「犯規」兩字便喊不出口了。

餘下那人兀自死命抱住胡斐雙腿，一再用勁，要將他摔倒。胡斐喝道：「你放不放手？」那人叫道：「自然不放。」胡斐左手抓下，揑住了他背心上「大椎穴」。那人登時全身麻軟，雙手只得鬆開。胡斐提起他身子，雙手使勁，「嘿」的一聲，將他擲出數丈之外。但聽得撲通一響，水花飛濺，原來他落下之處，竟是生長蘆葦的一個爛泥水塘。那人摔得頭昏腦脹，陷身汚泥之中，哇哇大叫。

胡斐與四名滿洲侍衛遊鬥甚久，打發這五名蒙古侍衛卻是兔起鶻落，乾淨利落。旁觀眾人但見五名侍衛一擁而上，拖手拉足，將他擒住，跟著便是砰嘭、喀喇、啊喲，「犯規，犯規！」撲通，「哇哇！」諸般怪聲不絕。四名侍衛委頓在地，一名侍衛飛越數丈，投身水塘。

這一次小丘上眾人不再喝采，卻是轟然大笑。

鬨笑聲中，紅雲閃處，九名藏僧已各挺兵刃將胡斐團團圍住。這九人兵刃各不相同，或使戒刀，或使錫杖，更有些兵刃奇形怪狀，胡斐從未見過，自也叫不出名目。眼見這九名藏僧氣度凝重，人人一言不發，瞧著這合圍之勢，步履間既輕且穩，實是勁敵。九僧錯錯落落，東站一個，西站一個，似是佈成了陣勢。

胡斐手中沒有兵刃，不禁心驚，腦中一閃：「向二妹要刀呢，還是奪敵人的戒刀？」忽聽得小丘上一人喝道：「小兄弟，接刀！」只見一柄鋼刀自小丘上擲了下來，破空之聲，嗚嗚大作，足見這一擲的勁道大得驚人。胡斐心想：「趙三哥的朋友果然個個武藝精強。要這麼一擲，我便辦不到。」

這一刀飛來，首當其衝的兩名藏僧竟是不敢用兵刃去砸，分向左右一躍閃開。胡斐心念快如電光般的一閃：「這陣法不知如何破得？他二人閃避飛刀，正好乘機擾亂。」

他念頭轉得極快，那單刀也是來得極快。他心念甫動，白光閃處，一柄背厚刃薄的鋼刀挾著威猛異常的破空之聲已飛到面前。胡斐卻不接刀，手指在刀柄上一搭，輕輕撥動。那鋼刀飛來之勢甚猛，到他面前時兀自力道強勁，給他撥得掉過方向，激射而上，直衝上天。

九名藏僧均感奇怪，情不自禁的抬頭而望。胡斐所爭的便在這稍縱即逝的良機，欺身搶到手持戒刀的藏僧身畔，一伸手已將他的戒刀奪過，霎時間展開「胡家快刀」，手起刀落，一陣猛砍快剁，迅捷如風。這時下手竟不容情，九名藏僧無一得免，不是斷臂，便是折足。九僧各負絕藝，只因一時失察，中了誘敵分心之計，頃刻之間，盡皆身受重傷，慘呼倒地。

這一場胡斐可說勝得極巧，也是勝得極險！

一輪快刀砍完，頭頂那刀剛好落下，他擲開戒刀，伸手接住，刀一入手，只覺甚是沉重，比尋常單刀重了兩倍有餘，想見刀主膂力奇大，月光下映照一看，只見刀柄上刻著三字：「奔雷手」。

胡斐大喜，叫道：「多謝文四爺擲刀相助！」

驀地背後一個蒼老的聲音叫道：「看劍！」話聲未絕，風聲颯然，已至背心。胡斐一驚：「此人劍法如此凌厲！」急忙迴刀擋架，豈知敵劍已然撤回，跟著又是一劍刺到。胡斐反手再擋，又是擋了個空。

他急欲轉身迎敵，但背後那敵人的劍招來得好不迅捷，竟是逼得他無暇轉身。他心中大駭，急縱而前，躍出半丈，左足一落地，待要轉身，不料敵人如影隨形，劍招又已遞到。這人在背後連刺五劍，胡斐接連擋了五次空，始終無法回身見敵之面。

胡斐惡鬥半宵，和快劍無雙的無塵道人戰成平手，接著連傷四滿、五蒙、九藏僧大內十八高手，不料到後來竟給人一加偷襲，逼得難以轉身。

這已是處於必敗之勢，他惶急之下，行險僥倖，但聽得背後敵劍又至，這一次竟不招架，向前一撲，俯臥向地，跟著一個翻身，臉已向天，這才一刀橫砍，盪開敵劍。

只聽敵人讚道：「好！」左掌拍向他的胸口。胡斐也是左掌拍出，雙掌相交，只覺敵人掌力甚是柔和渾厚，但柔和之中，卻隱隱藏著一股辛辣的煞氣。胡斐猛然想起一事，脫口叫道：「原來是你！」

那人也叫道：「原來是你！」

原來兩人手掌相交，均即察覺對方便是在福康安府暗中相救少年書生心硯之人，各自向後躍開數步。

胡斐凝神看時，見那人白鬚飄動，相貌古雅，手中長劍如水，卻是武當派掌門人無青子，不由得一呆，一時不知他是友是敵。

只聽無塵道人笑道：「菲青兄，你說我這個小老弟武功如何？」無青子笑道：「能跟無塵道人鬥得上五百招，天下能有幾人？老道當真是孤陋寡聞，竟不知武林中出了這等少年英雄。」說著長劍入鞘，上前拉著胡斐的手，好生親熱。

胡斐見他英氣勃勃，那裏還是掌門人大會中所見那個昏昏欲睡的老道，甚以為奇。

無塵從小丘上走了下來，笑道：「小兄弟，這個牛鼻子，出家以前叫做綿裏針陸菲青。你叫他一聲大哥吧。」胡斐一驚，心道：「『綿裏針陸菲青』當年威震天下，成名已垂數十年，想不到今日有幸和他交手。」急忙拜倒，說道：「晚輩胡斐，叩見道長。」忽聽身後一個聲音道：「按理說，你原是晚輩，可是，好兄弟，他是我的拜把子老哥啊。」

胡斐一躍而起，只見身後一人長袍馬褂，肥肥胖胖，正是千臂如來趙半山。胡斐對這位義兄別來無日不思，伸臂緊緊抱住，叫道：「三哥，你可想煞小弟了。」

趙半山拉著他轉過身來，讓月光照在他的臉上，凝目瞧了半晌，喜道：「兄弟，你終於長大成人了。做哥哥的今日親眼見你連敗大內十八高手，實在是歡喜得緊。」

胡斐心中也是歡喜不盡。這時清宮眾侍衛早已逃得乾乾淨淨。他當下拉了程靈素過來，和無塵、趙半山等引見。

趙半山道：「兄弟，程家妹子，我帶你們去見我們總舵主。」胡斐吃了一驚，道：「陳總舵主……他……老人家也來了麼？」無塵笑道：「他早挨過你一頓痛罵啦，甚麼傷天害理，甚麼負心薄倖，只罵得他狗血淋頭。哈哈！我們總舵主一生之中，只怕從未挨過這般厲害的臭罵。」胡斐這一驚更是非同小可，顫聲道：「那……那福康安……」

陸菲青微笑道：「陳總舵主的相貌和福康安果然很像，別說小兄弟和他二人都不相熟，便是日常見面之人，也會認錯。」無塵笑道：「想當年在杭州城外，總舵主便曾假扮了福康安，擒住那個甚麼威震河朔王維揚……」

胡斐十分惶恐，道：「三哥，你快帶我去跟陳總舵主磕頭賠罪。」趙半山笑道：「不知者不罪。總舵主跟你交了一掌，很稱讚你武功了得，又說你氣節凜然，背地裏說了你許多好話呢。」

兩人還未上丘，陳家洛已率羣雄從土丘上迎了下來。胡斐拜倒在地，說道：「小人瞎了眼珠，冒犯總舵主，實是罪該……」

陳家洛不等他說完，急忙伸手扶起，笑道：「『大丈夫只怕正人君子，那怕鷹犬奴才？』我今日一到北京，便聽到這兩句痛快淋漓之言。小兄弟，便憑你這兩句話，我們便不枉了萬里迢迢的走這一遭。」

當下趙半山拉著他一一給羣雄引見。胡斐對這干人心儀已久，今晚親眼得見，喜慰無已，對文泰來擲刀相助、駱冰贈送寶馬，更是連連稱謝，恭恭敬敬的交還了文泰來的鋼刀，從地下拾起清宮侍衛遺下的一柄單刀，插入了腰間刀鞘。他自己的單刀為鐵鏈所擊，刀口捲邊，已然無用。跟著心硯過來向他道謝在福康安府中解穴相救之德。無塵逸興橫飛，指手劃腳，談論適才和胡斐及德布兩人的鬥劍，說今晚這兩場架打得酣暢過癮，生平少有。

陸菲青笑道：「道長，說到武功，咱們這位小兄弟實是十分了得。可是還有一位少年英雄，比他更厲害十倍，你是決計鬥他不過的。」無塵又是高興，又是不服，忙問：「是誰，是誰？這人在那裏？」陸菲青搖頭道：「你決非對手，我勸你還是別找他的好。」無塵道：「呸！咱們老哥兒倆分手多年，一見面你就來胡吹。我不信有這等厲害人物。」

陸菲青道：「昨晚福康安府中，天下各門各派掌門人大聚會，會中高手如雲，各有各的能耐，各有各的絕技。這話不錯吧？」無塵道：「不錯便怎樣？」陸菲青道：「心硯老弟去搗亂大會，失手被擒。趙三弟這等本事，也只搶得一隻玉龍杯。西川雙俠常氏兄弟駕臨，只救了兩個人出來。可是那位少年英雄哪，只不過眼睛一霎，便從七位高手的手中搶下七隻玉龍杯，摔在地下砸得粉碎。他只噴得幾口氣，便叫福康安的掌門人大會灰飛煙滅，風消雲散。道長，你鬥不鬥得過這位少年英雄？」

程靈素知他在說自己，臉兒飛紅，躲到了胡斐身後。黑夜之中，人人都在傾聽陸菲青說話，誰也沒對她留心。

一個少年美婦說道：「師父，我們只聽說那掌門人大會給人攪散了局，到底是怎麼回事？你快說吧！」這美婦是金笛秀才余魚同之妻李沅芷。

陸菲青於是將一位「少年英雄」如何施巧計砸碎七隻玉龍杯、如何噴煙下毒、使得人人肚痛、因而疑心福康安毒害天下英雄，如何眾人在混亂中一鬨而散，諸般情由，一一說了。羣雄聽了，無不讚嘆。

無塵道：「陸兄，你說了半天，這位少年英雄到底是誰，卻始終沒說。」陸菲青笑道：「遠在天邊，近在眼前，這位程姑娘便是。」拉著胡斐的手，將他輕輕一拉，露出了程靈素的身子。

羣雄「啊」的一聲，一齊望著她，誰都不信這樣一個瘦弱文秀的小姑娘，竟會將福康安這籌劃經年的天下掌門人大會毀於指掌之間，可是陸菲青望重武林，豈能信口胡言？這卻又不由得人不信。

原來陸菲青於十年前因同門禍變，師兄馬真、師弟張召重先後慘死，武當派眼見式微，於是他接掌門戶，著意整頓。因恐清廷疑忌，索性便出了家，道號無青子，十年來深居簡出，朝廷也就沒加注目。

這次福康安召開掌門人大會，一來武當派自來與少林派齊名，是武林中最大門派之一；二來念著武當名手火手判官張召重昔年為朝廷出力的功勞，又不知陸菲青的來歷，便敦請武當派掌門人下山。陸菲青年紀雖老，雄心猶在，知道福康安此舉必將不利於江湖同道，若是推辭不去，徒惹麻煩，當下孤身赴會，要探明這次大會真相，俟機行事，及至心硯為湯沛所擒，他便暗中出手相救。

陳家洛、霍青桐等紅花會羣雄自回疆來到北京，卻為這日是香香公主逝世十年的忌辰，各人要到她墓上一祭。

福康安的掌門人大會被人攪散，又和武林各門派都結上了寃，自是惱怒異常，便派德布率隊在城外各處巡查，見有可疑之人立即格殺擒拿。不意陶然亭畔一戰，文泰來、趙半山等尚未出手，大內十八高手已盡數鎩羽而遁。

陳家洛等深知清廷官場習氣。德布等敗得如此狼狽，紅花會人物既未驚動皇親大官，他們回去定是極力隱瞞，無人肯說在陶然亭畔遇敵，決不致調動軍馬前來復仇。此處雖離京城不遠，卻儘可放心逗留。羣雄和陸菲青是故友重逢，和胡斐、程靈素是新知初會，自各有許多話說。

言談之間，忽聽得遠遠傳來兩下掌聲，稍停一下，又是連拍三下。那書生打扮的「金笛秀才」余魚同拍掌三下相應，一停之後，連拍兩下。無塵道：「五弟、六弟來啦。」

只見掌聲傳來處飛馳過來兩人，身形高瘦。胡斐在福康安府中見過，知是西川雙俠常伯志、常赫志到了。只見他兄弟身後又跟著兩人，手中各抱著一個孩子，奔到近處，見是雙子門倪不大、倪不小兄弟。他二人手中抱的，竟然是馬春花的一對雙生兒子。

原來倪不大、倪不小看中了這對孩子，寧可性命不要，也是要去奪來。常氏兄弟原是雙生兄弟，聽了倪氏兄弟之言，激動心意，乘著掌門人大會一鬨而散的大亂，混入福府內院。其時福康安和眾衛士腹中正自大痛，均道身中劇毒，人人忙於服藥解毒，常氏兄弟又是一等一的高手，毫不費力的打倒了七八名衛士，便又將這對孩子搶了出來。

胡斐見了這對孩子，想起馬春花命在頃刻，不由得又喜又悲，猛地想起一事，對陳家洛道：「總舵主，晚輩有個極荒唐的念頭，想求你一件事。」陳家洛道：「胡兄弟但說不妨。

你我今日雖是初會，但神交已久，但教力之所及，無不依從。」

胡斐只覺這番話極不好意思出口，不禁頗為忸怩，紅了臉道：「晚輩這個念頭，實在是異想天開，說出來只怕各位見笑。」

陳家洛微笑道：「我輩所作所為，在旁人看來，那一件不是荒唐之極？那一件不是異想天開？」

胡斐道：「總舵主既不見怪，我便說了。」指著那兩個孩童說道：「這兩個孩童是福康安之子，他們的母親卻是命在垂危。」於是從當年在商家堡中如何和馬春花相遇一段事說起，直說到馬春花中毒不治。只聽得羣雄血脈賁張，無不大為憤怒。依無塵之見，立時便要趕進北京城中，將這無情無義的福康安一劍刺死。

紅花會七當家武諸葛徐天宏道：「昨晚北京鬧了這等大事出來，咱們若再貿然進城，福康安定然刺不到，說不定大夥還難以全身而退。」

陳家洛點頭道：「此刻福康安府門前後，不知有多少軍馬把守，如何下得了手？單是要混進城門，便是大大不易。我此番和各位兄弟同來，志在一祭，不可為了洩一時之憤，使眾兄弟有所損折。胡兄弟，你求我做甚麼事？」

胡斐道：「我見總舵主萬里迢迢，從回疆來到北京，只是一祭墓中這位姑娘，情深義重，世所罕見。在下昔日曾受這位馬姑娘一言之恩，無以為報，中心不安。眼見她臨死之際，掛念兩事，死難瞑目。一件是想念她兩個愛子，天幸常氏雙俠兩位前輩已救了出來，另一件卻是她想念福康安那奸賊，仍盼和他一敘。雖說她至死不悟，可笑亦復可憐，但情之所鍾……」說到這裏，心下黯然，已不知如何措詞。

陳家洛道：「我明白啦！你要我假冒那個傷天害理、負心薄倖的福康安，去慰一慰這位多情多義的馬姑娘？」胡斐低聲道：「正是！」

羣雄覺得胡斐這個荒唐的念頭果是異想天開之至，可是誰也笑不出來。

陳家洛眼望遠處，黯然出神，說道：「墓中這位姑娘臨死之際，如能見我一面，那是多麼的快活！可惜終難如願……」轉頭向胡斐道：「好，我便去見見這位馬姑娘。」

胡斐好生感激，暗想陳家洛叱吒風雲，天下英雄豪傑無不推服，自己只是個無名晚輩，今日初會，便求他去做這樣一件荒誕不經之事，話一出口，心中便已後悔，他居然一口答允，以後這位總舵主便是要自己赴湯蹈火，也是在所不辭了。

羣雄上了馬，由胡斐在前帶路，天將黎明時到了藥王廟外。

胡斐雙手攜了孩子，伴同陳家洛走進廟去。只見一間陰森森的小房之中，一燈如豆，油已點乾，燈火欲熄未熄。馬春花躺在炕上，氣息未斷。

兩個孩子撲向榻上，大叫：「媽媽，媽媽！」馬春花睜開眼來，見是愛子，陡然間精神一振，也不知那裏來的力氣，將兩個孩子緊緊摟在懷裏，說道：「孩子，孩子，媽想得你們好苦！」三個人相擁良久，她轉眼見到胡斐，對兩個孩子道：「以後你們跟著胡叔叔，好好聽他的話……你們……拜了他作義……義……」

胡斐知她心意，說道：「好，我收了他們作義兒，馬姑娘，你放心吧！」馬春花臉露微笑，道：「快……快磕頭，我好……好放心……」兩個孩子跪在胡斐面前，磕下頭去。

胡斐讓他們磕了四個頭，伸手抱起兩人，低聲道：「馬姑娘，你還有甚麼吩咐麼？」馬春花道：「我死了之後，求你……求你將我葬……葬在我丈夫徐……師哥的墳旁……他很可憐……從小便喜歡我……可是我不喜歡……不喜歡他。」

胡斐突然之間，想起了那日石屋拒敵、商寶震在屋外林中擊死徐錚的情景來，心中又是一酸，說道：「好，我一定辦到。」沒料到她臨死之際，竟會記得丈夫，傷心之中倒也微微有些喜歡，他深恨福康安，聽馬春花記著丈夫，不記得那個沒良心的情郎，那是再好不過，那知馬春花幽幽嘆了口氣，輕輕的道：「福公子，我多想再見你一面。」

陳家洛進房之後，一直站在門邊暗處，馬春花沒瞧見他。胡斐搖了搖頭，抱著兩個孩兒，悄悄出房，陳家洛緩步走到她的床前。

胡斐跨到院子中時，忽聽得馬春花「啊」的一聲叫。這聲叫喚之中，充滿了幸福、喜悅、深厚無比的愛戀。

她終於見到了她的「心上人」……

胡斐惘然走出廟門，忽聽得笛聲幽然響起，是金笛秀才余魚同在樹下橫笛而吹。胡斐心頭一震，在很久以前，在山東商家堡，依稀曾聽人這樣纏綿溫柔的吹過。

這纏綿溫柔的樂曲，當年在福康安的洞簫中吹出來，挑動了馬春花的情懷，終於釀成了這一場冤孽。

金笛秀才的笛子聲中，似乎在說一個美麗的戀愛故事，卻也在抒寫這場愛戀之中所包含的苦澀、傷心和不幸。廟門外每個人都怔怔地沉默無言，想到了自己一生之中甜蜜的淒涼的往事。胡斐想到了那個騎在白馬上的紫衫姑娘，恨不得撲在地上大哭一場。即使是豪氣逼人的無塵道長，也想到了很久很久以前，在很遠很遠的地方，那個美麗而又狠心的官家小姐，騙得他斬斷了自己的一條臂膀……

笛聲悠緩地淒涼地響著。

過了好一會兒，陳家洛從廟門裏慢慢踱了出來。他向胡斐點了點頭。胡斐知道馬春花是離開這世界了。她臨死之前見到了心愛的兩個兒子，也見到了「情郎」。胡斐不知道她跟陳家洛說了些甚麼，是責備他的無情薄倖呢，還是訴說自己終生不渝的熱情？除了陳家洛之外，這世上是誰也不知道了。

胡斐拜託常氏雙俠和倪氏昆仲，將馬春花的兩個孩子先行帶到回疆，他料理了馬春花的喪事之後，便去回疆和眾人聚會。

陳家洛率領羣雄，舉手和胡斐、程靈素作別，上馬西去。

胡斐始終沒跟他們提到圓性。奇怪的是，趙半山、駱冰他們也沒提起。是不是圓性已經會到了他們，要他們永遠別向他提起她的名字？

第二十章

恨無常

胡斐追將上去，牽過駱冰所贈的白馬，說道：「你騎了這馬去吧，你身上有傷，還是……還是……」圓性搖搖頭，縱馬便行。

忙亂了半晚，胡斐和程靈素到廟後數十丈的小溪中洗了手臉。程靈素從背後包裹中取出燒餅，兩人和著溪中清水吃了。胡斐連番劇鬥，又兼大喜大悲，這時只覺手酸腳軟，神困力倦，當下躺在溪畔休息了大半個時辰，這才精力稍復，又回去藥王廟。

兩人回進僧舍，輕輕推開房門，只見馬春花死在床上，臉含微笑，神情甚是愉悅。胡斐垂淚道：「她要我將她葬在丈夫墓旁。眼下風聲緊急，到處追拿你我二人。這當兒又那裏找棺木去？不如將她火化了，送她骨灰前去安葬。」程靈素道：「是。」

胡斐彎下腰去，伸手正要將馬春花的屍身抱起，程靈素突然抓住他手臂，叫道：「且慢！」

胡斐聽她語音嚴重緊迫，便即縮手，問道：「怎麼？」程靈素尚未回答，胡斐已聽到身後極細微的緩緩呼吸之聲，回過頭來，只見板門之後赫然躲著兩人，卻是程靈素的大師兄慕容景岳和三師姊薛鵲。

便在此時，程靈素手一揚，一股褐色的赤蝎粉飛出，打向馬春花所躺的床板底下。胡斐心念一動：「床板底下，定是藏著極厲害的敵人。」

但見薛鵲伸手推開房門，正要縱身出來，胡斐行動快極，右手彎處，抱住了程靈素的纖腰，倒縱出門，經過房門時飛起一腿，踢在門板之上。那門板砰的一聲向後猛撞，將慕容景岳和薛鵲二人夾在門板和牆壁之間。慕容景岳倒也罷了，薛鵲高高的一個駝背被磚牆擠得痛極，忍不住高聲大叫。

胡斐和程靈素剛在門口站定，只見床底下赤霧瀰漫，那股赤蝎粉已被人用掌力震了出來，跟著人影閃動，一人長身竄出。只聽得嗆啷啷、嗆啷啷一陣急響，那人提起手中虎撐，當頭往胡斐頭頂砸下。胡斐一瞥之下，已看清那人面目，正是自稱「毒手藥王」的石萬嗔。

程靈素叫道：「別碰他身子兵刃！」胡斐對她的師兄師姊早是深具戒心，知道這些人周身是毒，沾上了一絲半忽便是後患無窮，當下向左滑開三步，避開了石萬嗔的虎撐，刷的一聲，單刀出手，一招「諫果回甘」，回頭反擊。這一招迴刀砍得快極，石萬嗔不及躲閃，危急中虎撐一舉，硬架了這一刀，噹的一聲大響，兩人各自向後躍開。石萬嗔虎撐中的鐵珠只震得嗆啷啷、嗆啷啷的亂響。

這時慕容景岳和薛鵲已自僧舍中出來，站在石萬嗔的身後。石萬嗔和胡斐硬接硬架的交了這一招，但覺對方刀法精奇，膂力強勁，自己右臂震得隱隱酸麻，當下不再進擊。

胡斐心中，卻也暗自稱異：「這人擅於用毒，武功竟也這般了得。我這一招『諫果回甘』如此出其不意的反劈出去，他居然接得下來。」

只聽慕容景岳說道：「程師妹，見了師叔怎麼不快磕頭？」程靈素道：「咱們那裏鑽出一個師叔來啦？從來沒聽見過。」

石萬嗔冷冷的道：「『毒手神梟』的名字聽見過沒有？你師父難道從來不敢提我嗎？」程靈素道：「『毒手神梟』？這名字倒似乎聽見過的。我師父說他從前確是有過一個師弟，只是他濫用毒藥害人，無惡不作，早給師祖逐出門牆了。石前輩，那便是你麼？」石萬嗔微微一笑，淡然道：「咱們這一門講究使用毒藥，既然有了這個『毒』字，又何必假惺惺的硬充好人？姓石的寧可做真小人，不如你師父這般假裝偽君子。」

程靈素怒道：「我師父幾時害過一條無辜的人命？」石萬嗔道：「你師父害死的人難道少了？他自己自然說他下手毒死之人，個個罪大惡極，死有餘辜，可是在旁人看來，卻也未必如此。至於死者的家人子女，更是決不這麼想。」胡斐心中一凜，暗想：「此人這話倒也有幾分道理。」

程靈素道：「不錯。我師父也深悔一生傷人太多，後來便出家做了和尚，禮佛贖罪。他老人家諄諄告誡我們師兄妹四人，除非萬不得已，決計不可輕易傷人。晚輩一生，就從未害過一條性命。」

石萬嗔冷笑道：「假仁假義，又有何益？我瞧你聰明伶俐，倒是我門中的傑出人材。掌門人大會中那幾招，要得可漂亮啊，連你師叔也險些著了道兒。」

程靈素道：「你自稱是我師叔，冒用我師父『毒手藥王』的名頭。要是真正的『毒手藥王』在世，伸手去拿玉龍杯之時，豈能瞧不出杯上已沾了赤蝎粉？我在大廳上噴那『三蜈五蟆煙』，我師父他老人家怎會懵然不覺？」

這兩句話只問得石萬嗔臉頰微赤，難以回答。要知他少年時和無嗔大師同門學藝，因用毒無節，多傷好人，給師父逐出門牆。此後數十年中，曾和無嗔爭鬥過好幾次。兩人都是使毒的大行家，雙方所使藥物之烈，毒物之奇，可想而知。數次鬥法，石萬嗔每一回均是屈居下風，若不是無嗔大師始終念著同門之誼，手下留情，早已取了他的性命。在最後一次鬥毒之際，石萬嗔終於被「斷腸草」薰瞎了雙目。他逃往緬甸野人山中，以銀蛛絲逐步拔去「斷腸草」的毒性，雙眼方得復明，雖能重見天日，目力卻已大損。玉龍杯上沾了赤蝎粉，旱煙管中噴出來的煙霧顏色稍有不同，這些細微之處，他便無法分辨。

何況程靈素栽培成了「萬毒之王」的毒草「七心海棠」之後，赤蝎粉中混上了七心海棠葉子的粉末，「三蜈五蟆煙」中加入了七心海棠的花蕊，這一來，兩種毒藥的異味全失，毒性卻更加厲害。

石萬嗔在野人山中花了十年功夫，才治愈雙目，回到中原時聽到無嗔大師的死訊，只道斯人一死，自己便可稱雄天下，那料師兄一個年紀輕輕的關門弟子，竟有如此厲害的功夫？那晚程靈素化裝成一個龍鍾乾枯的老太婆，當世擅於用毒的高手，石萬嗔無不知曉，他當真做夢也想不到，這個小老太婆在旁吸幾口煙，便令他栽上一個大觔斗。

程靈素這兩句話只問得他啞口無言，慕容景岳卻道：「師妹，你得罪了師叔，還不磕頭謝罪，當真狂妄大膽。他老人家一怒，立時叫你死無葬身之地。我和薛師妹都已投入他老人家的門下，你乖乖獻出『藥王神篇』，說不定他老人家一喜歡，也收了你這弟子，豈不是好？」

程靈素心中怒極，暗想這師兄師姊背叛師門，投入本派棄徒門下，那是武林中犯規最嚴的「欺師滅祖」大罪，不論那一門那一派，均要處死不貸。可是她臉上不動聲色，說道：「原來兩位已改投石前輩門下，那麼小妹不能再稱你們為師兄師姊了。姜師哥呢？他也投入石前輩門下了麼？」慕容景岳道：「姜師弟不識時務，不聽教誨，已為吾師處死。」

程靈素心中一酸，姜鐵山為人梗直，雖然行事橫蠻，在她三個師兄姊中卻是最為正派，不料竟死於石萬嗔之手，又問：「薛三姊，你的兒子小鐵呢？他很好吧？」薛鵲冷冷的道：

「他也死了。」程靈素道：「不知生的是甚麼病？」薛鵲怒道：「是我的兒子，要你多管甚麼閒事？」程靈素道：「是，小妹原不該多管閒事。我還沒恭喜兩位呢，慕容大哥和薛三姊幾時成的親啊？咱們同門學藝一場，連喜酒也不請小妹喝一杯。」

慕容景岳、姜鐵山、薛鵲三人一生恩怨糾葛，悽慘可怖。初時薛鵲苦戀慕容景岳，慕容景岳卻另娶了他人。薛鵲一怒之下，便下毒害死了他的妻子。慕容景岳為妻復仇，用毒藥毀了薛鵲的容貌，使她身子佝僂，成為一個駝背醜女。姜鐵山自來喜歡這個師妹，她雖醜陋不堪，姜鐵山卻不以為嫌，娶了她為妻。那知慕容景岳在他們成親生子之後，卻又想起這師妹的種種好處來，不斷的向她糾纏，終之和姜鐵山反臉成仇。姜薛夫婦迫得鑄鐵為屋，便是為了抗拒大師兄的侵犯。那知結局姜鐵山終於為石萬嗔所殺，而慕容景岳和薛鵲還是結成了夫婦。

程靈素知道這中間的種種曲折，尋思：「二師哥死在石萬嗔手下，想是他不肯背叛先師改投他的門下，但也未始不是出於大師哥的從中挑撥。三師姊竟會改嫁大師哥，說不定也有一份謀殺親夫之罪。」於是嘆道：「小鐵那日中毒，小妹設法相救，也算花過一番心血。想不到他還是死在『桃花瘴』下，那也是命該如此了。」慕容景岳臉色大變，道：「你怎麼知……」說了這四個字，突然住口，和薛鵲對望了一眼。

程靈素道：「小妹也只瞎猜罷了。」原來慕容景岳有一項獨門的下毒功夫，乃是在雲貴交界之處，收集了「桃花瘴」的瘴毒，製成一種毒彈。姜鐵山、薛鵲夫婦和他交手多年，後來也想出了解毒之法。程靈素出言試探，慕容景岳一來此事屬實，二來出其不意，便隨口承認了。程靈素心下更怒，道：「三師姊你好不狠毒，二師哥如此待你，你竟和大師哥同謀，害死了親夫親兒。」須知姜小鐵中了慕容景岳的桃花瘴毒彈，薛鵲自有解救之藥，她既忍心不救，那麼姜鐵山、姜小鐵父子之死，她雖非親自下手，卻也是同謀。程靈素從慕容景岳衝口而出的四個字中，便猜知了這場人倫慘變的內情。

薛鵲急欲岔開話頭，說道：「小師妹，我師有意垂顧，那是你的運氣。你還不快磕頭拜師？」程靈素道：「我若不拜師，便要和二師哥一樣了，是不是？」慕容景岳道：「那倒也未必盡然。你有福不享，別人又何苦來勉強於你？只是那部『藥王神篇』，你該交了出來。我師寬大為懷，你在掌門人大會中冒犯他老人家的過處，也可不加追究了。」

程靈素點頭道：「這話是不錯，只是『藥王神篇』乃我師無嗔大師親手所撰，咱師兄妹三人既然都改投石前輩門下，自當盡棄先師所授的功夫，從頭學起。石前輩和先師門戶不同，雖不一定勝過先師，但定然各有所長，否則兩位也不會另拜明師，又有甚麼『有福不會享』、『是我的運氣』這些話了。那『藥王神篇』既已沒甚麼用處，小妹便燒了它吧！」說著從衣包中取出一本黃紙的手抄本來，晃亮火摺，便往冊子上點去。

石萬嗔初時聽她說要燒「藥王神篇」，心下暗笑：「這『藥王神篇』是無嗔賊禿畢生心血之所聚，你豈捨得燒了它？」待見她取出抄本和火摺，又想：「似你這等狡獪的小丫頭，明知你師兄師姊定要搶奪『藥王神篇』，豈有不假造一本偽書來騙人的？在我面前裝模作樣，那不是班門弄斧麼？」因此雖見她點火燒書，竟是微笑不語，理也不理。待那抄本熱氣一熏，翻揚開來，只見紙質陳舊，抄本中的字跡宛然是無嗔的手跡，不由得吃了一驚，轉念想道：「啊喲不好！這丫頭多半已將書中文字記得滾瓜爛熟，此書已於她無用，那可萬萬燒不得！」忙道：「住手！」呼的一掌劈去，一股疾風，登時將火摺撲熄了。

程靈素道：「咦，這個我可不懂了。若是石前輩的醫藥之術勝過先師，此書要來何用？若是不能勝過先師，又怎能收晚輩為弟子？」

慕容景岳道：「我們這位師父的使毒用藥，比之先師可高得太多了。但大海不擇細流，他山之石，可以攻玉。這『藥王神篇』既是花了先師畢生的心血，吾師拿來翻閱翻閱，也可指出其中過誤與不足之處啊。」他是秀才出身，說起話來，自有一番文謅謅的強辭奪理。

程靈素點頭道：「你的學問越來越長進了。哼！兩個躲在門角落裏，一個鑽在床板底下，想要暗算胡大哥和我。石前輩，有一件事晚輩想要請教，若蒙指明迷津，晚輩雙手將『藥王神篇』獻上，並求前輩開恩，收錄晚輩為徒。」

石萬嗔知她問的必是一個刁鑽古怪的題目，自己未必能答，但見「藥王神篇」抓住在她的手裏，她只須一舉手便能毀去，不願就此和她破臉，便道：「你要問我甚麼事？」

程靈素道：「貴州苗人有一種『碧蠶毒蠱』……」石萬嗔聽到「碧蠶毒蠱」四字，臉色登時一變，只聽她續道：「將碧蠶毒蠱的蠱卵碾為粉末，置在衣服器皿之上，旁人不知誤觸，那便中了蠱毒。這算是苗人的三大蠱毒之一，是麼？」

石萬嗔點頭道：「不錯。小丫頭知道的事倒也不少。」

他從野人山來到中原，得知無嗔大師已死，便遷怒於他的門人，要盡殺之而後快。不料慕容景岳為人極無骨氣，一給石萬嗔制住便即哀求饒命，並說師父遺下一部「藥王神篇」，落入小師妹之手，願意拜他為師，引導他去奪取。石萬嗔雖恨無嗔大師切骨，但心中對他實是大為敬畏，聽說他有遺著，料想其中於使毒的功夫學問，必有無數寶貴之極的法門，當下便收了慕容景岳為徒。其後又聽從他的挑撥，殺了姜鐵山父子，收錄薛鵲。石萬嗔和慕容景岳、姜鐵山、薛鵲三人都動了手，見他三人武功固是平平，使毒的本領也和他們師父相差極遠，聽說程靈素只不過是個十七八歲的姑娘，更是毫沒放在心上，料想只要見到了，還不手到擒來？

在掌門人大會中著了她的道兒，石萬嗔仍未服輸，只恨雙目受了「斷腸草」的損傷，眼力不濟，因而沒瞧出「赤蝎粉」和「三蜈五蟆煙」來。但胡斐在會中所顯露的武功，卻令他頗為忌憚。他暗暗跟隨在後，當胡斐和程靈素赴陶然亭之約時，師徒三人便躲入藥王廟的後院。他三人的主旨是在奪取「藥王神篇」，見紅花會羣雄人多勢眾，一直隱藏在後院，不敢現身。直至胡程二人送別羣雄，又在溪畔飲食休息，他三人才藏身在馬春花房中，只待胡程二人進房，準擬一擊得手。那知程靈素極是精乖，在千鈞一髮之際及時警覺。

這時聽程靈素提到「碧蠶毒蠱」，心下才大是吃驚：「想不到這小丫頭如此了得，她同門的師兄師姊，可遠遠不及了。」當下全神戒備，已無絲毫輕敵之念。

程靈素又道：「碧蠶毒蠱的蟲卵粉末放在任何物件器皿之上，均是無色無臭，旁人決計不易察覺。只不過毒粉不經血肉之軀，毒性不烈，有法可解，須經血肉沾傳，方得致命。世上事難兩全，毒粉一著人體，卻有一層隱隱碧綠之色。石前輩在馬姑娘的屍身置毒，若是只放在她衫上，倒是不易瞧得出來，但為了做到盡善盡美，卻連她臉上和手上都放置了。」

胡斐聽到這裏，這才明白，原來這走方郎中用心如此陰險，竟在馬春花的屍身放置劇毒，自己和程靈素勢必搬動她的屍體，自須中毒無疑，忍不住罵道：「好惡賊，只怕你害人反而害己。」

石萬嗔虎撐一搖，嗆啷啷一陣響聲過去，說道：「小丫頭真是有點眼力，識得我的『碧蠶毒蠱』。漢人之中，除我之外，你是絕無僅有的第二人了，很好，有見識，有本事。你師兄師姊那裏及得上你？」

程靈素道：「前輩謬讚。晚輩所不明白的是，先師遺著『藥王神篇』中說道，『碧蠶毒蠱』放在人體之上，若要不顯碧綠顏色，原不為難，卻不知石前輩何以捨此法而不用？」

石萬嗔雙眉一揚，說道：「當真胡說八道。苗人中便是放蠱的祖師，也無此法。你師父從未去過苗疆，知道甚麼？」程靈素道：「前輩既如此說，晚輩原是不能不信，但先師遺著之中，確是傳下一法。卻不知是前輩對呢，還是先師對。」石萬嗔道：「是甚麼法子，你倒說來聽聽。」程靈素道：「晚輩說了，前輩定然不信。是對是錯。一試便知。」石萬嗔道：「如何試法？」程靈素道：「前輩取出『碧蠶毒蠱』，下在人手之上，晚輩以先師之法取藥混入，且瞧有無碧綠顏色。」

石萬嗔一生鑽研毒藥，聽說有此妙法，將信將疑之餘，確是亟欲一知真偽，便道：「放在誰的手上作試？」程靈素道：「自是由前輩指定。」

石萬嗔心想：「要下在你的手上，你當然不肯。下在那氣勢虎虎的少年手上，那也不用提起。」微一沉吟，向慕容景岳道：「伸左手出來！」慕容景岳跳起身來，叫道：「這……

這……師父，別上這丫頭的當！」石萬嗔沉著臉道：「伸左手出來！」

慕容景岳見師父的神色大是嚴峻，原是不敢抗拒，但想那「碧蠶毒蠱」何等厲害，稍一沾身，便算師父給解藥治愈，不致送命，可是這一番受罪，卻也定然難當無比，他一隻左手伸出尺許，立即又顫抖著縮了回去。石萬嗔冷笑道：「好吧，你不從師命，那也由你。」慕容景岳聽到「不從師命」四字，臉色更是蒼白，原來他拜師時曾立下重誓，若是違背師命，甘受懲處。他們這種人每日裏和毒藥毒物為伍，「懲處」兩字說來輕描淡寫，其實中間所包含的慘酷殘忍之處，令人一想到便會不寒而慄。

他正待伸手出去，薛鵲忽道：「師父，我來試好了。」坦然伸出了左手。石萬嗔道：「偏不要你！瞧他男子漢大丈夫，有沒這個種。」

慕容景岳道：「我又不是害怕。我只想這小師妹詭計多端，定是不安好心，犯不著上她的當。」程靈素點頭道：「大師哥果然厲害得緊。從前跟著先師的時候，先師每件事要受你的氣，眼下拜了個新師父，仍然是徒兒強過了師父。」

石萬嗔明知她這番話是挑撥離間，但還是冷冷的向慕容景岳橫了一眼。慕容景岳給他這一眼瞧得心中發毛，只得將左手伸了出來。

石萬嗔從懷中取出一隻黃金小盒，輕輕揭開，盒中有三條通體碧綠的小蠶，蠕蠕而動。他用一隻黃金小匙在盒中挑了些綠粉，放在慕容景岳掌心。慕容景岳一條左臂顫抖得更加厲害，臉上充滿又怕又怒、又驚又恨的神色，面頰肌肉不住跳動，眼光中流露出野獸般的光芒，似乎要擇人而噬。

胡斐心想：「二妹這一著棋，不管如何，總是在他們師徒之間伏了深仇大恨。這慕容景岳日後一有機會，定要向他師父報復今日之仇。」

只見那些綠粉一放上掌心，片刻間便透入肌膚，無影無蹤，但掌心中隱隱留著一層青氣，似乎揉捏過青草、樹葉一般。

石萬嗔道：「小妞兒，且瞧你的，有甚麼法子叫他掌心不顯青綠之色。」

程靈素不去理他，卻轉頭向胡斐道：「大哥，那日在洞庭湖畔白馬寺我和你初次相見，曾和你約法三章，你可還記得麼？」胡斐道：「記得。」心想：「那日她叫我不可說話，不可跟人動武，不可離開她三步之外，可是這三件事，我一件也沒做到。」程靈素道：「記得就好了，今日你仍當依著這三件事做，千萬不能再忘了。」胡斐點了點頭。

程靈素道：「石前輩，你身邊定有鶴頂紅和孔雀膽吧？這兩種藥物和『碧蠶毒蠱』既相剋而又相輔。你若不信，請看先師的遺著。」說著翻開那本黃紙小冊，送到石萬嗔眼前。

石萬嗔一看，只見果然有一行字寫著道：「鶴頂紅、孔雀膽二物，和碧蠶卵混用，無色無臭，唯見效較緩。」他想再看下去，程靈素卻將書合上了。

石萬嗔心想：「無嗔賊禿果是博學，這一下須得一試真偽，倘若所言不錯，那麼這本『藥王神篇』也非假書了。」他畢生鑽研毒藥，近二十年來更是廢寢忘食，以求勝過師兄，實已跡近瘋狂的地步，此時見到這本殘舊的黃紙抄本，便是天下所有的珍寶聚在一起，亦無如此珍貴。他天性原是十分殘忍涼薄，和慕容景岳相互利用，本就並無甚麼師徒之情，又想這番在他掌心試置「碧蠶毒蠱」之後，他日後一有機會，定會反噬，當下全不計及三種劇毒的藥物放在一起，事後如何化解，右手食指的指甲一彈，便有一陣殷紅色的薄霧散入慕容景岳掌心，跟著中指的指甲一彈，又有一青黑色薄霧散入他掌心。

程靈素見他不必從懷中探取藥瓶，指甲輕彈，隨手便能將所需毒藥放出，手腳之靈便快捷，尚在先師和自己之上，不自禁暗暗驚佩，凝神看他身上，心念一動，已瞧出其中玄妙。原來他一條腰帶縫成一格格的小格，匝腰一周，不下七八十格，每一格中各藏藥粉。他練得熟了，手掌一伸，指甲中已挑了所需的藥粉。練到這般神不知鬼不覺的地步，真不知花了多少功夫，如此一舉手便彈出毒粉，對方怎能防備躲避？

那鶴頂紅和孔雀膽兩種藥粉這般散入慕容景岳的掌心，當真是迅雷不及掩耳，那容他有縮手餘地？慕容景岳本已立下心意，決不容這兩種劇毒的毒物再沾自己肌膚，拚著和石萬嗔破臉，也要抗拒，眼見他對自己如此狠毒，寧可向小師妹屈服，師兄妹三人聯手，也勝於此後受他無窮無盡的折磨。那知石萬嗔下毒的手法快如電閃，慕容景岳念頭尚未轉完，兩般劇毒已沾掌心。

但見一紅一青的薄霧片刻間便即滲入肌膚，手掌心原有那層隱隱的青綠之色，果然登時不見，已跟平常的肌膚毫無分別。

石萬嗔歡叫一聲：「好！」伸手便往程靈素手中的「藥王神篇」抓來。程靈素竟不退縮，只是微微一笑。石萬嗔五根手指將和書皮相碰，突然想起：「這丫頭是那賊禿的關門弟子，書上怎能沒有機關？」急忙縮手，心中暗罵：「老石啊老石，你若敢小覷了這丫頭，便有十條性命，也要送在她手裏了。」

慕容景岳掌心一陣麻一陣癢，這陣麻癢直傳入心裏，便似有千萬隻螞蟻同時在咬嚙心臟一般，顫聲叫道：「小師妹快取解藥給我。」

程靈素奇道：「咦，大師哥，你怎會忘了先師的叮囑？本門中人不能放蠱，又有九種沒解藥的毒藥決計不能使用。」慕容景岳一聽此言，背上登時出了一陣冷汗，說道：「鶴頂紅，孔……孔……雀膽屬於九大禁藥，你……你怎地用在我身上？這不是違背先師的訓誨麼？」

程靈素冷冷的道：「大師哥居然還記得先師，居然還記得不可違背先師的訓誨，當真是大出小妹的意料之外了。那碧蠶毒蠱是我放在你身上的麼？鶴頂紅和孔雀膽，是我放在你身上的麼？先師諄諄囑咐咱們，便是遇上生死關頭，也決不可使用不能解救的毒藥，這是本門的第一大戒。石前輩和大師哥、三師姊都已脫離本門，這些戒條，自然不必遵守。小妹可不敢忘記啊。」

慕容景岳伸右手抓緊左手的脈門，阻止毒氣上行，滿頭冷汗，已是說不出話來。薛鵲右手一翻，伸短刀在慕容景岳左手心中割了兩個交叉的十字，圖使毒性隨血外流，明知這法子解救不得，卻也可使毒性稍減，一面說道：「小師妹，師父的遺著上怎麼說？他老人家既傳下了這三種毒物共使的法子，定然也有解救之道。」

程靈素道：「薛三姊口中的『師父』，是指那一位？是小妹的師父無嗔大師呢，還是你們賢夫婦的師父石前輩？」

薛鵲聽她辭鋒咄咄逼人，心中怒極毒罵，但丈夫的性命危在頃刻，此時有求於她，口頭只得屈服，說道：「是愚夫婦該死，還望小師妹念在昔日同門之情，瞧在先師無嗔大師的面上，高抬貴手，救他一命。」

程靈素翻開「藥王神篇」，指著兩行字道：「師姊請看，此事須怪不得我。」薛鵲順著她手指看去，只見冊上寫道：「碧蠶毒蠱和鶴頂紅、孔雀膽混用，劇毒入心，無法可治，戒之戒之。」薛鵲大怒，轉頭向石萬嗔道：「師父，這書上明明寫著這三種毒藥混用，無藥可治，你卻如何在景岳身上試用？」她雖口稱「師父」，但說話的神情已是聲色俱厲。

「藥王神篇」上這兩行字，石萬嗔其實並未瞧見，但即使看到了，他也決不致因此而稍有顧忌，這時聽薛鵲厲聲責問，如何肯自承不知，丟這個大臉？只道：「將那書給我瞧瞧，看其中還有甚麼古怪？」

薛鵲怒極，心知再有猶豫，丈夫性命不保，短刀一揮，將慕容景岳的一條手臂齊肩斬斷。要知那三種毒藥厲害無比，雖自掌心滲入，但這時毒性上行，單是割去手掌已然無用，幸好三藥混用，發作較慢，同時他掌心並無傷口，毒藥並非流入血脈，割去一條手臂，暫時保住了性命，否則早已毒發身亡。

薛鵲是無嗔大師之徒，自有她一套止血療傷的本領，片刻間包紮好了慕容景岳的傷口，手法極是乾淨利落。

程靈素道：「大師哥，三師姊，非是我有意陷害於你。你兩位背叛師門，改拜師父的仇人為師，原已罪不容誅，加之害死二師哥父子二人，當真天人共憤。眼下本門傳人，只有小妹一人，兩位叛師的罪行，若不是小妹手加懲戒，難道任由師父一世英名，身後反而栽在他仇人和徒兒的手中？二師哥父子慘遭橫死，若不是小妹出來主持公道，難道任由他二人永遠含冤九泉？」

她身形瘦弱，年紀幼小，但這番話侃侃而言，說來凜然生威。

胡斐聽得暗暗點頭，心想：「這兩人卑鄙狠毒，早該殺了。」只聽她又道：「大師哥一臂雖去，毒氣已然攻心，一月之內，仍當毒發不治。兩位已叛出本門，遭人毒手，本與小妹無關，只是瞧在先師的份上，這裏有三粒『生生造化丹』，是師父以數年心血製煉而成，小妹代先師賜你，每一粒可延師兄三年壽命。師兄服食之後，盼你記著先師的恩德，還請捫心自問：到底是你原來的師父待你好，還是新拜的師父待你好？」說著從懷中取出三粒紅色藥丸，托在手裏。

薛鵲正要伸手接過，石萬嗔冷笑道：「手臂都已砍斷，還怕甚麼毒氣攻心？這三粒『死索命丹』一服下肚，那才是毒氣攻心呢。」

程靈素道：「兩位若是相信新師父的話，那麼這三粒丹藥原是用不著了。」說罷便要收入懷中。慕容景岳急道：「不！小師妹，請你給我。」薛鵲道：「多謝小師妹，從今而後，我二人改過自新，重做好人。」低頭走到程靈素身前，取過三枚丹藥，突然身形一晃，怒喝：「石萬嗔，你好毒的……」一句話未說完，俯身摔倒在地。

程靈素和胡斐都是大吃一驚，沒見石萬嗔有何動彈，怎地已下了毒手？程靈素彎下腰來，翻過薛鵲身子，要看她如何被害，是否有救，剛將她身子扳轉，突然右手手腕一緊，已被薛鵲抓住。程靈素知道不好，左手待要往她頭頂拍落，但右手脈門被她抓住，全身酸麻，竟是動彈不得。薛鵲右手握著短刀，刀尖已抵在程靈素胸口，喝道：「將『藥王神篇』放下！」程靈素一念之仁，竟致受制，只得將「藥王神篇」摔在地下。

胡斐待要上前相救，但見薛鵲的刀尖抵正了程靈素的心口，只要輕輕向前一送，立時沒命，心中雖是大急，卻不敢動手。

薛鵲緊緊抓著程靈素手腕，說道：「師父，弟子助你奪到『藥王神篇』，請你將碧蠶毒蠱、鶴頂紅、孔雀膽三種藥物，放在這小賤人的掌心，瞧她是不是也救不了自己性命。」石萬嗔笑道：「好徒兒，好徒兒，這法子實在高明。」取出金盒，用金匙挑了碧蠶毒蠱，兩枚指甲中藏了鶴頂紅和孔雀膽的毒粉，便要往程靈素掌心放落。

慕容景岳重傷之後，雖是搖搖欲倒，卻知這是千鈞一髮的機會，只要程靈素掌心也受了這三種毒藥，她若有解藥，勢須取出自療，自己便可奪而先用，就算真的沒有解藥，也是報了適才之仇，叫她作法自斃，當下奮力攔在胡斐身前，防他阻撓石萬嗔下毒。

胡斐正當無法可施之際，突見慕容景岳搶在自己身前，左手呼的一拳，便往他面門擊去。慕容景岳抬右手招架，胡斐此時情急拚命，那容他有還招餘地，左手拳尚未打實，右手掌出如風，無聲息的推在他胸口。這一掌雖無聲響，力道卻是奇重，只推得慕容景岳直向薛鵲撞去。薛鵲被他一撞，登時摔倒，可是左手仍然牢牢抓住程靈素的手腕不放。

胡斐縱身上前，在薛鵲的駝背心上重重踢了一腳，薛鵲吃痛不過，只得鬆開了程靈素的手腕。這幾下猶似電光石火，實只瞬息間的事，薛鵲手掌剛被震開，石萬嗔的手爪已然抓到。胡斐生怕他手中毒藥碰到程靈素身子，右手急掠，在他肩頭一推。石萬嗔反掌擒拿，向他右手抓來。

程靈素急叫：「快退！」胡斐若是施展小擒拿手中的「九曲折骨法」，原可將他手掌的五根指頭立時扭斷，但這人指上帶有劇毒，如何敢碰？急忙後躍而避，石萬嗔一抓不中，順手將金匙擲出，跟著手指連彈，毒粉化作煙霧，噴上了胡斐的手背。

胡斐不知自己已然中毒，但想這三人奸險狠毒無比，立心斃之於當場，單刀揮出，白光閃閃，全是進手招數。石萬嗔虎撲未及招架，只覺左手上一涼，三根手指已被削斷。他又驚又怕，右手又是一彈，彈出一陣煙霧。程靈素驚叫：「大哥，退後！」胡斐擋在程靈素身前，不敢向前追擊。眼見石萬嗔、慕容景岳、薛鵲一齊逃出了廟外。

程靈素握著胡斐的手，心如刀割，自己雖然得脫大難，可是胡斐為了相救自己，手背上已沾上了碧蠶毒蟲、鶴頂紅、孔雀膽三種劇毒。「藥王神篇」上說得明明白白：「劇毒入心，無藥可治。」

難道揮刀立刻將他右手砍斷，再讓他服食「生生造化丹」，延續九年性命？三般劇毒入體，以「生生造化丹」延命九年，此後再服「生生造化丹」也是無效了。

他是自己在這世界上唯一親人，和他相處了這些日子之後，在她心底，早已將他的一切瞧得比自己重要得多。這樣好的人，難道便只再活九年？

程靈素不加多想，腦海中念頭一轉，早已打定了主意，取出一顆白色藥丸，放在胡斐口中，顫聲道：「快吞下！」胡斐依言嚥落，心神甫定，想起適才的驚險，猶是心有餘怖，說道：「好險，好險！」見那「藥王神篇」掉在地下，一陣秋風過去，吹得書頁不住翻轉，說道：「可惜沒殺了這三個惡賊！幸好他們也沒將你的書搶去。二妹，倘若你手上沾了這三種毒藥，那可怎麼辦？」

程靈素柔腸寸斷，真想放聲痛哭，可是卻哭不出來。

胡斐見她臉色蒼白，柔聲道：「二妹，你累啦，快歇一歇吧！」程靈素聽到他溫柔體貼的說話，更是說不出的傷心，哽咽道：「我……我……」

胡斐忽覺右手手背上略感麻癢，正要伸左手去搔，程靈素一把抓住了他左手手腕，顫聲道：「別動！」胡斐覺得她手掌冰涼，奇道：「怎麼？」突然間眼前一黑，咕咚一聲，仰天摔倒。

胡斐這一交倒在地下，再也動彈不得，可是神智卻極為清明，只覺右手手背上一陣麻，一陣癢，越來越是厲害，驚問：「我也中了那三大劇毒麼？」

程靈素淚水如珍珠斷線般順著面頰流下，撲簌簌的滴在胡斐衣上，緩緩點了點頭。胡斐見此情景，不禁涼了半截，暗想：「她這般難過，我身上所中劇毒，定是無法救治了。」剎時之間，心頭湧上了許多往事：商家堡中和趙半山結拜、佛山北帝廟中的慘劇、瀟湘道上結識袁紫衣、洞庭湖畔相遇程靈素，以及掌門人大會、紅花會羣雄、石萬嗔……這一切都是過去了，過去了……

他只覺全身漸漸僵硬，手指和腳趾寒冷徹骨，說道：「二妹，生死有命，你也不必難過。只可惜你一個人孤苦伶仃，做大哥的再也不能照料你了。那金面佛苗人鳳雖是我的殺父之仇，但他慷慨豪邁，實是個鐵錚錚的好漢子。我……我死之後，你去投奔他吧，要不然……」說到這裏，舌頭大了起來，言語模糊不清，終於再也說不出來了。

程靈素跪在他身旁，低聲道：「大哥，你別害怕，你雖中三種劇毒，但我有解救之法。你不會動彈，不會說話，那是服了那顆麻藥藥丸的緣故。」胡斐聽了大喜，眼睛登時發亮。

程靈素取出一枚金針，刺破他右手手背上的血管，將口就上，用力吮吸。胡斐大吃一驚，心想：「毒血吸入你口，不是連你也沾上了劇毒麼？」可是四肢寒氣逐步上移，全身再也不聽使喚，那裏掙扎得了。

程靈素吸一口毒血，便吐在地下，若是尋常毒藥，她可以用手指按捺，從空心金針中吸出毒質，便如替苗人鳳治眼一般，但碧蠶毒蠱、鶴頂紅、孔雀膽三大劇毒入體，又豈是此法所能奏效？她直吸了四十多口，眼見吸出來的血液已全呈鮮紅之色，這才放心，吁了一口長氣，柔聲道：「大哥，你和我都很可憐。你心中喜歡袁姑娘，那知道她卻出家做了尼姑……我……我心中……」

她慢慢站起身來，柔情無限的瞧著胡斐，從藥囊中取出兩種藥粉，替他敷在手背，又取出一粒黃色藥丸，塞在他口中，低低的道：「我師父說中了這三種劇毒，無藥可治，因為他只道世上沒有一個醫生，肯不要自己的性命來救活病人。大哥，他不知我……我會待你這樣……」

胡斐只想張口大叫：「我不要你這樣，不要你這樣！」但除了眼光中流露出反對的神色之外，實在無法表示。

程靈素打開包裹，取出圓性送給她的那隻玉鳳，淒然瞧了一會，用一塊手帕包了，放在胡斐懷裏。再取出一枝蠟燭，插在神像前的燭台之上，一轉念間，從包中另取一枝較細的蠟燭，拗去半截，晃火摺點燃了，放在後院天井中，讓蠟燭燒了一會，再取回來放在燭台之旁，另行取一枝新燭插上燭台。

胡斐瞧著她這般細心佈置，不知是何用意，只聽她道：「大哥，有一件事我本來不想跟你說，以免惹起你傷心。現下咱們要分手了，不得不說。在掌門人大會之中，我那狠毒的師叔和田歸農相遇之時，你可瞧出蹺蹊來麼？他二人是早就相識的。田歸農用來毒瞎苗大俠眼睛的斷腸草，定是石萬嗔給的。你爹爹媽媽所以中毒，那毒藥多半也是石萬嗔配製的。」

胡斐心中一凜，只想大叫一聲：「不錯！」

程靈素道：「你爹爹媽媽去世之時，我尚未出生，我那幾個師兄師姊，也還年紀尚小，未曾投師學藝。那時候當世擅於用毒之人，只有先師和石萬嗔二人。苗大俠疑心毒藥是我師父給的，因之和他失和動手，我師父既然說不是，當然不是了。我雖疑心這個師叔，可是並無佐證，本來想慢慢查明白了，如果是他，再設法替你報仇。今日事已如此，不管怎樣，總之是要殺了他……」說到這裏，體內毒性發作，身子搖晃了幾下，摔在胡斐身邊。

胡斐見她慢慢合上眼睛，口角邊流出一條血絲，真如是萬把鋼錐在心中攢刺一般，張口大叫：「二妹，二妹！」可是便如深夜夢魘，不論如何大呼大號，總是喊不出半點聲息，心裏雖然明白，卻是一根小指頭兒也轉動不得。

便是這樣，胡斐並肩和程靈素的屍身躺在地下，從上午挨到下午，又從下午挨到黃昏。

要知那碧蠶毒蠱、鶴頂紅、孔雀膽三大劇毒的毒性何等厲害，雖然程靈素替他吸出了毒血，但毒藥已侵入過身體，全身肌肉僵硬，非等一日一夜，不能動彈。這幾個時辰中他心中之苦，真非常人所能想像。

眼見天色漸漸黑了下來，他身子兀自不能轉動，只知程靈素躺在自己身旁，可是想轉頭瞧她一眼，卻是不能。

又過了兩個多時辰，只聽得遠處樹林中傳來一聲聲梟鳴，突然之間，幾個人的腳步聲悄悄到了廟外。只聽得一人低聲道：「薛鵲，你進去瞧瞧。」正是石萬嗔的聲音。

胡斐暗叫：「罷了，罷了！我一動也不能動，只有靜待宰割的份兒。二妹啊二妹，你為了救我性命，給我服下麻藥，可是藥性太烈，不知何時方消，此刻敵人轉頭又來，我還是要跟你同赴黃泉。雖然死不足惜，可是這番大仇，卻是再難得報了。」其實此時麻藥的藥性早退，他所以肌肉僵硬有如死屍，全是三大劇毒之故。

只聽得薛鵲輕輕閃身進來，躲在門後，向內張望。她不敢晃亮火摺，黑暗中卻又瞧不見甚麼，側耳傾聽，但覺寂無聲息，便回出廟門，向石萬嗔說了。

石萬嗔點頭道：「那小子手背上給我彈上了三大劇毒，這當兒不是命赴陰曹，便是一條手臂齊肩切了下來。賸下那小丫頭一人，何足道哉！就只怕兩個小鬼早已逃得遠了。」他話是這麼說，仍是不敢托大，取出虎撐嗆啷啷的搖動，護住前胸，這才緩步走進廟門。

走到殿上，黑暗中只見兩個人躺在地下，他不敢便此走近，拾起一粒石子，向兩人投去，只見兩人仍是一動不動，當下晃亮火摺一看，見地下那兩人正是胡斐和程靈素。眼見兩人全身僵直，顯已死去多時。石萬嗔大喜，一探程靈素鼻息，早已顏面冰冷，沒了呼吸，再伸手去探胡斐鼻息時，胡斐雙目緊閉，凝住呼吸。

石萬嗔為人也當真鄭重，只覺他顏面微溫，並未死透，隨手取出一根金針，在程胡兩人手心中各自刺了一下，他們若是喬裝假死，這麼一刺，手掌非顫動不可。程靈素真的已死，胡斐肌肉尚僵，金針雖刺入他掌心知覺最為銳敏之處，亦是絕無反應。

慕容景岳恨恨的道：「這丫頭吮吸情郎手背的毒藥，豈不知情郎沒救活，連帶送了自己的性命。」

石萬嗔急於找那冊「藥王神篇」，眼見火摺將要燒盡，便湊到燭台上去點蠟燭。火燄剛和燭芯相碰，心念一動：「這枝蠟燭沒點過，說不定有甚麼古怪。」一見燭台下放著半截點過的蠟燭，心想：「這半截蠟燭是點過的，定然無妨。」於是拔下燭台上那枝沒點過的蠟燭，換上半截殘燭，用火摺點燃了。

燭光一亮，三人同時看到了地下的「藥王神篇」，齊聲喜呼。石萬嗔撕下一塊衣襟，墊在手上，這才隔著布料將冊子拾起。湊到燭火旁翻書一看，只見密密寫著一行行的蠅頭小楷，果然是各種醫術和藥性，但略一檢視，其中治病救傷的醫道佔了九成以上。說到毒藥之時，要旨也在闡述解毒救治，至於如何煉毒施毒，以及諸般種植毒草、培養毒蟲之法，卻說的極為簡略。原來無嗔大師晚年深悔一生用毒太多，以致在江湖上得了個「毒手藥王」的名號，是以傳給弟子的遺書，名為「藥王神篇」，乃是一部濟世救人的醫書。

石萬嗔、慕容景岳、薛鵲三人處心積慮想要劫奪到手的，原想是一部包羅萬有、神奇奧妙的「毒經」，此時一看，竟是一部醫書，縱然其中所載醫術精深，於他卻是全無用處，石萬嗔自是大失所望。

他凝思片刻，對薛鵲道：「你搜搜那死丫頭的身邊，是否另有別的書冊。這一部只是醫書，沒甚麼用。」說著隨手扔在神枱之上。薛鵲一搜程靈素的衣衫和包裹，道：「沒有了。」

慕容景岳猛地想起一事，道：「我那師父善寫隱形字體，莫非……」這句話一出口，登時好生後悔，暗想：「該死！該死！我何必說了出來？任他以為此書無用，我撿回去細細探索，豈不是好？」但石萬嗔何等機伶，立時醒悟，說道：「不錯！」又揀起那部「藥王神篇」。

一轉身間，只見慕容景岳和薛鵲雙膝漸漸彎曲，身子軟了下來，臉上似笑非笑，神情極是詭異。石萬嗔大吃一驚，叫道：「怎麼啦？七心海棠，七心海棠？難道死丫頭種成了七心海棠？這……這蠟燭……」

腦海中猶如電光一閃，想起了少年時和無嗔同門學藝時的情景，有一天晚上，師父講到天下的毒物之王，他說鶴頂紅、孔雀膽、墨蛛汁、腐肉膏、彩虹菌、碧蠶卵、蝮蛇涎、番木鱉、白薯芽等等，都還不是最厲害的毒物，最可怕的是七心海棠。這毒物無色無臭，無影無蹤，再精明細心的人也防備不了，不知不覺之間，已是中毒而死。死者臉上始終帶著微笑，似乎十分平安喜樂。師父曾從海外得了這七心海棠的種子，可是不論用甚麼方法，都是種它不活。那天晚上，師兄和他自己都向師父討了九粒七心海棠的種子。師父微笑道：「幸好這七心海棠難以培植，否則世上還有誰得能平安。」

瞧慕容景岳和薛鵲的情狀，正是中了七心海棠之毒，他立即屏住呼吸，伸手按住口鼻，正想細察毒從何來，突然間眼前一黑，再也瞧不見甚麼。一瞬之間，他還道是蠟燭熄滅，但隨即發覺，卻是自己雙眼陡然間失明。

「七心海棠！七心海棠！」他知道幸虧在進廟之前，口中先含了化解百毒的丹藥，七心海棠的毒性一時才不致侵入臟腑，但雙目已然抵受不住，竟自盲了。

胡斐事先卻給程靈素餵了抵禦七心海棠毒性的解藥，雙目無恙，一切看得清清楚楚，眼見慕容景岳和薛鵲慢慢軟倒，眼見石萬嗔雙手在空中亂抓亂撲，大叫：「七心海棠，七心海棠！」衝出廟去。只聽他淒厲的叫聲漸漸遠去，靜夜之中，雖然隔了良久，還聽得他的叫聲隱隱從曠野間傳來，有如發狂的野獸嘷叫一般：「七心海棠！七心海棠！」

胡斐身旁躺著三具屍首，一個是他義結金蘭的小妹子程靈素，兩個是他義妹的對頭、背叛師門的師兄師姊。破廟中一枝黯淡的蠟燭，隨風搖曳，忽明忽暗，他身上說不出的寒冷，心中說不出的淒涼。

終於蠟燭點到了盡頭，忽地一亮，火燄吐紅，一聲輕響，破廟中漆黑一團。

胡斐心想：「我二妹便如這蠟燭一樣，點到了盡頭，再也不能發出光亮了。她一切全算到了，料得石萬嗔他們一定還要再來，料到他小心謹慎不敢點新蠟燭，便將那枚混有七心海棠花粉的蠟燭先行拗去半截，誘他上鉤。她早已死了，在死後還是殺了兩個仇人。她一生沒害過一個人的性命，她雖是毒手藥王的弟子，生平卻從未殺過人。她是在自己死了之後，再來清理師父的門戶，再來殺死這兩個狼心狗肺的師兄師姊。

「她沒跟我說自己的身世，我不知她父親母親是怎樣的人，不知她為甚麼要跟無嗔大師學了這一身可驚可怖的本事。我常向她說我自己的事，她總是關切的聽著。我多想聽她說說她自己的事，可是從今以後，那是再也聽不到了。

「二妹總是處處想到我，處處為我打算。我有甚麼好，值得她對我這樣？值得她用自己的性命，來換我的性命？其實，她根本不必這樣，只須割了我的手臂，用她師父的丹藥，讓我在這世界上再活九年。九年的時光，那是足夠足夠了！我們一起快快樂樂的渡過九年，就算她要陪著我死，那時候再死不好麼？」

忽然想起：「我說『快快樂樂』，這九年之中，我是不是真的會快快樂樂？二妹知道我一直喜歡袁姑娘，雖然發覺她是個尼姑，但思念之情，並不稍減。那麼她今日寧可一死，是不是為此呢？」

在那無邊無際的黑暗之中，心中思潮起伏，想起了許許多多事情。程靈素的一言一語，一顰一笑，當時漫不在意，此刻追憶起來，其中所含的柔情密意，才清清楚楚的顯現出來。

「小妹子對情郎——恩情深，

你莫負了妹子——一段情，

你見了她面時——要待她好，

你不見她面時——天天要十七八遍掛在心！」

王鐵匠那首情歌，似乎又在耳邊纏繞，「我要待她好，可是……可是……她已經死了。她活著的時候，我沒待她好，我天天十七八遍掛在心上的，是另一個姑娘。」

天漸漸亮了，陽光從窗中射進來照在身上，胡斐卻只感到寒冷，寒冷……

終於，他覺到身上的肌肉柔軟起來，手臂可以微微抬一下了，大腿可以動一下了。他雙手撐地，慢慢站起身來，深情無限的望著程靈素。突然之間，胸中熱血沸騰。「我活在這世上有甚麼意思？二妹對我這麼多情，我卻是如此薄倖的待她！我不如跟她一齊死了！」

但一瞥眼看到慕容景岳和薛鵲的屍身，立時想起：「爹娘的大仇還未報，害死二妹的石萬嗔還活在世上。我這麼輕生一死，甚麼都撒手不管，豈是大丈夫的行徑？」

卻原來，程靈素在臨死之時，這件事也料到了。她將七心海棠蠟燭換了一枝細身的，毒藥份量較輕的，她不要石萬嗔當場便死，要胡斐慢慢的去找他報仇。石萬嗔眼睛瞎了，胡斐便永遠不會再吃他的虧。她臨死時對胡斐說道，害死他父母的毒藥，多半是石萬嗔配製的。那或許是事實，或許只是猜測，但這足夠叫他記著父母之仇，使他不致於一時衝動，自殺殉情。

她甚麼都料到了，只是，她有一件事沒料到。胡斐還是沒遵照她的約法三章，在她危急之際，仍是出手和敵人動武，終致身中劇毒。

又或許，這也是在她意料之中。她知道胡斐並沒愛她，更沒有像自己愛他一般深切的愛著自己，不如就是這樣了結。用情郎身上的毒血，毒死了自己，救了情郎的性命。

很淒涼，很傷心，可是乾淨利落，一了百了，那正不愧為「毒手藥王」的弟子，不愧為天下第一毒物「七心海棠」的主人。

少女的心事本來是極難捉摸的，像程靈素那樣的少女，更加永遠沒人能猜得透到底她心中在想些甚麼。

突然之間，胡斐明白了一件事：「為甚麼前天晚上在陶然亭畔，陳總舵主祭奠那個墓中姑娘時竟哭得那麼傷心？」原來，當你想到最親愛的人永遠不能再見面時，不由得你不哭，不由得你不哭得這麼傷心。

他將程靈素和馬春花的屍身搬到破廟後院。心想：「兩人屍身上都沾著劇毒，須得小心，別沾上了。我還沒報仇，可死不得！」生起柴火，分別將兩人火化了。他心中空空洞洞，似乎自己的身子，也隨著火燄成煙成灰，隨手在地下掘了個大坑，把慕容景岳和薛鵲夫婦葬了。

眼見日光西斜，程靈素和馬春花屍骨成灰，於是在廟中找了兩個小小瓦罈，將兩人的骨灰收入罈內，心想：「我去將二妹的骨灰葬在我爹娘墳旁，她雖不是我親妹子，但她如此待我，豈不比親骨肉還親麼？馬姑娘的骨灰，要帶去湖北廣水，葬在徐大哥的墓旁。」

回到廂房，但見程靈素的衣服包裹兀自放在桌上，凝目瞧了良久，忍不住又掉下淚來。隔了半晌，這才伸手收拾，見到包中有幾件易容改裝的用具，膠水假鬚，一概具備，心想：「我若坦然以本來面目示人，走不上一天，便會遇上福康安派出來追捕的鷹爪，雖然不怕，但一路鬥將過去，如何了局？」於是臉上搽了易容藥水，黏上三綹長鬚，將兩隻骨灰罈包入包裹，揚長出廟。

他一路向南追蹤石萬嗔。這日中午，在陳官屯一家飯鋪中打尖，剛坐定不久，只聽得靴聲橐橐，走進四名武官來。領先一人瘦長身材，正是鷹爪雁行門的曾鐵鷗。胡斐心下微微一驚，側過了頭，心想自己雖已喬裝改扮，他未必認得出來，但此人甚是精明，說不定會給他瞧出破綻。

飯鋪中的店小二手忙腳亂，張羅著侍候四位武官。

胡斐心想：「這四人出京南下，多半和我的事有關，倒要聽他們說些甚麼。」可是曾鐵鷗等四人風花雪月，儘說些沒要緊之事，只聽得他好生納悶。便在此時，忽聽得店外青石板上篤篤聲響，有個盲人以杖探地，慢慢走了進來。

那人一進飯鋪，胡斐心中怦怦亂跳，這幾日來他一路打探石萬嗔的蹤跡，追尋而來，果知他相距已經不遠，此人盲了雙眼，行走不快，遲早終須追上，不料竟在這小鎮上的飯店中狹路相逢。只見他衣衫襤褸，面目憔悴，左手兀自搖著那隻走方郎中所用的虎撐。

他摸索到一張方桌，再摸到桌邊的板凳，慢慢坐了下來，說道：「店家，先打一角酒來。」店小二見他是個乞兒模樣，沒好氣的問道：「你要喝酒，有銀子沒有？」石萬嗔從懷中取出一錠銀子，放在桌上。店小二道：「好，我去打酒給你。」

石萬嗔一走進飯鋪，曾鐵鷗便向三個同伴大打手勢，示意要上前捉拿。那日掌門人大會之中，程靈素口噴毒煙，使得人人肚痛，羣豪疑心福康安在酒水中下毒，福康安等卻認定是這「毒手藥王」做了手腳。因此福康安派遣大批武官衛士南下，交代了三件要務：第一是追捕紅花會羣雄和胡斐、程靈素、馬春花一行人，尋回福康安的兩個兒子，這是第一件要事；第二是捉拿拆散掌門人大會的「罪魁禍首」石萬嗔；第三是捉拿得悉重大陰私隱秘的湯沛及尼姑圓性。

這時曾鐵鷗眼見石萬嗔雙目已盲，心下好生喜歡，但猶恐他是假裝，慢慢站起身來，說道：「店家，怎地你店裏桌椅這麼少？要找個座頭也沒有？」一面說，一面向店小二作手勢，命他不可作聲。另一名武官接口道：「張掌櫃的，今兒做甚麼生意，到陳官屯來啊？」曾鐵鷗道：「還不是運米來麼？李掌櫃，你生意好？」那武官道：「好甚麼？左右混口飯吃罷啦。」兩人東拉西扯的說了幾句。曾鐵鷗道：「沒座位啦，咱們跟這位大夫搭個座頭。」說著便打橫坐在石萬嗔的桌旁。

其實飯店中空位甚多，但石萬嗔並不起疑，對兩人也不加理睬。曾鐵鷗才知他是真盲，膽子更加大了，向另外兩名武官招手道：「趙掌櫃，王掌櫃，一起過來喝兩盅吧，小弟作東。」那兩名武官道：「叨擾，叨擾！」也過來坐在石萬嗔身旁。

石萬嗔眼睛雖盲，耳音仍是極好，聽著曾鐵鷗等四人滿嘴北京官腔，並非本地口音，說的是做生意，但沒講得幾句，便露出了馬腳。他微一琢磨，已猜到了八九分，站起身來，說道：「店家，我今兒鬧肚子，不想吃喝啦，咱們回頭見。」曾鐵鷗按住他肩頭，笑道：「大夫你不忙，咱們喝幾杯再走。」石萬嗔知道脫身不得，微微冷笑，便又坐下。

一會兒酒菜端了上來，曾鐵鷗斟了一杯酒，道：「大夫，我敬你一杯。」石萬嗔道：「好好！」舉杯喝乾，道：「我也敬各位一杯。」右手提著酒壺，左手摸索四人的酒杯，替每人斟上一杯，斟酒之時，指甲輕彈，在各人酒杯中彈上了毒藥，手法便捷，卻是誰也沒瞧出來。

可是他號稱「毒手藥王」，曾鐵鷗雖然沒見下毒，如何敢喝他所斟之酒，輕輕巧巧的，便將自己一杯酒和石萬嗔面前的一杯酒換過了。

這一招誰都看得分明，便只石萬嗔沒法瞧見。

胡斐心中嘆息：「你雙眼已盲，還在下毒害人，當真是自作孽，不可活。我又何必再出手殺你？」

他站起身來，付了店帳。只聽曾鐵鷗笑道：「請啊，請啊，大家乾了這杯！」四名武官臉露奸笑，手中甚麼也沒有，一齊說道：「乾杯！」只見石萬嗔拿著他下了毒藥的一杯酒，嘴角邊露出一絲狡猾的微笑。胡斐知他料定這四名武官轉眼便要毒發身亡，是以兀自還在得意，見到石萬嗔這般情狀，心中忽生憐憫之感，大踏步走出了飯店。

數日之後，到了滄州鄉下父母的墳地。當他幼時，每隔幾年，平四叔便帶他前來掃墓。三年前他又曾來過一次。每次到這地方，他總要在父母墓前呆呆坐上幾天，想著各種各樣的事情：如果爹爹媽媽這時還活著……如果他們瞧見我長得這麼高大了……如果爹爹見我這麼使刀，不知會說甚麼……。

這日他來到墓地時，天色已經向晚，遠遠瞧見一個穿淡藍衫子的女人，一動不動的站在他父母墓旁。這塊墓地中沒別的墳墓，「難道這女子竟是我父母的相識？」

他心中大奇，慢慢走近，只見那女子是個相貌極美的中年婦人，一張瓜子臉兒，秀麗出眾，只是臉色過於蒼白，白得沒半點血色。她見胡斐走來，也是微感訝異，抬起了頭瞧著他。

這時胡斐離北京已遠，途中不遇追騎，已不再喬裝，回復了本來面目，但風塵僕僕，滿身都是泥灰。那女子見是個不相識的少年，也不在意，轉過了頭去。

這麼一轉頭，胡斐卻認出她來——她是當年跟著田歸農私奔的苗人鳳之妻。當年在商家堡，苗人鳳的女兒大叫「媽媽」，張開了雙臂要她抱，她卻硬起心腸，轉過了頭去。她的相貌胡斐已記不起了。但這麼狠心一轉頭，他永遠都忘不了。

他忍不住冷冷的道：「苗夫人，你獨個兒在這裏幹甚麼？」

她陡然間聽到「苗夫人」三字，全身一震，慢慢回過身來，臉色更加白了，顫聲道：「你……你怎知道我……」說了這幾個字，緩緩低下了頭，下面的話再也說不出來了。

胡斐道：「我出世三天，父母便長眠於地下，終身不知父母之愛，但比起你的女兒來，我還是快活得多。那天商家堡中，你硬著心腸不肯抱女兒一抱……不錯，我比你的女兒是快活得多了。」

苗夫人南蘭身子搖搖欲倒，道：「你……你是誰？」

胡斐指著墳墓，說道：「我是到這裏來叫一聲『爹爹，媽媽！』只因他們死了，這才不答我，這才不抱我。」南蘭道：「你是胡大俠胡一刀……的……的令郎？」胡斐道：「不錯，我姓胡名斐。我見過金面佛苗大俠，也見過他的女兒。」南蘭低聲道：「他們……他們很好吧？」

胡斐斬釘截鐵的道：「不好！」

南蘭走上一步，道：「他們怎麼啦？胡相公，求求你，求你跟我說。」胡斐道：「苗大俠為奸人所害，瞎了雙目。苗姑娘孤苦伶仃，沒媽媽照顧。」南蘭驚道：「他……他武功蓋世，怎能……」

胡斐大怒，厲聲道：「在我面前，你何必假惺惺裝模作樣？田歸農行此毒計，難道不是出於你的奸謀？此處若不是我父母的墳墓所在，我一刀便將你殺了。你快快走開吧！」

南蘭顫聲道：「我……我確是不知。胡相公，這時候他已好了嗎？」

胡斐見她臉色極是誠懇，不似作偽，但想這女子水性楊花、奸滑涼薄，甚麼樣子都裝得出，不願跟她多說，哼了一聲，轉身便走。南蘭喃喃的道：「他……他竟被人弄瞎了眼睛，蘭兒，我苦命的蘭兒……」突然間翻身摔倒，暈了過去。

胡斐聽得聲響，回頭一看，倒吃了一驚，微一躊躇，過去一探她鼻息，竟是真的氣厥，脈息微弱，越跳越慢，若是不加施救，立即便要身亡。他萬不料到這個無情無義的女子竟會如此，當下揑她的人中，在她脅下推拿。

過了良久，南蘭才悠悠醒轉，低聲道：「胡相公，我死不足惜，只求你告我實情，他和我蘭兒到底怎樣了？」胡斐道：「難道你還關懷他們？」

南蘭道：「說來你定然不信。但這幾年來，我日日夜夜，想著的便是這兩個人。我自知已不久人世，只盼能再見他們一面，可是我那裏又有面目再去見他父女？今日我到這裏來，因為苗大哥當年和我成婚不久，便帶著我到這裏，來祭奠令尊令堂。苗大哥說他一生之中，便只佩服胡大俠夫婦兩人。當年在這墓前，他跟我說了許多話……」

胡斐見她情辭真摯，確非虛假，他人雖粗豪，心腸卻軟，便道：「好，我便跟你說一說苗大俠父女的近狀。」於是將苗人鳳如何雙目中毒、如何力敗強敵等情簡略說了，只是自己如何從旁援手，卻輕輕一言帶過。南蘭絮絮詢問苗人鳳和苗若蘭父女的起居飲食，對苗若蘭相貌如何、喜歡甚麼等等，問得更是仔細。但胡斐在苗家匆匆而來，匆匆而去，對這個小姑娘的情狀，卻是說不上甚麼。

他一直說到夕陽西下，南蘭意猶未足，兀自問個不休。胡斐說到後來，實已無話可答，南蘭問他，她女兒穿甚麼樣的衣服，是綢的還是布的？是她父親到店中買來，還是託人縫製？穿了合不合身？好不好看？

胡斐嘆了口氣，說道：「我都不知道。你既是這樣關心，當年又何必……」站起身來，道：「我要投店去啦。本來今日我要來埋葬義妹的骨灰，此刻天色已晚，只好明天再來！」南蘭道：「好，明天我也來。」胡斐道：「不！我再也沒甚麼話跟你說了。」他頓了一頓，終於問道：「苗夫人，我爹爹媽媽，是死在苗人鳳手下的，是不是？」

南蘭緩緩點了點頭，道：「他……他曾跟我說起此事……，不過，這是……」

正說到這裏，忽聽得遠處有人叫道：「阿蘭，阿蘭！……阿蘭，阿蘭！你在那裏？」胡斐和南蘭一聽，同時臉色微變，原來那正是田歸農的叫聲。

南蘭道：「他找我來啦！明兒一早，請你再到這裏，我跟你說令尊令堂的事。」胡斐道：「好，明日一早，一準在此會面。」他不願跟田歸農朝相，隱身在墳墓之後，心想：「明日問明爹爹媽媽身故的真相，若是當真和田歸農這奸賊有關，須饒他不得。料想苗夫人定要替他遮掩隱瞞，但我只要細心查究，必能瞧出端倪。只不知田歸農到滄州來，卻是為了何事？」

只見南蘭快步走出墓地，卻不是朝著田歸農叫聲的方向走去，待走出數十丈遠，只聽得田歸農還在不住口的呼喚：「阿蘭，阿蘭，你在不在這兒？」南蘭才應道：「我在這裏。」田歸農「啊」了一聲，循聲奔去。南蘭道：「我隨便走走，你也不許，便管得我這麼緊。」隱隱約約聽得田歸農陪笑道：「誰敢管你啦？我記掛著你啊。這兒好生荒涼，小心別嚇著了……」兩人並肩遠去，再說些甚麼，便聽不見了。

胡斐心想：「天色已晚，不如便在這裏陪著爹娘睡一夜。」從包裹取出些乾糧吃了，抱膝坐於墓旁，沉思良久，秋風吹來，微感涼意。墓地上黃葉隨風亂舞，一張張撲在他臉上身上，直到月上東山，這才臥倒。

睡到中夜，忽聽得馬蹄擊地之聲，遠遠傳來，胡斐一驚而醒，心道：「半夜三更，還有誰在荒郊馳馬？」只聽得蹄聲漸近，那馬奔得甚是迅捷。待得相距約有兩三里路，蹄聲緩了，跟著是一步一步而行，似乎馬上乘客已下了馬背，牽著馬在找尋甚麼。胡斐聽得那馬正是向自己的方向而來，當下縮在墓後的長草之中，要瞧來的是誰。

新月之下，只見一個身材苗條的人影牽著馬慢慢走近，待那人走到墓前十餘丈時，胡斐看得明白，那人緇衣圓帽，正是圓性。

他一顆心劇烈跳動，但覺唇乾舌燥，手心中都是冷汗，要想出聲呼喚，不知如何，竟是叫不出聲來，霎時間思如潮湧：「她到這裏來做甚麼？她是知道我在這裏麼？是無意中到這兒呢，還是為了尋我而來？」

只聽得圓性輕輕念著墓碑上的字道：「遼東大俠胡一刀夫婦之墓！」幽幽歎了口氣，道：「是這裏。」在墓前仔細察看，自言自語道：「墓前並無紙灰，那麼他還沒來掃過墓……」突然之間，劇烈咳嗽起來，越咳越是厲害，竟是不能止歇。

胡斐聽著她的咳聲，心中暗暗吃驚：「她身染疾病，勢道大是不輕啊。」

只聽得她咳了好半晌，才漸漸止了，輕輕的道：「倘若當年我不是在師父跟前立下重誓，終身伴著你浪跡天涯，行俠仗義，豈不是好？唉，胡大哥，你心中難過。但你知不知道，我可比你更是傷心十倍啊？」

胡斐和她數度相遇，見她總是若有情若無情，那裏聽到過她吐露心中真意？若不是她只道荒野之中定然無人聽見，也決不會洩漏心中的鬱積。圓性說了這幾句話，心神激盪，倚著墓碑，又大咳起來。

胡斐再也忍耐不住，縱身而出，柔聲道：「怎地受了風寒？要保重才好。」

圓性大吃一驚，退了一步，雙掌交叉，一前一後，護在胸前，待得看清楚竟是胡斐，不由得滿臉通紅。

過了一會，圓性道：「你……你這輕薄小子，怎地……怎地躲在這裏，鬼鬼祟祟的偷聽人家說話？」

胡斐中心如沸，再也不顧忌甚麼，大聲道：「袁姑娘，我對你的一片真心，你也決非不知。你又何必枉然自苦？我跟你一同去稟告尊師，還俗回家，不做這尼姑了。你我天長地久，永相廝守，豈不是好？」

圓性撫著墓碑，咳得彎下了腰，抬不起身來。胡斐甚是憐惜，走近兩步，柔聲道：「你不用煩惱啦……」忽見她一聲咳嗽，吐出一口血來，不禁一驚，道：「怎地受了傷？」

圓性道：「是湯沛那奸賊傷的。」胡斐怒道：「他在那裏？我這便找他去。」圓性道：「我已殺了他。」

胡斐大喜，道：「恭喜你手刃大仇。」隨即又問：「傷在那裏，快坐下歇一歇。」扶著她慢慢坐下。又道：「你既已受傷，就該好好休養，不可鞍馬勞頓，連夜奔波。」

圓性轉過頭來，向他看了一眼，心中在說：「我何嘗不知該當好好休養，若不是為了你，我何必鞍馬勞頓，連夜奔波？」問道：「程家妹子呢？怎麼不見她啊？」

胡斐淚盈於眶，顫聲道：「她……她已去世了。」圓性大驚，站了起來，道：「怎……怎麼……去世了？」胡斐道：「你坐下，慢慢聽我說。」於是將自己如何中了石萬嗔的劇毒、程靈素如何捨身相救等情一一說了。圓性黯然垂淚。良久良久，兩人相對無語，回思程靈素的俠骨柔腸，都是難以自已。

一陣秋風吹來，寒意侵襲，圓性輕輕打了個顫。胡斐脫下身上長袍，披在她的身上，低聲道：「你睡一忽兒吧。」圓性道：「不，我不睡。我是來跟你說一句話，這……這便要去。」胡斐驚道：「你到那裏去？」圓性凝望著他，輕輕道：「借如生死別，安得長苦悲？」

胡斐聽了這兩句話，不由得癡了，跟著低聲唸道：「借如生死別，安得長苦悲？」

圓性道：「胡大哥，此地不可久留，你急速遠離為是。我在途中得到訊息，趕來跟你說知。」胡斐道：「甚麼訊息？」圓性道：「那日和你別後，我便去追尋湯沛。可是這賊子滑溜得緊，竟給他逃得不知去向。我想他老家是在湖北，既是得罪了福康安，全家都有干係，他定要設法通知家中老小，急速逃命。」胡斐道：「你料得不錯。」圓性道：「他外號叫作『甘霖惠七省』，江湖上交遊極其廣闊，但想他既是個如此奸猾之徒，未必能當真結交到甚麼好朋友。此刻大禍臨頭，非自己趕回家中不可。於是我向西南方疾追。三天之後，果然在清風店追上了他。高粱田裏一場惡戰，終於使計擊斃了這賊子，不過我受傷也是不輕。」胡斐嘆了口氣。

圓性又道：「我在客店養了幾天傷，見到福康安手下的武士接連兩批經過，其中有那鷹爪雁行門的周鐵鷦在內，便上前招呼，約他說話。」胡斐驚道：「你身上有傷，不怕他記仇麼？」

圓性微笑道：「我是送他一件大大功名。他就算本來恨我，也就不恨了。我將埋葬湯沛屍體的地方指了給他看，他只要割了首級回去北京，不是大功一件麼？他果然很感激我。我說：『周老爺，你若是將我擒去，自然又是一件大功，只不過胡斐胡大哥一定放你不過，從前的許多事情，都不免抖露出來。』那周鐵鷦倒很光棍，說道：『胡大哥的為人，兄弟是很佩服的，決不敢得罪他的朋友。請你轉告胡大哥，田歸農率領了大批好手，要到滄州他祖墳之旁埋伏，捉拿胡大哥。』」

胡斐吃了一驚，道：「在這裏埋伏？」圓性道：「正是。我聽周鐵鷦這麼說，知道不假，很是著急，生怕來遲了一步，唉，謝天謝地，沒出亂子……」

胡斐瞧著她憔悴的容顏，心想：「你為了救我，只怕有幾日幾夜沒睡覺了。」圓性又道：「那田歸農何以知道你祖墳葬在此處？又怎知你定要前來掃墓？胡大哥，好漢敵不過人多，眼前且避過一步再說。」

胡斐道：「今日我見到苗夫人，約她明日再來此處會晤。」圓性道：「苗夫人是誰？」胡斐約略說了。圓性急道：「這女人連丈夫女兒尚且不顧，能守甚麼信義？快乘早走吧。」

胡斐覺得苗夫人對他的神態卻不似作偽，又很想知道父母去世的真相，極盼再和苗夫人一會。圓性道：「田歸農已在左近，那苗夫人豈有不跟他說知之理？胡大哥，你怎地不聽我的話？我連夜趕來叫你避禍，難道你竟半點也不把我放在心上麼？」胡斐心中一凜，道：「你說的對，是我的不是。」圓性道：「我也不是要你認錯。」胡斐過去牽了馬韁，道：「好，你上馬吧。」圓性正要上馬，忽聽得四面八方胡哨聲此起彼伏，敵人四下裏攻到，竟已將墳地團團圍住了。

胡斐咬牙道：「這女人果然將我賣了。咱們往西闖。」聽著這胡哨之聲，不禁暗自心驚，來攻之敵人著實不少，倘若圓性並未受傷，兩人要突圍逃走原是不難，此刻卻殊無把握。圓性道：「你只管往西闖，不用顧我。我自有脫身之策。」

胡斐胸口熱血上湧，喝道：「咱倆死活都在一塊！你胡說些甚麼？跟著我來。」圓性被他這麼粗聲暴氣的一喝，心中甜甜的反覺受用，自知重傷之餘，不能使動軟鞭，於是一提韁繩，縱馬跟在胡斐身後。

胡斐拔刀在手，奔出數丈，便見五個人影並肩攔上，他心想：「今日要脫出重圍，須得刀刀殺手，可不能有半分容情。」當下大踏步直闖過去，雖是以寡敵眾，仍是並不先行出手，守著後發制人的要訣，左肩前引，左掌斜伸，右手提刀，垂在腿旁。

兩名福康安府中的武士一執鐵鞭，一挺鬼頭刀，齊聲吆喝，分從左右向他頭頂砸下。胡斐一見出手，便知兩人的武功都甚了得，只要一接上手，非頃刻間可以取勝，餘人一經合圍，要脫身便千難萬難，於是斜身高縱，呼的一刀，往五人中最左一人砍去。那武士手使長劍，舉劍擋架。胡斐身在半空，內勁運向刀上，拍拍兩腿，快如閃電般踢在第四名武士胸口，那武士直飛出去，口中狂噴鮮血。使劍的武士但覺兵刃上一股巨力傳到手臂，又壓上心口，立覺前胸後背數十根肋骨似已一齊折斷，一聲也沒出，便此暈死過去。

眾武士見他在兩招之內傷了兩個同伴，無不震駭。那使鬼頭刀的武士喝道：「胡大爺，果然好功夫，在下司徒雷領教。」那使鐵鞭的道：「在下謝不擋領教高招。」胡斐叫道：「好！」單刀環身一繞，颼颼颼刀光閃動，三下虛招，和身壓將過去。司徒雷和謝不擋急退兩步。第三名武士叫道：「在下東方……」只說到第四個字，胡斐的刀背已砰一聲，擊在他的後腦，腦骨粉碎，立時斃命，竟是不知他叫東方甚麼名字。

司徒雷和謝不擋嚴守住門戶，又退了兩步，卻不容胡斐衝過。呼哨聲中，四名武士奔到司徒雷和謝不擋身後，並肩展開。

胡斐雖在瞬息之間接連傷斃三名敵人，但那司徒雷和謝不擋頗有見識，竟不上前接戰，連退兩次，攔住他的去路。胡斐心中暗暗叫苦，使招「夜戰八方藏刀式」，向前一攻，以左足為軸，轉了個圈子。

這麼一轉，已數清了敵方人數，西邊六人，東邊八人，南北各是五人，傷斃的三人不算，對方竟是尚有二十四人。

忽聽一人朗聲長笑，聲音清越，跟著說道：「胡兄弟，幸會，幸會。每見你一次，你武功便長進一層，當真是英雄出在少年，了不起啊了不起！」正是田歸農的聲音自南邊傳來。

胡斐不加理會，凝視著西方的六名敵人，只聽那四名沒報過名的武士分別說道：「在下張寧！」「在下丁文沛領教。」「在下丁文深見過胡大爺！」「嘿嘿，老夫陳敬夫！」

胡斐向前一衝，突然轉而向北，左手伸指向北方第二名武士胸口點去。那人手持一對判官筆，正是打穴的好手，見對方伸指點來，右手判官筆倏地伸出，點向他右肩的「缺盆穴」。這一招反守為攻，實是極厲害的殺著，胡斐雖然出手在先，但那人的判官筆長了二尺二寸，眼看胡斐手指尚未碰到那人穴道，自己缺盆穴先要被點。不料胡斐左手一掠，已抓住了判官筆，用力向前一送，那人「嘿」的一聲悶哼，判官筆的筆桿已插入他的咽喉。

便在此時，只聽得身後兩人叫道：「在下黃樵！」「在下伍公權！」金刃劈風之聲，已掠到背心。胡斐向前一撲，兩柄單刀都砍了個空，他順勢迴過單刀，刷的一下，從下而上的斬向黃樵手腕。這一招是胡家刀法中的精妙之著，武功再強的人也須著了道兒。不料黃樵精於十八路大擒拿手，應變最快，眼見刀鋒削上手腕，危急中拋去兵刃，手腕一翻，伸指逕來抓胡斐單刀的刀背。別瞧他兩撇鼠鬚，頭小眼細，形貌頗為猥崽，這一下變招竟是比胡斐還要迅捷，五根鷄爪般的手指一抖，已抓住了刀背。胡斐仗著力大，揮刀向前砍出，不料這黃樵膂力也是不小，抓住了刀背，胡斐這一刀居然沒能砍出。就這麼呆得一呆，身後又有三人同時攻到。

胡斐估計情勢，待得背後三人攻到，尚有一瞬餘暇，須當在這片刻間料理了黃樵，此時陷身重圍，眼前這人又實是勁敵，若能傷得了他，便減去一分威脅。當下突然撤手離刀，雙掌擊出，砰的一響，打在他的胸口。黃樵一呆，竟然並不摔倒，但抓著單刀的手指卻終於放開了。胡斐一探手，又已抓住刀柄，回過身來，架住了三般兵器。

那三名武士一個伍公權，一個是老頭陳敬夫，另一個身材魁梧，比胡斐幾乎高出一個半頭，手中使的是根熟銅棍，足足有四十餘斤，極是沉重。胡斐一擋之下，胸口便是一震，待要躍開，左右又是兩人攻到。

圓性騎馬在後，眾武士都在圍攻胡斐，一時沒人理她。她雖傷重乏力，但胡斐力傷五人的經過，卻是一招一式，全都看得清清楚楚。她全心關懷胡斐安危，胡斐的一閃一避，便如她自己躲讓一般，一刀一掌，便似她自己出手。眼見他身受五人圍攻，情勢危急，當即一提韁繩，縱馬便衝了過去。

她馬鞭一揮，使一招軟鞭鞭法中的「陽關折柳」，已圈住那魁梧大漢的頭頸。那大漢正在自報姓名：「在下高一力領教……」突然喉頭一緊，已說不出話來。他力氣雖大，但一來猛地裏呼吸閉塞，二來總是敵不住馬匹的一衝，登時立足不定，被馬匹橫拖而去，連旁邊的張寧也一起帶倒。

胡斐身旁少了兩敵，刷刷兩刀，已將丁文沛、丁文深兄弟砍翻在地，突覺背後風聲颯然，有人欺到，不及轉身，反手「倒臥虎怪蟒翻身」，一刀迴斫，只聽得「叮」的一聲輕響，手上一輕，單刀已被敵人的利刃削斷，敵刃跟著便順勢推到。

胡斐大驚，左足一點，向前直縱出丈餘，但總是慢了片刻，左肩背一陣劇痛，已看清楚偷襲的正是田歸農，不由得暗暗心驚，田歸農武功也不怎麼，可是他這柄寶刀鋒銳絕倫，實所難當。

他右足落地，左掌拍出，右手反勾，已從一名武士手中搶到一柄單刀，跟著反手一刀，這招空手奪白刃乾淨利落之極，反手迴攻又是淩厲狠辣無比，要知敵人手持利刃跟蹤而至，其間相差只是一線，只消慢得瞬息，便是以自己血肉之軀，去餵田歸農手中那天龍門鎮門之寶的寶刀了。胡斐不敢以單刀和敵人寶刀對碰，一味騰挪閃躍，展開輕身功夫和他遊鬥。但拆得七八招，十餘名敵人一齊圍了上來，另有三人去攻擊圓性。胡斐微一分心，噹的一響，單刀又被寶刀削斷。這柄寶刀的鋒利，實是到了削鐵如泥的地步。

田歸農有心要置胡斐死地，寒光閃閃，手中寶刀的招數一招緊似一招。他平時使劍，用刀並不順手，但這柄刀鋒利絕倫，只須隨手揮舞，胡斐已決計不敢攖其鋒芒。他使開寶刀，直逼而前。

胡斐想再搶件兵刃招架，但刀槍叢中，竟是緩不出手來，嗤的一聲，左肩又被一名武士的花槍槍尖劃了長長一條口子。

眾武士大叫起來：「姓胡的投降吧！」「你是條好漢子，何苦在這裏枉自送了性命？」

「我們人多，你寡不敵眾，認輸罷啦，不失面子。」田歸農卻一言不發，刀刀狠辣的進攻。

胡斐肩背傷口奇痛，眼看便要命喪當地，忽聽得一個女子聲音叫道：「大哥，別傷這少年的性命。」胡斐雖在咬牙酣鬥，仍聽得出是苗夫人的聲音，喝道：「誰要你假仁假義？」忙亂之中，腰眼裏又被人踢中一腿。胡斐怒極，右手疾伸，抓住了那人足踝，提將起來，掃了個圈子。眾武士心有顧忌，一時倒也不敢過分逼近。胡斐手中所抓之人正是張寧，他兵刃脫手，被胡斐甩得頭暈腦脹，掙扎不脫。

胡斐見圓性在馬上東閃西避，那坐騎也已中了幾刀，不住悲嘶，當下提起張寧，衝到圓性身前，叫道：「跟我來！」圓性一躍下馬，兩人奔到了胡一刀的墓旁。墓邊的柏樹已高，兩人倚樹而鬥，敵人圍攻較難。胡斐提起張寧，喝道：「你們要不要他的性命？」

田歸農叫道：「殺得反賊胡斐，福大帥重重有賞！」言下之意，竟是說張寧是死是活，並無干係。他眼見眾人遲疑，自己便揮刀衝了上來。

胡斐知道抓住張寧，不足以要脅敵人退開，心想田歸農寶刀在手，武功又高，要抓他是極不容易，最好是抓住苗夫人為人質，可是她站得遠遠的，相距十餘丈之遙，無論如何衝不過去。但見田歸農一步步的走近，當下在張寧身邊一摸，瞧他腰間是否帶得有短刀、匕首之類，也可用以抵擋一陣。一摸之下，觸手是個沉甸甸的鏢囊，胡斐左手點了他穴道，右手摘下鏢囊，摸出一枝鋼鏢，掂了掂份量，覺得頗為沉重，看準田歸農的小腹，力運右臂，呼的一聲，擲了出去。

鋼鏢重勁大，去勢極猛，田歸農待得驚覺，鋼鏢距小腹已不過半尺，急忙揮刀一格。鋼鏢雖然立時斬為兩截，但鏢尖餘勢不衰，撞在他右腿之上，還是劃破了皮肉。便在此時，只聽得「啊」的一聲慘呼，一名武士咽喉中鏢，向後直摔。田歸農罵道：「小賊，瞧你今日逃得到那裏去？」但一時倒也不敢冒進，指揮眾武士，團團將兩人圍住。

福康安府中這次來的武士，連田歸農在內共是二十七人，被胡斐刀砍掌擊、鏢打腿踢，一共已傷斃了九人，胡斐自己受傷也已不輕。對方十八人四周圍住，此時已操必勝之算，有幾人愛惜胡斐，又叫他投降。

胡斐低聲道：「我向東衝出，引開眾人，你快往西去。那匹白馬繫在松樹上。」圓性道：「白馬是你的，不是我的。」胡斐道：「這當兒還分甚麼你的我的！我不用照顧你，管教能夠突圍。」圓性道：「我不用你照顧，你這就去罷。」

若是依了胡斐的計議，一個乘白馬奔馳如風，一個持勇力當者披靡，未始不能脫險。可是圓性不願意，其實在胡斐心中，也是不願意。也許，兩人決計不願在這生死關頭分開；也許，兩人早就心中悲苦，覺得還是死了乾淨。

胡斐拉住圓性的手，說道：「好！袁姑娘，咱倆便死在一起。我……我很是喜歡！」圓性輕輕摔脫了他手，喘息道：「我……我是出家人，別叫我袁姑娘。我也不是姓袁。」

胡斐心下黯然，暗想我二人死到臨頭，你還是這般矜持，對我絲毫不假辭色。

只見一名武士將單刀舞成一團白光，一步步逼近。胡斐拾起一塊石頭，向白光圈摔了過去。那武士單刀一格，將石頭擊開。胡斐抓住這個空隙，一鏢擲出，正中其胸，那武士撲倒在地，眼見不活了。

田歸農叫道：「這小賊兇橫得緊，咱們一湧而上，難道他當真便有三頭六臂不成？」

胡斐抬頭望了一眼頭頂的星星，心想再來一場激戰，自己殺得三四名敵人，星星啊，月亮啊，花啊，田野啊，那便永別了。

田歸農毫無顧忌的大聲呼喝指揮，命十六名武士從四方進攻，同時砍落，亂刀分屍。眾武士齊聲答應。田歸農叫道：「他沒兵器，這一次非將他斬成肉醬不可！」

苗夫人忽地走近幾步，說道：「大哥，且慢，我有幾句話跟這少年說。」田歸農皺起了眉頭，道：「阿蘭，你別到這兒來，小心這小賊發起瘋來，傷到了你。」苗夫人卻甚是固執，道：「他立時便要死了。我跟他說一句話，有甚麼干係？」田歸農無奈，只得道：「好，你說罷！」

苗夫人道：「胡相公，你的骨灰罎還沒埋，這便死了嗎？」胡斐昂然道：「關你甚麼事？我不願破口辱罵女人。你最好走得遠些。」苗夫人道：「我答應過你，要跟你說你爹爹的事。你雖轉眼便死，要不要聽？」

田歸農喝道：「阿蘭，你胡鬧甚麼？你又不知道。」

苗夫人不理田歸農，對胡斐道：「我只跟你說三句話，都是和你爹爹有關的。你聽不聽？」胡斐道：「不錯！我不能心中存著一個疑團而死。你說吧！」苗夫人道：「我這話只能給你一人聽，你卻不可拿住了我要挾，倘若你不答應，我就不說了。」

胡斐道：「你在我死去之前，釋明我心中疑團，我十分感謝，豈能反來害你？天下男兒漢大丈夫甚多，你道都是田歸農這般卑鄙小人麼？」

田歸農臉上更加陰沉了。他不知南蘭要跟胡斐說些甚麼話，他向來不敢得罪了她，既是無法阻止，心想：「不論她說甚麼，總是於我聲名不利，自是別讓旁人聽見為妙。」

苗夫人緩步過來，走到胡斐身前，將嘴巴湊到他耳邊，低聲道：「你將骨灰罈埋在墓碑之後的三尺處，向下挖掘，有柄寶刀。」說了這三句話，便即退開，朗聲道：「此事只與金面佛苗人鳳有關。你既知道了這件秘密，死而無憾，快將骨灰罈埋好，讓死者入土為安。你了結這件心事，安心領死吧！」

胡斐心中一片迷惘，實是不懂她這三句話的用意，看來又不像是故意作弄自己，心想：「不管如何，確是先葬了二妹的骨灰再說。」於是看準了墓碑後三尺之處，運勁於指，伸手挖土。

田歸農心道：「原來阿蘭是跟他說，他父親是死於苗人鳳之手。」心中大慰，轉頭向她微微一笑。他聽南蘭叫胡斐埋葬骨灰罈，不便拂逆其意而指揮武士阻止，反正胡斐早死遲死，也不爭在片刻之間。

十六名武士各執兵刃，每人都相距胡斐丈餘，目不轉睛的監視。

圓性見胡斐挖坑埋葬程靈素的骨灰，心想自己與他立時也便身歸黃土，當下悄悄跪倒，合什為禮，口中輕輕誦經。

胡斐左肩的傷痛越來越厲害，兩隻手漸漸挖深，一轉頭，瞥見圓性合什下跪，神態莊嚴肅穆，忽感喜慰：「她潛心皈佛，我何苦勉強要她還俗？幸虧她沒答應，否則她臨死之時，心中不得平安。」

突然之間，他雙手手指同時碰到一件冰冷堅硬之物，腦海中閃過苗夫人的那句話：「有柄寶刀！」他不動聲色，向兩旁摸索，果然是一柄帶鞘的單刀，抓住刀柄輕輕一抽，刀刃抽出寸許，毫沒生鏽，心想：「苗夫人說道：『此事只與金面佛苗人鳳有關』，難道這把刀是苗大俠埋在這裏的？難道苗大俠為了紀念我爹爹，將這柄刀埋在我爹爹的墳裏？」

他這一下猜測，確是沒猜錯。只是他並不知道，苗人鳳所以和苗夫人相識而成婚，正是由於這口「冷月寶刀」；而他夫婦良緣破裂，也是從這口寶刀而起，始於苗人鳳將這刀埋葬在胡一刀墳中之時。

當世除了苗人鳳和苗夫人之外，沒第三人知道此事。

胡斐握住了刀柄，回頭向苗夫人瞧去，只聽得她幽幽說道：「要明白別人的心，那是多麼難啊！」她長長的嘆了口氣，緩步遠去。

田歸農叫道：「阿蘭，你在客店裏等我。待我殺了這小賊，大夥兒喝酒慶功。」苗夫人不答，在荒野中越走越遠。

田歸農轉過頭來，喝道：「小賊，快埋！咱們不等了！」

胡斐道：「好，不等了！」抓起刀柄，只覺眼前青光一閃，寒氣逼人，手中已多了一柄青森森的長刀，刀光如水，在冷月下流轉不定。

田歸農和眾武士無不大驚。胡斐乘眾人心神未定，揮刀殺上。嗆啷嗆啷幾聲響處，三名武士兵刃削斷，兩人手臂斷落。田歸農橫刀斫至，胡斐舉刀一格，錚聲清響，聲如擊磬，良久不絕。兩人躍開三步，就月光下看手中刀時，都是絲毫無損。原來兩口寶刀，正堪匹敵。

胡斐一見手中單刀不怕田歸農的寶刀，登時如虎添翼，展開胡家刀法，霎時間又傷了三名武士。田歸農的寶刀雖和他各不相下，但刀法卻大大不如，他以擅使的長劍和胡斐相鬥，尚且不及，何況以己之短，攻敵之長？三四招一過，臂腿接連中刀，若非身旁武士相救退開，已然命喪胡斐刀下。此時身上沒帶傷的武士已寥寥無幾，任何兵刃遇上胡斐手中寶刀，無不立斷，盡變空手。

胡斐也不趕盡殺絕，叫道：「我看各位也都是好漢子，何必枉自送了性命？」田歸農見情勢不對，拔足便逃。眾武士搭起地下的傷斃同伴，大敗而走。眾人直到數年之後，苦苦思索，紛紛議論，還是沒絲毫頭緒，不知胡斐這柄寶刀從何而來。總覺此人行事神出鬼沒，人所難測，「飛狐」這外號便由此而傳開了。

胡斐彈刀清嘯，心中感慨，還刀入鞘，將寶刀放回土坑之中，使它長伴父親於地下，再將程靈素的骨灰罎也輕輕放入土坑，撥土掩好。

圓性雙手合什，輕唸佛偈：

「一切恩愛會，無常難得久。

生世多畏懼，命危於晨露。

由愛故生憂，由愛故生怖。

若離於愛者，無憂亦無怖。」

唸畢，悄然上馬，緩步西去。

胡斐追將上去，牽過駱冰所贈的白馬，說道：「你騎了這馬去吧。你身上有傷，還是……還是……」圓性搖搖頭，縱馬便行。

胡斐望著她的背影，那八句佛偈，在耳際心頭不住盤旋。

他身旁那匹白馬望著圓性漸行漸遠，不由得縱聲悲嘶，不明白這位舊主人為甚麼竟不轉過頭來。

（全書完）

後記

「飛狐外傳」寫於一九六〇、六一年間，原在「武俠與歷史」小說雜誌連載，每期刊載八千字。

在報上連載的小說，每段約一千字至一千四百字。「飛狐外傳」則是每八千字成一個段落，所以寫作的方式略有不同。我每十天寫一段，一個通宵寫完，一般是半夜十二點鐘開始，到第二天早晨七八點鐘工作結束。作為一部長篇小說，每八千字成一段落的節奏是絕對不好的。這次所作的修改，主要是將節奏調整得流暢一些，消去其中不必要的段落痕跡。

「飛狐外傳」是「雪山飛狐」的「前傳」，敘述胡斐過去的事蹟。然而這是兩部小說，互相有聯繫，卻並不是全然的統一。在「飛狐外傳」中，胡斐曾不止一次和苗人鳳相會，胡斐有過別的意中人。這些情節，沒有在修改「雪山飛狐」時強求協調。

這部小說的文字風格，比較遠離中國舊小說的傳統，現在並沒有改回來，但有兩種情形是改了的：第一，對話中刪除了含有現代氣息的字眼和觀念，人物的內心語言也是如此。第二，改寫了太新文藝腔的、類似外國語文法的句子。

「雪山飛狐」的真正主角，其實是胡一刀。胡斐的性格在「雪山飛狐」中十分單薄，到了本書中才漸漸成形。我企圖在本書中寫一個急人之難、行俠仗義的俠士。武俠小說中真正寫俠士的其實並不很多，大多數主角的所作所為，主要是武而不是俠。

孟子說：「富貴不能淫，貧賤不能移，威武不能屈，此之謂大丈夫。」武俠人物對富貴貧賤並不放在心上，更加不屈於威武，這大丈夫的三條標準，他們都不難做到。在本書之中，我想給胡斐增加一些要求，要他「不為美色所動，不為哀懇所動，不為面子所動。」英雄難過美人關，像袁紫衣那樣美貌的姑娘，又為胡斐所傾心，正在兩情相洽之際而軟語央求，不答允她是很難的。英雄好漢總是吃軟不吃硬，鳳天南贈送金銀華屋，胡斐自不重視，但這般誠心誠意的服輸求情，要再不饒他就更難了。江湖上最講究面子和義氣，周鐵鷦等人這樣給足了胡斐面子，低聲下氣的求他揭開了對鳳天南的過節，胡斐仍是不允。不給人面子恐怕是英雄好漢最難做到的事。

胡斐所以如此，只不過為了鍾阿四一家四口，而他跟鍾阿四素不相識，沒一點交情。目的是寫這樣一個性格，不過沒能寫得有深度。只是在我所寫的這許多男性人物中，胡斐、喬峯、楊過、郭靖、令狐冲這幾個是我比較特別喜歡的。

武俠小說中，反面人物被正面人物殺死，通常的處理方式是認為「該死」，不再多加理會。本書中寫商老太這個人物，企圖表示：反面人物被殺，他的親人卻不認為他該死，仍然崇拜他，深深的愛他，至老不減，至死不變，對他的死亡永遠感到悲傷，對害死他的人永遠強烈憎恨。

一九七五年一月

金庸作品集 15

飛狐外傳

2 恩仇情誼

The Young Flying Fox, Vol. 2

作者／金庸

副總編輯／鄭祥琳
特約編輯／李麗玲、沈維君、江雯婷
封面與內頁設計／林秦華
內頁插畫／王司馬
排版／連紫吟、曹任華
行銷企劃／廖宏霖

發行人／王榮文
出版發行／遠流出版事業股份有限公司
地址／臺北市中山北路一段 11 號 13 樓
電話／（02）2571-0297 傳真／（02）2571-0197 郵撥／ 0189456-1
著作權顧問／蕭雄淋律師

1987 年 2 月 1 日 初版一刷
2023 年 11 月 1 日 五版一刷
平裝版 每冊 380 元（本作品全二冊，共 760 元）

ISBN 978-626-361-321-8（套：平裝）
ISBN 978-626-361-320-1（第 2 冊：平裝）
Printed in Taiwan

YL 遠流博識網 http://www.ylib.com E-mail: ylib@ylib.com
金庸茶館粉絲團 https://www.facebook.com/jinyongteahouse

飛狐外傳 . 2, 恩仇情誼 = The Young Flying Fox. vol.2 ／金庸著 . – 五版 . -- 臺北市：遠流 , 2023.11
面； 公分 --（金庸作品集；15）
ISBN 978-626-361-320-1（平裝）

857.9 112016234